KB251847

구중서
그의
문학을
걷다

| 엮은이 |

임규찬 林奎燦, Im, Kyu-Chan
1957년 전라남도 보성에서 태어났다. 성균관대 독문과와 동대학원 국문과를 졸업하였다. 1988년『실천문학』에 평론을 발표하며 등단했다. 문학박사이며 현재 문학평론가, 성공회대 교양학부 교수로 재직 중이다. 지은 책으로 평론집『왔던길, 가는 길 사이에서』,『한국 근대소설의 이념과 체계』,『작품과 시간』,『일본 프로문학과 한국문학』(편역) 등이 있다.

유성호 柳成浩, Yoo, Sung-Ho
1964년 경기 여주에서 출생했다. 연세대학교 국문과를 졸업하고 같은 대학원에서 문학박사학위를 받았다. 서남대학교 국문과, 한국교원대학교 국어교육과를 거쳐 지금은 한양대학교 국문과 교수로 있다.『서울신문』신춘문예 문학평론 부문에 당선하여 문학평론가로 활동하고 있으며, 지은 책으로『한국 현대시의 형상과 논리』(1997),『상징의 숲을 가로질러』(1999),『침묵의 파문』(2002),『한국 시의 과잉과 결핍』(2005),『현대시 교육론』(2006),『문학 이야기』(2007),『근대시의 모더니티와 종교적 상상력』(2008),『움직이는 기억의 풍경들』(2008),『정격과 역진의 정형 미학』(2014),『다형 김현승 시 연구』(2015) 등이 있고, 엮은 책으로『강은교의 시세계』(2005),『박영준 작품집』(2008),『나의 침실로(외)』(2009),『박팔양시선집』(2009),『한하운전집』(공편, 2010),『김상용시선』(2014),『김광균 문학전집』(공편, 2014) 등이 있다. 현재『시작』,『서정시학』,『문학의 오늘』등의 편집위원으로 활동하고 있으며, '문학과사상연구회', '근대서지학회', '임화문학연구회' 등에서 한국 근대문학을 연구하고 있다.

구중서 그의 문학을 걷다

초판인쇄 2015년 11월 20일
초판발행 2015년 12월 1일
엮 은 이 임규찬 · 유성호
펴 낸 이 박성모
펴 낸 곳 소명출판
출판등록 제13-522호
주　　소 서울시 서초구 서초중앙로6길 15, 1층
전　　화 02-585-7840
팩　　스 02-585-7848
전자우편 somyong@korea.com
홈페이지 www.somyong.co.kr

값 30,000원 ⓒ 임규찬 · 유성호, 2015
ISBN 979-11-5905-026-8 93810

잘못된 책은 바꾸어드립니다.
이 책은 저작권법의 보호를 받는 저작물이므로 무단전재와 복제를 금하며,
이 책의 전부 또는 일부를 이용하려면 반드시 사전에 소명출판의 동의를 받아야 합니다.

20대 후반, 문단 등단 무렵 ⬅

『상황』 창간호(1969)에 실린 30대 초반 무렵 ➡

서울 YWCA에서 신동엽 시인 10주기 강연 (1979)

프랑스 파리 개선문 앞에서 (1981) ⬆

이탈리아 로마 바티칸 대성전에서 (1981)

1982년 12월 15일 제1회 신동엽문학기금 전달식. ⓒ창비 제공
왼쪽부터 조태일, 이문구(수혜자), 인병선(신동엽 선생 부인), 구중서. 서 있는 사람은 이시영 ↑

부산 자갈치시장 앞 해변에서 박두진 시인과(1982)

서울 명동성당에서
구상 시인과 (1984) ←

김수환 추기경
영명축일에 (1985) ↓

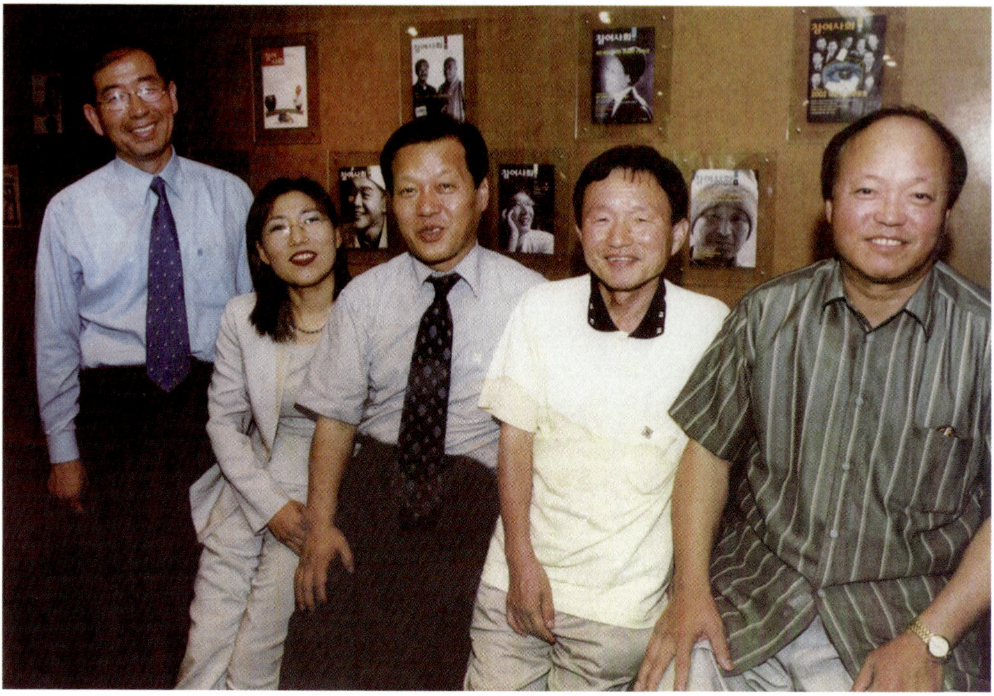

환경문제 세미나에서 박원순, 최열, 신경림, 구중서 ⬆

낙동강 상류 원촌 이육사 시비공원에서 제자 박성모와 ⬇ 12

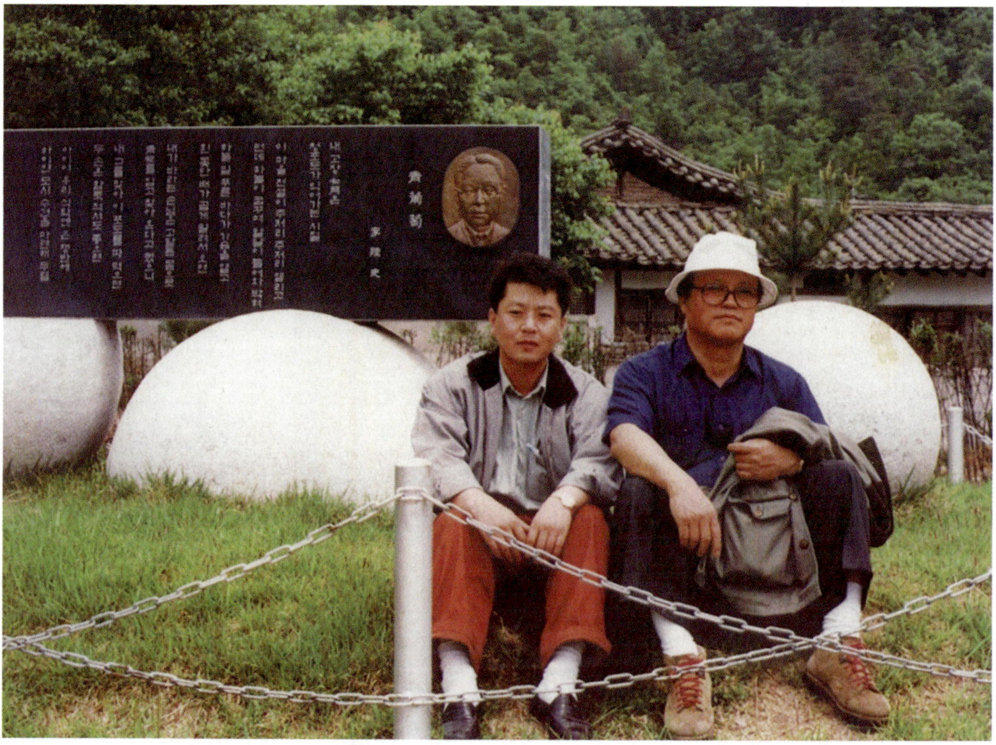

강진 다산초당 동암에서 제자들과(1989) ↑

창비사 주최 문화답사여행 중 변산 개암사에서. 왼쪽부터 구중서, 임형택, 백낙청, 고은, 정해렴, 유홍준(1993) ↓

정희성 시인, 최원식 평론가, 최동호 시인과 (1993) ↑

이시영 시인, 정호승 시인과 ↓

1998년 봄 너른고을문학회 야유회. 앞줄에 김희식, 도종환, 뒷줄에 정희성, 신경림, 구중서 동참 ↑

신동문 시비 앞에서 신경림, 민영, 정희성 시인과 ↓

단양 남한강가에서 신경림 시인과 ↑

인문대학장 집무실에서 ↑

건업리 야유회 중에 정희성 시인과(1998) ↓

독일 레겐스부르크시 도나우 강변에서 (2003)

그리스 크레타섬에 있는 작가 카잔차키스의 무덤을 찾아가서 (2001.8.2)

"나는 아무것도 바라지 않는다.
나는 아무것도 두려워하지 않는다.
나는 자유이므로."

카잔차키스가 스스로 써서 남긴 묘비명

진안 마이산 앞에서 황명걸 시인과 ↑

금강산 구룡폭포 앞에서 ⬆

일본 여행 중 규슈에서 부인 김윤희 시인과 ↑

캐나다 토론토 시에서

2009년 4월 시조집 『불면의 좋은 시간』 출판기념회. 왼쪽부터 한분순, 이근배, 구중서, 신경림, 염무웅 ↑

백두산 천지에 올라 ↓

중국 양자강 상류에서 조오현 스님과 ⬆

낙동강 상류지역 여행 중 풍기 소수서원에서. 왼쪽부터 윤경덕, 박시교, 신경림, 구중서, 정희성, 김영재 시인 ⬇

안동 하회마을 병산서원에서 ⬆

영월에서 정희성 시인과 바둑 삼매경 ⬇

너른고을문학회 경주 문학기행에서 (2014) ↑

제5회 임화문학예술상 시상식을 마치고 수상자 김흥규 평론가와 함께 (2013) ↓

한국가톨릭문학상을 수상한 이은봉 시인과 시상식장에서. 왼쪽은 신달자 시인 (2012) ↑

이은봉 시인, 이경자 소설가와 함께 ⬆

안으로 들어가기

구중서

들떠서 대문 밖 나서는 하루가
돌아오는 밤이면 뉘우치기 일쑤다
덧없이 서성인 날이 스스로 허전하다

밖으로 나가는 하나의 길이 있다
그것은 안으로 들어가는 것이다
저절로 세상을 향해 문이 열릴 때까지

너른뫼 구중서 문학비. 2015년 가을 경기도 광주시, 한국작가회의 광주지부, 능성구씨
종중이 경기도 광주의 경인천 습지생태공원에 세웠다. ↑

문학비 앞에서
황명걸, 이은봉, 도종환 시인,
너른고을문학회 회원들과 ↑

문학비 앞에서
부인 김윤희 시인과 ←

제23회 공초문학상을 수상한 김윤희 시인(아내)과 수유리 공초 묘비 답사 후 뒤풀이에서 (2015) ↑

구중서 그의 문학을 걷다

임규찬 · 유성호 엮음

소명출판

사람은 제2의 천성을 민족으로부터 받는다. 민족은 영토와 종족뿐 아니라 문화적 혈통에 의해 형성된다. 그리고 문화는 언어에 의해 이루어진다.

한 처음에 말씀이 있었다. 모든 것은 말씀을 통해 생겨났다. 이것은 성서의 화법이다. 이렇게 보면 언어는 '존재'와 같은 뜻이 된다. 그리고 '모든 것'은 전체 즉 총체성을 의미한다.

문학이야말로 언어로써 되는 일이니 작품은 처음부터 세상 전체 안에 있는 것이다. 우리나라가 일제로부터 해방되고 다시 외세에 의해 분단이 되어 사리가 제대로 분별이 되지 못하는 과정에서 북한의 문학이 공공연한 당의 문학이 되니 이에 대립해 남한의 문학은 정치 현실과 거리를 두겠다고 이른바 순수문학을 표방했다.

그러나 문학은 원래 이데올로기라거나 순수의 개념과 관계없이 세상과 인간의 삶 안에 이미 존재하고 있는 것이다. 새로이 참여문학을 주장할 필요도 없다. 본질적 차원에서 문학의 기능을 더 살펴본다면 총체성 안에서 전형성을 분별해 볼 수 있다. 이 기능만 보면 또 기계적 분석의 인상이 있을 수 있으므로 인간 본성의 상상력으로 앞을 내다보는 '전망'을 갖게 된다.

이 총체성·전형성·전망의 요소들을 합쳐서 이른바 리얼리즘을 추구할 수 있다. 그러나 이것은 모사적 표현의 방법론이 아니고 다만 인간의 '진정성' 자체이다.

루카치는 리얼리즘 문학의 역사를 고대에서부터 근대까지 연결해 보았고, 가시적 외연의 총체성뿐 아니라 인간의 끝없는 내면적 깊이로서 내포적 총체성을 중시한다고 했다. 과연 이만한 본질적 총화를 가늠할 때 비로소 리얼리즘일 것이다. 그리고 이렇게 될 때엔 굳이 일일이 리얼리즘을 거론하지 않아도 좋을 것이다.

또 달리 문학을 상상하고 싶은 경우들은 자유로이 다양하게 발휘될 수 있다. 다만 다양성 안의 일치, 일치 안의 다양성이 소통되는 것이 바람직하다. 다만 이때의 일치는 대하의 깊은 밑바닥에서 보이지 않게 바다로 향하는 주류이다. 이것을 나는 '광의의 리얼리즘'이라고 생각한다.

민족문학론은 한국문학의 정체성과 개성을 가다듬는 것이고, 이에 따라 한국문학사 전통 연결을 수렴하게 된다. 고려속요와 판소리계 소설이 구비전승으로 자생적 장르를 형성한 점과 시조의 자산이 모두 수렴과 지속의 내용이다.

제3세계문학론은 증대된 금융자본주의의 지구화 추세 속에서 활력을 띠지는 못하고 있다. 그러나 경제적 강대국들이 개발도상 나라들을 지원하는 방법이 신식민지화 성향을 지속하는 한 가난한 나라들의 정당방위와 환경보호 노력을 중지할 수 없게 한다. 무엇보다도 제3세계문학은 세계문학 판도 안의 세력 다툼이 아니다. 아직도 제3세계 나라들 안에 훨씬 풍요하게 남아 있는 인간적이고 개성적인 문화 전통을 꽃피워 세계문학의 공간에 보편적 가치의 활력과 영혼을 제공하는 것이 이상이다.

어느덧 짧지 않은 세월 동안 나대로 걸어온 문학의 길에서 왕성하고 진지한 대화들을 베풀어 준 도반들께 황감한 감사를 표한다.

2015년 가을 구중서

차례

산 같고 물 같은 분

내가 만난 구중서

도종환 시인, 국회의원

만(晩)

　구중서 선생은 느리다. 걸음걸이도 느리고, 말도 느리다. 고개 들어 앞에 있는 산 한 번 쳐다보는데도 한참이 걸린다. 반응은 충청도 사람들보다 더 느리다. 작가회의는 연말이면 이사장을 어떤 분으로 추대하고 사무총장을 누구로 할까를 고민한다. 칠팔 년 전인가 한번은 구중서 선생을 이사장으로 모시고 김사인 시인을 사무총장으로 옹립하자는 의견이 나온 적이 있었다. 그 말을 듣던 문인들은 다들 고개를 절레절레 흔들었다. 둘 다 말이 느려터진 분들인데 둘이 마주앉아 회의를 하면 옆에 있는 사람들 답답해서 속 터져 죽는다는 것이었다. 다행히 구중서 선생이 이사장을 하실 때는 김사인 시인보다 빠릿빠릿한 사무총장이 선출되었지만 선생의 행보는 그때나 지금이나 느리다.

우(愚)

해월 최시형 선생은 "무릇 때와 일에 임하여 우(愚), 묵(默), 눌(訥) 세 자를 용(用)으로 삼으라" 하셨다. '모자란 듯 어리석은 체하며' 행동한다는 의미가 우(愚)라는 말 속에 담겨 있다. 구중서 선생이 그렇다. 우직(愚直)하다. 그러나 평생 소신을 바꾼 적이 없다. 리얼리즘 문학과 민족문학의 길을 평생 우직하게 걸어오셨다. 재빠르게 변신하고 새로운 이론을 찾아 이리저리 옮겨 다니느라 제 이론을 갖지 못한 젊은 평론가들과는 확연히 행보가 다르다.

스티브 잡스가 남긴 말 중에 'Stay Foolish'라는 말이 있다. 직역하면 바보처럼 있으라는 이 말은 '어리석은 듯 우직하게' 자기 길을 간다는 말이다. 구중서 선생의 행보가 그렇다.

묵(默)

선생은 별로 말이 없으시다. 가끔 한 말씀씩 하신다.

묵직(默直). '고요하고 묵묵하게' 있을 때가 많다. 말하는 시간보다 듣는 시간이 더 많다. 사실 사람이 그래야 맞다. 말이 너무 많은 시대. 수다스러운 사람들의 언어가 넘치는 어지러운 시대. 야만의 언어가 차고 넘치는 시대에 구중서 선생처럼만 말하면 좋겠다는 생각을 할 때가 많다. 시냇물이 잔돌 많은 개울을 지날 때는 소란스럽지만 연못이 되어 고여 있을 때는 소리가 없다. 깊어졌기 때문이다.

선생의 시조 역시 그러하다. 현란한 분칠을 한 언어가 없다. 과장이나 자기 과시가 없는 겸허한 언어로 채워져 있다. 억지로 지어낸 말이 없고 정직하고 차분한 언어 속에 꼭 필요한 말만 담아내고 있다. 선생의 걸음처럼 천천히 짚어가는 사음보의 속도 속에 단순성의 미학으로 풀어낸 넉넉한 마음과 삶의 지혜가 넘친다.

눌(訥)

구중서 선생의 말은 어눌(語訥)하다. 아니 정확히 말하면 눌직(訥直)이다. 어눌하지만 정직하다.

공자도 제자의 질문에 답하면서 눌변이면 인(仁)에 가깝다고 한 바 있다. "말에 대해 책임을 져야 하는데 어찌 더듬지 않겠는가?"라고 했다. 선생은 '어눌한 듯 천천히' 말한다. 잘난 체하지 않고, 교만하지 않고, 경솔하지 않기 때문이다.

작가회의 사무실에는 오래 전부터 선생의 글씨가 걸려 있다. 다산 정약용의 글에서 따온 "不憂國 非詩也(불우국 비시야)"라는 글이다. '나라를 걱정하지 않는 것은 시가 아니다'라는 말이다. 작가회의 사무실에서 강형철 시인이 한번은 선생의 이 글씨를 보며 "불우한 나라에 태어나서 시가 안 된다"라고 우겨서 한바탕 웃은 적이 있다.

그런데 선생의 이 글씨를 볼 때마다 묘한 매력 같은 걸 느낀다. 명필이 아닌 것 같은데 마음에 든다. 추사의 글씨 같은 개성이 있는 것도 아닌데 매력이 있다. 한호의 글씨처럼 반듯하고 날이 서 있는 것도 아닌데

힘이 있다. 그게 선생의 매력이다. 내 사무실에는 선생의 작품 "치국약
팽소선(治國若烹小鮮)"이란 글씨가 걸려 있는데, 그림까지 곁들인 서화다.
볼수록 내 방에 걸어놓길 잘했다는 생각을 한다. 나라를 다스리는 일도
작은 생선을 굽는 것처럼 함부로 이리저리 뒤집지 말고 신중하게 해야
한다는 말씀이다.

신(信)

구중서 선생은 분노해야 할 일에 분노하지만 흥분하지 않는다. 노이
불분(怒而不憤). 가득 차지만 넘치지 않는다. 기다릴 줄 알지만 초조해 하
지 않는다.

오탁악세(五濁惡世)에 대해 우리가 분개하고 있으면 다 듣고 난 뒤에
꼭 하시는 말씀이 있다. 사필귀정(事必歸正). 그리고는 빙긋이 웃으신다.
모든 것은 정(正)으로 회귀하게 되어 있다는 이런 믿음은 어디서 오는
걸까? 선생의 마음 안에 자리잡은 굳은 신심에서 온다고 나는 생각한다.
돌아가신 김수환 추기경님을 가까이서 모실 때부터 오랫동안 몸에 밴
종교적 신심이 두텁다. 그래서 늘 평온하다. 저 듬직함과 자신 있는 태
도, 가볍게 처신하지 않는 무게는 어디서 오는지를 궁금해 하는 이들이
있는데 선생이 얼마나 두터운 신심을 가진 분인지 알면 금방 이해가 되
시리라.

만년에 시작하신 시서화에서 보여주는 편안함도 내면의 평화가 밖으
로 드러난 것이라고 나는 생각한다. 산같이 불변하는 굳셈과 물같이 유

장한 자세가 한 사람의 내면에 다 들어 있기가 쉬운 게 아닌데 선생의
내면은 이런 두 가지 다 들어 있다. 선생의 삶과 문학의 넓이가 거기까
지인 것이리라.

'너른 뫼'의 풍모가 펼치는 진국의 한 인간상

구중서의 삶과 예술

임규찬 문학평론가, 성공회대 교수

1

광산(廣山) 구중서 선생을 생각하면 뫼와 같은 우람한 체구와 함께 늘 씨름꾼이 연상된다. 이런저런 잔기술의 요량이 아닌 으랏샤, 들배지기와도 같은 힘 자체의 투여. 그래서일까, 선생의 글에는 항시 둔중한 역사(力士)의 힘이 실려 있다. 변화 많은 세상을 참 버겁게 살아왔음에도, 어른에게 쓸 표현은 아니지만 그렇게밖에 쓸 도리가 없는, 딱 미련한 곰에다 비유하고픈 저 한길살이. 그러나 알리라. 대동세상을 향해 육순의 나이에도 지치지 않는 필력, 늘 청년과도 같은 야성 속에 어느 누구보다도 따뜻한 눈동자와 어린 새싹의 순정함이 도사리고 있다는 것을.

1996년에 발간한 구중서 선생의 평론집『문학과 현대사상』(문학동네) 뒷표지 표사에 필자가 썼던 글이다. 그러고 보니 어느새 그때로부터 훌쩍 20년의 세월이 흘렀다. 그럼에도 그때와 선생은 조금도 다를 바 없으니 세월이 아예 비껴 섰다고 해야 할까. 아니다, 더 거대한 뫼, 말 그대로 '너른 뫼[廣山]'라는 선생의 호에 딱 부합하는 놀라운 정진이 그 사이에 이루어졌으니 제2의 인생이 개화했다고 해도 과언이 아닐 터이다. '평론가 구중서'에서 이제 '너른뫼 구중서의 시서화'라고 불러질 만큼 또다른 예술의 생명밭이 그를 널찍하니 감싼다. 붓글씨에서 시작하여 시조 창작과 그림 그리기에 이르기까지 어느 사이 동양적 전인의 품격을 내보이기 시작한 것이다.

사실 위의 표사를 쓸 때 가장 고민한 대목은 곰에다 비유하고 싶은데 그것을 어떻게 표현해야 하나였다. 결국 에라, 하면서 '어른에게 쓸 표현은 아니지만 그렇게밖에 쓸 도리가 없는, 딱 미련한 곰에다 비유하고픈 저 한길살이'라고 썼다. 이런 인상은 필자만의 것이 아니라 공인된 하나의 인물평이다. 이제 그 대상이 되지 못하면 섭섭할 정도로 인물 현대사로 정평이 난 고은의 『만인보』(12권; 개정판, 창비, 2010, 514면) 속의 「구중서」 또한 그렇게 서 있다.

어디 사람인가
기우뚱
기우뚱
남대문 황소 등허리이지

어디 사람의 말인가
뜸들여
뜸들여

백년 가마솥 밑바닥 누룽지이지

어디 사람의 마음인가
첩첩산중 눈사태도 통 모르는
기나긴 동면의 웅녀이시지

뚜벅뚜벅 걸어가다니 그것 잘못이지

—「구중서」 전문

한 사람의 전체적인 외모, 특히 걷는 모습, 그리고 말과 행동거지, 그 사람의 속내를 '남대문 황소 등허리' '백년 가마솥 밑바닥 누룽지' '기나긴 동면의 웅녀' 등으로 차례로 표현하였다. 이들 형용에서 일차로 다가오는 것은 '남대문 황소' '백년 가마솥' '웅녀'가 연상시키는 거대한 체구이다. 그리고 그런 거대한 몸체만큼 닮아있는 정신과 실천의 진중한 무게감이다.

나는 구중서 선생을 대하면 태산을 연상한다. 비바람 몰아쳐도 끄떡 않고 눈서리 사나워도 변함없는 그런 태산이다. 글도 그렇다. 지난 세기의 무서운 억압과 혼란스런 변동에도 그는 리얼리즘과 민족문학의 입장과 논리를 바르고 굳게 지켰다. 비평 선집 『역사와 인간』이 증명하고 있다. 이 책에서 태산의 무거움은 물론, 인간 사랑의 보드라운 숨결과 함께 자연을 돌보는 싱그러운 마음씀까지 느끼게 될 것이다.

—임형택

'한결같은 마음(恒心)'으로 매사에 임하기란 참으로 어려운 일이다. 특히 괭이 눈알 돌아가듯 변화무쌍한 우리네 사회에서는 더욱 그렇다. 구중서 선생은 항심의 어른이다. "나라를 근심하지 않는 것은 시가 아니다"—다산의 명제를 궁구하며 민족문학의 길을 한결같이 지켜온 구선생의 비평적 행보는 이만큼 미쁘다. 그러면 그는 막무가내의 완고덩어리냐? 물론 아니다. 그는 비평가의 첫째 미덕인 시대와의 긴장을 결코 놓고 있지 않다. 이번 평론집을 일별해도 우리는 안다. 그가 얼마나 부지런히 국내외의 첨단이론을 섭렵하고 있는지, 얼마나 민첩하게 최근 작품들을 읽어내고 있는지. 끝없이 파동쳐오는 변화의 와중에서도 항심을 유지한다는 점이야말로 소중하다. 회갑을 앞둔 연세에도 붓끝이 정정한 구중서 선생은 과연 우리 평단의 태산북두일진저!

—최원식

'태산' '항심'에 대한 비유가 환기하듯 일차적으로 구중서 선생이 내뿜는 삶은 헌걸찬 장부의 기운이다. 그러나 그것으로 시종했다면 오히려 심심했을 터, 묘한 반전의 체취야말로 구중서 선생이 진정으로 발산하는 삶의 미학일 것이다. 고은 선생의 시가 환기하는 바도 사실 그러하다. '기우뚱' '뜸' 등 굼뜬 행동거지 속에 숨어있는 느림의 진보랄까, 수문장의 포즈랄까 그런 순정의 사랑이 눅진하다. '어느 누구보다도 따뜻한 눈동자와 어린 새싹의 순정함'이나 '인간 사랑의 보드라운 숨결과 함께 자연을 돌보는 싱그러운 마음씀' 등이 그러하다. 실제로 우리가 구중서 선생에게서 보는 것은 대장부의 호탕한 웃음이 나이라 소년의 수줍은 웃음이다. 말하자면 그가 펼쳐 보이는 우람한 체구는 위압적이고 권

위적인 것이 아니라 그만큼 포용적이고 수렴적이라는 것, 그것은 곧 공격적인 선봉대나 직선적인 돌격대의 형상이 아니라 수문장과도 같은 원만하고 따뜻한 후위의 모듬살이다. 물론 처음엔 돌쇠와 같은 선봉장의 모습도 내보였지만, 이후 대오가 형성하자 스스로 수문장을 자처하듯 뒷전에 턱 자리잡고 광의의 리얼리즘론과 주류론을 널따랗게 펼쳤다. 이 점에서 "강직하지만 오만하지 않고, 완곡하지만 굽히지 않는다(直而不倨 曲而不屈)"라는 『춘추좌씨전』의 말에 딱 부합하는 인물 형상이 너른 뫼 구중서 선생이다. 달리는 사람은 빠르나 멀리 못 가서 그치고, 걷는 사람은 느리지만 백 리를 가도 그치지 않는다고 했다. 그 점에서 고은 시의 마지막 연에 그려진 표현엔 약간의 반감 아닌 반감이다. 그 자체를 역설로도 볼 수 있지만, 구중서 선생은 '기우뚱 기우뚱' 걷는 듯하지만, 어느 누구보다도 확실하게 대도(大道)를 '뚜벅뚜벅' 걸어갔기 때문이다.

2

구중서 선생에 대한 반전의 체취를 매력적으로 그려낸 재미있는 풍경시가 또 있다. 이시영 시인의 시 「1980년 여름 종로경찰서」(『은빛호각』, 창비, 2003)가 그것이다.

신경림 구중서 조태일 시인이 계엄법 위반으로 종로경찰서에 잠시 구금되어 있을 때였다. 소식을 듣고 달려갔더니 세 사람이 나란히 면회실로 나오는데 표정들이 가관이었다. 조태일 시인은 허공에 연신 동그라미를 그리며 담배가 피고 싶다고 했고 신 선생은 몇 올 안 되는 염소수염을 달고 서럼이처럼 헤헤거렸고 구 선생은 약간 삐딱한 옆모습으로 서서 아이처럼 초밥이 먹고 싶다고 했다. 초밥집을 찾아 인사동, 관훈동 일대를 헤맸으나 그것도 막상 찾으려고 보면 없는 법. 종로서 앞 육교를 벌써 세 번째 오르며 김윤희 선생이 투덜거렸다. "아니 자기가 무슨 쟈니 브라더스야 뭐야? 이 한여름에 삐딱하게 서서 초밥 타령은?"

이틀을 더 머물다 그들은 서울구치소로 넘어갔는데 수갑이 모자라 세 사람을 한데 묶는 바람에 가운데 낀 신 선생이 그들의 큰 걸음을 따라잡느라 오리처럼 심하게 뒤뚱거렸다고 한다.

—「1980년 여름 종로경찰서」 전문

1980년 여름이라면 참으로 서슬 시퍼렇던 시절이 아니던가? 80년의 짧은 봄이 지나고, 피의 살육 광주항쟁을 막 거친 시기였으니 말이다. 그런데 이시영 시인은 뜻밖의 풍경으로 우리는 안내한다. 시인 신경림과 조태일, 그리고 평론가 구중서가 펼치는 다소 우스꽝스러운 자태. 그 가운데 주인공은 단연 구중서 선생이다. "아니 자기가 무슨 쟈니 브라더스야 뭐야? 이 한여름에 삐딱하게 서서 초밥 타령은?" 아내이신 김윤희 시인의 말이다.

그런데 사실은 구중서 선생은 먹을거리에 남다른 취향이 있는 듯하다. 가령 「문화인 기벽」이라는 한 신문 칼럼(『경향신문』, 1977.2.8)에서 구중서 선생은 자신의 글쓰기 버릇으로 먹을 것을 유별나게 내세운다.

내 나름의 이 버릇을 들자면 집필에 들어가기 직전에 맛있는 먹을 것들을 찾는 것이다. 글을 쓰지 않을 때 내가 맛있어 하는 것들로는 보신탕, 순대, 소주도 몇 병, 이런 식으로 야만스럽지만 글을 쓰려 할 때에는 성질이 달라진다. 따지고 보면 별것도 아닌 것들인데 가령 청국장, 녹색 야채, 고추장 위에 썰어 얹은 날마늘, 젓갈, 작은 잔으로 두 잔의 소주, 거푸 피우는 두 개비의 담배, 이런 정도로 만족한다. 그리고는 조용한 독방에 엎드려 뒹굴면서 글을 쓴다.

이시영 시인의 시 속 풍경을 가만히 생각해 보면 구중서 선생은 자신의 아내가 왔으니 함께 있는 분들에게 '특별식'을 먹게 해주고파 그렇게 요청했을 것이다. 위의 칼럼에서 선생은 자신의 먹을거리 집착에 다음처럼 의미를 부여하고 있기도 하다.

집을 지을 소나무 재목은 비바람을 맞혀서 송진을 빼버려야 한다고 들었다. 글을 쓸 생리(生理)에서도 생경한 공허감이라든지 끈적거리는 욕구를 빼버려야 한다. 그러기 위해서는 무리한 근엄성보다는 절제되고 소박한 즐거움을 누리는 것이 좋을 것이다. 그래서 별것도 아니면서 맛깔진 것들을 조금씩 섭취하는 것이다. 이때 섭취하는 것들은 에너지를 위한 기름이 아니고 송진을 빼는 비바람이다. 다분히 기분이며 정신적인 것이다.

이시영 시인의 시에서 또 하나 주목할 대상은 신경림 시인이다. 시에서 이야기하고 있듯이 당시 워낙 많은 사람을 한꺼번에 가둔 터라 수갑이 모자라 세 사람을 한데 묶었단다. 그 바람에 키가 큰 두 사람 가운데 낀 작은 체구의 신경림 시인이 그들의 큰 걸음을 따라잡느라 오리처럼 심하게 뒤뚱거렸다는 것. 신경림 시인은 이처럼 구중서 선생과 함께 멋진 풍경을 연출하는 단골손님이다. 정희성 시인의 시 「선시산인(仙是山人)」(『돌아다보면 문득』, 창비, 2008)에서도 두 사람은 키 작은 남정현 소설가, 그리고 안종관 극작가와 함께 다시 출연한다.

조촐한 술자리였다
먼저 온 구중서가 바위마냥 요지부동인데
칠순맞이 신경림이 그 왼쪽에 앉고
얼마 있다 남정현이 와 오른쪽에 자리잡는다
내 옆에 앉아 가만히 그 모양을 바라보던
젊은 평론가 이병훈이 갑자기 눈이 똥그래지더니
내 귀에 대고 영락없이 뫼산(山)자네 하는데
조금 있다가 등산복차림의 안 아무개가 쫄래쫄래 들어오니
그만 그 뫼산(山)자가 흐트러지고 만 것이었다
나는 그게 안타까워 저것 좀 봐 산이 망가졌잖아 하니까
병훈이가 얼른 알아듣고 배꼽을 잡는데
재미있는 건 뭣 모르고 따라 웃는 안 아무개였다
다른 자리에 가서 내가 이 얘기를 하니까
멀뚱하게 듣고 있던 어떤 이가 핀잔을 하듯
산이 어찌 봉우리가 셋만 있어야 한당가 하는 바람에
나는 그만 머쓱해졌다 아닌게아니라
추사의 글씨에 이런 모양의 산(山)자가 있기는 있었다
그러면 그렇지 안 아무개 땜에 산이 무너진대서야

그걸 어찌 산이라고 할 수 있겠는가
산 옆에 사람이 있으니 그게 바로 신선이지

—「선시산인(仙是山人)」 전문

신경림과 구중서, 하면 바둑을 빼놓을 수 없다. 어느 홈페이지에 오른 두 분의 대국 장면 사진에 대한 해설 기사가 재미있다.

지난해 정초 무렵이었을 것이다. 그때 신경림, 구중서, 박시교, 정희성 시인께서 진주로 나들이를 왔다가 삼천포 실비집 '사군자'에서 한 잔하고, 삼천포 부두 쪽에 여관을 잡고는 또 부둣가 포장마차에서 뽕짝가락을 뽑아대며 한 잔 더 하고 들어갔던 여관방에서 신경림 시인과 구중서 평론가가 대국하는 장면이다.

보시다시피 흰돌을 쥔 신경림 시인은 시종 여유 있는 표정으로 얼굴이 벌겋게 달아오른 구 교수를 살살 약까지 올려가며 마치 어린애 다루듯 하고 있었는데……

필자 또한 바짝 열에 오른 구중서 선생의 맨머리, 그 위에 모락모락 나던 김까지 본 적이 있는데, 그날은 거기까지 가진 않았던 모양이다.

3

개인적으로 구중서 선생의 글 가운데 가장 오랫동안 기억하고 있고,

또 지금도 가장 인상 깊은 글로 간직한 게 하나 있다. 인사동 하면 가장 먼저 떠오르는 인물, 이른바 거리의 철학자로 이름이 난 민병산 선생의 유고집 『철학의 즐거움』 속의 추모글 「한국의 디오게네스」이다.

민병산 선생의 주옥같은 글도 좋지만, 부록 편에 실린 조사, 추모의 글 전반이 매우 감동적이다. 특히 추모의 글에서 민병산 선생과 관련된 일화들을 모두 소설식 대화와 지문을 활용하여 서술하고 있다는 점이 특이했다. 그만큼 민병산 선생과 함께 했던 멋진 장면을 있는 그대로 재현, 보여주고자 하는 후배들의 정성과 감흥이 고스란히 만져진다. 구중서 선생의 글 또한 그런 몇 가지 일화로 구성되어 있다. 그 가운데 특별히 인상적인 일화는 어느 날 듣게 되었던 민병산 선생의 이야기이다.

이날 밤, 과연 수많은 문상객이 모여들었다. 소주잔이 돌고 떠들썩한 말싸움 잔치판이 벌어졌다. 민 선생과 가장 가까운 고향 친구인 신동문 시인이 말했다.

"모두들 오해하지 않을 줄 알구서 하는 말인데, 주위에서 너무 민형을 떠받들구 회갑연을 한다 무얼 한다 하는 바람에 민형이 며칠이라도 더 빨리 죽었어……."

또 술이 취한 박형규 교수가 그 큰 목소리로 말한다.

"민 선생은 길을 제시하지 않았어……."

이 말의 뜻은 민 선생이 어떤 진취적인 행동 대열에 앞장을 서지는 않았다는 뜻인 것 같았다. 박 교수의 이 말은 마침 좌중에 젊은 세대의 우상이라고도 하는 어느 교수가 나타나자 그에 대한 치하의 방편으로 무심히 튀어나온 것이다. 그러나 민 선생 주변의 후배들이 그를 떠받든 것은 무슨 세력이나 이권을 위해서가 아니었지 않은가. 다만 60평생을 살면서도 아직까지 분명히 그는 촌사람이었고 '무공해 인간'이었고, 그러면서도 엄정하고 높은 교양인이었다. 그리하여 많은 이들이 마음을 편히 쉬기 위하여 그리고 배우기 위하여 그를 찾았다. 문인, 화가, 장인(匠人), 직장의 젊은 여성, 각양각색의 사람들이 그의 주변을 서성거렸다.

또 그가 길을 제시하지 않았다고 말할 수 있을까. 60년대 명동 시절의 어느 날 그는 다방에서 나를 앞에 놓고 한 토막의 이야기를 들려주었다. 청년 버너드 쇼가 런던의 어느 공원에서 대중을 앞에 놓고 연설을 했다. 그때 그는 열렬한 페이비언 소셜리스트였다. 연설이 끝나고 군중이 흩어져 돌아갔는데 한 노인이 연단 곁을 떠나지 않고 있었다. 버너드 쇼가 다가가 "선생님은 누구십니까?" 하고 물었다. 그 노인은 대답했다.

"나는 엥겔스요."

버너드 쇼는 깜짝 놀라 몸둘 바를 몰라 했다.

민 선생은 왜 이런 이야기를 했을까. 인간이 역사 안에서 일을 하고 길을 걸어가기란 결코 간단한 게 아니라는 뜻이었던 것 같다. 그러나 그는 운명론자가 아니었다.

구중서 선생은 여기에 특별하게 더 설명을 붙이지는 않았다. 그런데 필자에게는 이른바 민병산의 정신, 그것을 보듬어 안고 있는 구중서의 정신으로 다가오는 바가 있다. 한마디로 영웅주의적 엘리트주의적 전위의식보다는 집단주의적 공동체적 함께 하기의 공감력 같은 것이다.

하상(河床) 위로 흐르는 강물은, 물결을 일으키면서 표면으로 흐르는 부분도 있지만, 그 대부분의 수량은 밑으로 흐른다. 어디로 향해서 가는지는 하상만이 알고 있다. 한 사람 한 사람의 지식인은 실제에 있어서 그 강물의 한 방울에 지나지 않는다. 다만 그는 수면에서 눈을 뜨고 그 방향을 보려고 한다. 떠올랐다 다시 물속에 잠겼다 하면서. 이따금 저 맥베드의 대사가 무엇을 의미하는지 궁금하게 생각하면서, "폭풍 속에서도 시간은 경과한다"라는.

— 민병산, 「지식인 잡기」에서

구중서 선생은 광의의 리얼리즘론이나 주류론 역시 이런 생각과 관련이 깊고, 그가 민족적이며 토착적인 것에 관심이 많은 것도 이와 관련이 깊다. 그 점에서 민병산 선생의 체취야말로 구중서 선생에게 아주 중요한 계승적 자질이라는 생각이다.

사실 구중서 선생의 제2기를 멋지게 장식하고 있는 시서화를 생각하면, 이렇듯 뒤늦은 개화의 힘은 무엇일까가 궁금하다. 그리고 그럴 때 맨 먼저 떠오르는 사람이 민병산 선생이다. 구중서의 시서화 중 글씨가 앞장을 서고 있다는 것은 잘 알려진 일인데, 잘 알다시피 민병산의 붓글씨 역시 지렁이체로 널리 알려진 바다. 그런데 두 사람은 모두 붓글씨 공부를 혼자서 했다. 가령 민병산 선생은 붓글씨 공부를 '올바른 학습법'과는 반대로 혼자 써왔다고 했다. 이를테면 해서(楷書)부터 시작을 해야 하는데 처음부터 행서(行書)를 썼고, 임서(臨書)를 해야 한다는데 특정 모범 없이 붓 가는 대로 기분 나는 대로 썼으며, 큰 글씨를 연습해야 솜씨가 생긴다고 하는데 비교적 작은 글씨를 썼다는 식이다. 그러면서 역설적으로 다음과 같은 붓글씨론을 펼쳐놓았다.

소질이 있는 사람은 처음부터 글씨가 예쁘다. 힘들이지 않고서도 반듯하다. 앞뒤를 맞추려 애쓰지 않아도 포치(布置)가 절로 고르다. 노력을 할 필요가 없다. 노력의 여지가 없다.

소질이 없는 사람은 노력이 필요하다. 그 여지가 있다. 노력을 해도 될지 말지 어렵다. 일년 이태 가지고는 어림도 없다. 5년, 아니 10년은 해야 손과 붓이 간신히 움직이기 시작한다.

그러고 보니 나의 경우 소질이 없다는 게 천만 다행이었던 것이다. 이 역설(逆說)은 어쩌면 상당히 광범한 진리일지도 모른다.

— 민병산, 「붓글씨」에서

다시 말해서 "만 4년을 천신만고했다. 4년이면 대학과정을 마치고 학사(學士) 벼슬을 얻는 기간이다. 천신만고 끝에 나는 '천부가 없다'는 단안을 내렸다. 겁없이 시작을 했다가 소질이 없는 것을 자각하는 데만 4년이 걸린 셈이다. 물론 공부를 중단하지는 않았다. 그런데 신기한 것은 이렇게 단안을 내리니까 기분이 홀가분해졌다"라는 것이고, 그때서야 '글씨는 사람 생김새와 같다. 자기 나름으로 쓰면 된다'라는 수준이라면 수준, 경지라면 경지에 이르게 되었다는 것이다. 구중서 선생의 길 또한 아마 그러했을 터이다. 그래서 가령 미술사가 유홍준은 전통적 가치를 강조한 구중서 선생의 면모를 주목하여 선생의 글씨에 대해 다음과 같이 평하기도 했다.

글씨체를 보면 필획에서 뼈골을 강조한 안진경체를 따르고 있는 것이 분명했고 글자의 모습은 선생의 몸체처럼 묵직하고 필법(筆法)은 선생의 말투처럼 아주 느릿하여 역시 글씨는 인품을 속이지 못한다는 생각이 들었다.

— 유홍준, 「시서화(詩書畵) 삼절(三絶)의 현대적 부활」에서

그러면서 구중서 선생의 시서화는 김원용 선생의 문인화, 신영복 선생의 글씨와 그림과 함께 우리 시대 또 하나의 문예창작으로 기억될 것이라고 하였다. 그리고 최근의 작업을 평한 신경림 시인이 '시, 글씨, 그림, 다 너무 좋다'라는 제목을 달 정도로 최근 구중서 선생이 보여준 새로운 진경은 놀랍다. 필자에겐 아직 최근에 선생이 성취한 바를 제대로 가늠할 예술적 능력은 없다. 다만 그 속에 놓여 있을 묵직한, 참으로 오래고 질긴, 남모를 성실함만큼은 널리 숙고하고 싶다. 사실 구중서 선생에게서 학력이나 문단 등단과 관련해서 특별한 자랑거리를 찾긴 힘들다. 선생 스스로도 출신 학교나 등단 매체를 애써 내세우지 않는다. 엄청난 독서와 오랜 사람과의 사귐 등 독학에 가까운 성실함이 가장 중요한 자산이라는 게 역으로 놀랍다. 옛말에 사람을 볼 때 인생의 후반부만 본다고 『채근담』은 말하는데, 신경림 시인의 표현대로 필자 역시 앞으로가 더 기대된다.

그는 제2의 문학인생을 살고 있다. 어쩌면 이 제2의 문학기야말로 그가 자신의 참모습을 드러내는 진짜 문학전성기인지도 모르겠다.

— 신경림, 「시, 글씨, 그림, 다 너무 좋다」에서

구중서 선생에 대한 이런저런 인물평을 찾다가 뜻밖에 아름다운 인물평 하나를 찾았다. 일종의 문인사랑방이자 아지트였던, 한 술집 여사장의 회고담(한복례, 「'풍류탑골' 21회: 과묵한 주당」, 『중앙일보』 2006.1.8)인데, 아주 사실화(寫實畵)다. 지금까지 했던 이런저런 서술을 총합하는 재미있는 일화의 채록이라 섣부른 부연보다는 직접 인용하는 편이 좋을 듯하다. 해당 대목을 결론 삼아 옮기면서 글을 마친다.

구 선생님이 탑골에 오시면 참으로 조용하게 술을 드셨다. '과묵한 술꾼', 그런 말이 있다면 구 선생님께 딱 어울리는 말이리라. 대개의 경우 신경림·민영·정희성 시인 등과 함께 왔고 인병선 시인(신동엽 시인 부인)이 동행할 때도 있었다. 특히 신동엽 창작기금 수여식이 끝난 날은 틀림없이 탑골에 오셨다. 그런 때는 가게 안이 매우 어수선했고 좋게 말하면 활력에 넘쳤다. 또 그런 날은 술자리가 무르익게 되면 누군가가 수상자에게 축하의 말을 하면서 노래잔치가 벌어졌다.

그런데 지금이야 술 마시고 노래 부르는 데 큰 제약이 없지만 1987년 무렵에는 여러 제약이 많았다. 부르는 노래도 은근히 제약을 받았으며 말하는 수위도 적당한 선을 넘는다는 것이 다소 부담스럽기도 했었다.

그 여름이었던 것으로 기억된다. 구 선생님이 호명되어 노래를 불러야 할 차례였다. 대개 연만한 어른들께선 트로트풍의 옛노래를 불렀던 터여서 그와 유사한 노래를 부르지 않을까 싶었는데 난데없이 신동엽 시인의 시와 삶을 이야기하기 시작했다.

그렇게 되면 분위기가 묘해져서 웅성거리게 되는데 구 선생님은 전혀 상관하지 않는다는 듯이 한참 말씀하신 연후 노래 대신 좋은 시를 들려주시겠다며 정지용의 '향수'를 낭송하시기 시작했다. 당시만 해도 납·월북 시인들의 작품이 해금이 되네, 안되네 하던 때여서 약간의 긴장이 요구되었지만 구 선생님은 전혀 개의치 않고 의젓하고도 장중하게 시를 암송했다.

눈을 지그시 감고 '그곳이 차마 꿈엔들 잊힐리야'로 매듭되는 5연의 긴 시를 한 번의 막힘도 없이 낭송을 끝내자 사람들은 모두 환호했다.

그러자 다시 한 말씀이 시작되었다.

"여러분이 좋은 시를 쓰고 있다고 생각하지만 우리가 항상 마음속에 새길 말로 다산 정약용의 말씀이 있습니다. '불우국 비시야(不憂國 非詩也)'라는 말인데 시를 쓰되 민족이라든가 공동체를 늘 염두에 두고 시를 써야 한다는 말일 것입니다. 나라를 염려하지 않는 것은 시가 아니라는 다소 과격한 이 말을 오늘같이 험한 세상에서 시인들이 늘 마음에 두어야 시가 음풍농월이나 한가한 자의 소일거리로 떨어지지 않을 것입니다."

조금 전까지만 해도 노래판이 걸판지게 벌어져 계속 소란스러울 것 같은 분위기가 일신되었고 다소 무거워지기까지 했다.

그러자 다시 구 선생님이 "내가 느닷없이 분위기 망치는 얘기를 했노라"며 대단히 겸연쩍은 표정을 지으며 그냥 재미나게 노래하고 술 마시자고 제안하셨다.

그러자 누군가가 혼잣말로 한마디 했다.

"구중서는 저게 병이야. 아무 때나 너무 무게를 잡는다구. 하기사 그게 구중서지, 어디가!"

오랜 기억의 힘으로

유성호 문학평론가, 한양대 국문과 교수

내가 구중서 선생과 관련하여 처음 이름을 올린 것은, 아마도 선생의 화갑기념논문집이었던 것 같다. 1996년 태학사에서 출간된 이 책에 나는 「김현승의 시론에 관한 연구」라는 논문을 실었다. 그때 나는 박사학위논문을 거의 마무리할 무렵이었는데, 그 논문 가운데 한 부분을 특화하여 선생을 기념하는 논문집에 참여했던 것이다. 당시 민족문학사연구소와 민족문학작가회의 회원들 그리고 선생이 재직하던 수원대학교 분들이 소중한 글들을 보내주어 책이 두툼하게 완성되었던 기억이 새삼새롭다.

이제 얼추 20년 상거(相距)가 생겨난 이 책에 선생께서도 글 한 편을 실었다. 책 맨 앞에 수록된 그 글은 「문학사와 근대성·근대기점」이었다. 이는 오랜 문학사적 쟁점이기도 했던 '근대(성)' 문제를 정면으로 다룬 섬세한 아티클이었다. 당시로서는 근대성 연구의 선편을 쥔 선구적 작업이었다고 말할 수 있을 것이다. 거기서 구중서 선생은 다음과 같은 의견을 개진한 바 있다.

한국 근대문학의 여러 가지 기점설들이 개항으로부터 3·1운동에 이르는 기간 안에 자리잡고 있다. 이 시기는 어쩔 수 없이 일제에 의한 타율적 역사 이행기이다. 문학사가 정치사로부터 구속받지 않을 수 있다고 하더라도 민족 주체의 제약이라든가 상실이라는 한계는 근본적으로 약점이 된다. 그러므로 1876년 일본과의 타율적 개항 이전 시기, 세계적 객관성에 대한 개안, 국내적 민권운동의 분출, 민중 속 문학 향유의 확산이 있었던 1860년대가 한국 문학사 근대기점으로서 적절하다는 것이다.

구중서 선생의 이러한 진단은 이후 국문학계의 동의를 얻어 가기도 하였고, 다른 의견으로 파생해가기도 하였다. 여기서 우리는 이러한 선생의 의견이 매우 중층적이고 복합적인 준거들을 모두 감안하고 내린 결론이라는 것을 알게 된다. 어쩌면 그것은 평소에 중용(中庸)의 성정을 강조해마지 않는 선생의 자연스러운 모습을 보여준 결과라고도 할 수 있을 것이다. 아닌 게 아니라 선생은 '리얼리즘시' 논쟁이 한창이던 때에도 선생 특유의 '광의의 리얼리즘'을 말씀하신 바 있는데, 이 또한 선생만이 가지는 넓고도 균형 있는 마음과 지향이 반영된 것일 터이다.

그리고 선생의 화갑기념논문집에는 여러 편의 '축시'도 실렸는데, 그 중 가장 기억에 남는 것은 신경림 선생이 쓰신 시편이다. 광산(廣山) 선생의 이미지에 가장 가까이 근접해 있는 형상이 거기 남아 있었는데, 모두 3연으로 되어 있는 시편의 마지막 연만 재현해보도록 하자.

푸른 굴참나무를 닮아
겨울 산등성이에 맨몸으로 섰다가도

봄이면 그 억센 팔다리에

싱그러운 잎을 달고

밤이면 달과 별을 불러다

덩기덩 춤도 추고

스스로 세상의

달이 되고 별이 되면서

—신경림, 「푸른 굴참나무를 위하여」 중에서

신경림 선생은 광산 선생의 억세고도 경쾌한 몸과 마음을 시 안쪽으로 선명하게 불러온다. 이 시편을 통해서도 우리는 광산 선생의 캐릭터가 이 같은 '맨몸'과 '춤' 그리고 세상의 '별'을 소망하고 자임하는 속 깊은 의지에서 나온다는 것을 알게 된다. 구중서 선생은 이러한 의지와 헌신으로, 1963년 『신사조』에 「역사를 사는 작가의 책임」으로 비평 활동을 시작한 이래 비평적 이력을 50년 넘게 이어왔다.

그런가 하면 선생은 천생 시인이기도 하다. 나는 선생이 시조를 쓸 때부터 그의 시조시편들을 공들여 읽었는데, 그 과정에서 선생은 시조집을 두 권 펴냈다. 『불면의 좋은 시간』(책만드는집, 2009)과 『세족례』(고요아침, 2012)가 그것이다. 그 중 나는 『세족례』에 대한 해설을 썼다. 그리고 사모님이신 김윤희 시인의 시집 해설도 한 번 쓴 적이 있다. 아마도 『성자(聖者) 멸치』(책만드는집, 2009)였을 것이다. 이 땅에 부부 시인이 적지 않겠지만, 부부의 시집 해설을 모두 쓴 경우는 거의 드문 일이 아닐까 생각해본다. 그만큼 광산 선생과의 인연이, 선생 부부와의 인연이, 속으로 깊다.

이러한 이력이 집성되어, 선생은 고향 경기도 광주에서 뜻 깊은 행사를 가졌다. 경안습지생태공원에 세워진 시비 제막식에는 각지에서 모인 선생을 존경하는 시인들과 광주 문인들이 참석해 뜻 깊은 행사를 축하하였다. 그리고 최근에는 시, 서예, 그림을 함께 선보이는 시서화 전시회 '인문 예술전'을 전주시 한옥마을에서 열기도 하였다. 이때 선생의 시조 작품을 직접 붓글씨로 쓰고 수묵화로 그린 작품들이 전시되었다. 미술사학자 유홍준 교수는 "근대에서는 시서화가 점점 분리돼 시와 서, 서와 화를 잘하는 이절(二絶)은 있어도 삼절은 드물다. 구중서 작품을 보면서 시서화 삼절이 현대로 계승되고 있음을 확인했다"라고 말한 바 있는데, 어쩌면 이러한 기획과 실천은 우리 문화 속에 가장 오래된 것 가운데 하나인 문인화 전통을 현재에 되살린 것이기도 할 것이다.

우리가 잘 알듯이, 이제 구중서 선생은 문학 연구자로서나 평론가로서나 가지고 계신 폭 넓은 인지도를 뒤로 하고, 시조시인으로서의 도정을 누구보다도 열심히 걸어가고 있다. 선생이 문학을 시작하면서 가졌을 초심의 순정을 기억하면서, 우리는 이제 광산 시학이 펼쳐나갈 독자적 차원에 대해 생각해본다. 그것은 아마도 시서화(詩書畵)를 결속해갈 선생의 예술적 성취를 뜻하는 것일 터이다.

그리고 선생의 마지막 면모는 그의 독실한 가톨릭 신앙에서 나온다고 할 수 있는데, 아닌 게 아니라 선생은 김수환 추기경 평전도 썼고, 『한국천주교문학사』(소명출판, 2014)라는 책도 출간한 바 있다.

> 시골 성당 젊은 신부 아름다운 그 시절
> 가난과 깊은 정이 평생에 그리운데

어이해 십자가 지고 명동언덕 올라섰나

불화살 최루탄이 발 앞에 날아와도
하느님 모습 닮은 인간이 존엄해
자유와 민주의 횃불 환하게 밝힌 이

—구중서, 「김수환 추기경」 전문

우리는 이러한 김수환 추기경에 대한 선생의 해석에, 선생 자신의 모습을 고스란히 대입해본다. 그동안 한국민족예술인총연합과 한국작가회의의 이사장을 역임하면서, 한국 리얼리즘 비평의 거목으로 훌륭한 글들을 남기면서, 가장 살가운 육체를 지닌 시조 작품을 쓰면서, 선생은 자신만의 '너른 뫼' 형상을 지속적으로 이어왔는데, 아마도 그것이 "깊은 정"과 "자유와 민주의 횃불"의 형상이었을 것이다. 그래서 나는 그렇게 오랜 기억의 힘으로, 1996년의 첫 인연에서 2015년의 인연으로 이어져가는 시간의 힘으로, 선생의 문학과 삶을 이 자리에서 소중히 기억하고자 하는 것이다.

고결한 밥상

박성모 소명출판 대표

선생님과의 인연은 30여 년 전으로 거슬러 올라간다. 그 세월은 으레 적인 몇 마디 미사나 수식어로 표현될 그런 성격의 세월만은 아니다. 스 승과 제자로 만나 가르치고 배우는 강의실 안의 관계를 넘어 대학원을 마칠 때까지 그 누구보다도 몸으로 겪은 세월이 층층인 나로서는 선생 님의 품과 면면을 글로 쓴다 해도 책 한 권 분량이 되고도 남음이 있겠 다. 그럼에도 선생님의 웅숭한 마음, 그 폭과 깊이를 나는 지금도 모른 다. 참 아둔하다.

선생님은 여러모로 독특하시다. 세찬 비바람에도 끄떡 않고 폭설로 묶인 산골 외진 마을 입구에서 에이는 칼바람을 맞으면서 지키는 우뚝 한 늘 그 자리의 장승의 모습이라면 꼭 그렇기도 하고, 봄 여름 가을 겨 울 사계의 숨결들을 섬세한 소년의 감성으로 다 수렴하시면서도 짐짓 그 큰 눈 끔뻑이시며 예지로 말씀하시는 분, 그러면서도 어법에 어긋난 사소한 말 한마디까지도 따뜻하게 교정해주는 한없이 부드러운 면모는 누가 흉내 낼 수 없는 남다른 선생님만의 면모다. 신설대학의 선배 없는, 명색이 제1회 입학생인 나로서도 접근불가의 어려운 존재셨으니 이후 후배들은 노골적으로 나에게 선생님과 음으로 양으로 미팅을 주선해 달라는 말을 청하기도 했었다. 선생님의 품에 안기고 싶었으나 여린 마음에 선뜻 선생님 연구실을 노크하지 못하고, 연구실 문 앞에서 서성이던 몇몇 후배들의 모습이 지금도 눈에 선하다. 그러고 보면 그때 우리들은 참 맑고 순수했었다. 선생님의 첫 인상은 이렇듯, 어쩌면 우리에게는 그 큰 풍채에 눌리고 느린 말투셨으나 그 말의 알곡에 붙들려 쉽게 접근하기 어려운 그런 분이셨다. 그러나 이제는 말할 수 있다던가.

이미 세상은 내가 그렇다고 하지 않아도 선생님에 대한 이런저런 면모에 대한 꽤 많은 버전들의 풍설들은 내가 아는 바로는 다 꼭 맞는 사실이고, 거기에다 내가 무엇을 덧붙인다는 것은 예스럽지 못하다는 생각이 벌써부터 앞서니 지레 말을 삼가야겠다. 사람마다 조금식 다르지만 설화 같은 이야기들이 선생님껜 늘 따라붙는다. 그 이야기들을 하나하나 헤아리고 새겨보면 어찌 사람이 사람을 보는 눈은 이렇게 한결같은지 놀랍기도 하다. 그 모습 그대로이시니 그 모든 형용할 수사는 내가 하지 않아도 세상이 아는 일이니 나는 그저 선생님과 있었던 짧은 일화 한 토막으로 선생님을 그려볼까 한다. 이것만으로도 선생님의 풍모는 충분하다고 믿기 때문이다.

선생님께서 인문대학장으로 계시던 시절이니 벌써 얼추 이십여 년 가까이 된 일이겠다. 세월이 너무 빨리 흘러간 게 아닌가 싶기도 하다. 나는 어느새 돋보기를 쓰지 않으면 글을 보지 못하는 반백의 중년인데 선생님의 문학은 이제 청춘이니 좀 불공평하기도 한 것이 아닌가도 싶다. 그러나 그게 어디 감히 견줄 말이기나 한가. 볕이 좋은 어느 봄날이었다. 이 좋은 봄날 출판사에 앉아 있는 것이 아까워서였을까, 선생님이 보고 싶어서였을까, 그렇게 오랜만에 대학 모교에 계실 선생님을 사전에 아무 말 없이 불쑥 찾아뵈었다. 시간관념이 흐린 나는 별 생각없이 선생님 방문을 노크했다. 그런데 마침 딱 점심시간에 선생님 집무실을 노크했던 것이다. "네~에." 나지막이 선생님 목소리가 문 너머에서 들리는 듯했다. 나는 들어오라는 신호로 알고 문을 밀고 들어섰다. 그게 일종의 사건(?)의 발단이었다. 내가 들어서는 순간 선생님께서는 막 식사를 하러 나오려던 참이셨다. 하마터면 문 하나를 사이에 두고 선생님께서 나오는 문을 내가 들이밀어 부딪칠 뻔한 상황이었다. 예고 없는 방문이 그렇듯 간만의 차이로 나는 선생님을 뵙지 못하고 허탈하게 발길을 돌려서 나왔을 것이었겠다.

뜻밖에 선생님은 옅고 부드러운 미소를 지으시며 반가워하셨다. 예상에 없는 일이라 놀라시기도 했겠건만 선생님께서는 "아~ 성모, 참 잘됐다" 하신다. 짧은 말 한마디였지만 나는 "참 잘됐다"라는 말이 주는 결의 반김과 또 그 반김의 말뜻이 순간 무엇을 의미하는지를 몰라 머뭇하는데, 그렇잖아도 점심을 뭘 먹을까, 누구와 먹을까 망설이며 나서는 참이셨다는 것이다. "아~ 네." 나 역시 선생님을 뵙자 첫 말이 '뭘 먹을 것인가'라는 물음이라 잠깐 주저하다가, "으음, 선생님, 나가서 먹기보다는 그냥 시켜먹으면 어떨까요?"라고 대답했다. 내심 그간 낯설어졌을 선생님 연구실 구경도 할 겸 그렇게 대답한 것인데, 선생님께서도 망설이는 듯하시더니 "그럼 그럴까, 그래 그것도 좋겠다"고 하신다. 늘 그렇듯 한 템포 느리고 굼뜬 말로 응대하신다. 잠시 머뭇대시더니, "뭘 먹을까?" 물으신다. 이쑤시개 곽에 빼곡한 식단표를 만지작거리시다가 짬뽕으로 합의가 됐다. 여기가 맛있다며 선생님께서 직접 전화로 주문을 하셨다.

짬뽕을 기다리는 사이 선생님께서는 손수 차를 끓이셨다. 나는 그 사이 선생님 서재 여기저기를 살피며 그간 선생님 서가에 새로 들어온 책이 무엇이 있나를 살폈다. 선생님 서재에 새로 들어온 책은 꼭 봐야한다는 일종의 내 치기와 호기심의 발동이다. 마침 따뜻한 차를 잔에 따르고는 마시자며 서가를 서성이는 나를 부르신다. 무슨 차(茶)라며 자세히 설명을 해주셨는데, 지금 그 차 이름은 잊었다. 차를 한 모금쯤 마셨을까. 몇 마디 이야기를 나눌 틈도 없이 속달 배달의 짬뽕은 십 분여 만에 정말 고속으로 도착했다. 능숙한 솜씨로 배달부는 미리 준비해 온 신문지를 응접 좌탁에 좌악 깔고 빠르게 음식을 펼쳐 놓는다. 그 순간, 갑자기 선생님께서 "저기요, 그냥 거기 바닥에 놔두세요" 하시며 배달부의 행동을 제지하셨다.

"그냥 거기 바닥에 놔두세요." 나는 이 순조로운 상황을 제어하시는 선생님이 순간 이해가 안 돼 머쓱하니 또 주춤했다. 배달부가 나가고, 선생님께서는 특유의 육중하고 느릿한 동작으로 작은 서랍을 여시더니 꽃무늬가 새겨진 하얀 식탁보를 꺼내 정성스럽게 펼치시는 것이었다. "아~~." 나도 모르게 가늘게 탄성이 튀어 나왔다. 아, 이 진경이라니. 천천히 하얀 식탁보가 탁자에 가지런히 펼쳐지고 짬뽕과 단무지와 양파,

김치가 가지런하게 놓였다. 평소 낮고 느릿하면서도 예상 밖의 말씀을 툭 던지시곤 하셔서 간혹 당혹스럽게 하시기는 하지만 그 순간 식사(음식)를 대하는, 아니 나(?)를 대하는 것인지도 모를 전율에 나는 필설불가로 흔들렸다. 선생님은 아무렇지도 않은 듯 연한 미소를 머금으시며 늘 그렇듯이 지긋한 말로 한마디를 덧붙이신다. "이것도 괜찮지?" "…… 아 …… 네 ……"

나는 그 순간 어떤 대처를, 아니 어떤 처사의 말을 해야 할지 선뜻 떠오르는 게 없었다. 다만, 예상 밖의 이 감격의 장면 앞에서 입이 열리질 않았다. "아, 네…… 선 생 님."

식사 내내 내 이마에는 송글송글 땀이 맺었고 거의 말을 할 수가 없었다. 다만 선생님의 식사 속도에 맞춰가며 입이 얼얼하게 짬뽕을 입에 넣었다. 기실 그때 얼얼한 것은 입만이 아니라, 이 엄청난 사건 앞에서 몸도 마음도 매한가지였다. 그렇게 어리둥절하고 황홀한 식사가 끝났다. 식사를 마치고 선생님은 하얀 식탁보에 묻은 잉여물을 찬찬히 닦아내시곤 다시 가지런히 접어 서랍에 넣으셨다. 그리고 다시 선생님은 차를 끓이셨다.

나는 맛집을 찾아다니거나 특정 음식에 심취하거나 하는 그런 취미를 모르거니와 미식가는 더더욱 아니다. 허기가 올 때 그저 그때그때 적당한 것으로 요기를 채우면 그만인 게 내 음식에 대한 기본이었다. 참 부박한 생활이다. 어디 나뿐이겠는가. 직장인 대개가 그렇겠지만, 내 생활에 짜장면과 짬뽕은 대체로 일과 시간의 바쁜 틈새에서 긴요하고 필수적이며 실용적으로 후딱 먹어치우는 그런 류일 뿐이었다.

그날 이후 나는 종종 그때 선생님께서 보여주신 정갈한 식탁보 위에 펼쳐진 짬뽕 한 끼의 고결한 성찬을 되새겨 본다. 세상은 너무 빠르게 돌아가고 할 일도 많다지만, 우리가 바삐 사는 가운데 정작 중요한 그 무엇을 상실한 것은 아닐까. 이 사건을 어떻게 설명할 수 있을까.

말이 씨가 된다는 말이 있지만 조심하고 또 조심해야 하는 것은 말만은 아니다. 음식은 생명의 원천이고, 그 원천은 자연법이며 신성의 에너지다. 그 에너지를 고결하게 대하는 선생님. 짬뽕 한 끼를 먹는 데에도 이렇게 깊은 울림을 주고, 성심을 다하시는 뜻은 내가 지금까지 살아오면서 겪은 세상에서 가장 값진 사건이었다. 나는 지금껏 그토록 크고 고결하고 황홀한 대접을 어디서도 받아본 적이 없다.

선생님은 마법사시다. 예고도 없이 불쑥 찾아온 제자에게 설명 한마디 없이 몸소 중함과 고결함이 무엇인지 가르쳐주시는 마법사시다. 세상 일은 어수선하고 때때로 힘겹기도 하다. 삶이 고단할 때 그분이 보여주신 그 여유와 고결함을 떠올리며 스스로 달랜다. 그러노라면 어느덧 정신이 맑아진다. 선생님의 글씨 가운데 〈水急不流月〉이란 작품이 있다. 나는 한문을 모른다. 어느 선시의 한 구절로 보여지는데, 말의 중간에 '不'자가 끼어들어 격의 조화를 부리는 것 같다. '不'이 날렵한 부정이 아닌 육중한 이치임을 이제사 조금 알겠다. 아닌게 아니라, 한 세월 선생님께서 걸어오신 딱 선생님의 자화상 같은 글이다. 선생님의 존함을 적는다. 너른뫼 具仲書. 굼뜬 마법사시다.

좌담 : 4·19와 한국문학

『사상계』 70년 4월호

편집자주 : 4·19혁명 10주년을 기념하여 『사상계』에서 주최한 좌담회의 내역이다. 이 좌담회를 통해서 문학에 대한 참여파와 순수파의 주장이 확연하게 드러난다. 70년대에 있어서 이와 같은 토론은 리얼리즘 논쟁을 심화시킨 계기가 되었으며 소장 평론가들에 의해 그 작업이 본격화됨을 알 수 있다. 이 좌담회는 1970년 3월 14일 『사상계』사 회의실에서 이루어졌다.

참석 : 구중서, 김윤식, 김현

사회 : 임중빈

사상계 부완혁(夫琓爀) 대표 인사

4·19와 한국문학을 주제로 해서 오늘 이 모임을 갖기로 했습니다. 말씀드리지 않아도 잘 아시겠지만, 4·19라는 커다란 혁명적인 사태가 일어나고 나서 그것이 문학에 어떻게 반영된 것인가 하는 문제인데 이것은 그동안 문학에 관계하는 사람이라면 누구나 이 문제를 다루느라 애

쓰셨을 줄 압니다. 그런데 일반에서는 4·19와 그 문학에 대한 평가에 있어서 무엇인가 문학인들에게 경계가 될 만한 구체적인 결론이 나오질 못해서 그것을 갈망하는 경향이 있는 것 같습니다. 그러한 일반의 기대에 부응하는 의미에서 오늘 이 자리를 마련했습니다.

여러분의 의향에 따라 임 선생께서 사회를 봐 주시기 바라며 되도록 이면 네 분 선생의 주견은 주견대로 표현해 주시고 설혹 이견이 있다 하더라도 공약수를 지향하는 좋은 말씀 있으셨으면 하는 마음 간절합니다. 그러면 분망중에 이렇게 시간을 할애해 주신 데 대해서 다시 한번 감사 드리고 좋은 말씀 많이 해 주시기 기대하겠습니다.

문학적 불모지에서

사회　이제 4·19도 10주년을 맞이합니다. 오늘 우리는 이 좌담을 통해 4·19정신을 올바르게 인식하고 지난 10년간 한국문학이 변모해 온 과정을 돌이켜 보아, 앞으로 우리 문학의 발전적 창조작업이 기여할 진지한 토론이 전개되어야 할 것입니다. 먼저 김윤식 선생께서 텍스트의 요지를 간추려 주시면 감사하겠습니다.

김윤식(이하 숲)　나는 이 텍스트 내용을 몇 부분으로 나누어 보았습니다. 첫째로는 4·19를 역사적인 사건으로 보아 8·15라든가 6·25라든가 하는 사건들과 어떤 차이가 있느냐 하는 것을 구분했습니다. 그런데 우리 식민사에 있어서 일제시대는 빼더라도 8·15라든가 6·25 같은 이러한 커다란 사건에 의해서, 말하자면 문학사의 시대 구분 이런 것이

행해진 것이 사실입니다. 그 기간이라야 5년이나 10년 간격으로 정치적인 또는 사회적인 시대 구분이 자동적으로 되어진 것이죠. 4·19도 하나의 역사적 사건으로서는 8·15, 6·25 등 같은 범주로 보려는 사람들도 있겠지만, 나로서는 달리 보고 있습니다. 왜 그러냐 하면 다른 것들은 역사적으로 밖에서 주어진 사건임에 비추어 4·19는 본질이 상당히 다른 부류의 것으로 역사의 밖에서 주어진 것이 아니고 내부로부터 형성된 것이기 때문입니다. 그럼에도 불구하고 4·19 문학의 불모성이라는 것이 드러나는 것은 그것을 다른 사건들과 동일시하는 데에서 일어나는 역사의식의 작용이 아닌가 봅니다. 그동안 우리가 너무도 역사의 격변에 시달려 온 까닭에 다른 그런 사건으로 혼동해 온 것이 아닌가 생각합니다. 만일에 이런 식의 역사의식이 작용한다면 앞으로 위험한 낙관에 처하게 되지 않을까 우려됩니다. 앞으로도 4·19와 같은 비슷한 사건이 일어날 때는 전에 있었던 다른 사건들처럼 명확한 의식이 없고, 결국 마찬가지로 되어버리지 않을까 이런 걱정이 앞서는 것입니다. 그 다음에 이 텍스트에서 4·19와 관계없는 일반적인 문제점을 다루어 보았고 그 다음에는 역사적 사건들과 문학과의 상호관계를 추구해 본 것입니다. 결과적으로 4·19가 문학적인 불모성을 남기고 말았다 하는 것입니다.

리얼리즘의 기점이 된 4·19

사회　그 원인 규명도 해 보셨습니까?

金　네. 4·19라는 대사건이 문학 작품에서 크게 어필하지 못하는

이유가 무엇이냐? 비단 4·19뿐만 아니라 6·25 같은 경우에도 그러한 이유가 어디에 있느냐 할 때, 나는 이렇게 봅니다. 역사적 사건과 문학과의 관계에 초점을 두고 작가가 되려는 사람, 작가 아닌 사람에게는 4·19가 일어난 적이 없다는 것입니다. 4·19를 취급한 작품들이 대체로 애매한 채로 끝난 데 대한 검토를 구체적으로 하기보다는 역사적 사건과 문학과의 관계에 있어서, 내가 보기에 '예술이라는 것은 하나의 맹목이지만, 무엇보다 명확한 촉각을 갖는다' 하는 생각을 가집니다. 그러니까 어떤 사건이나 그 사건의 밑바닥에 깔린 감각이나 확실한 촉각이나 이런 것은 확실하지만 그것 자체로 머물러 맹목이 되고 무엇인지 뚫고 나갈 힘이 없는 것이 되고 말 것입니다. 그것을 극복할 수 있는 방법이 뭐냐고 할 때 나는 이것을 리얼리즘이라고 봅니다. 예컨대 최인훈 씨의 발상법을 그대로 여기 옮겨 볼 때, 그는 방법과 풍속이라는 말을 자주 사용하고 있습니다. 방법으로써 풍속을 능가하느냐 풍속으로써 방법을 장식해 버리느냐? 하는 문제와 관련이 있는 것입니다. 또 그가 말하는 물신적인 면이겠죠. 그래서 누리게 된 자유 속에서 악을 쓰고 외치기만 한다면 이것은 방법 쪽만 내세움으로써 풍속이 제거되는 경우가 되겠습니다. 그러므로 풍속과 방법이 동시에 파악되어 작품으로 나와야 하는 것이 아니고는 말하자면 물신적인 예술로 떨어지고 리얼리즘의 길에 나서지 못하고 마는 것이라고 생각합니다. 맹목적인 것에 대해서는 방향 감각을 요하고 동시에 예술이기 때문에 작가가 명확한 촉각을 세워야 한다는 주장이 되겠는데, 이 두 가지를 결합할 수 있는 방법이 내 결론입니다. 내가 보기에 리얼리즘은 4·19로부터 출발했다는 것입니다. 왜냐하면 어떤 개인에게 자유가 용납되어 있는 사회, 비록 완전한 자유는 아니더라도 원칙적으로 자유가 용납된다고 볼 수 있는 그런 사회에서 개인의 문제와 사회적인 문제 이 양자의 관계를 상대적으로 비교할 때 비로소 리얼리즘의 문제가 제기되지 않는가 나는 보고 있습니다. 그렇다면 개인의 자유가 원칙적으로 용인되어 있다는 것은 곧 집단의 자유가 용인되어 있다는 것을 뜻하고, 그 민족의 자유, 마지막으로 국가의 자유가 용인되어 있다는 것이 될 것입니다. 그런데 그 국가가 완전 자유를 용인하지 않고 독립이 되어 있지 못할 때에는 어느 집단, 사회, 민족 그리고 개인의 자유를 논의할 수 없는 것입니다. 그러니까 그 개인의 자유가 용납되지 않는 그런 사회에서는 그 개개인은 민족주의라는 이름으로 문학이 나와야 하는 것이 아니겠습니까? 그 집단의 자유 획득을 위해 우선 노력을 기울여야 하기 때문이죠. 그렇다면 대한민국이 완전히 독립을 누렸던 때 개인의 자주권이 원칙적으로 인정되어야 한다고 보아야 하겠죠. 1948년 우리 정부 수립과 함께 비로소 우리가 자유를 확보했다고 생각할 수 있겠죠. 그러면 그때부터 리얼리즘이 가능하다고 일단 생각할 수가 있겠죠. 그런데 이(李)정권하에서 과연 자유권이나 자유를 누릴 수 있었고 그것이 용납될 수 있었느냐 하는 의문입니다. 그렇지 않았기에 李정권이 끝나고 4·19가 왔을 때 개인의 자유가 뭐다 하는 것을 논의할 수 있지 않겠느냐 생각합니다. 그러므로 해서 4·19야말로 리얼리즘의 기점이 되지 않을까 생각하게 된 것입니다.

　사회　4·19가 리얼리즘의 기점이라면 결론으로 어떻게 마무리를 지었습니까?

　金　그러니까 이 리얼리즘을 살리려면 조금 전에 강조했다시피 예술이라는 것이 하나의 맹목이지만 어떤 확실한 촉각이나 감각을 갖지

못할 때 그 문학예술은 성립되지 않는다는 것입니다. 이 리얼리즘의 문제가 맹목성에다가 방향감각을 부여할 수 있다는 점, 다시 말하여 방법과 풍속의 양면을 동시에 파악하는 작품이 있다면 4·19를 가장 잘 표현한 것이 되겠는데 유감스럽게도 이런 작품을 가지지 못했다는 사실, 그 후에 5·16이 있었고 작가들이 명확한 의식을 지니지 못한 이유도 있고 하였습니다만, 앞으로 우리가 4·19를 두고 깊이 생각해 볼 점은 4·19를 계기로 가능했던 참된 리얼리즘의 의미를 파악함과 아울러 앞으로 사회변동이나 문학 또는 예술의 동향에 보다 더 민감하면서도 본격적인 자세를 취해야 되지 않을까 봅니다.

혁명적 관점을 반영한 두 시인

사회　이제 4·19에 대한 문학인의 인식이라 할까 하는 문제인데 그 성격 규정부터 이야기해 볼까요?

具　나는 문학인의 한 사람으로서 4·19를 인식할 때, 혁명이라고 봅니다. 왜냐하면 4·19는 민족사가 수천 년 동안 내려온 속에서 비록 학생층을 중심으로 했지만, 민중의 봉기가 중앙 권부를 완전히 전복시킨 위대한 결과이기 때문입니다. 4·19의 정치적인 뒷처리가 혹 불순하게 되었다 하더라도 체제적 중앙 권부를 전복시킨 사실 하나만으로도 4·19를 혁명으로 인정할 수 있겠습니다.

이것이 내가 문학인의 입장에서 4·19를 인식하는 개념입니다. 그리고 4·19를 계기로 해서 그러면 한국의 문학 속에 어떤 현상이 생겼느냐? 하는 것을 진전시켜 생각해 보면 첫째, 詩 쪽에서는 당초 50년대의 모더니스트였던 김수영이 4·19사건을 자각의 충동적 계기로 삼아서 역사의식이 발동되었고 따라서, 「푸른 하늘을」이라는, 4·19혁명의 고독한 결말까지를 우리가 긍정적으로 옹호해야 된다는 시정신으로 발전했습니다. 그리고 또 신동엽만 하더라도 장편서사인 『금강』 속에서는 4·19를 통하여 '민족의 하늘'을 보았다는 감각적이면서도 상당한 의미를 내포하는 그런 시를 발표했습니다. 이 두 사람의 시가 대체적으로 한국 시단에서 4·19를 계기로 발생한 문학정신을 반영한 것이 되겠습니다.

사회 그러니까 아까 김윤식 씨가 얘기한 명확한 촉각을 가진 것이라고 볼 수 있단 말인가요?

具 그렇지요. 촉각도 물론이죠. 문학이라는 것이 언제나 개성에서 발달되는 것이기 때문에 그것이 구체적인 감각의 요소로 확인된 것은 더 말할 필요조차 없습니다. 즉, 사물의 구체적인 감각이 언어라는 매체를 통해서 예술작품으로 형상화되는 것이죠. 그 형상화된 예술작품이 독자들 속에 어떤 능력을 가지고 감응력을 주는 데에서 문학의 존재 가치가 있는 것이라고 봅니다.

金 청마 시인의 「4월 애가」라는 글이 있는데 이런 대목이 있습니다. 못다 죽은 대달픈 죽음을 뻐꾸기는 저리 울어 예는데, 여기 상주와 적객(吊客)들은 만장(輓章)의 글귀를 두고 말썽들이요. 그러면 김수영이나 신동엽이라는 사람들이 결국 적객으로서 4·19만장의 글귀를 쓰는 것에 불과한 것인가. 그들이 4·19가 일어난 후 거기에 대해 고함을 지르고 하면서 떠드는 것이 어떤 의미가 있는 것인가? 이런 문제 즉 말하자면 시인들이 4·19를 노래한다는 것이 제3자의 입장이라는 것입니다.

정작 죽은 사람은 아무 말도 없는 것이고 상주와 조객들 이런 사람으로써 말하자면 '뻐꾸기 소리'를 낸 것에 불과한 것이 아닌가? 근본적으로는 4·19가 왜 예술작품으로 남지 못하고 그런 소리만 하다가 막상 4·19가 일어나니까 이렇게 떠들어 대는가? 이것이 역사에 대한 어떤 아이러니인가? 이런 것으로 나는 생각이 됩니다.

역사의식의 확장과 조절

김현(이하 김) 그러니까 구중서 씨는 4·19 자체를 일종의 민중 혁명이라 생각하고, 그것을 문학적으로 번안한 것이 김수영 씨와 신동엽 씨의 시(詩)라는 주장이고, 김윤식 씨의 말씀은 우리나라에서 최초로 개인의 자유라는 문제, 개인의 자유가 보장되지 않는 사회에서 그것이 얼마나 중요한 것인가를 의식했다는 점에서 4·19가 리얼리즘의 시발(始發)이라고 부를 수 있는 현상을 일으켜 놨다는 주장인데, 그 주장의 옳고 그름은 제쳐놓더라도 한 사람은 '시와 혁명', 한 사람은 '소설과 리얼리즘'을 문학상의 성과로 주장하여, 혁명과 자유를 대립시켜 관찰하고 있는데 그것을 좀 더 자세히 말해 보는 것이 좋을 것 같습니다.

具 먼저 김윤식 씨가 말씀하신 것에 대해서 좀 이견을 제기하겠습니다. 김수영 씨나 신동엽 씨의 시 활동이 4·19에 앞서서 있지 못했고 4·19 후에 발생했다 해서, 그것이 죽어 버린 4·19에 조가(弔歌)로써 대한 태도라고 볼 수 없는 것입니다. 그분들의 시, 즉 하나의 예만 들어도 당초에는 「달나라의 장난감」같이 서정성이 있기까지 한 시를 쓰던

사람이 아까 예로 든 「푸른 하늘을」이라는 작품을 위시해서, 4·19에 대한 긍정적인 정신의 추진, 그리고 정열을 시로 썼습니다. 신동엽 씨의 『금강』의 경우도 역시 마찬가지입니다. 그리고 시 쪽만 가지고 내가 4·19 문학의 현상을 찾는 것이 아닙니다. 소설 쪽에서 또한 보자면 4·19를 소재로 한 작품이 성공을 거둔 작품은 별로 발견되지 못하고 있습니다. 그러나 최인훈 씨가 쓴 『광장』은 자유당 독재정권이 붕괴된 이후에 비로소 분단된 민족의 비극적 현실 및 현실의식을 이 영토 속에 확장시키는 작업을 전개한 것입니다. 그리고 김승옥 씨는 좀 다르게 4·19와, 4·19 세대가 당초의 순수한 의지 그대로 성공하지 못한 데서 세대적인 좌절을 느꼈는지 4·19를 취급하는 방법이 시니시즘의 경향으로 흘렀다는 것입니다. 이것은 「서울, 1964년 겨울」 속에서도 예를 들 수 있는데 그 주막집에서 안(安)이라는 청년이 그 소설의 주인공을 가리켜서 "당신은 꿈틀거리는 것을 좋아하십니까?" 대답하기를 "나는 좋아합니다. 내가 버스를 탔을 적에 내 앞에 앉은 여자의 아랫배가 오르락내리락하는 것을 보기를 좋아합니다." 이렇게 답변하는 것입니다. 그런데 꿈틀거리는 것을 좋아하느냐고 한 질문자의 의도는 "그런 것이 아닌데, 내가 의미하는 꿈틀거린다는 것은 가령 데모라든가" 이렇게 말하거든요. 그런데 그 소설의 주인공인 청년은 거기서 대화를 단절시킵니다. 이런 것이 4·19에 대한 좌절에 일종의 허무와 풍자를 섞어서 인간극의 차원으로, 감각적인 예술의 방향으로 돌려서 작품을 형상화한 경향을 보여주는 것입니다. 그리고 4·19 이후에 소설에 있어서 리얼리즘의 자각을 얻었다는 점에 대해서 나도 동감합니다. 그 리얼리즘이 4·19를 기점으로 해서 출발한 이래, 어떻게 전진되어 왔고 앞으로 또 어떻게 전진되어 나가야 하는가 하는 것이 계속 논의되었으면 합니다.

사회계층형성과 문학의 본질

사회　최인훈, 김승옥 두 작가의 예를 들어 구 형의 비판적인 언급이 있었는데 김현 씨로선 여기 대해 다시 언급하고 넘어가겠습니까? 어떻게 할까요? 어떻게 받아들이고 평가해야 할 것인가요?

김　이야기가 지그재그하고 있는 느낌인데 김승옥 씨의 작품이나 최인훈 씨의『광장』을 어떻게 보느냐의 문제를 다루면 좌담회의 주제에서 완전히 벗어나게 될 테니까 종전에 제기되었던 리얼리즘 문제에 국한시켜 얘기를 진전시켜 나갔으면 합니다.

사회　그럼 그렇게 하지요.

김　앞서 김윤식 씨는 리얼리즘이 발생할 수 있는 여건으로 자유를 획득하려는 노력을 들고 있고, 그 리얼리즘의 가능성을 방법과 풍속의 이원론(二元論)이 행복하게 결합될 수 있는 곳에서 찾고 제시하는데, 제 생각으로는 그 자유를 획득하려는 노력을 할 만한 사회계층이 형성될 수 있느냐 없느냐에 문제의 초점이 맞추어졌으면 합니다.

그렇게 된다면, 해방 전의 리얼리스트들 염상섭, 현진건 등의 소설에 대한 평가는 어떻게 해야 하는가, 또한 4·19 이후의 리얼리스트들, 자유를 갖겠다는 노력을 하는 리얼리스트들 말이죠, 그들의 작품과는 어떻게 대비되는가 하는 문제가 크게 대두될 것입니다. 제 생각으로는 최소한도의 자기계층, 봉건·보수적 쁘띠 브르조아였다 하더라도 말이죠,

자기계층을 가졌다는 점에서 사회계층이 학생층에 의해 유도된 4·19 이후의 리얼리스트들, 그 리얼리즘이란 자기계층의 부재(不在)라는 쓰디쓴 확인을 의미하는 것이겠지만요. 그들보다는 30년대의 리얼리스트이 훨씬 박렸있는 작품을 내놓을 수 있었던 것으로 생각됩니다.

金   내가 생각하기에는 4·19 이전에 정확히 말하면 대한민국 건립 이전에 있었던 리얼리즘, 기법(技法)으로서의 리얼리즘으로 생각됩니다만, 그러한 사회계층이 이루어지지 않았다는 이유만이 4·19 문학의 불모성을 나타낸 것이 아니고, 문학이란 이것 자체가 어떤 커다란 역사적인 사건과 별 관계가 없는 데서 발단하는 것이 아닌가, 이런 생각도 있습니다. 말하자면 최인훈 씨의 많은 작업들 이런 것이 하나의 물신적 (物神的)인, 즉 말하자면 방법과 풍속을 융합해 보려는 이런 지대(地帶)의 형성이 아닌가 생각합니다. 그러니까 이런 지대가 있고 어떤 사건이 있으면 이런 방법, 풍속이 융합된 이런 지대가 있고, 그다음에 선명한 리얼리즘이 나오는 것이 아닌가? 이 중간 단계, 가령 음악이나 미술이나 무용이나 이런 것은 그 소재 자체나, 표현 자체가 바로 내용이고 하니까 방법, 풍속의 완전한 융합 관계가 있습니다. 그래서 한쪽 방법을 무너뜨리면 풍속이 무너지는 것이 아니라 그 예술 자체가 무너지고 마는 이런 상태입니다. 그런데 문학은 언어이기 때문에 언어라는 것은 강력한 교육 작용을 갖고 있습니다. 그래서 작가들이 언어로서 작품을 쓴다는 것은 이 교육 작용에서 벗어날 수가 없는 겁니다. 이것이 문학의 강력한 힘 아니겠습니까? 그런데 언어 쪽에서 의미 작용 이것이 한쪽에서는 예술적인 어떤 촉각으로 구현해야 되고, 한쪽에서는 그 교육 작용 때문에 이데올로기를 형성하는 것이고, 이렇게 언어의 양면성을 갖고 있다고

보는 것입니다. 그래서 언어의 교육 작용이라든지 즉, 의미 작용이라는 것이 이데올로기로 발전해 가고 감각적인 촉각의 요소로 작용하고 하는, 이것이 동시에 결부하는 그런 방법이 되어야 되는데, 우리는 정확한 감각이나 뭐나 이런 것이 교육 작용과 결부되지 못하고 4·19나 어떤 역사적 언어의 교육 작용, 즉 이데올로기적인 관념 형태의 작용만을 내세울 때는 이것은 고함만 지르는 것이 되고 예술이 되지 못한다 이겁니다. 그러니까 역사적인 큰 사건이라는 것이, 가령 불란서 혁명 자체도 사건으로 취급된 훌륭한 소설이 없다는 것은 널리 알려진 일입니다. 그래서 우리가 4·19를 이야기하지 못하고 결국 사회계층이 형성 안 된다거나 또는 작가들이 실력이 없다 뭐다 이런 것도 작용하겠지만, 문학의 본래적인, 본질적인 이런 것이 사건을 거부하는 요소를 갖고 있다고 이렇게 생각합니다.

리얼리즘의 독립적 기능

사회　그 점에 대해서 어떻게 생각하십니까? 구 형께선?

具　나로서는 리얼리즘을 생각할 적에 우리 한국에서 염상섭 씨나 현진건 씨 등에 의한 30년대 문학을 어떤 이는 리얼리즘이었다고 얘기하는데 나는 이것을 리얼리즘으로 보지 않고 자연주의 문학이었다고 규정합니다. 그것은 그분들이 사회, 또는 인간 생활의 현상을 객관적으로 묘사하는 데 그쳤고, 어떤 역사의식의 지향이라든가, 또는 이상주의적 요소를 작품 속에 담아서 전진하는, 또 창조해 나가는 그런 의식작업을

못했기 때문입니다. 원래 세계문학이 태동할 때부터, 크게 나누어서는 아이디얼리즘과 리얼리즘의 문학이 있어 왔는데, 그것이 이론적으로, 과학적으로 체계화되기는 19세기 발자끄의 소설을 계기로 이루어진 것입니다. 발자끄에서 리얼리즘이 어떻게 이루어졌느냐 하면, 그는 왕당파(王黨派)이고 보수주의였는데, 그의 소설은 혁명적인 것이고 또 리얼리즘 소설이었다 합니다. 그때의 사회 환경은 산업사회의 발달에 따라서 대중층이라는 것이 대두되었습니다. 이 대중층의 요청에 의해서 그 리얼리즘 문학이 태동했는데 거기에 대해서 프랑스의 비평가 떼느가 발자끄의 소설에 의거하여 이렇게 풀이했습니다. 19세기 이전, 17세기, 18세기에는 살롱의 귀족 독자를 위해서 문학이 존재해 왔는데 발자끄의 소설이 살롱으로부터 독자층을 대중 속으로 옮긴 성과가 있었고 따라서 그것은 말하자면 문학의 민주화, 내지는 독자의 수평화를 성취했다고 말했습니다. 그래 그와 같은 현상에 대해 아놀트 하우저 같은 사람은 『예술과 문학의 사회사』라는 책에서 그러면 어떻게 해서 왕당파였고 보수주의자였던 발자끄가 혁명적 성격을 띠는, 진보적 성격을 띠는 리얼리즘의 소설을 쓸 수 있었느냐? 그것을 규명했습니다. 그것은 한 작자가 충실하고 공정하게 객관적 현실을 묘사해 나가면 이미 해방적이고 계몽적인 역할을 낳는다는 리얼리즘의 독립적 기능에 대한 설명입니다. 이 리얼리즘 본래의 순수한 기능 그 원형은 지금까지도 또 앞으로도 면면히 살아서 우리의 창작원리로 적용될 수 있는 것입니다. 특히 한국적 현실 속에 와서는 4·19에서 보듯이 시민층의 형성이 어느 정도 이루어졌습니다. 그것을 근거로 해서 한국에서 리얼리즘 문학의 출발을 본격적으로 할 수 있는 계기를 맞이했다고 보게 되는 것입니다.

정직하게 파악한 현실

사회　4·19로 인해서 시민사회 계층형성이 어느 정도 가능했느냐 하는 문제와 결부되겠습니다만…….

김　구중서 씨가 말한 대목 중에서 잘 납득이 안 가는 부분이 있는 데……. 저로서는 가령 30년대에 나온 염상섭의『삼대』라든가 채만식의 『탁류』와 같은 작품은 현실에 대한 투철한 분석력과 저항정신을 가지고 있는 아주 좋은 리얼리즘 작품이라고 봅니다. 자연주의와 사실주의를 구별해서, 염상섭이나 채만식을 자연주의 작가라고 보고, 리얼리즘에 이르지 못한 작가라고 판단하는 것은 넌센스일 것입니다. 그러면서도 현실을 진실하고 성실하게 바라보는 것이 리얼리즘의 기본적인 요건이 된다고 말씀하셨는데, 30년대 같은 상황에서 그들처럼 현실을 성실하고 진실하게 보기도 힘들 겁니다. 예술가로서의 리얼리스트란 '자신의 의사에 반(反)하는' 사람일 겁니다. 발자끄의 신흥계급에 대한 지독한 혐오가 그를 위대한 리얼리스트로 만든 것 아닙니까? 그 진보주의자인 스탕달이 절박한 현실파악만을 내보여 준 것과 비교해 보십시오. 가령 루카치는 현대소설의 특성을 문제 제기의 소설이라고 파악하고 있는데, 과연 발자끄의 소설이 문제를 제기합니까? 가령 골드만같은 사람은『소설의 사회학을 위하여』라는 매우 중요한 책에서, 루카치는 현대소설의 주인공을 문제아(Heroes Problematque)라고 지적하고 있다고 말하고, 루카치의 그 지적은 세르반데스의『동키호테』, 스탕달의『적과 흑』, 플로베르의『감정교육』,『보봐리 부인』, 그리고 발자끄의 소설에는 전연 해당하지 않는다고 반박하고 있거든요. 발자끄는 보수파의 입장에서, 아름다운 질서를 무너뜨리는 신흥계급의 조잡성을 비난하는 입장에서 글을 쓰고 있기 때문에 그의 주인공들은 문제를 제기하기보다는 말살하고 있어요. 현실 속에 끼어들어가 안주하려는 신흥계급의 불쌍한 파노라마가 그를 위대한 리얼리스트로 만든 것이지, 혁명이랄 수는 없겠죠. 대체로 발자끄 연구가들이 거의 모두 지적하고 있는 점이기도 한데, 발자끄의 등장인물의 가장 큰 특색이 수상학(手相學)이라든가, 골상학(骨相學)이라는 점도 주목할 만한 점일 것입니다.

발자끄가 사실상 옹호하고 싶었던 것은 그가 그렇게 끼어들고자 애를 쓴 상류사회이지요. 그리고 실제로 그가 시민사회라든가 새로이 태어나고 있는 사회계층에 대한 조소라는 것은 엄청난 것이었습니다. 그 대표적인 것으로 발자끄의 저널리즘에 대한 극도의 혐오를 들 수 있는데, 그런 것은 그가 새로 태어나려는 계층에 대해서 얼마나 증오감을 느꼈는가 하는 반증입니다. 『잃어버린 환상』같은 걸 읽어 보십시오.

결국 중요한 것은 발자끄는 '자신의 의사에 반(反)한' 리얼리스트라는 점인데, 그것은 현실을 냉정하게 직시한 데서 얻어진 것이라기보다는 '망할 놈의 현실' 하는 식의 조소에서 얻어진 것인지도 모르지요. 가령 염상섭의 『삼대』에는 매스보이라는 묘한 말로 30대의 마르크시스트들에 대한 맹렬한 조소를 던지고 있는데, 그 조소를 통해 오히려 우리로서는 30년대의 정신풍토를 더 잘 알 수 있지 않는가 하는 생각이 듭니다.

지상(地上)의 인간상, 지하의 인간상

사회　김 형의 전면적인 반론에 대해서 구 형의 의견은…….

具　지금 김현 씨가 말씀한 데 대해 다시 말씀드릴 것은 발자끄가 리얼리스트로서 혁명적이고 진보적인 내용을 담은 작품을 썼다는 사실입니다. 그것을 쉽게는 빅똘 위고 같은 사람도 인정하기를 발자끄 자신이 왕당파인 것을 자처하고 다른 사람들도 그렇게 보지만 실제 그의 소설들은 전부가 민주적이고 혁명적인 작품이라고 한 실례도 있습니다.

김　그럼 실제 작품으로써 예를 들어 보시죠?

具　작품으로 예를 들자면 발자끄의 『고리오 영감』같은 게 있어요. 그것은 무엇과 대비해서 그 규명이 쉬우냐 하면 도스또예프스끼의 『죄와 벌』과 비교해서 잘 규명이 된다고 나는 봅니다.

김　어떤 점이 그렇단 말씀입니까?

具　도스또예프스끼의 소설을 보면 라스꼬리니꼬프라는 청년 주인공이 전당포 주인을 살해하고 죄책감에서 고민하는 것이 그 소설의 핵심 부분이 아닙니까? 그런데 그것은 도스또예프스끼의 어떤 성격을 보여주는 것인가 하면, 인간의 주관적인 본성을 중시하는 결과로 됩니다. 그래서 인간의 운명이라는 것을 비극적으로 보고 그것은 종교적인 참회에 의해서 구제될 수 있다고 본다는 것입니다. 그래서 도스또예프스끼의 인강상이라는 것은 일종의 음울한 지하적인 인간상입니다. 그런데 발자끄의 『고리오 영감』 속에서도 라스띠냐라는 아주 비슷한 청년 주인공이 나타나는데 이 청년 주인공도 라스꼬리니꼬프의 경우와 마찬가지로 자기의 사랑하는 누이동생의 정경과 아름다움을 보호해야 된다

는 그 가족적인 문제에 추궁당해서 고민을 해요. 그리고 한 음모에, 기령 로뜨렝이라는 탈옥수가 유혹하는 데에 좇는다면 보잘 것 없는 한 재산가를 죽이고 수백만 프랑을 획득할 수 있는 계기도 있었습니다. 그러나 발자끄는 거기에서 라스띠냐끄로 하여금 그 재산가를 죽이게 하지 않고, "나는 그것을 않겠다" 거절을 하고 어디로 나가느냐 하면 파리의 사교계로 진출하게 합니다.

그래서 발자끄가 그리는 인간상은 지하적인 인간상이 아니라, 지상의, 광장의 인간상입니다. 그리고 그 소설의 한 대목에서도 나타나는데 고리오 영감을 장례지내고 나서, 라스띠냐끄가 취하는 태도가 파리 시가를 향해 서서 "이제부터는 너와 나의 정면의 대결이다"라고 합니다. 이런 양성적인 문학을 해요. 그리고…….

김 너무 피상적으로 관찰하시는 것 같은데 가령 도스뜨예프스끼의 경우도 그렇고……. 발자끄의 소설에서 진보적이라고 이야기할 수 있는 부분으로서 가령 "파리와의 대결이다" 하는 것은 거기에서만 나오는 것이 아니라 발자끄 소설에서는 여러 군데서 나오는 이야기죠. 시골 촌놈이 파리에 가서 상류계급에 들어가기 위해 발버둥치는 유의 대표적인 인물이 라스띠냐끄인데, 그런 유의 "파리와의 대결이다"라는 것은 현실과 대결하여 그것을 극복하겠다는 것이 아니라, 상류사회를 어떻게 하면 들어갈 수 있겠는가? 하는 것에 불과해요. 현실은 기존질서로서 항상 엄연히 존재하고 그는 거기에 합류할 수 있기만 하면 되거든요.

리얼리즘이냐? 자연주의냐?

具　　김현 씨는 발자끄의 소설을 진보적인 사실주의의 작품이라고 보는 것이 피상적인 관찰이라 하고, 다만 발자끄는 자기가 속해 있으면서도 그 자신 그 속에서 빛을 보지 못하는 상류사회에 끼어들고자 하는 일종의 열등의식의 소극적 형상화라고 볼 수 있다는 얘기인데…….

김　　그렇게 단정하진 않았습니다.

具　　아무튼 발자끄는 왕당파의 신분이죠.

김　　아니 왕당파라는 것은 상류사회에 들어가기 위한 하나의 자신의 태도 표명이고 자기 자신은 상류사회나 귀족계층에 들어가 있지는 못했습니다.

具　　발자끄도 귀족계층의 사교계에 얼마 동안 몸담고 있었습니다.

김　　물론 한때 나갔다는 것은 사실이죠.

사회　　대화를 정리하는 의미에서 김윤식 선생께서 화제를 국내의 문제로 국한해서 좀 말씀해 주십시오.

具　　내 이야기를 먼저 끝맺기로 하겠습니다. 그래 발자끄의 소설이 진보적인 리얼리즘의 소설이었다는 것을 꼭 대전제로 삼고 싶지는 않지만, 그것이 리얼리즘의 소설이었다는 것은 그 작가의 필치가 사실적인 점도 있었고, 또 「인간극(人間劇)」이라는 그의 전작집 서문에서 밝힌 바와 같이 소설의 교육적 공리성을 솔직히 인정한 데에서 리얼리즘으로서의 형성이 가능했던 것입니다. 또 도스또예프스끼의 소설을 이야기한 것이, 피상적인 관찰이라는 것도 말이 안 되는 것이 물론 도스또예프스끼의 소설이 그 당시 러시아의 상황 현실을 내포한 것은 사실이지

만, 그 방법론에 있어서는 인간의 주관적인 본성을 중시하느냐? 아니면 발자끄와 같이 객관적인 현실, 객관적인 진실에 의거하느냐가 리얼리즘과 아이디얼리즘의 구분점이 된다는 것입니다.

김 　그러면 한 가지만 여쭈어 보겠습니다. 발자끄가 리얼리스트라는 의미에서 염상섭은 리얼리스트가 아닙니까?

具 　염상섭 씨가 리얼리스트다 내추럴리스트다 하고 가려내는 것은 어떤 이질적인 물건을 집어내듯이 분명하게 가려내기는 어려운 일인데, 그래서 말하자면 한 작가의 작품들 속에서도 리얼리즘의 소설이 있고 또 아이디얼리즘의 소설이 있는 경우도 있고, 또 한편의 리얼리즘 소설 속에서도 아이디얼리즘의 요소가 섞여 있는 수도 있습니다. 그런데 1930년대의 염상섭 씨나 현진건 씨의 소설은 풍속적 현실에 대한 객관적인 묘사, 치밀한 묘사로써 끝나는 것이 대부분입니다. 그분들의 작품 속에는 상황의 전모에 대한 공정한 묘사를 통해서 재구성하고 재창조한 작가의 세계관이 약했기 때문에 이것을 완성된 리얼리즘이라고 보기는 어렵고 리얼리즘적 요소를 지닌 자연주의의 단계라고 볼 수 있다는 것입니다.

4·19의 본질은 어디로

사회 　여기에 결부해서 김 선생께서 한 말씀? 아까 텍스트에서 '문학의 불모성'을 지적했는데 그것은 4·19 이전에도 이후에도 있는 것이겠습니다. '문학의 불모성' 이 점을 실제 작품을 통하여 우리가 어떻게 굴복해 나가야 할 것인가 말씀해 주십시오.

金   흔히 기법이다, 뭐다 해서 발성하는 방법의 문제와 전형(典型)의 문제를 구별해서 4·19가 리얼리즘의 한 가능성을 보인 것을 나는 일종의 비유로써 표현하고자 한 것입니다.

사회   4·19 직후, 문학을 할 수 있는 분위기가 어느 정도 성숙해 있었고 궁극적으로 어떠한 문학세대의 형성이 가능했다고 생각하십니까? 그러니까 1960년대에 대두한 문학에 대한 전면적 평가가 되겠군요.

김   60년대가 4·19와 가장 깊이 관련되어 있다고 보아서 그런 문제가 제기될 수 있겠죠.

사회   지난 10년간에 걸쳐 '전형적인 상황의 전형적인 인간상'이 표현되었다고 볼 수 있을까요?

具   4·19 이후에 나온 작품의 리얼리즘적 경향을 평가하자는 얘깁니까?

金   내가 보기엔 어떤 역사적인 사전이라는 것이 바로 예술 속으로 용해돼 들어오자면 여러 가지 문제가 있습니다. 예술이 가지고 있는 특수성이라든가 하는 것들 때문에 그렇습니다. 4·19는 단지 하나의 계기가 되었을 뿐입니다. 큰 사건이 있었다 해서 그것이 곧 예술 작품으로 나오리라는 것은 보장될 수 없는 것입니다. 4·19라는 역사적인 급변을 문학 쪽에서 과연 자신 있게 다룰 수 있느냐 하는 것입니다. 4·19의 이상주의인 자유의 개념이 전부 다 현실에서 유리되어 나가고, 흩어져 나갔다는 겁니다. 그러니까 작가들 중 60년대에 등단한 사람들이 그린 분위기에서 정직했나 안 했나, 하는 것이 문제의 초점이 되는 겁니다. 가령 감각이나 촉각에 예민한 김승옥적인 면만 두고 보더라도 4·19가 일

어나긴 했어도 역사적인 다른 사건들과 재빨리 환원해 버린 데서 오는 역사의식의 빈곤에서 결국 한국문학 전체가 패배하고 만 것이 아닌가 하는 생각이 듭니다.

사회　더우기 1년만에 5·16이라는 다른 의미의 사건이 4·19에 뒤이어 일어남으로 해서 우리 문학인에게 미친 영향도 결코 과소평가할 수 없지 않을까요?

金　그렇죠. 그런 사건이 밀어닥침으로 해서 4·19의 본질이 다른 사건들 속에 잠식되어버린 것이 아닌가 하는 생각이 드는군요.

60년대 문학, 그 인식의 출발점

사회　그럼에도 불구하고 60년대 문학이 사물을 객관적으로 인식하는 자세에 큰 전환이 있다고 볼 때, 이 문제를 김현 씨는 어떻게 설명할 수 있겠습니까?

김　방법과 풍속이라는 문제가 제기되었습니다만 리얼리즘은 어떤 계층이 형성되어, 그 계층의 풍속이든가 습관을 그 계층의 언어로서 표현해 주는 것을 뜻할 것입니다. 가장 이상적인 리얼리즘의 형태는 그 계층이 한 사회와 문화의 지배층을 이룰 수 있는 계층에서 그것이 형성되었을 때 가장 바람직한 것이 되겠죠. 가령 이씨조선이라든가 고려조(高麗朝)를 보면 그 문화 담당 계층이 일종의 시민 계층과 유리되었기 때문에 예술상 곤란한 문제가 수반되었던 것 아닙니까? 1890년에서 1950년에 이르는 5, 60년간의 문학은, 그런 것을 염두에 둔다면, 희귀한 몇 예를 제외하면 자기 문학 계층의 발견을 못한 문학이라고 단정해야 할 것입니다. 가령 50년대의 작가 상당수가 자기 소설을 뒷받침할 외국의 작가를 항상 앞세우곤 했다는 점을 생각해 보면 알 수 있을 것입니다. 사회적인 또는 문학적인 필연성도 없이, 자기가 제일 먼저 수입했다는 이유 하나 때문에 그런 외국의 문학이론에 경도할 수 있다는 것은 자기 자신이 속하고 있는 계층이라든가 사회환경을 거의 인식하지 못했다는 것을 의미하거든요. 나는 이러한 현상을 '새것 콤플렉스'라는 이름으로 지적해 왔는데, 그런 '새것 콤플렉스'가 적어도 60년대에 들어와서 극복될 하나의 계기를 이루었다고 보는 것이죠. 그걸 리얼리즘의 시발이라고 부르든 뭐라고 부르든 상관없는 것입니다.

金　　그러니까 4·19에서 그 기본 정신이 완전히 패배한 것이죠.

김　　그렇습니다. 그 자체는 이렇게도 얘기될 수 있을 겁니다. 4·19라는 행동 자체가 일종의 사회계층으로서 형성될 수 없는 학생층을 기반으로 해서 일어날 수밖에 없었다는 사실, 4·19에 참여한 대부분의 학생들이 한 10여 년이 지난 오늘에 와서, 마치 30년대에 과테말라에서 일어난 혁명 대열에 참가한 대부분의 학생들이 그러했듯이, 자기가 속해 있던 계층을 확실히 파악하지 못했기 때문에 기존사회에 그대로 적용, 쁘띠 부르조아가 되어 현실을 제대로 파악하여 그것을 지양 극복하겠다는 의지를 완전히 잃어버렸잖습니까? 그러한 사실을 적어도 60년대에 출발한 작가들로서는 대부분 최소한도나마 인식하고 있었다는 듯이 중요한 일면이라고 생각합니다. 자기 자신이 학생층 속에 있으면서 이상이라든가 원리로서 배워왔던 것을 현실에 적용하여 실현 가능하다고 믿는 구 순간에 그것이 좌절된 셈인데…… . 그것은 어디에서 온 것입니까 / 내 자신의 의견으로 4·19에 참여했던 사람들이 하나의 계층을 이룰 수 있고, 혹 정치적인 사회적인 면에서 자신의 발언권을 행사할 수 있는 계층을 형성하지 못했다는 데 가장 큰 문제점이 있는 것이라고 봅니다. 결국 자기 자신이 어떤 사회에 뿌리박지 못하고 '뿌리가 뽑혀진 사람'이라는 생각을 하게 된 것이 이 4·19 이후의 문학세계의 근본적인 특징이라고 나는 생각하고 있습니다.

가능성에 그친 리얼리즘 문학

사회　4·19 이후 자기를 응시하는 문학세대들이 가지는 자세를 김 형은 설명하였습니다. 거기에 성공만이 있었던 것이 아니고 역사 앞에서 예술로서 실패한 일면도 감출 수 없다고 보아 그것을 극복해 나가는 문학의 방법도 나와야 하리라고 보는데요. 구 형 의견은 어떻습니까?

具　4·19세대가 4·19의 좌절로 인해 자기가 소속한 계층을 발견할 수 없었고 거기에서 사회를 지배한다든가, 강력히 영향을 미칠 수 있는 가치 기준을 찾지 못했으니 이러한 혼란을 의식하는 의식성 자체만으로서 김현 씨는 4·19세대 문학의 중요성을 규정했는데 자기가 속해 있는 계층을 발견치 못한 것이 문학작업의 좌절을 가져오는 절대적 요인이 된다고 볼 수 없습니다. 왜 4·19세대 또는 그 세력이 성공을 거두지 못했느냐 하는 것은 역사적인 상황의 여건에 의해 그렇게 된 것으로서, 우리의 이상대로 되지 못한 그 부조리에 대해서 부정하고 그 부정을 다시 부정하면서 우리가 원래 바라던 현실을 부단히 창조해 나가고자 하는 것이 우리 문학의 보다 큰 지향이요 목표가 될 수 있는 것입니다. 그러노라고 지금 우리가 여기서 너무 도식적으로 리얼리즘 얘기를 강조하는지 모르지만 그렇게 하여 리얼리즘 문학이 전개되어 나가야 한다고 나는 생각하는 것입니다.

사회 지금까지의 논리로 보아 결국 민중과 유리된 리얼리즘 문학이라는 생각도 듭니다. 사실이 그렇다면 이런 모순이 어디 있겠습니까?

金 내가 보기엔 4·19 문학의 불모성이란 게 '뿌리가 뽑힌 상태'이니까 진정한 리얼리즘이 형성될 수 없다는 것도 받아들이지만 어떤 역사적 사건과 예술과의 선험적인 불모성도 있지 않는가 하는 점이지요.

사회 그러니까 출발의 가능성은 보여도 요컨대 패배의 기록을 보였다는 얘기겠죠?

金 나는 60년대에 활동한 문인들 전부를 말하는데, 60년대 문학이 있었다 뿐, 그 문학이 4·19가 계층 형성에 큰 뒷받침이 되었더라면 문학이 이 정도 이상의 성과는 있었을 것이다 하는 것입니다. 색다른 4·19가 있었지만 결국 다른 사건과 같이 환원하고 말았음으로 해서 지난 60년대에 제작된 문학 작품을 가지고 논의해 볼 때, 그중에서 뚜렷한 것이 예컨대 '68문학' 쪽이 아니었나 생각됩니다. 말하자면 어떤 쪼각이라든가 감각이라도 뭔가 확실한 것이 되도록 한 계기가 되었다는 것입니다. 그것이 비록 계기가 되었다는 것입니다. 그것이 비록 맹목적이었다 하더라도 그 극복을 위해서 누군가 노력은 해야 되고, 또 어떤 4·19 이후 여러 가지 패북과정에서 결론을 찾는 방법밖에 없지 않느냐 보는 것입니다. 원래 4·19로 인한 리얼리즘의 가능성이라는 것이 어느 한쪽만이라도 지켜내자는 그런 의미가 아니었던가 나는 생각합니다.

경계할 정신의 파시즘화

사회　비록 애매하지만 리얼리즘의 발판이 있었다는 논지를 뒷받침하는 것으로 '68문학'이 출현한 현상을 어떻게 보고 있습니까, 구 형은?

具　　나는 그것이 4·19세대 또는 4·19 이후의 한국문학에 있어서 그다지 중요한 계기나 성과, 또 특징이라 볼 수는 없고, 4·19 이후 계속 추진된 본래의 리얼리즘 작업이 있었다고 봅니다. 이것은 최인훈 씨와 하근찬 씨의 경우에서 찾아볼 수 있습니다.

최인훈 씨의 경우는 현실의식을 집요하게 가지면서 작품 활동을 했는데 그 경우에 나타난 특성은 최인훈 씨가 한국의 시민적 또는 서민적 현실의 바닥에 들어가지 못하고, 주로 지성인을 상대로 해서 작업을 하기 때문에 그 리얼리즘 소설의 특성이 관념화의 경향으로 빠졌다는 결론이 나옵니다.

다른 한 사람의 예로서 하근찬 씨의 경우가 남는데 하근찬 씨의 소설들이 4·19를 소재로 해서 4·19와 밀착되어 있는 작품은 별로 없지만, 시기적으로 4·19 후에 나온 그의 소설들 중에서 우리가 바람직한 리얼리즘의 방법을 볼 수 있습니다. 「왕릉과 주둔군」, 「수난이대」니 「붉은 언덕」, 「삼각의 집」 등을 예로 들 수 있다고 생각합니다. 특히 「삼각의 집」같은 것은 60년대 후반에 와서 한국의 리얼리즘 문학이 획득한 하나의 성과라고 볼 수 있습니다. 그 문학 작품의 감응력의 강도는 혹 부족하다고 볼 수도 있겠지만, 그 방법으로는 우리가 바람직한 한 형태였다는 것입니다.

사회　이야기를 받아서 김 형이 계속해 주십시오. 최인훈 씨와 하근찬 씨의 경우를 말입니다.

김　　소시민적 영웅주의라든가 혹은 정신의 유연성이 없는 어떤 도
식주의는 배격되어야 할 것입니다. 도식주의에 빠지지 않겠다는 현재의
여러 작가들을 나는 계속 옹호해 온 셈인데, 최근 일련의 도식주의가 오
히려 반대로 추앙되고 있는 것 같아요. 그런 면은 지양되어야 하지 않을
까? 그런 면은 오히려 사태를 더욱 혼란시키지 않을까? 그렇게 생각합
니다.

현실의 형상화의 재창조

사회　　사실 획일주의나 도식주의는 50년대의 유산인 만큼 이미 지양
되고 있는 단체가 아닙니까.

具　　리얼리즘 작업의 추진 과정에서 얘기가 되고 있는데, 나도 리
얼리즘 작품을 생각할 때 당위론의 전제, 이데올로기의 도식성이나 주
의 주장의 노출, 이런 것은 배격합니다. 그런데 그것은 첫째 리얼리즘이
객관적인 현실을 충실히 그린다는 데다가 선험적인 주관성을 도입한다
는 점에서도 방법론적으로 리얼리즘에 차질을 주는 것이고, 그 작품이
첫째 독자들에게 먹혀 들어가는 효과 면에서도 그래서는 성공적인 문학
예술 작품이 되지 못하기 때문입니다. 그러다 보니까 하근찬 씨의 경우
는 특이한데 그분은 어떤 논리의 노출을 소설 속에서 많이 피하고 있습
니다. 그래서 「삼각의 집」같은 작품을 보더라도 그것은 오늘의 우리 생
활 풍속 속에서 전혀 자연스러운 제재, 또 자연스러운 스토리를 전개하

여 소설 내용이 담기는데, 그 내용은 피상적인 통속사회의 전모를 그냥 그려놓고 마는 것이 아닙니다. 그 속에 상당한 지성의 암시가 있는 내용 설정이 있습니다. 예를 들면 「삼각의 집」의 경우에 알제리아 소년이 들고 있는 깡통에 박힌 프랑스 문자, 또 주인공 처남의 판잣집 지붕에 얹힌 레이션박스에 찍힌 아메리카 문자, 이런 것으로써 대응되고 있는 후진사회의 풍경이며, 또 크리스마스 때 장식을 갖춘 미국의 개집, 그것이 정확히 말하면 오각형의 집이지만 지붕이 뾰죽하게 높아서 삼각형으로 보이는 것인데, 그와 같은 '삼각형'의 집이 오늘날 한국의 미아리 산꼭대기 판잣집으로 존재한다는 것입니다. 그리고 그 판잣집을 강제 철거한 지점에다 자비의 복음을 전한다는 진리의 집 교회가 또한 삼각형으로 선다는 것, 이와 같은 삼각형의 집 세 개가 제시하는 갈등이 그 소설 속에 들어 있거든요. 그런데 그것은 조금도 조작적이 아니고 진실된 우리의 현실이라는 겁니다. 그것을 그 작가는 소설 속에서 어떻게 의식적인 기교로 대하고 있는가를 보면, 판자촌이 헐리는 그 살벌한 장면을 목격할 적에 콧등이 시큰해진다고 합니다. 그리고 그 후에 그 헐린 자리에 백성들에게 진리와 복음을 전하는 교회가 선다는 신문 기사가 투시도와 함께 난 것을 보았을 때에는 거푸 "어취 어취" 재채기를 연발합니다. 그러나 이런 생리적인 충동에서 그치는, 콧등이 시큰하다거나 목구멍에서 재채기가 난다거나 하는 것은 무엇입니까? 그것은 그 문제의식 앞에서 작가 자신의 주장을 논리적으로 표현하기를 피하는 대신, 소설을 읽은 독자 스스로가 그 작품세계를 통해 작품과 밀착해서 감응을 받고 자기 속에 현실을 재창조하는 즉, 독자가 스스로 창조에 참여케 하는 리얼리즘의 효과적인 방법을 제시한 것입니다.

김 　그게 바로 이제까지 김윤식 씨가 이야기해 온 역사적 사실이라는 것은 그대로 문학 작품 속에 수용되는 법이 없다는 것 아니겠습니까?

具 　물론이죠. 예술적 형상화라는 점에서…….

김 　예술적 형상화고도 할 수 있고, 또 재창조되어야 한다는 것이죠.

문학사적 암시성은 크다

사회 　60년대에 와서 우리 문학이 새로운 감수성을 언어로 표현하고자 시도했든가 하는 것은 하나의 기정사실로서 평가되어 온 것으로 압니다. 이제 70년대의 문학 전망이랄까, 우리 한국문학이 지향해야 할 방향 제시 같은 것도 이 자리에서 논급되는 게 좋겠습니다. 어떻게 김 선생께서 한 말씀…….

金 　4·19에 대해서 다시 말씀드리자면 김현 씨가 말씀하신 대로 혁명의 주체가 어떤 계층을 형성하지 못할 때에는 결국 자기들이 주체하지 못하고 다른 데에 넘기고 말게 되는 것입니다. 그렇다면 다음에도 이런 4·19와 같은 혁명은 일어날 필요가 있느냐 하는 생각도 나올 수 있지 않습니까. 그러니까 4·19가 문학뿐만 아니라 여러 가지 방면에 큰 문제를 던져왔다는 것입니다. 계층도 형성되지 않았다고…….

처음에 혁명을 일으킬 때는 어찌됐든 그들이 혁명을 감당할 수 없기 때문에 필연적으로 패배하고 말았다는 것, 이런 것을 의식상 처음으로 보여줬다는 것. 그러니까 자기들의 패배감을 맛본다든가 자기들이 해놓고 자기들이 어찌 할 수 없어 패배감을 맛보고 말았다는 것, 이런 사실을 처음으로 보여줬다는 것, 그리고 그래서 그런 이상이 패배해서 자기들이 어떻게 대처할까, 그러니까 대처하는 방법이 여러 가지 있겠지만, 60년대 문학에 있어서는 감수성의 혁명이다 뭐다 하는 '촉각의 확실성'이라든지 하는 것 이것 하나만이라도 붙잡아 보자, 하는 그것이 허무한 것이고 아무 소용도 없는 것이라 치더라도 그것이 그런 것을 우리가 어떻게든지 한 번 해보자 해서 그런 작업을 최초로 보여줬다는 것, 가령 이제 리얼리즘의 계기가 될 수 있었음에도 결국 뭣 때문에 했다는 것, 이런 사실이 있다는 것, 이런 것을 우리가 생각하는 것을 처음으로 보여줬다는 것, 이런 것이 4·19가 문학에 남겨 놓는 중요한 의의가 아닌가 합니다. 그래서 이런 것은 내 생각에는 4·19를 다른 수많은 작품보다도 이런 사실의 발견이 더욱 중요하고 그렇기 때문에 앞으로 내어다 볼 때에도 이것이 하나의 기준이 되어서 이럴 때는 이렇게 된다 하는 그런 것까지도 4·19가 문제를 제기하고 있다는 것, 이런 것이 아닐까 생각합니다.

아쉬운 종합적 비전

사회　내가 보기엔 감수성의 세련도라든가 언어 구사의 성숙은 높이 평가할 수는 있어도, 문학인의 역사의식이라든가 현실에 대한 변혁의지 같은 건 거의 말살된 상태가 아닌가 생각됩니다. 과연 이래도 좋은가 하는 의문에 대한 새로운 자각이 있어야 하겠다고 보는데…….

具　4·19세대에서 성취된 감수성의 성숙이나 언어의 작업이라는 문제는 물론 중요한 일이지요. 그러나 그러한 중요한 문제를 그 단계에서 자각하고 그쳐서는 안 되지 않겠습니까? 그러니까 원래부터 문학이라는 것은 부단히 새로운 진실을 창조해 나가는 작업이지 않습니까? 4·19세대에서 특히 감수성의 성숙이 있었다는 것, 이런 것은 중요한 계기이지만 그 단계가 좌절과 혼란 속에 갇혀서는 안 됩니다.

한국은 아직까지도 정신적 본질에 있어서 민주화 또는 근대화해 있지 못하니까 우리가 해결해야 될 이러한 목전의 문제를 생각해서라도 계속해서 그것을 뛰어넘어 나가는 창조적 작업을 게을리해서는 안 되겠지요.

金　　임 선생은 어떻게 생각하십니까?

사회　　역사적인 현실상황과 문학예술과의 관계를 어떻게 파악할 것이냐? 하는 문제인데 변증법적 통일의 실천을 작품으로써 해야 된다고 나는 봅니다. 그러니까 현실과 문학은 말이죠, 언제나 유기적인 상관관계를 가지고 있는 건데 우리의 경우는 이 정치상황과 작가의식과 이것이 아직도 괴리되어 있습니다. 그것을 일원화 시킨다는 것, 이것은 최인훈 씨 식의 방법과 풍속의 합일이라고도 말할 수 있겠죠. 이것을 좀 더 적극적으로 객관적인 현실에 밀착하는, 다시 말해서 작가들이 긍정적으로 전체 상황을 수용하는 그러한 자세가 요청되지 않나 생각해 봅니다.

김　　아마 그것도 힘들 겁니다.

사회　　이제 70년대에 접어든 현시점에서 우리 문학은 어떤 출구를 모색해야 될지 결론을 맺는 방향으로 나갔으면 합니다.

김　　결론을 내리라니까 얘긴데 앞으로의 전망이란 좀 벅찹니다.

사회　　새로운 문학의 정통론을 전개하는 입장에서…….

김　　이러한 난관을 극복할 수 있는 무슨 가치 기준이 발견되어야 할 겁니다. 그런데 그것이 상당히 힘들 겁니다. 한국문학의 가장 큰 과제로 남아 있는 것이 지금 우리 사회의 가치 기준의 확립인데 가치 기준의 확립이란 것이 아직까지도 전망을 내다 볼 수 없는 형편이거든요. 가령 한국에 있어서의 자본주의가 한국에서는 왜 근대적 자본주의로 형성되지 못했느냐 하는 문제나 혹은 식민지사관과 민족사관을 극복할 수 있는 어떤 새로운 사관이 무엇인가, 우리나라에서 자주의식이 있었다면 그것이 무엇인가, 하는 이러한 여러 가지 학문적 업적과 그것이 결부되어야 할 것입니다.

문학의 주체성과 자율성

金　　예술이란 것은 어느 시대든지 대부분의 시대에 있어 종교라든지 도덕이라든지 정치라든지 이런 것에서 구속을 받고 짓눌리고 야단을 맞고, 이렇게 해온 것이 아닌가, 그리고 그것이 시간이 많이 지나고 보면 짓눌리고 야단맞고 구속받고 한 것이 생명 자체가 아닌가 가령 「춘향전」이나 뭐나를 보면, 우리 민속적인 민요나 뭐나 이런 것 속에서도 그렇게 눌리고 뭐라고 한 것 그 당시로서는 도덕에 의해서 비난하고 뭐라고 했던 것, 그것 자체가 생명의 한 확실한 촉각이었고 그것을 지나고 보니까 예술이고 생명 자체였지 않았나 봅니다.

사회　명작이 나올 여건이 문제인가요?

金　　그것과는 조금 다르지요. 그러니까 그 시대를 가장 잘 반영하는 것이, 즉 그런 작품이 반드시 좋은 작품은 아니라는 것입니다. 그 자

체로서 중간에 문제 삼지만 그런 작품이 반드시 좋은 작품일 수 있느냐 하는 것입니다.

具　　그런데 물론 그때그때 현실에 민감하다는 것만으로써 좋은 작품이 나올 수도 없는 것이고, 거기에서 그친 작품이 명작일 수도 없겠죠. 그러나 한국문학의 전망을 놓고 생각할 때 문학 외적 분야에서도 가치 기준이 서 가지고 그와 함께 문학이 새로운 출구를 찾을 수 있다. 그 이전까지는 혼란을 의식하는 그 자체로서 가장 충실한 문학이 아니냐 하는 것이 김현 씨의 견해인 것 같은데, 나는 좀 다르게 생각합니다. 문학은 문학으로서의 주체성이 있다는 생각을 할 필요가 있다고 생각합니다. 사회적인, 문학 외적인, 가치 기준의 형성을 전제해서만 생각한다는 것은 더욱 문학예술을 이데올로기에 예속시키는 결과가 될 가능성도 있는 것입니다. 그래서 문학예술은 다만 문학예술의 그 감성적인, 지성적인 주체적 방법을 가지고 이 시대 이 상황에서 부적합한 요인들을 부정하고 또 그것을 계속해서 부정해 나가는 역사의식을 지녀야 할 것입니다. 그렇게 해서 우리의 문학작업을 한국적 현실 속의 바람직한 리얼리즘 문학으로 추진해 나가야 할 것입니다.

김　　4·19의 혼란의 원인이 뭔가? 우리는 왜 이렇게 되었는가 하는 것을 우리는 충실하게 따져나가면 그동안 다른 부분에서도 그렇게 할 것이고, 또 우리 자체의 내부에서도 힘의 축적이 될 테니까 그때는 어떻게 되겠지요. 그런데 다만 중요한 것은 이런 노력 자체가 외부의 압력이라든가 혹은 뜻하지 않았던 국제 정세의 변화 때문에 무위로 돌아가지 않을까가 제일 두려운 것이죠. 그렇지만 해볼 만한 문제가 아니겠습니까.

사회　　그러면 우리 문학이 앞으로 찾아야 할 자리의 문제가 남는데 사실 우리는 위기에 처하고 있습니다. 물질문명으로부터 충격적으로 받고 있는 정신문화의 위기, 이러한 말살 현상 앞에서 이런 때일수록 우리 문학이 독자적으로 무엇을 한다는 것도 어렵겠습니다만, 문학의 자율성 확보를 위해 시인이나 소설가 그리고 비평가는 바람직한 자세를 확립해야 한다고 봅니다. 이제 결론을 내려 봅시다.

올바른 개성의 창조만이

金   그런 의미에서라면 최인훈 씨의 『소설가 구보 씨의 일일』 거기에서 한 귀절을 얘기할 수 있습니다. 뭐냐 하면 자기만 말짱하려고 하는 생각, 다른 사람의 몸에 다 주사를 놓고 자기의 몸에는 주사를 놓지 않으려는 생각, 이런 생각이 작가의 정신이 아닌가, 생각합니다. 자기는 말짱하고 다른 사람 몸에는 주사를 놓고 이렇게 처세하고 이렇게 생각하고 이렇게 작품을 쓰는 한, 소위 주간지적(週刊紙的) 문화의 속에서는 도저히 작가와 주간지와 구별할 수 없는 상태가 되지 않을까 생각됩니다.

具   이렇게 문화 외적인 여건의 압력이 강한 시대에 문화적 정신 작업의 추진이 어떻게 가능한가? 하는 얘긴데, 그것은 최인훈 씨와 같이 지식층만 대상으로 하는 관념적인 리얼리즘의 한계, 말하자면 '가능한 한계 내에서의 정의를' 추구하는 사고, 그것은 오히려 문학의 능력을 어떤 한계 속에 위축시키는 결과가 될 것입니다. 그러면 어떻게 한계를 탈피할 수 있을까 문학예술의 처지란 것은 어디까지나 애정이 근원을 이루는 가슴의 영역일 것입니다. 그리고 문화 외적인 사회 체제의 폭력이

라는 것은 문자 그대로 폭력입니다. 그러니까 칼을 든 사람과 뜨거운 가슴을 가진 사람이 정면으로 직설적인 방법으로 대결할 때 그 승부라는 것은 뻔합니다. 그러니까 거기에서는 문화의 승리란 있을 수 없습니다. 심한 경우는 문화의 존립조차 위태로운 것입니다. 그러니까 문학은 '어떤 한계 내서의 정의'를 추구한다든가 또는 정면의 폭력적 도전과 같은 대결로써 가능한 것이 아닙니다. 문학예술 본래의 예술적 형상성을 거쳐서 뜨거운 '가슴의 문학'으로써 칼을 쥔 폭력자의 가슴에 문학적인 설득력을 감응시키는 것입니다.

사회 그러자면 어떤 의미에서 언어를 운명적인 무기로 선택한 우리 문학인이 일종의 사도적 사명을 잊지 않고 환기해야겠군요.

김 아무리 문학적인 정열이라든가 올바른 사고에 투철하다 하더라도 우리에게는 지켜야 할 한계가 있습니다. 이 땅에서 '김일성 만세'는 부를 수 없다는 한계 말입니다.

具 한계 개념을 대입해야 할 것인지의 여부에 관한 방법론적 문제를 이야기하는 것이지요.

사회 어떻게 보면 우리 문학이 거시적인 문제는 제쳐놓고 너무나 미시적인 문제에 천착하고 있는 느낌 또한 없지 않습니다. 좀 더 시일이 걸려 극복될 문제라 보여집니다. 오랜 시간 유익한 말씀 대단히 감사합니다.

기획 대담 : 1960, 70년대와 민족문학

『작가연구』 제6호, 1998년 하반기

대담 : 구중서(문학평론가, 민족예술인총연합 이사장, 수원대 국문과 교수)

진행 : 강진호(문학평론가, 본지 편집위원, 성신여대 교수)

일시 : 1998년 7월 21일, 화요일

장소 : 성신여대 인문대 세미나실

강진호 안녕하십니까? 바쁘실 텐데 저희 『작가연구』 대담에 응해주셔서 감사합니다. 선생님께서는 1963년 등단하신 이래 오늘날까지 왕성하게 비평 활동을 하고 계십니다. 아울러 '민족문학작가회의'와 '민족예술인총연합회' 등에 참가하면서 민족문학을 몸소 실천하고 계십니다. 오늘 선생님을 모시고 말씀을 나누고자 하는 것은 '6, 70년대와 민족문화'에 대해서입니다. 선생님께서는 60년대 이후 민족문학론을 선구적으로 제기하고 또 실천한 증인 중의 한 분이십니다. 그래서 오늘 이 자리는 연구자들에게 많은 도움을 줄 것으로 생각하고 또 사실 많은 기대를 걸고 있습니다. 그럼 먼저 선생님께서 등단하실 당시의 이야기부터 해주셨으면 좋겠습니다. 이를테면 문학을 택하신 동기라든가 문학에 대

한 당시의 견해 등을 말씀해 주십시오. 자유롭게 이야기하는 방식으로
해 주시지요.

국학에 대한 관심과 역사의식

구중서 문학을 택하게 된 동기는, 너무 장황하게 말할 수는 없지만,
어려서부터 문학을 좋아했어요. 초등학교 2학년 때, 일제 땐데, 학교 선
생님이 색종이 한 장씩을 학생들에게 나누어주고, 창밖에 사쿠라 꽃이
피었는데 그것에 대해서 작문을 하라고 해서 지어냈는데 내가 쓴 것이
제일 잘 됐다고 칭찬해 주셨어요. 내용이 뭔지는 지금 기억나지 않지만,
많이 고무되었던 것 같아요. 시골에서(경기도 광주) 국민학교를 다니면서
도 서울에서 나오는 잡지 『어린이』, 『소학생』 등을 구해서 읽곤 했지요.
중학교 2학년 때도 피난 내려가서 이천중학교 피난등록반에 다녔는데
그때에도 시를 지은 것이 뽑혀서 어디로 보내지고, 그런 식으로 늘 문학
을 생각했고, 사실 문학 외에는 별로 생각해 본 것도 없고 할 줄도 몰랐
어요. 군에서 제대한 후 62년부터 출판사 편집부에 근무하면서, 당시
4·19를 거치고 5·16군사쿠데타 후니까 사회적으로 불의에 대한 저
항심도 강했고 그래서 명동의 문학하는 벗들과 어울렸지요. 그들 중에
는 등단한 이들이 대부분이었으나 나는 그냥 문학청년으로서 같이 이야
기하며 놀고 그랬지요. 그런데 『신사조』라는 잡지에 편집장으로 있던
내 친구가 글 하나를 청탁했어요. 그래서 마음속에 갖고 있던 문학에 대
한 생각들을 써 주었지요. 그것이 시작이 돼서 『청맥』, 『한양』, 주로 이

런 잡지에 글을 썼어요. 신인 추천을 받은 것도 아니고 신춘문예에 당선
된 것도 아니고 그냥 스스로 발표한 것이어서 잡지 편집자들이 편의적
으로 '문학평론가'라고 부르게 된 거지요. 그때 비슷한 경우의 사람들이
몇 생각나는데 조동일, 주섭일, 백낙청, 나 이 네 사람이 다 『청맥』이라
는 잡지를 통해 문학평론을 시작한 셈이라고 생각돼요.

강   그분들의 면면은 어떠했습니까?

구   그때 나보다 연상이지만 시인으로 신동문, 박봉우, 신기선, 천
상병이 있었고 또 황명걸, 이추림이 있었어요.

강   조동일, 백낙청 선생은 지금까지 활동이 왕성한데 주섭일 선
생은 좀 생소한데요…….

구   그분은 나중에 『중앙일보』 기자가 되어 파리로 갔는데 그 뒤
귀국해서 계속 언론계에서 일하고 있는 것으로 알아요.

강   그때 선생님께서 처음으로 발표하신 글이 「역사를 사는 작가
의 책임」이라는 『신사조』 1963년 2월호에 실린 글이었죠? 그 글에서
작가의 역사적 책임을 강조하셨는데, 그런 생각을 하게 된 특별한 동기
라도 있었습니까?

구   난 우리 민족의 역사에 대해서 늘 관심이 많았어요. 우린 민족

의 역사는 잘 시작해 가지고 끝에 가서 좌절하고 마는 일을 되풀이했다고 생각해요. 고조선의 판도가 만주 일원에서 그렇게 크게 시작이 되었지만 나중에는 반도 안으로 축소된 것이라든지, 그리고 신라가 당나라를 끌어들여서 민족을 통일하는 잘못된 방법을 취해서 그 벌로써 이렇게 되었다는 함석헌 선생의 사관 등에 관심이 많았지요. 문학을 생각할 적에도 춘원·육당 이런 분들이 초기에는 민족주의자로 사람들의 존경을 받으면서 건전한 문학활동을 전개하다가 나중에는 친일로 훼절해서 역시 크게 좌절된 것, 60년대 전반기에도 4·19혁명이 시민 민주주의 혁명으로 자랑스럽게 일어났지만 군인들의 총칼에 짓밟혀서 민주주의가 좌절된 것 등, 어째서 우리 민족사는 계속 이런 악순환을 되풀이해야 하는가 하는 개탄과 울분 같은 것이 있었어요. 20대의 젊은 시절이니까 육당과 춘원의 문학이 좌절한 이유를 그분들의 작품, 그리고 활동 속에서 생각을 해 봤거든요. 그랬더니 도산 안창호 선생이 그분들의 스승 격인데 "너희 모두가 민족의 주인이 되라. 주인으로서 자각하고 살아라", 그런 단적인 가르침을 주셨는데, 여기서 '주인'에 대한 인식이 잘못되었다는 판단을 했지요. 근대적인 정신으로서 국가와 사회의 주인이라면, 그것은 책임을 지는 일꾼이라는 말이잖아요. 대통령이 바로 민중의 심부름꾼이듯이요. 그런데 그분들은 지도자가 되는 것을 주인이 되는 것으로 생각했던 것 같아요. 그래서 육당도 주로 역사 안에서의 개국영웅과 같은 계통의 인물들을 연구했고, 춘원의 경우도 『무정』의 이형식이라든가 『흙』의 허숭처럼 전문학교를 나오고, 변호사를 하고, 영어 교사를 하는, 유식한 지도적 청년을 그렸지요. 『무정』에서도 민족을 위해서 힘을 얻으려고 유학을 간다는 대목이 나오고, 『흙』에서도 농민들 속으로 들어가 그들이 먹는 것을 먹고, 그들이 입는 것을 입고, 그들의 편지를 써주고 이렇게 내 일생을 바치자는 내용이 나오는데 굉장히 거룩해 보이지만, 깊이 생각해 보면 항상 지도하고 베풀고 하는 시혜(施惠)의식에 바탕을 둔 하향식 계몽주의를 한 것이지요. 그렇게 되면 비록 양심적으로 고뇌하더라도 사고방식이 자기만족적인 것이 되어 민중적 참여와 다르게 독선적으로 잘못 되는 수가 있다는 말이지요. 그 반대의 경우는 동아시아에서 중국의 노신과 같은 작가를 볼 수 있잖아요. 그는 '아큐' 같은 바보를 통해서 사회 밑바닥으로부터 솟구쳐 올라가는 상향식 계몽주의를 그렸단 말이지요. 그래서 당대 사회의 유식한 세력가들이 양심적으로 가책 받게 하는 주제의식과 기법을 가지고 소설을 써서 "신해혁명보다 노신의 역할이 중국 근대화에 더 기여했다"는 말을 듣잖아요. 우리는 그런 과정이 되지 못하고 이상하게 처음에는 잘 되다가도 끝에 가서는 좌절한다는 생각이 들었어요. 그래서 춘원과 육당의 공과를, 특히 그 말년의 심각한 훼절을 비판하면서 정신생리상 어째서 그렇게 됐을까 하는 것에 관심을 가지고 쓴 게 「시대를 사는 작가의 책임」이었지요.

강　　지금 선생님께서 말씀하신 것은 60년대 초반의 상황, 즉 전후의 모더니즘이라든지 실존주의가 풍미했던 상황을 염두에 두자면 다소 낯설고, 다른 한편으로는 진보적이기도 한 견해라고 생각되는데, 그런 생각을 갖게 된 이전의 독서 체험이라든가 문학적 편력은 어떠했습니까?

구　　나는 국학(國學) 쪽에 관심이 많아서 국문학뿐만 아니라 국사학에 관한 책들을 읽었어요. 그 첫 평론도 역사적인 고증을 해 가면서 쓴 것이지요. 역사에 관심을 갖는다는 것은, 우리 민족 공동체, 사회 공동체가 발전하는 것을 소망하는 일입니다. 그것은 결국 문화예술 쪽에서 창조적인 정신이 나와야 가능하고, 그러니까 어제를 오늘의 거울로 삼고 또 오늘을 발판으로 삼아서 내일로 진출해 나가야 총체적 발전이 가능하다고 봅니다. 당시 사회가 군사쿠데타로 진실이 짓밟히고 있어 거기에 저항해야 한다는 마음을 갖게 된 거지요. 50년대 '실존주의'가 프랑스 쪽으로부터 들어와서 널리 유행하면서 나 역시 '부조리의 철학' 같은 이론을 읽기는 했지만 거기에 빠져버릴 정신 여건은 아니었고, 오히려 우리 민족의 상황이 민족사 발전단계에서 지금 어떻게 되어 있으며, 어떻게 잘못되어 있는가, 이걸 어떻게 타개하고, 민족주의를 위하여 또 정의를 위하여 어떻게 노력들을 해야 하는가 그런 생각을 나름대로 한 거지요.

강   대학 때의 은사님들은 어떤 분들이셨어요?

구   그때는 은사님이라고 별로 뚜렷하지 않았어요. 6·25전쟁 후 56년 즈음에 조그만 대학을 다녔는데 결석도 많이 했고, 그래서 거의 독학으로 공부를 한 셈이지요. 미비한 도서관에서나마 책을 구해서 읽곤 했지요.

강   양주동 선생이나 백철 선생이 중앙대학에서 강의하시지 않으셨어요?

구   백철 선생은 훨씬 뒷날에 대학원에서 내 학위 지도 교수님이
셨고, 학부 때 강의 나오시는 분 중에서 이희승 선생을 존경했지요. 시
인으로서 양명문 선생이 계셨고요.

강   국학 쪽에 대한 공부도 거의 독학으로 하셨나요?

구   그런 셈이지요. 국문과를 졸업하고 석사과정, 박사과정 다 국
문과로 했지만 아무튼 50년대와 60년대의 내 개인적 상황에서는 공부
를 제대로 할 수 없었고, 대부분 독학으로 했다고 봐야지요. 철학자 김
준섭 교수, 함석헌 선생 이런 분들의 책을 읽고, 실학파의 홍대용, 박연
암 이런 분들의 사상에도 많은 관심을 가졌었지요.

강   1970년에 발표하신 「한국 리얼리즘 문학의 형성」이라는 글을
보면 사회주의 리얼리즘에 대해서 상당히 해박한 견해를 갖고 계셨고,
또 프로문학에 대해서도 많은 관심을 보이셨는데, 그것도 다 독학으로
습득하신 거네요?

구   글쎄 독학이라고 말할 수밖에 없는데, 그때는 카프(KAPF)에
대해서 거론하는 이가 거의 없었어요. 그래도 가장 충실하게 되어 있는
게 백철 선생의 『국문학전사』(가람 선생하고 공저로 된 『국문학전사』)에 있는
월북 작가들에 대한 간략한 언급이 거의 전부였고, 프로문학을 거론하
고 옹호하는 일은 생각도 못할 시대였습니다. 나는 좌익사상가는 아니
었지만 월북작가나 해방 후 좌파에 관여한 이들의 작품을 구해서 읽었

지요. 30년대에 이태준이 발표한 소설들 「사냥」, 「영월영감」, 「돌다리」 등을 아주 심취해서 읽기도 했고, 또 월북이니 납북이니 하지만 정지용의 시들도 좋게 읽었어요. 그 외 조명희의 「낙동강」도 읽었지만, 심취했던 것은 해방직후 김동석 씨가 낸 『부르조아의 인간상』과 『생활과 예술』이라는 평론집들이었어요. 지금 보면 너무 인신공격이 많고 제대로 틀을 갖춘 평론이라고 보기는 어렵지만 그때로서는 김동리 같은 분들을 비판하고 공격하는 논법이 상당히 참신하고 신랄하고 또 옳다고 보였지요. 당시 김동석은 매슈 아놀드 전공이었고, 경성제대에서 매슈 아놀드로 졸업 논문을 썼는데, 그런 점에서 사회의식, 현실의식을 가진 문학정신, 비평정신을 내가 선호했던 거지요. 그러나 좌익 이데올로기에 대해서 전적으로 동조하거나 그러지는 않았어요. 일제시대에도 카프문학은 민족해방운동의 일환으로써 역사적인 당위성을 인정받고 또 평가되어야 한다고 생각했고, 남한의 해방 이후 문학이 순수문학을 표방하면서 사실상 현실 도피문학을 하고 있고 또 그것이 아무리 예술적으로 형상화가 되었다 하더라고 신변적 주제가 너무 많아 본질적인 가치창조 작업이 못되고 있었어요. 그런 점에 대해서 비판적인 생각을 가졌지요. 그래서 진취적이라면 진취적인 방향으로 나갔다고 할 수 있지요.

강　　사회주의 리얼리즘이나 프로문학에 대한 견해는 그런 독서를 통해서 만들어진 것이군요?

구　　해방 후에도 엥겔스가 문학에 대해서 쓴 얄팍한 마분지로 된 책들이 있었고 고리키의 『나의 대학』도 있었지요. 그 시절에 상당히 소중한 산책 코스였던 고서점가에서 그런 책들을 구했어요. 그러다가 후에 아놀드 하우저의 글(『문학과 예술의 사회사』)이 『창작과비평』에 연재되고 그 속에서 발자크 리얼리즘(엥겔스가 규정한 논리였지만)을 새삼 접하게 되었지요. 사회주의 리얼리즘이 소련에서 정착된 것은 30년대 초 아니에요? 그 이전에 발자크 소설을 가지고서 리얼리즘 경향이 성립되었고, 발자크 자신도 전집 『인간극』 서문을 통해 정당한 교육적 공리성 또 전형의 원리 이런 것을 주장했으니까 근대적인 리얼리즘이 성립되었다고 생각했어요. 또 루카치 같은 이는 서양문학사를 고대에서부터 아리스토텔레스, 소포클레스, 셰익스피어, 괴테, 톨스토이, 발자크, 토마스 만에 이르기까지 이것이 리얼리즘 문학사다 이렇게 이야기했고, 그밖에 모더니즘 계열이랄까 관념주의 계열은 리얼리즘으로부터의 이탈이다, 진정한 문학으로부터의 이탈이다, 그런 식으로 엄격하게 보았지만, 그러나 문학사의 큰 범위와 흐름 안에서 리얼리즘을 본 것, 이런 것도 내게는 아주 든든하게 참고할 내용이 되었지요. 그래서 당성(黨性)에 바탕을 두고 교육을 시키는 강령 같은 것을 포함하는 사회주의 리얼리즘에 대해서는 동조하지 않았어요. 카프시대의 작품들 중에서도 훌륭한 작품이 있었지만 대중성을 획득하는 데는 실패한 한계가 있었지요. 그것은 교조적인 도식성을 가졌기 때문이었어요. 그래서 그런 것을 하나의 반성의 단계로 삼아야 된다, 오히려 그렇게 생각을 했지요. 긍정도 하지만 또 한계도 많이 생각한 것이지요.

강　　등단 직후의 이야기를 하다가 70년대까지 왔는데, 다시 60년대로 돌아가야겠습니다. 먼저 4·19를 중심으로 한 문단 상황을 어떻게 보셨나요? 선생님의 글 역시 당시 상황과 무관한 것은 아니라고 생각되는데요…….

구   4·19가 일어나니까, 장르 성격상 시인들이 가장 먼저 4·19의 현장 가두에서부터 시를 쓸 수가 있었어요. 신동문 시인의 「신화같이 아 다비데군」 같은 것은 절창이지요. 정말 눈물을 흘리면서 읽고 그랬지요. 또 박봉우 같은 시인의 4·19에 관한 시도 있고 또 「휴전선」 같은 뛰어난 시도 있었고, 신동엽의 일부 작품도 볼 수 있었지요. 그런데 김수영 같은 이는 특히 획기적으로 4·19를 계기로 50년대 모더니즘으로부터 참여문학으로 넘어온 경우라 할 수 있지요. 문학 분야에서 4·19를 계기로 60년대에 확연히 변한 대표적인 경우라고 생각해요.

강   4·19나 당시 상황에 대한 개인적인 에피소드나 기억나는 체험은 없었나요?

구   그 무렵 김수영 씨와 동석해 명동에서 술을 마시는 경우가 있었는데, 그분은 참 인상에 강하게 남아요. 계속 열렬히 발언을 하고 비판을 하는데 시정적(市井的)인 저속한 이야기는 없었고, 주목할 만한 후배라고 생각되는 사람이 나타나면 정신을 바짝 차리기도 하고 또 실수할까봐 먼저 도망가는 것처럼 사라지기도 했지요. 굉장히 결기도 있으면서 결벽스럽고 늘 정신을 차리면서 지낸 분 같아요. 그분이 모더니즘에서 넘어와, 또 모더니즘 스타일로 현실 참여의 시를 썼지만 60년대 전반기에 커다란 역할을 했다고 볼 수 있지요. 그리고 신동문, 박봉우, 신동엽은 참여문학의 작품적 실제로써 역할을 상당히 한 것이구요.

60년대 문단과 『한양(漢陽)』지

강   이제 선생님께서 초기 60년대에 글을 많이 발표하셨던 『한양』지 이야기로 넘어가지요. 64년 7월부터 『허생전』, 『춘향전』, 『홍길동전』, 『심청전』, 『귀의성』, 『금오신화』, 『자유종』을 쭉 연재하셨는데, 먼저 『한양』지가 어떤 잡지였는지부터 말씀해 주시지요.

구   『한양』지는 그때 일본에서 비교적 '민단(民團)' 쪽 사람들, 그러나 남북한 사이에서 중도적인 태도를 취하는 진취적이고 양심적인 민족주의자들이 만들었다고 생각돼요. 또 이들이 월간 잡지를 만들어서 국내에 많이 기증을 했어요. 그래서 웬만한 사람들은 다 기증받아서 보았는데, 나는 그때 기증을 받지는 못했지만 인사동에 있는 통문관, 학교도서관, 기증받는 문인들을 통해서 그 잡지를 쉽게 접할 수 있었어요. 굉장히 민족적이고 민주적인 정신을 가지고 내는 잡지였어요. 활자나 표지는 무슨 신소설 책과 비슷한 인상을 주었지만 내용은 참 가슴 떨리게 하는, 바른 이야기들이었지요. 그때 국내에선 그런 잡지가 드물었거든요. 『사상계』 외에는 그런 게 없었는데, 『사상계』도 자꾸 어려워 가는 때였지요. 당시 내가 『한양』지로부터 수필을 한 편 청탁받아서 써 보냈는데 제목이 「문약망국(文弱亡國)」이었어요. 문약망국, 우리나라의 문인들이 문약에 떨어져 일본의 무강에게 졌다는 내용이었어요. 이율곡과 풍신수길이 동갑 나이인데 율곡은 국방책을 건의했다가 받아들여지지 않으니까 해주로 내려가서 글방선생을 하다가 일생을 마쳤고, 또 연암은 조카이면서 제자인 박남수가 『열하일기』를 가리켜 글은 좋지만 문장이 거칠다고 비판을 하니까 화를 내고 박남수의 정자에서 모로 돌아누워 밤새도록 말도 안하고 한밤을 지내다가, 그 다음날 아침에 일어나서 "내가 세상에서 되는 일도 없고 하니까 문장을 빌어서 불평을 하는 셈인데 재주 있는 너희는 나를 닮지 마라" 이런 식으로 약하게 마무리를 짓는단 말이에요. 물론 연암의 사상 체계 안에서는 농민들이 토지를 균등하게 가지고서 일을 해야 된다, 「한민명전의(限民名田議)」를 정조에게 바친 글에서 그렇게 주장했지요. 소설세계에서도 양반사대부들을 풍자한 것은 "일종의 리얼리즘이다"라고 생각해서, 그때 내가 리얼리즘이라는 말을 쓴 일이 있었어요. 그러나 아무튼 풍신수길에게 이율곡이 지듯이 자꾸 뒤가 약해서 어렵게 된 것이 아닌가 이런 식으로 짤막한 수필을 썼지요. 그랬더니 그 『한양』지에서 과단성 있는 결정을 내려서 '한국 고전소설들에 대한 감상', 말하자면 해설 같은 것인데 '고전감상'이라는 제목으로 연재를 해 달라고 청탁이 왔지요. 그래서 『허생전』, 『춘향전』, 『심청전』, 『금오신화』 또 이인직의 『귀의 성』, 이해조의 『자유종』까지 8회에 걸쳐 연재를 했지요. 한 80장 정도씩을 8회에 걸쳐 연재를 했어요. 그때 20대 후반의 나이였으니까 사흘 밤을 내리 새워도 졸리지가 않았어요. 그래서 내 취향에 따라 국내의 좋은 고전 관계 논문들을 찾아서 읽고, 내 취향대로 논리를 세우고, 대표적인 텍스트를 추려서 소설 줄거리를 소개하고 그렇게 연재를 했지요. 나중에는 한 두 편의 평론을 싣기도 했는데, 그만큼 그 잡지를 내가 좋아했던 거지요. 그이들도 나한테 친절하게 했고요.

강　　제가『한양』지의 목차를 살펴보니 정태용 씨나, 최일수, 장일우, 김순남 이런 분들의 글을 많이 실렸던데요. 최근에 정태용, 최일수에 대해서는 젊은 학자들이 많은 관심을 보이고 있는데, 그분들과의 관계는 어떠셨어요?

구　　최일수 선생은 개인적으로도 잘 알았는데 정태용 선생은 개인적으로 친분이 없었어요. 정태용 선생은 내가 생각하기로는 아주 얌전하고 말도 없었어요. 어려서부터 조연현 씨하고 친구였다고 하는데 비평정신은 조연현 씨하고 좀 달랐어요. 조연현 씨가 옛날 친구의 의리로『현대문학』에 지면을 많이 줬지요. 그래서 정태용 씨가 평론을 많이 썼어요. 그러다가 오래 못 사시고 돌아가셨지만……. 최일수 선생은 아주 소박하면서도 호인인데, 그때 민족문학론에 가까운 글은 그분이 혼자서 썼어요. 문단적인 동조자들을 갖지는 못했고 개인적으로 그런 평론을 쓴 걸로 기억해요. 그분은 문학평론가이면서 신문기자이고 영화 촬영에 흥미가 많아서『조선일보』기자 시절에는 영화 촬영하는 데 쫓아가서 며칠씩 구경을 하곤 해서 회사에서도 말썽이 났다는 소문이 있어요. 생활상으로는 비현실적인 분이었는데 그렇다고 학문을 체계적으로 추구하는 편도 아니었고, 그렇지만 문학정신에는 현실의식이 있었지요. 어용적인 일을 한 것은 없고 자유인 생활을 한 셈인데, 뒷날에 리얼리즘 논쟁이 발생하니까 리얼리즘을 편든 글을 쓰기도 했지요.

강	장일우 씨와는 어떠했습니까?

구	그분은 내가 직접 뵌 일은 없었어요. 그분은 일본에 있으면서 글을 썼고 나는 그 글을 보고 좋다고 생각했어요. 그와 아주 비슷한 예로 김순남이라는 이도 있었어요.

강	저는 60년대 자료들을 읽으면서 그분들과 국내 문인들이 교류가 있었던 걸로 생각했는데 실질적인 교류 없이 지면을 통해서만 알았다는 말씀이군요.

구	교류가 별로 없었고, 국내 문단에서 외각으로 도는 현실의식이 있는 문인들에게 청탁을 해서 글을 받아다가 그쪽에서 싣고 해서 지면으로만 서로 아는 상태였죠.

강	50년대 최일수 씨의 글에서 선생님이 어떤 영향을 받거나 관심을 가진 적도 없었나요?

구	그분의 글에서 영향을 받지는 않았어요. 근래에 홍정선 씨가 "최일수 씨가 민족문학론 지향의 글을 썼다"고 지적한 걸 봤어요.

강	70년에 쓰신 「한국 리얼리즘 문학의 형성」이라는 글을 보면 60년대의 하근찬에 대해서 굉장히 애정을 보이셨던데요. 또 선생님이 글을 많이 발표하셨던 『한양』지에는 남정현 선생과 같은 분들이 글을 많이 발표했잖아요? 그분들과 개인적으로 잘 아는 사이였나요?

구　　　하근찬이라는 작가를 참 좋아했는데 지금도 내가 인정을 해요. 그런데 나중에 리얼리즘을 하는 젊은이들은 (나 보고) 리얼리즘론을 제기한 것은 좋은데, 작가 실례를 드는 데에는 한계가 있다고 평하더군요. (웃음) 내가 하근찬을 칭찬했다고 그런 평을 한 건데, 발자크 같은 사람도 왕당파 보수주의자이면서 진보적인 리얼리즘 작품을 썼다는 것이 엥겔스의 평가였지요. 마찬가지로 하근찬이라는 사람도 순수파 문학동네에 있으면서 작품은 거의가 「삼각의 집」, 「수난이대」, 「일본도」, 「족제비」처럼 민족 수난사의 현실적인 소재를 다루었어요. 하근찬은 그런 소재를 아주 인간적으로 형상화해서 예술작품을 만들지요. 그런데 작가 자신은 자기가 현실의식을 주제로 해서 소설을 쓴다고 생각하지도 않고 그런 줄을 모르고 있어요. 나는 하근찬이 제3세계 문학적인 성격이 있다고 생각해서, '요산 김정한 선생의 문학상'을 제정해서 박두진 선생과 함께 첫해 수상자로 하근찬 씨를 선정한 적이 있어요. 그 「삼각의 집」, 「수난이대」 등이 제3세계적 성격을 띠는 작품이라는 것을 알리려고 『한국일보』의 정달영 편집부국장에게 부탁을 해서 문화부 기자를 보내서 취재를 하게 했는데, 2시간 이상을 취재하고도 결국 신문에는 한 줄도 나오지 않았어요. 왜냐하면 작가의 말이 맞아들지를 않으니까, 제3세계가 뭔지, 현실이 뭔지도 모르는 거야……. 그래서 내가 "하선생은 너무 뭘 모른다"고 불평을 하며 애교 있는 싸움을 하기도 했지요.

강　　　「삼각의 집」을 보면 주인공으로 작가가 나오지 않습니까? 하근찬 씨의 분신일텐데…….

구 그렇지요. 프랑스 문자가 찍힌 깡통을 들고 있는 소년의 사진, 또 미국에서 온 크리스마스 카드의 개집 모양인 미아리 철거민 촌의 집도 그렇고, 눈곱 낀 눈으로 나팔을 들고 아리랑을 부르고 하는 것들은 처연한 리얼리즘이라고 나는 생각을 해요. 소설 속에서도 "미의식과 함께 현실을 보는 눈, 인생과 역사를 생각하는 마음이 있어야 작품이 된다"는 말이 나오지요. 그렇게 해 놓고도 자기가 뭘 하고 있는지 모르는 이런 사람이 하근찬이에요.

강 그건 오히려 다치지 않기 위한 일종의 자기 방어 같은 거 아니겠습니까?

구 아니야, 그런 간계도 전혀 없는 사람이고 대단히 순박한 사람이에요.

강 60, 70년대 민중문학, 리얼리즘 문학을 했던 분들의 이야기를 들으면 하근찬 소설을 하나의 전범으로 생각하는 경우가 꽤 있으시던데요…….

구 그렇게들 생각해 주었으면 좋겠어요. 하근찬이 촌스럽고 늘 순수문학만 지향하는 사람처럼 보이기 쉬워요. 그러다가 황석영의 「객지」가 나오면서부터 이제 리얼리즘의 첫 작품이 나왔다고 하면서 하근

찬이나 남정현 같은 이들이 묻혀버린 거지요. 문제가 있지요. 현실의식
문학 동네에 편협한 데가 있고 또 표면적인 데가 있고 그렇지요.

강　　하근찬이 그런 대목에서 황석영의 70년대 업적에 비해 빛이
가려진 부분이 있다고 말씀을 하셨는데, 아까 비평가를 이야기하면서
최일수 같은 경우도 저는 그런 느낌이 듭니다. 개인적으로 관심을 갖고
살펴보니까 70년대 들어와서 형성되는 민족문학론의 밑그림들이 최일
수의 글에 거의 대부분 드러나 있더라고요…….

구　　인간이 사회적 동물이라는 말처럼 동네 형성이 돼 가지고 동
네 울타리가 편협하게 지켜지는 현상이, 의식하든 의식하지 못하든 있
는 것 같아요. 말하자면 우리 친한 동지들 속에 같이 살지 않으니까 잘
모르겠다, 이런 식으로 소원하게 관심을 잘 안 두어서 그렇게 된 게 아
닌가 싶어요. 그래서 공부하는 후학들이 그런 부분을 잘 개발해서 평가
를 바로 잡아주면 좋지요. 하근찬 소설도 그래요. 내가 하근찬을 칭찬했
다는 것이 한계로 지적되는 것과 같은 현상이지요.

강　　하근찬이 나름의 한계는 있지만 제국주의 등에 대한 개념적 인
식이 거의 없었다는 선생님 말씀에 저는 상당히 놀랐습니다. 저는 「왕릉
과 주둔군」 같은 경우는 60년대의 정말 놀라운 작품이라고 생각합니다.

구　　하근찬 씨는 개인적으로 자기 부친이 국민학교 선생을 하셨는
데 6·25 때 북한에서 넘어온 인민군에 의해서 사살당하셨어요. 이쪽저

쪽에서 무더기로 학살당하고, 인민군이 퇴각할 적에 그런 일들이 생겼는데, 이건 술이 취해서 하근찬 씨가 직접 나한테 이야기를 했어요. 하근찬 씨가 어머니하고 같이 며칠 집에 들어오지 않는 아버지를 찾아다니다가 어느 날 밤에 어떤 시체 옆을 지나니까 섬뜩하니 뭐가 느껴지더라는 거야. 보니까 그게 아버지야. 그래서 어머니하고 같이 시체를 수렴해 돌아왔다는 거야. 그러니까 말은 안하지만 그 속에 사회주의자들에 대한 본능적인 전율 같은 게 있지 않았나 생각돼요. 그러나 그가 반공주의 같은 것을 입 밖에 드러내는 것을 볼 수 없어요.

강　　근데 사실 6·25를 다룬 소설들 중에서 하근찬 씨의 소설만큼 반공주의가 드러나지 않는 소설도 없지 않습니까?

구　　그렇게 드러내는 식이 아니지요. 반공주의를 거의 드러내 보인 적이 없거든요. 그리고 신동엽 씨하고 아주 친분이 있었고, 전주에서 전주사범을 같이 다녔지요. 또한 그냥 질박한 성격의 사람이고 체질적으로 재능을 타고난 소설가지요.

강　　「분지」로 필화사건의 주인공이 되어 고초를 겪었던 남정현 선생에 대해서도 좀 말씀해 주시지요?

구　　최초의 반미소설 「분지(糞池)」를 발표하고 옥고를 톡톡히 겪었지요. 남정현 선생은 내성적인 성격을 지니고 있지만 늘 올곧고 해학의 예지가 번득이는 작가지요.

『상황』 그룹과 『장작과비평』지

강　다시 60년대 후반으로 이야기를 옮겼으면 좋겠는데요. 아까 쭉 선생님도 말씀하시고 저도 질문을 했듯이 60년대 초반까지만 하더라도 그러니까 이를테면 선생님이나 임헌영, 임중빈 선생 등이 상당히 앞선 논의를 했는데도, 꼭 참가해야 되는 것은 아니지만, 『장작과비평』과는 거리를 둔 채 69년에 문예비평 동인지 『상황』을 창간하셨거든요. 그래서 제 생각으로는 『장작과비평』에 합류하지 않은 이유랄까, 또 당시 『창비』에 대한 입장이랄까 이런 게 있을 것 같은데, 어떠셨어요?

구　그런 전제는 정확한 게 아닌 것 같아요. 『장작과비평』과 일정한 거리를 두고서 지낸 것처럼 들리니까요. 사실은 『장작과비평』보다 앞서서 문학의 현실 참여 주장을 한 쪽이 『상황』 동인이었던 것은 사실이지요. 임헌영, 백승철, 또 소설 쓰는 신상웅, 그리고 나 이 넷이서 동인을 시작한 거예요.

강　김병걸 선생은 동인이 아니었습니까?

구　김병걸 선생은 2기 동인이라고 할 수 있지요. 김병걸 선생도 리얼리즘 옹호론을 강도 있게 발표하셨죠. 내가 68년에 「중흥과 타락의 문학」이라고 『현대문학』에 글을 쓸 적에도 사실은 논리체계로서 리얼리즘을 말하지 않았을 뿐이지 그 정신은 언제나 근대 시민 민주주의, 역사의식, 그리고 실천적인 자세에 있었지요. 『상황』 동인들은 처음부터 참여문학, 리얼리즘을 역사의식을 가지고 추진을 해 온 셈이지요.『장착과 비평』은 초기에는 만해 한용운 선생과 김수영 시인을 높이 평가했고, 우리『상황』동인들은 신동엽을 높이 평가했지요. 그래서 1969년에 신동엽이 별세했을 적에도 내가『월간문학』에「신동엽 형을 흙에 묻고」라는 조사를 실은 게 있고, 관도 내가 한 귀퉁이를 들고 올라갔고, 장갑에 묻은 붉은 흙을 털지 않고 서랍에 넣어두고 그랬지요. 나중에『창비』에서 점점 신동엽을 높이 평가해서『신동엽전집』이 나올 적에도 초판본에는 내가 쓴「신동엽 형을 흙에 묻고」가 뒤에 붙어 있고, 유족도 나한테 의논을 하고 그랬지요. '신동엽 작가기금'을 설치했을 적에 첫 해부터 내가 운영위원 겸 심사위원이었어요. 나는 70년대에『창비』에 글을 많이 썼어요. 지금도 '신동엽 작가기금'과 '만해 문학상' 운영위원 겸 심사위원으로 동참하고 있지요. 그렇게 같이 어울려 지내온 것인데, 일정한 거리를 두고 있는 것으로 보이는 것은 왜 그렇게 됐는지 나도 잘 모르겠어요.

강   제가 보기에는 개인적인 친분이나 거리감이라기보다는 문학관 자체가 좀 다른 면이 있는 거 같다는 생각이 들거든요.『상황』동인들은 60년대부터 적극적으로 민족문제를 강조해 왔잖아요? 그런데『창비』쪽은 초기에는 민족문제에 별 관심을 두지 않았지요.

구   초기에는『문학과 지성』비슷하게 주지적인 성격이 보였지요.

강   민족문제라는 면에서 갈리는 점이 있다는 생각이 들었어요.

또 가령『상황』동인 대부분은 국문과 출신들인데, 『창비』쪽은 대부분 외국문학을 하신 분들이고, 또 최근 보더라도 백낙청 선생은 근대 극복 론을 이야기하고 있지 않습니까? 선생님 같은 경우는 적극적으로 근대 성을 옹호하는 경우잖아요?

구　　친한 사이지만 그런 점에서는 생각이 다르지요. 분단체제론(分斷體制論)이라든가 탈근대론(脫近代論)이라든가 이런 것에 대해서는 생각 이 다르단 말이죠. 분단 상황에 대한 문제야 누구나 다 아는 거지만 분 단체제론을 통해서만 모든 것이 해결된다는 논리는 석연치 않은 점이 있어요. 그리고 '탈근대'라는 것이 사실은 월러스틴의 주장에도 많이 나 오는데, 그것이 대안이 되지는 못한다고 생각해요. 근대 이후, 근대를 초탈해서 다음 단계의 내용이 무엇인지 정리가 되어 있지도 않고, 월러 스틴 자신도 "우리는 어두운 바다를 항해 하고 있는 것과 마찬가지다" 이런 막연한 이야기를 하거든요. 특히 푸코, 데리다와 같은 프랑스 68혁 명 계열은 그 성격이 마르크스주의를 하다가 스탈린주의의 한계가 세계 적으로 드러남으로써 결국은 분석철학에 의거해서 해체와 포스트모던 과 같은 맥락이 되어버린 것이 아닌가요? '탈근대'나 '근대 이후' 그것 도 '포스트 모던'이라는 말과 같은 말 아니냐 이거죠. 참여, 리얼리즘, 제3세계 문학을 주장하던『창비』쪽에서 그것을 한다는 것은, 그러면서 '문학의 위기다' 이렇게 말하는 것은 찬동하게 되지 않지요.

강　　만일 그렇다면 결국 초창기부터 현실(민족)문제를 어떻게 바라 볼 것인가를 둘러싸고 입장이 서로 달랐던 게 아닙니까?

구   굳이 다른 점을 찾자면 루카치를 보는 관점에서 발견할 수도 있는데, 루카치가 장르 파악에 있어서 시(詩) 쪽에 약하다는 것은, 나도 그 사람의 개인적 한계로 인정을 해요. 루카치의 사상 자체를 나는 좋아하는데 백낙청 씨라든가 다른 사람들은 못마땅하게 생각하는 거죠. 이것은 비판적 리얼리즘 단계다, 사회주의 리얼리즘에 진입하기를 주저하고 꺼린다는 거지. 80년대 후반에는 그런 분위기가 강했거든요. 그런데 루카치는 레닌도 비판하고 스탈린도 비판했단 말예요, 그러나 사회주의자였고 헤겔주의자였고, 그러면서 레닌과 스탈린은 계급혁명만 열심히 주장했지 자유나 민주주의에 대해서는 생각해 본 일도 없고 그래서 초기 마르크스의 휴머니즘 또는 헤겔의 이성주의와는 딴판인 사람들이다 라고 반대한 거야. 그래서 루카치가 몇 번 잡혀서 죽을 뻔도 하고, 구제되고 그런 건데, 그런 점에 입각해서 볼 적에, 지금도 생각해볼 만한 문제인데, 오히려 루카치를 옳았다고 볼 수 있잖아요. 소련이 해체되었으니까, 루카치의 주장들이 오히려 원만하고 건강하고 그리고 총체성 면에 있어서도 외연적인 가시적 총체성뿐 아니라 인간정신의 내면적, 내포적 총체성이 또한 크게 있다, 그 끝없는 인간의 내면적 깊이, 무엇이 더 중요하냐, 내포적 총체성이 더 중요하다고 볼 수 있다, 이런 말을 사회주의자가 했다는 말이지요. 지금 독일의 하버마스와 비슷하게 이성과 근대정신을 건강하게 지키는 원만하고 합리적인 사람이었던 것 같아요. 이런 점에서 서로 내놓고 반대 의견을 이야기하지는 않았지만 심정적으로 생각이 다른 것이었죠.

강   『창비』하고 달리 60년대부터 민족문제에 관심을 가지고 강조하셨던 특별한 이유 같은 게 있으셨습니까?

구　　　아까도 이야기했듯이 우리 민족사에 대한 관심이 컸으니까요. 소박하다면 소박하지만 함석헌 선생의 『성서적 입장에서 본 조선 역사』라는 책이 있었는데, 나중에 『뜻으로 본 한국 역사』라고 재편됐지만, 오히려 먼저 책이 더 맛이 있었지요. 거기에 민족사를 수난사관으로 보는 시각이 있었고, 또 나 개인적으로는 아주 어렸을 적에 내 외조부가 6·10만세 사건으로 경기도 이천지방에서 주모자로 잡혀 경찰의 고문을 당하고 갇히신 적이 있어요. 아주 어렸을 적부터 우리 외조모가 경찰서 유치장에 옷 넣어 주러 갔다 돌아오시다가 고개 비탈의 얼음길에서 넘어져 다치시고, 또 일본 경찰이 밤중에 우리 외가에 들어와서 쇠가죽 몽둥이로 외조부를 내리치는데 옷과 등가죽이 피로 완전히 붙어버렸다는 이야기를 들었으니까요. 그때 애들이 가지고 노는 딱지를 보고 전투용 철모를, 일본말로 데쓰카부도라고 그러는데, 그 철모 쓴 일본군을 가리켜 내가 '왜놈'이라고 하니까 아버지가 들으시고 그런 소리하면 큰일난다 그러신 적도 있고, 그래서 내가 일본말을 할 수 있는 세댄데 의도적으로 일본말을 안 쓰고 잊어버리고, 가지고 있던 책도 없애고 그랬지요. 항일 감정이 운명적으로 어려서부터 있었던 모양이에요. 그런데 우리 근대사는 친일문제가 현실적으로 큰 문제거든요. 국초 이인직도 말년에 한일합방에 크게 공헌한 친일분자가 되었고, 육당·춘원도 또 친일파가 되고, 해방 후에는 반민특위를 해체시켜 친일파를 다 풀어 놓았고, 그러니까 제3공화국의 대통령을 일본군 장교 출신인 박정희 씨가 하게 되고, 계속 이렇게 돼 왔던거죠. 마쓰이오장 가미카제 특공대 찬양시를 쓴 분이 전두환 대통령 56회 생일의 송시를 쓰고, 원로 정도가 아닌 시성(詩聖)이다 그렇게 칭송되고 교과서를 지배하는 지경이 되었으니 이렇게 되면 우리 후세들이 그 교과서를 어떻게 해석해야 되고 무엇을 가치로 배우고 민족사의 미래를 타개해 나갈 수 있을지요? 이런 생각들을 늘 갖고 있었어요. 어렸을 때부터 들은 이야기들이 민족문제에 대해서 더 깊은 관심을 갖게 만든 것이지요.

강　　『상황』 동인인 김병걸 선생님은 민족문제에 많은 관심을 가지셨던 분이지 않습니까? 당시 동인끼리 의견 교류는 있었습니까?

구　　민족문제가 현실 문제니까 우리나라에서는 분단 극복의 과제를 중심으로 민족의 진로문제가 사실은 중심적인 문제라 할 수 있지요. 폐쇄적인 배타주의로서의 민족주의가 아니고, 2차 대전 후에 열강이 경제 원조를 빙자해 신식민주의를 펴고 있고 거기에 정당하게 자기방어를 하기 위해서는 신민족주의, 제3세계 민족주의, 이런 것이 필요하게 되니까 민족문제를 생각할 수밖에 없었지요.

강　　『상황』을 만들 때 그런 문제를 가지고 서로 논의하거나 했나요?

구　　의논해서 한 게 아니고 그런 것을 생각하는 사람들끼리 모이게 된 거죠.

강　　『상황』 이야기를 조금 더 여쭙고 싶은데요. 이야기가 은연중에 나온 거 같은데, 임헌영 선생이랑 백승철, 신상웅, 또 김병걸 선생 그리고 선생님 이렇게 참여하셨는데 대부분 다 '중앙대 출신'이잖아요?

구   그것은 정확하지 않는 지칭인데, 중앙대 출신은 임헌영, 백승철, 신상웅이고 나는 나중에 중앙대 대학원에서 학위를 했지요. 크게는 동문이라고 말할 수 있지만 김병걸 선생은 중앙대 출신이 아니지요. 다수가 중앙대 출신으로 시작한 것은 사실이에요. 그이들이 69년에 잡지사에 근무하는 나를 찾아와서 다방에서 이야기를 하다가 의기투합하는 게 많아서 동인을 하기로 한 거지요.

강   이거는 다른 맥락의 이야기인데 민족문학의 역사를 정리할 때, 60년대 한국전쟁 이후의 새로운 민족문학론의 출발점을 대체로 『창비』의 창간에 맞추어서 이야기하지 않습니까? 그런데 그 당시 문헌들을 보면 그 이전부터 선생님이나 임헌영 선생 등이 민족문학의 관점에서 민족문제나 분단문제에 관한 글을 써 오셨거든요. 그런 부분이 사실 정당하고 정확하게 평가, 규명되지 못하고 있다는 생각을 하거든요. 그 점에 대해서 선생님은 어떤 생각을 하시는지요?

구   정도의 차이, 약간의 시기적 선후 차이는 있었다고 볼 수도 있겠지만, 그것이 대단한 문제라고 볼 수는 없어서 나 자신으로서는 굳이 논급하지 않는 것이 좋겠어요.

70년대의 민족문학 논쟁과 제3세계 문학론

강　이제 70년대 이야기를 좀 구체적으로 했으면 합니다. 선생님께서 68년에 「중흥과 타락의 문학」을, 그리고 70년에 「한국 리얼리즘 문학의 형성」을 발표하면서 리얼리즘에 대한 문단적 관심을 환기시켰고, 그런 작업이 계속되면서 이른바 '민족문학 논쟁'이 야기되었는데, 그 논쟁의 발단과 전개과정 등에 대한 이야기를 해주시죠.

구　문단적인 논의를 중심으로 해서 생각을 해보면, 1970년이라고 생각되는데, 리얼리즘론도 민족문학론도 70년에 개념을 강조해서 내세우는 단계가 된 거지요. 『월간문학』에서 '민족문학론 특집'을 꾸몄지요. 그때에 이형기 씨하고 김현 씨는 '민족문학'이라는 말을 굳이 쓸 필요가 있느냐 그냥 '한국문학'이라고 하자는 쪽이었고, 나머지 다른 사람들은 '민족문학'이 좋다고 했지요. 그런데 '민족문학'을 지지하는 사람들은 전부가 참여적 리얼리즘을 해 온 사람들이었지요. 그래서 50년대 말서부터 태동해서 60년 4·19를 기점으로 시민혁명이 이루어진 셈이니까, 학생세대가 앞장섰다고 하지만 국민적 호응을 얻어서 중앙정부가 무너진 거니까, 4·19혁명이었죠. 그런데 순수문학 쪽 이론은, 분단 직후 북쪽이 내놓고 현실주의 문학을 하면서 사회주의 리얼리즘을 표방하니까 그 북쪽에 반대하기 위해서 정반대로 현실 도피적인 문학을 제기한 셈이죠. 그래서 샤머니즘도 이야기하고, 사소설적인 개인의식 이런 것을 이야기하면서 순수문학을 계속해 왔는데, 4·19혁명을 겪고 보니까 사회 전반이 시민 민주주의로 움직이고 있는데, 문학만이 현실 도피를 고집할 수 없다는 자각이 생겼고, 그래서 최인훈의 『광장』, 이호철의 「판문점」, 또 좀 뉘앙스는 다르지만 선우휘의 「불꽃」에서도 참여, 목전 (目前)의 현실에 참여해야 된다는 문맥이 나타나지요. 하근찬의 「수난이 대」, 이렇게 현실의식의 문학, 참여문학이 말하자면 시에서 뿐 아니라 소설에서도 강세를 이루어 나가게 된 것이고, 그러다 보니까 이론적으 로 원리가 정리되어야겠다는 필요성에서 70년대 리얼리즘론이 등장한 거지요.

강　4·19 이후의 역사 현실에 대한 관심의 증대가 리얼리즘론의 자연스러운 배경이 되었다는 말씀이군요…….

구　우연이라면 우연인데 그게 단순한 우연이 아니라 필연성을 내 재하고 있다가 어떤 우연한 계기에 돌출해 버린 거지요. 『사상계』가 말 년에 잡지 운영이 어려워져 빈약하게 나오던 땐데, 그래도 부완혁 씨가 사장을 하고 지금 일월서각을 하는 김승균 씨가 편집장을 하고 있었는 데, 나보고 '4·19 10주년 기념문학좌담'을 하는데 나오라고 해요. 그 래서 나가 봤더니 임중빈 씨가 사회를 보고 최인훈, 김윤식, 김현, 나 넷 이서 토론을 하게 돼 있는데, 최인훈 씨가 무슨 사정에서인지 안 나와 버렸어요. 그러니까 김윤식 씨하고 김현 씨가 복도에 나가서 들어오지 를 않고 한 30분 자기네끼리 의논을 하는 거야. 들어오더니 "사회자를 바꾸자"는 거야. (웃음) 임중빈 씨를 사회자로 하고 나머지 사람들이 토 론을 하자는 거지요. 김윤식 씨하고 김현 씨가 가깝기 때문에 나 혼자서 2 대 1로 당해야 하는 형세가 된 거지요. 김윤식 씨도 원래는 4·19를 계기로 리얼리즘이 가능한 것으로 보인다는 발제논문을 사실은 짤막하게 냈었는데, 좌담에서는 그룹의식이 생겼는지 김현과 한 편이 된 거지요.

내가 30년대 염상섭, 현진건은 자연주의의 단계고, 리얼리즘이 광의성을 띠기 때문에 고전적 리얼리즘, 자연주의 리얼리즘, 비판적 리얼리즘, 사회주의 리얼리즘 등 20여 가지 용어가 있는데, 나는 근대 시민 리얼리즘이 4·19와 내용상 부합되어 긍정한다, 김수영 시인이 모더니즘으로부터 현실 참여로 나온 그런 성향이라든가 현실의식의 문학이 또 시민정신이 고양되는 그 시기성격을 강조한 거지요. 내가 60년 4·19를 계기로 리얼리즘이 가능하다고 생각한다고 동조를 하니까 김윤식 씨는 말을 좀 모호하게 하면서 뒷전으로 빠져버리는 거야. 그래서 김현 씨하고 나하고만 정반대의 논쟁이 된 거지요. 김현 씨는 현실의식으로 치자면 30년대 염상섭, 현진건도 해당되지 않느냐고 해요. 그래서 내가 리얼리즘으로 가는 단계로서의 자연주의로 보고 싶다, 지금 루카치가 그리스에서부터 리얼리즘 역사를 쓰듯이 하면 우리도 실학파 리얼리즘 이전을 고전주의 리얼리즘으로 치고, 30년대 자연주의 리얼리즘 이렇게는 할 수 있는데, 근대 시민 리얼리즘을 생각할 적에는 70년대가 명료하게 기점이 된다고 보았으면 좋겠다, 나는 그런 뜻으로 이야기를 했지요. 그랬더니 김현 씨는 구체적으로 발자크의 어떤 점이 그러냐는 거예요. 그 이야기는 그때 서울대에서 전임강사인가 조교수인가를 하는 불문학 전공자가 국문학도인 날 보고 발자크의 어떤 작품이 리얼리즘에 해당되느냐고 질문한 것이니까 참 곤란하잖아요. (웃음) 그래서 그냥 평소 내 상식으로 『고리오 영감』의 주인공들을 들이대면서 이야기를 한 거지요.

그것도 내 독창적인 이야기가 아니라 다 정리된 어떤 사례가 있는 것이고, 그랬더니 발자크는 '이 망할 놈의 세상' 하는 화풀이로 리얼리스트가 되어서 자기 의사에 반해서 리얼리스트가 된 것이지 진정으로 리얼리스트가 됐다고 볼 수 없다, 이런 식으로 계속 정반대의 이야기를 하게 되었지요. 그 며칠 후에 김승균 씨가 전화를 해서 교정을 좀 보러 와야 되겠다고 해요. 김현 씨가 다녀갔는데 자기 발언 대목을 교정하면서 내 발언 대목을 많이 지웠다는 거야. 가보니까 녹색 펜으로 정말 많이 지웠어요. 자기 논리는 아주 학구적인 내용을 상당히 첨가해 놓고……. 난 그쪽은 한 자도 손을 안 대고 대신 지운 내 것을 '생(生)'이라고 써서 되살려 놓았지요, 그렇게 해서 나온 게 '4·19 좌담'이예요. 후에 답답해서 그 내용을 정리해서 그해 7월 여름호『장착과비평』에 발표를 한 것이「한국 리얼리즘 문학의 형성」이라는 평론인데, 그 글은 해방 후 처음으로 본격적인 리얼리즘론을 전개한 것이라는 평을 듣기도 했지요. 김명인을 비롯한 몇몇 젊은 비평가들이『다시 문제는 리얼리즘이다』라는 책을 '실천문학사'에서 내면서 '4·19좌담'과『창비』의「한국 리얼리즘 문학의 형성」을 한국 현대 리얼리즘론의 기점이라고 했어요.

강　　김현 선생이랑 정면으로 충돌한 셈이군요. 그런데 그 논의가 당시 문단 전체에 굉장한 파장을 일으키지 않았어요?

구　　어느 날 길을 가는데 광화문에서 염무웅 씨가 "중서 형!" 하고 급히 말을 하고 지나가는데 자기가『월간중앙』에 리얼리즘 옹호론을 지금 쓰고 있다는 거예요. "리얼리즘이 시대사조나 기법이 아니고 하나의 세계관으로서 큰 원리다. 그래서 그것이 필요하다" 이런 골자로 진지한 평론을 썼어요. 같은 무렵 김병걸, 임헌영, 최일수 이런 분들이 전부『현대문학』등의 월평란에 여기저기에서 내 편을 드는 거예요. 저쪽 김현 씨 편으로는 김양수라는 인천에 사는 평론가 한 분만이 있었고, 좀 있다가 원형갑 씨하고 두 명이 그쪽 편을 들고, 내 편을 드는 이는 김우종, 최일수까지 합쳐서 한 다섯 명쯤 나타났어요. 그것이 '70년대 리얼리즘 논쟁'이었죠. 그렇게 해서 리얼리즘 논의가 활발해졌어요. 그리고 민족문학이라는 것도 분단된 상태에서는 남한, 북조선 이런 것이 좀 불편하고, 또 '남한문학', '북조선문학'이라고 하는 것도 온당치 않으니 통일이 될 때까지라도 '민족문학'이라는 지칭이 편리하고 또 민족사적 역사의식이 요청되기도 하고 그래서 민족문학, 제3세계 신민족주의로서의 민족문학, 그렇게 해서 '민족문학' 지칭을 계속 사용하게 된 게 이제는 아주 '민족문학동네'다 '민족문학사연구소'다 이런 것이 생기게 된 셈이지요. 당시는 70년대 말이고 그때는 제3세계 문학에까지 진전이 되어서 참여, 리얼리즘, 민족문학, 제3세계 문학, 이것이 같은 맥락에서 발전해 나간 단계들이라고 볼 수 있지요.

강　　이야기가 자연스럽게 '제3세계 문학론' 쪽으로 넘어가는데요, 선생님은 79년도『씨알의 소리』에「제3세계 문학론」을, 80년에『실천문학』에「제3세계 문학의 전망」을, 서울대『대학신문』에「제3세계 문학의 현재와 가능성」을 발표하는 등 70년대 후반에서 80년대 초반에 '제3세계 문학론'을 정열적으로 주창하셨는데, 이왕 말씀이 나온 김에 그것을 좀 부연해 주시지요?

구　　제3세계라면 우리가 잘 아는 대로 아시아, 아프리카, 라틴 아메리카 3대륙을 가리키는 것인데, 2차 대전 후에 강대국들이 아까도 말한 것처럼 경제 원조를 한다고 하면서 배후에서 신식민주의적 작용을 하니까 지구상에 남북문제라는 게 생겼잖아요. 아프리카, 라틴아메리카가 남이고, 유럽·미국이 북이고 이러니까 상징적으로 '남북(南北)'이다 이렇게 지칭을 하는데 이것이 국제적으로 빈익빈 부익부를 초래하기도 하고 있다는 것이죠. 한 25% 정도의 백인이 78%의 세계 부를 차지하고, 점점 약육강식으로 제3세계 지역이 먹혀 들어가고 있다는 것이죠. 무역 역조 현상을 일으키면서 제3세계 나라들이 자꾸 곤란하게 되어가니 이런 것을 그대로 감내할 수 없다, 라틴 아메리카의 유능한 작가 시인들이 있죠, '네루다'같은 사람이 있고, 아프리카에서는 세네갈의 '생고르', 또 케냐의 '케냐타' 등 쟁쟁한 사람들이 있고, 아시아에서는 '김지하'가 있고, 이렇게 문학적 역량도 크고 정당방위적인 신민족주의 정신으로 문학을 할 수 있다는 생각이지요. 그러나 이것은 제3세계 문학이 지난날 바로 세계문학으로 여겨지던 서양문학에 복수해서 지배하자 이런 뜻이 아니고, 20세기 서양문학의 모더니즘적 타락 현상에 건강한 활력소를 주는 것으로 제3세계 문학이 공헌하면 좋겠다, 그래서 서로가 만나서 서로를 풍요하게 하고 세계문학의 아름다운 꽃밭을 다양하게, 개성적으로 그러나 조화 있게 건강한 아름다움으로 가꿔야 된다, 이런 것이 제3세계 문학론의 기본 취지라고 볼 수 있지요. 한때 리마의 77개국 비동맹 선언을 비롯해서 제3세계 결속운동이 활발했지만 점점 자본주의 강대국들에 의해서 붙잡히고 억눌리는 형세가 되었어요. 그래서 멕시코도 IMF를 당했고 제3세계의 횡적 연대가 저조해지고 이제 강대국 금융자본이 세계의 여기저기를 굴러다니며 치고 때리고 있어요. 그래서 제3세계 문학 논의가 더 미미한 셈이지요. 최근 IMF의 횡포를 극복하기 위해서는 다시 제3세계 운동이 일어나야 되겠다고 경제 분야에서 시론을 쓴 분도 있더군요. 그와 궤를 같이 해서 제3세계 문학론도 계속 추진이 되었으면 좋겠다는 생각이 들어요.

강　지금까지의 선생님의 말씀을 정리하면, 『상황』 동인 시절부터 쭉 가지고 계시던 민족에 대한 관심과 문제의식이 외세문제와 결합되면서 '제3세계 문학론'으로까지 발전한 것이라고 이해하면 되겠네요. 그러면, 하나 빠뜨린 게 있는데, 아까 선생님께서 60년대에서는 하근찬의 「삼각의 집」이 중요한 작품이라고 말씀하셨지요? 그러면 70년대 민족문학론과 제3세계 문학론을 전개할 당시에는 어떤 작가와 작품을 주목하셨나요, 민족문학론의 이론적 근거가 필요했을 거 아니에요?

구　글쎄, 일단은 황석영의 「객지」가 기념비적이었지요. 다음으로는 이문구의 『우리 동네』 연작, 그리고 조세희의 『난장이가 쏘아올린 작은 공』도 문제작이었지요. 그리고 나는 윤흥길을 크게 인정하는데, 윤흥길의 「아홉 켤레의 구두로 남은 사내」가 산업사회 소설의 본격적인 출발점이라고 볼 수 있지요. 이 작품은 대중에게 잘 읽히고 또 완결된 작품세계를 가지고 있어요. 그리고 「무지개는 언제 뜨는가」는 소년의 이야기지만, 지리산 마을을 통해서도 분단 해소의 가능한 원리를 사람들에게 납득시키고 있지요. 윤흥길이 10대 소년으로서 겪은 기억을 가지고 쓴 것이겠는데, 그는 중간에 병이 나서 한참 작가생활을 쉬었지요.

앞으로 활동을 재개할 것 같은데, 기대가 됩니다.

문학사 연속성론에 대해서

강　이제 이야기를 바꾸어서, 선생님의 탁견 중의 하나인 '문학사 연속성론'에 대해서 여쭈어 보겠습니다. 63년도 이래의 선생님 글을 검토해 보면서 흥미로웠던 점은, 외국문학 전공자들을 포함해 몇몇 비평가들은 전통단절론을 내세웠는데, 선생님은 '한국문학사의 연속성론'을 주장하고 또 긴 논문도 쓰셨습니다. 지금까지 이야기를 쭉 듣고 보니까 이런 입장은 60년대 『한양』지에 집필할 당시부터 갖고 있던 우리 전통문학, 고전문학에 대한 지식이 자양분이 된 게 아닌가 생각되는데요, 전통론과 관련된 말씀을 해 주시지요.

구　그것도 사실은 시기를 좀 분별하고 넘어갈 필요가 있어요. 50년대 모더니즘이라는 것이 세력을 떨쳤던 당시에는 코스모폴리탄이즘, 세계시민적인 성향이 지식인들 속에 상당히 있었던 것 같아요. 그때에도 『사상계』 잡지에서 문학좌담을 했는데 한 평론가가 말하기를 "한국문학 속에서 전통을 살리려는 것은 몸속에 든 기생충을 살리려는 것과 같다" 이런 극언까지 했어요. 이어령 씨도 『흙 속에 저 바람 속에』라는 책을 내서 베스트셀러가 되기도 했지만, 민족문화유산, 정신적 유산 이런 것들에 대해서 굉장히 자조적으로 비판을 했어요. 그것이 곧 유식하고 서양식으로 세련된 것이라는 일종의 착각이 아니었나 싶은데, 가령 김유신의 누이동생 문희가 땅에 소변을 봤는데 그 언저리가 매우 작았다, 서양 희랍신화에서는 유사한 예의 범주가 큰 데 비하면 얼마나 왜소하냐, 춘향의 모친이 포주지 뭐냐, 이런 식이었어요. 나는 아주 언짢게 생각하고 그래서 이어령 씨를 『청맥』이라는 잡지에서 비판하기도 했지요. 4·19에 대해서도 데모 학생이 총탄을 등 뒤로부터 맞았다는 구절이 그분이 시도했던 소설 속에 나오는데, 데모를 하다 보면 밀고 나아갈 수도 있고 또 후퇴하려면 돌아서서 쫓겨 가기도 하고 그러는 거지, 그 틈에서 총탄 맞은 거를 굳이 내세워 가지고 혁명을 모멸하는 것 같은 발언을 하고…… 그런 게 참 안 좋았어요. 그때는 내가 20대고 피가 뜨거워서 독하게 「소설가 이어령의 도로」라고 제목을 붙여서 비판했지요. 그것이 화제가 돼서 6·3데모를 주도했던 김중태·김도현이 당시 졸업논문을 쓰고 있던 김지하의 하숙방에 찾아가서 "미학자 김지하의 도로"다 하면서 방해를 했다고 해요. (웃음)

강　　　전통을 논한다는 것은 촌스럽고, 반면에 서양 흉내를 내면 마치 유식하고 세련된 것으로 보는 풍조가 만연되었던 모양이죠?

구　　　그런 셈이지요.

강　　　그러면 당시 선생님께서 문학사의 연속성론을 주장하게 된 구체적 근거는 무엇이었나요?

구　　　내가 전통단절론에 반감을 가졌던 것은 당시 나는 『한양』지에

『춘향전』을 비롯한 고전문학 해설을 연재하고 있었고, 우리 문학이 고전의 긍정적 측면을 수용해야 된다는 생각 때문이었어요. 판소리는 원래 글자도 모르는 사람들이 광대인 판소리 창자가 고수(鼓手) 하나 데리고서 전단 광고가 나가지도 않는 삼천리 방방곡곡을 돌아다니면서『춘향전』,『심청전』,『흥부전』을 구연하는 거죠. 그런데도 삼척동자도 다 그 내용을 안단 말이야. 어떻게 이렇게 민간 소통력이 큰가? 입심과 낙천성과 서민적 우애와 이런데 비밀이 있지 않느냐 하는 거지요. 소설사에서 '실학파 소설'을 중요하게 다루지만 사실은 한문으로 되어 있어 한계가 있고, 그렇다면 대중이 무엇으로써 소설문학을 누리느냐를 기준으로 보면 판소리계 소설이 1939년까지 한국에서 베스트셀러였다는 거죠. 농한기가 되면 추수를 끝내고 나서 시골 5일장으로 전부 도매로 나가는 거예요. 자동적으로 차일을 치고 흙바닥에다 이야기책을 쌓아 놓으면 나무장사들이 지게에다가 고등어 한 손 사서 걸고 이야기책 사 가지고 가서 겨울 긴긴 밤에 계속 읽는 거예요. 부인네들을 모아 놓고 잘 읽는 남자가 읽어 준 거죠, 이러한 작용이 만주 간도에까지 전파된 거지요. 시문학사에서도 보면 고려 속요가 근 3, 4백 년을 구전에 의해서 보존되었어요. 경기체가, 그것은 한문 하는 사람들이 할 수 있는 거고. 김동욱 선생 논문에서 육보(肉譜)라고 그러는데 목소리로 악보를 외워서 구전으로 고려 속요인「가시리」,「청산별곡」,「만전춘」이 3, 4백 년을 지속해 오다가 한글이 창제되고 나서『시용향악보』,『악학궤범』,『악장가사』 등에 가사로 기록되고, 그 후 이것은 고려시대의 노래라는 것을 알게 되고, 또『고려사악지』에 관련 기사들도 있고 이래서 문학사에 고려 속요 장르를 정착시키게 된 것이죠. 그러니까 '서민토대의 자생적 장르 형성력' 이것이 내 나름으로 쓰는 말인데, 고려 속요가 시문학사에서 문학사를 지속시켰고 또 판소리계 소설이 소설사를 연결시켰고, 이렇게 해서 한국 민족문학사는 저변에서부터 솟구쳐 올라오는 힘에 의해서 지속되고 발전해 온 거지요. 그런 걸 오히려 나는 재미있게 좋은 면으로 생각했으니까, 한국문학사 전통 연결론을 주장하게 된 것이지요.

강　『한국문학사론』(78년)에서 "한국문학사 전통 연결이 성취될 때 한국문학은 비로소 민족문학으로서의 자기다운 모습을 성취하게 될 것이다"라고 하신 말씀은 결국 앞서 언급하신 생각들을 논리적으로 체계화한 것이군요…….

구　민족문학은 자연적 공동운명체라고 할 수 있는 민족의 삶의 여건에서 축적되고 육화된 개성과 가치로서의 민족문화 전통을 지녀야 하기 때문이지요.

90년대의 민족문학과 광의의 리얼리즘

강　긴 시간 동안 말씀 하시느라고 피곤하시죠? 이제 최근의 민족문학에 대한 말씀을 나누면서 대담을 마무리해 나가겠습니다. 제가 보기에 최근 민족문학의 상황은, 민족문학론의 이론적 정당성 여부를 떠나서 상황 자체가 매우 수세적이고, 또 민족문학 계열의 작품들이 안 읽히고, 그래서 민족문학은 7, 80년대보다 훨씬 더 외곽으로 밀려나 있는

게 아닌가 하는 생각을 하는데요, 선생님은 작금의 현실을 어떻게 보시
는지요?

구　수세에 몰리는 작가, 작품이 있다면 그것은 이데올로기적 도
식주의를 벗어나지 못한 일부 경우들이라고 생각해요. 조정래의 『태백
산맥』은 백 몇 십만 부가 팔려 당당한 베스트셀러가 되었지요. 『아리
랑』도 그렇지요. 조정래 씨는 앞으로 60년대 이후 시대를 소재로 해서
계속 소설로 쓰겠다고 하더군요. 정치판에서 역사 청산이 안 되니까 작
가인 자기가 하겠다는 거지요.

강　그런 경우는 80년대적 가치가 가까스로 90년대로 계승되어서
유지되는 부분이라고 저는 생각하는데요…….

구　또는 신경숙의 소설들, 『외딴방』도 많이 읽히고요.

강　신경숙 이야기가 나왔으니 말인데, 최근 백낙청 선생이 신경
숙을 매우 긍정적으로 평가하잖아요? 그런데 최근의 젊은 논자들은 그
런 평가 방식과 논리에 대해서 회의적인 시각을 보이는 경우가 많거든
요…….

구　어떻게 회의적인가요?

강　가령 그렇게 다 포괄적으로 받아들이고, 또 신경숙이 과연 90

년대의 민족문학을 가늠할 만한 작가로『창비』측에서 그렇게 내세울 수 있는 작가인가, 이런 점에서 반론도 상당히 많은데 그에 대해서는 선생님께서 어떻게 생각하십니까?

구　신경숙의『외딴방』정도는 긍정해도 괜찮은 거 아닌가요?

강　저 개인적으로는 70년대에 논란이 많았던 조세희의『난장이가 쏘아올린 작은공』보다『외딴방』이 더 리얼리즘적 성취가 뛰어난지 의문스럽습니다. 백 선생은『난장이가 쏘아올린 작은공』을 별로 인정하지 않았는데, 과연 신경숙의『외딴방』이『난장이가 쏘아올린 작은공』을 능가하는 리얼리즘의 90년대적 성취인가에 대해서는 좀 회의적인 부분이거든요…….

구　『난장이가 쏘아올린 작은공』은 훌륭한 작품이지만, 관념적인 삽화들이 끼어들면서 구성상 모더니즘 비슷한 성격도 지니지요. 물론 당시에 많이 팔렸죠. 하지만 소설의 전형적인 수법과 완결된 세계라는 점에서 보자면 오히려『외딴방』이 낫지 않겠나 하는 거지요.

강　그러면 80년대 중반 이후 민족문학의 중요한 축이 되었던, 이를테면 방현석이라든지 박노해 등에 대해서는 어떤 생각을 가지고 계세요?

구　방현석이나 박노해나 현실의식에 있어서는 치열한 강점이 있는데, 박노해 시에서는「노동의 새벽」이 획기적인 성과이기는 하지만 그중에서 어떤 작품은 좀 지나친 도식성이 있다는 생각이 들어요.「이불을 꿰매면서」이런 작품은 납득할 수 있고 좋은데「손무덤」이런 것은 싫어요. 이「손무덤」이라는 게, 기업주의 횡포가 아무리 심하다 해도 동포 인간들끼리 사는 건데 자기 회사 공장 직공이 기계에 손가락도 아니고 손마디가 잘렸는데, 사장, 공장장, 전무의 차를 안 내주어 못 타고, 타이탄 짐칸에 앉아 병원에 갔는데, 손을 붙일 수가 없고, 노동자의 시퍼렇게 얼은 잘린 손목을 주머니에 넣고 다니다가 공장으로 돌아와서 양지바른 벽 아래 흙에다가 묻어서 장사 지낸다, 그게 어디 있을 수 있는 이야기고 시로서 될 수 있는 이야기인가요? 좀 과장이 아닐까? 그런데 박노해 씨가 투옥된 후 재판의 최후진술에서 자기가 너무 편향적이었던 것을 자성한다는 내용을 말한 게 있지요.『말』지인가에 실렸지요? 방현석 같은 사람은 작가로서 인격으로서 훌륭하고 건실하고 소설도 좋지만, 대중성을 획득하는 면에서는 아직 폭이 좁지 않은가 생각해요. 오히려 젊은 사람은 아니지만 박완서 씨의 소설이 대체로 서민 소재의 건실한 내용을 예술적으로 형상화하여 상당히 넓은 독자 폭을 가지고 있지요.

강　　그러면 앞으로의 민족문학 내지는 진보적 소설의 방향에 대해서는 어떤 생각을 가지고 계십니까?

구　　이데올로기의 시대가 가고 마치 포스트모더니즘 경향으로 가는 듯한 인상들도 있고, 또 소설 본문 안에서도 글쓰기의 어려움이라는 말이 나오고 포스트모더니즘적 글쓰기 등 좀 이상한 것들이 나오는데, 그런 식으로 되어서는 바람직하지 않다고 생각해요. 신경숙의『외딴

방』에서도 글쓰기의 어려움이 한 마디 있기는 하지만 그래도 신경숙의
『외딴방』 정도는 노동자의 삶을 소재로 한 작품으로서 인정할 만하다고
생각해요. 그리고 광주 쪽에서 활동하는 공선옥의 경우도 좋지요. 공선
옥의 「목마른 계절」에서는 '이데올로기의 시대가 갔다, 문학주의로 가
자, 무슨 포스트모더니즘으로 가자' 그런 것과는 관계없이 자기는 지금
살아남아서 광주에 빚을 지고 있다는 인식을 중심으로 가지고 있어요.
현실문제, 정치문제까지도 정면으로 다루지만 그것이 소설적인 수법으
로 소화가 돼 있다고 보이거든요. 그래서 "김대중이 또 낙선하면 우리
호남사람들은 다 혀를 깨물고 죽어야 된다" 그래 놓고, 낙선한 뒤 언니
라는 사람이 병원에 입원해 있고 그 후배 되는 여인이 문병을 가서 "언
니 이제 죽어. 죽는다고 그랬잖아" 그러니까 그 언니가 귀를 끌어다대고
조용하지만 강한 어조로 하는 말이 "죽을 힘으로 살자, 김대중이 니 할
애비냐 누구 좋으라고 죽어." 이런 식이 소설 대화에 나오는데, 나는 참
강렬한 민중적인 저력이 보이는 것으로 받아들였어요. 비록 문체가 신
선하다고 하더라도 포스트모더니즘 식의 허무주의로 끝을 맺는 애매한
소설들을 극복하고 그야말로 건강하고 아름다운 인간의 문학, 인간 본
성과 자연법과 이성과 근대정신과 이런 것을 구현해 내는 문학적인 과
제와 가능성이 얼마든지 있다고 생각하고 싶습니다.

강　　최근 작가 이야기를, 선생님께서 『상황』을 하실 때부터 계속
적으로 관심을 가지셨던 민족과 외세문제라는 측면에서 언급해 봤으면
좋겠습니다. 가령, 윤대녕이라든지 전령린, 이혜경, 배수아 등 소위 90
년대 젊은 작가들 중에서 분단이나 외세문제를 이야기하는 사람은 거의

없거든요. 세계 자체가 변한 것은 아니지요. 그런데도 이런 문제가 거의 도외시되고 대신 신변 일상사나 여성적인 세상살이의 고통 등이 거의 대세를 이루는데, 이렇게 보자면 현재 민족문학을 그렇게 낙관할 수 있는 것은 아니지 않느냐 하는 생각이 들거든요.

구　그것이 불가피해서 그렇게 된다기보다 작가나 비평가들이 불필요하게 나약해서 그렇게 되지 않나, 그렇게 될 수밖에 없어서 그렇게 되는 게 아니라, 자질로서 그렇게 되고 있지 않나 생각해요. 가치관이나 세계관의 허약성 때문이 아닐까 생각해요.

강　그러니까 작가나 비평가들의 태도에 문제가 있다는 말씀이군요.

구　윤대녕의 「은어낙시통신」, 구효서의 「깡똥따개가 없는 마을」, 은희경의 「서정시대」, 전경린의 「바닷가 외딴집」 이런 작품이 감미롭고 잘 읽히지요. 그래서 많이 팔리기도 하고. 그러나 주제의식이 완결되어 있다거나, 창조적인 가치를 갖고 있지는 못하고 대신 감수성으로 소모적이고 정체된 단층에서의 예술을 위한 예술 같은, 그래서 심하게 말하면 허무주의 같은 것이 있지요. 그런 것이 불가피한 대세다 이렇게 보기보다 오히려 그런 것을 좀 바로잡아서, 리얼리즘 원리로서 앞으로 대중에게 건강한 아름다움으로 잘 읽히고 창조적인 가치를 제공할 수 있는 가능성이 있다고 나는 생각하고 싶어요.

강　저는 90년대 이후에 분단문제를 가장 상징적으로 보여 준 사람이 정주영 씨가 아닌가 생각을 해요. 소 5백 마리를 끌고 휴전선을 넘어갔는데, 거기에 대해서 많은 사람들이 관심을 보였지요. 말하자면 분단문제는 우리에게 늘 잠복되어 있는 것이지만 작가들이나 평론가들이 그런 문제들을 상대적으로 소홀히 하고 그러다 보니 현재 보이는 표면적인 상황이 마치 주류인 것처럼 여기게 된 게 아닌가 싶어요.

구　　그건 포스트모던과 같은 생각들이지. 북한 작가 김명익이 쓴 「림진강」이 감명 깊게 읽히더군요. 거기에는 이데올로기도 없고, 대신 "민심이 천심이다" 이러면서 가족의 이산문제를 이야기하고 있어요. 아기의 약을 구하러 강을 헤엄쳐 건너갔다가 돌아오지 않는 남편을 기다리면서 한 여인이 임진강가에서 늙어서 할머니가 될 때까지 그 지점을 떠나지 않고 사는 거야. 딸이 도시로 나가서 편하게 살면서 모셔가겠다 그래도 안 가는 거야. 문인환 목사도 임수경 학생도 다 이렇게 우리를 보고 싶어서 왔다가 갔지 않느냐. 민심은 천심이라고 임진강이 흘러서 바다로 가듯이 당연하게 통일이 될 날이 올 것이다, 이런 게 결말이지요. 얼마나 좋아요! 거기에 구체성들도 다 있고.

강　　"민심이 천심"이라는 말씀을 들으니 선생님께서 최근에 주장하신 '자연과 리얼리즘'과 '광의의 리얼리즘'을 연상하게 되는데요, '광의의 리얼리즘'에서 리얼리즘은 하나의 창작방법론이 아니라 '예술 일반의 원리'라고 하셨지요?

구　　예, '광의의 리얼리즘' 여기에도 이야기 거리가 있는데, 내가 처음에 70년에 『창비』에 「한국 리얼리즘 문학의 형성」을 썼을 때부터 그런 말이 있었는데, 즉 "대하의 물결은 요동이 없이 그 속에서 제 갈 길을 가고 있다. 그처럼 리얼리즘이라는 말도 자주 쓰지 말고 그냥 가면 된다. 주류를 이루면서 가면 된다"라고 했는데 바로 '리얼리즘 주류론'이지요. '광의의 리얼리즘'에서 또 그 말을 썼지요. 그랬더니 대체로 좋은 거 같은데 '리얼리즘 주류론'이 마음에 걸린다, 서운하다, 그런 말을 젊은 평론가들이 했다고 들었어요. 리얼리즘이 그렇게 좋고 진리라면 그것만 주장하면 되지 주류라고 주장해 가지고 오히려 비주류라는 상대를 인정하는 나약성을 보이는 게 아니냐 이렇게 생각하는 모양이에요. 그런데 나는 처음부터 그렇게 생각하지를 않았어요. 인간의 세계라는 것은 완벽하게 100% 획일주의는 되지도 않고 될 수도 없는 거죠. 그래서 나는 포스트모더니즘도 있을 수 있고, 리얼리즘이 6, 70%의 주류만 형성하면 실질에 있어서는 100%의 자연스러운 승리라고 생각하고 싶어요. 그것이 자연스러운 것이고 인간 세계에서는 그렇게 될 수밖에 없는 것이죠. 그래서 "주류만 이루어 나가면 자연스러운 완전 승리이다"라고 한 거죠. 광의의 리얼리즘이란 바로 그런 거지요.

또 사회주의 리얼리즘 단계에 연연하지 말고 과거에 집착하거나 또 막연한 미래 예측의 결정론, 이런 것에 휩쓸리지 말고 목전의 현실 한복판에 들어가서 책임지고 실천하는 리얼리즘 자세가 중요하다, 그리고 이것은 적어도 근대 리얼리즘의 출발점인 발자크 리얼리즘에서부터 근대 리얼리즘을 생각할 수 있고, 그 이전에 한국으로 치면 30년대 자연주의 리얼리즘, 고전적 실학파 리얼리즘, 이렇게 말할 수 있고, 서양에서도 루카치가 그리스 시대부터 리얼리즘을 이야기했듯이, 이것이 광의의 리얼리즘 아니냐, 앞으로도 계속 그런 가능성이 있다 그런 거지요. 그랬더니 한 중진 평론가는 19세기 리얼리즘 단계를 가지고서 현대를 감당할 수 있느냐, 이런 식의 이야기를 했어요. 그러나 하우저 같은 사람도 1830년대, 1883년의 유럽 현실이 20세기 전 세계의 오늘의 현실과 별로 다를 게 없다고 했죠. 프랑스 혁명 70여 년 과정에서 왕을 단두대에서 목을 자르지를 않았나, 파리 코뮌 때는 한 5천 명이 시내의 거리에 피를 흘리지 않았나, 뭔가 다 해 본 것이고, 또 그 인간상도 줄리앙 소렐 같은 인간상이 오늘의 인간상이나 다를 게 없다, 그런 식으로 민주주의 제도에 있어서나 인간들의 성격에 있어서나 근대적 범주에서 출발점을 잡아보고, 또 그 이전으로 소급할 수도 있고, 또 미래에도 계속 가능하고 이런 것을 나는 광의의 리얼리즘이라고 했죠. 그 점에서는 지금도 편하게 그렇게 생각하면서 갈등이나 동요가 없어요.

강　　　그 광의의 리얼리즘이 인간의 어떤 건강성을 다루는 것이라면, 그것은 '리얼리즘'이라기보다는 오히려 '문학 일반의 속성'이 아닌가요. 그래서 좀 더 구체적인 어떤 방법론이 필요하지 않을까요?

구　　　적어도 시민 민주주의 상황과 또 총체성 개념과 전형성 원리, 이런 점을 가지고서 '리얼리즘이다'라고 말할 수 있지 않겠어요. 낭만주의, 자연주의 가지고는 안 되는, 특히 자연주의가 리얼리즘과 비슷하지만 불필요한 부분까지 불필요하게 묘사해서 나열해 놓고서 끝내버리는 이것이 자연주의이고, 리얼리즘은 총체성과 전형성과 가치의 순위의식, 무엇이 더 중요하고 덜 중요 하냐, 그리고 미래 지향적인 이상을 뒤에 붙이고 그렇게 해나가는 것이 리얼리즘이다, 그럴 적에는 계속 그 원리의 체계가 있으면서도 계속 가능한 그런 것일 수 있지 않을까요?

강　선생님 말씀을 들어보면 최근에 많이 이야기되는 '민족문학의 위기'라든지, '민족문학이 유효한가', '민족문학의 경시 사태' 등 여러 가지 민족문학 내부와 바깥에서 제기되는 문제들이 너무 호들갑스럽다 하는 생각이 듭니다.

구　그렇지요. 나는 그런 말들을 달가워하지 않고 할 필요가 없다고 생각해요. 인간 본성, 자연법, 보편적 가치, 창조성, 이런 것들을 다 포함하면서도 구체적 방법론의 필요 때문에 나는 리얼리즘을 계속 거론하고 있어요.

'근대성'을 둘러싼 논의에 대해

강　선생님의 광의의 리얼리즘, 민족문학의 위기에 대한 낙관전인 전망 이런 것들은 다 선생님이 초창기부터 지금까지 계속 가지고 계셨던 근대성에 대한 믿음, 프랑스 대혁명으로 상징되는 이른바 '해방의 근대성'이라고 이야기 할 수 있는 근대성에 대한 믿음, 그것이 바탕이 되어 있는 게 아닌가 생각을 하거든요. 선생님이 '해방의 근대성'에 대한 믿음을 가지실 수 있었던 것은 역사의 주체, 혹은 분단 극복의 주체가 민중에 있다 이런 믿음과 긴밀하고 연관이 되어 있을 텐데, 지금에 와서 분단을 넘어서는 뭔가의 실마리를 보여주는 사람은 아까 언급했듯이 정주영 씨와 같은 대표적인 자본가란 말이지요. 이런 것이 오히려 90년대에 달라진 현실을 상징하는 사건이 아닐까요……. 지금까지는 분단 극복의 실마리를 민중에게서 찾을 수 있을 거라고 생각해 왔고, 그것이 우리 민족문화론이 분단 문제를 바라보는 기본적인 관점이었는데, 지금에 와서 민중이 분단 극복의 중심으로 나서는 것이 아니라 오히려 대자본가가 분단 극복의 실마리를 풀어 가는 그런 상징적인 행위를 하고 있다는 말이지요. 이런 달라진 현실이 민족문학이 여러 가지로 힘에 겨워하는 요인, 조건이 되고 있는 것이 아닌가 하는 생각이 드는데요. 그런 문제에 대해서 선생님은 어떻게 생각을 하시는지요.

구　　글쎄, 대재벌이니 후기자본주의의 메커니즘이니 하는 요인들이 있기는 있지만 그래도 역사 발전의 기본 토대와 저력은 언제나 민중과 또 인간 본성, 즉 개인주의적 개인이 아니고 보편적 인간 본성, 이런 것에 의해서 인간 사회가 궁극적으로 지탱되었지, 아무리 기계화가 되고 대재벌 위주가 되고 하더라도 그것들에 의해서 인간 사회가 결정적으로 좌지우지된다거나 어떤 국면에 임의로 귀착한다거나 그렇게 될 수는 없을 거 같아요. 앞으로도 자꾸 전략 가치로서의 시장경제, 물질가치만을 생각할 것이 아니라, 이런 것들을 오히려 인간다움의 힘으로써 승화하고, 모든 사회, 역사현상이 인간을 위하여 존재한다는 신념을 가지고, 인간적인 실천과 행동을 하는 수밖에 없지 않나 생각해요. 그런 가능성이 없으면 살 의욕도 없을 것 같아요. 정주영 씨가 소를 가지고 올라간 것도 신분이 대재벌이라는 것만을 보지 말고, 그이가 정말 시골 농사꾼의 아들로 소 한 마리 판 돈을 가지고 가출했다가 돌아가는 방법을 소 떼를 가지고 간다, 단순한데 그러나 아주 극적이고 또 어떻게 보면 인간적이고 또 현실적인 방식으로 생각하는 게 좋을 것 같아요.

강   오히려 자본에 의한, 자본이 주도하는 통일, 이렇게 보이시지는 않고요?

구   자본도 계속 인간적인 도덕성으로 견제를 해야 될 대상이지요. 개방과 시장경제를 막을 수는 없는 것이지만, 그것도 인간 본성이나 자연법에 속하는 현상이지요. 약육강식을 방치하는 시장경제여서는 안 돼요. 도덕성이 공동선을 지향해서 계속 견제해야 한다는 말이지요. 그래서 시민운동, 종교, 또는 제3세계 연대를 통해서라도 계속 시장경제에 도덕성을 투여해서 인간다운 사회를 향해 발전할 수 있도록 하는 수밖에 없습니다.

강   더 많은 이야기를 듣고 싶으나, 장시간 많은 이야기를 하셔서 피곤하시리라 생각됩니다. 그럼 최근 근황을 간략히 말씀해 주시고 자리를 마무리했으면 좋겠습니다. 요즘도 작가회의랑 계속 일을 보시지요?

구   몇 년 전에 부회장직을 맡은 적이 있어요. 지금은 자문의원으로 되어 있지요.

강   또 민예총에도 관여하고 계시죠?

구　　민예총은 이사장직을 맡고 있지요. 내년 2월까지가 임기인데, 빨리 모든 걸 벗어버리고 글이나 쓰는 데 열중했으면 좋겠어요.

강　　많은 시간, 좋은 말씀 해주셔서 감사합니다. 선생님의 말씀을 통해서 문학과 사회, 문학과 역사의 관계, 또 작가의 사회적 책임 등 문학의 근본문제를 새삼 인식하게 되었습니다. 또 선생님의 말씀은 6, 70년대 문학, 특히 민족문학에 대해서 관심을 갖고 있는 후학들에게 많은 도움이 되리라 생각됩니다. 앞으로도 계속 건강하시고 더욱 왕성한 필력을 보여주시기 바랍니다. 감사합니다.

대담 : 고난과 자긍의 길

「구중서 편 - 고난과 자긍의 길」, 『증언 : 1970년대 문학운동』, 한국작가회의, 2014

시간 : 2014년 9월 5일 오후 6시 30분

장소 : 수유리 4 · 19공원 근처 식당

대담자 : 구중서(문학평론가) / 이은봉(시인)

녹음자 : 김경후(시인)

이은봉 구중서 선생님! 반갑습니다. 이번에도 수유리 4 · 19공원 근처의 식당에서 선생님을 뵙네요. 선생님의 댁이 여기서 가깝기 때문이겠지요. 저의 집도 여기서 멀지 않고요. 8월에 한번 뵙기는 했지만 그동안 잘 지내셨는지요? 잘 아시겠지만 한국작가회의가 40주년을 맞아 한국작가회의 40년사를 정리하기로 했어요. 우선은 편년체로 한국작가회의 40년의 역사를 정리하고요. 다음으로는 초창기에 참여했던 원로들의 증언록을 만들기로 했어요. 그런 취지로 오늘 선생님을 모시고 얘기를 들으려는 것이에요. 일단은 1974년 자유실천문인협회의가 결성되기 이전의 이런저런 문단상황부터 얘기해 주세요.

구중서 그럼 지금부터 한국작가회의의 전신인 민족문학작가회의, 또 그 전신인 자유실천문인협의회에 대해 얘기를 하지. 출발 단계에서부터 그것의 역사를 시간적으로 이야기를 해보자고. 내가 조금 알고 있는, 생각하고 있는 내용을 이야기하겠다는 거예요. 내 얘기는 작가회의 역사의 전체를 말하는 것이 아니라 내가 알고, 경험하고, 생각하는 것을 부분적으로 말하겠다는 거야. 이런 이야기들을 모아 종합을 해야 한국작가회의의 역사가 종합적으로 **완성**이 되겠지요.

이은봉 당연한 말씀이에요. 그렇게 말씀해 주세요.

구중서 한국작가회의의 출발점은 1974년 11월 18일 '자유실천문인협의회'의 결성이지요.

'자유실천문인협의회'의 민주화운동이 그때 갑자기 나타난 것은 아니에요. 1960년 4·19 민주혁명이 기점이 되어 한국문학 속에는 종래의 경향과는 다른 현상이 나타나기 시작했어요. 문단의 중심에서는 순수문학을 내걸고 사회현실과 관련이 적은 자연적 서정이라든가 또는 무속적 정서, 기타 신변적 관심 등을 예술적으로 형상화한다고 했지요. 그렇게 역사적 현실과는 관계가 적은 것이었는데, 4·19 혁명이 일어나고 보니까 젊은 학생들 뿐 아니라 일반 시민들도 거의 전폭적으로 민주화운동의 대열에 참여하는 사태가 나타났단 말이죠. 그때 문단에서도 사회현실에 관심을 가져야 한다는 자각이 일어났지요.

이은봉 이제 당시의 구체적인 작품 현황도 말씀해 주시지요.

구중서 이런 생각이 보편화되는 과정에서 1961년에 최인훈의 소설 「광장」, 이호철의 소설 「판문점」 등이 발표되고, 또 하근찬의 토속적이면서도 현실의식이 있는 「수난 이대」 「삼각의 집」 등이 발표되었지요. 이런 현상이 1960년대 문학이 보여준 변모라고 할 수 있지요. 바로 그 무렵 '참여문학'이 자주 문단에서 거론되기 시작했지요. 신동엽의 시 「껍데기는 가라」 『금강』이 1967년에 발표되었고, 70년대 초에는 신경림의 시 「파장」 「농무」, 황석영의 소설 「객지」가 발표되었어요. 그리고 비평계에서도 60년대에 김병걸의 「순수와의 결별」과 김우종의 「순수의 자기기만」 등이 발표되면서 참여문학 활동이 추진되었죠. 60년대에 내가 발표한 평론들과 동인지 『상황』에 담긴 내용들도 일관되게 참여문학과 민족문학을 추구했죠. 그러다가 참여문학이라는 것이 좀 더 구체적으로 문학사적인 논리체계를 갖출 필요가 있다고 생각하게 되었지요. 그래서 대두된 것이 리얼리즘이지요.

이은봉 1970년대 초의 리얼리즘 논쟁이 그렇게 시작된 것이군요.

구중서 월간 『사상계』가 1970년 4월호에서 4·19 혁명 10주년 기념 특집을 내면서 한국문학의 현단계와 관련해 성찰과 전망을 함께 논의해보자고 해서 나도 좌담에 참여했지요. 당시에는 1950년대의 모더니즘으로부터 변모해 김수영 시인이 참여문학 성향의 시를 쓰고 있었어요. 김수영 시의 이러한 변모를 토대로 그때 나는 리얼리즘을 주장했지요. 유럽 근대사에서도 시민민주주의를 바탕으로 리얼리즘 문학이 1830년대에 대두된 것도 상기하며 참여문학의 원리론적 발전단계로 리얼리즘이 필요하다고 했지요.

나의 이런 얘기에 대해 평론가 김현이 지금의 한국문단에서는 리얼리즘을 새삼스럽게 강조하는 것이 당위성이 없다고 말했지요. 그러면서 김현은 발자크가 시민민주주의로 인해 리얼리즘을 지향한 것이 아니라 귀족 계급의 시각에서 신흥 부르주아 시민계급이 너무 지나치다는 생각에서 "망할 놈의 현실" 하는 투로 리얼리즘을 했다고 주장했지요. 발자크가 자신의 의사에 반하는 현상으로 리얼리즘을 드러낸 것이라고 김현이 얘기를 했어요. 염무웅 교수는 발자크가 '자기 의사에 반해' 리얼리즘을 했다는 것이 동쪽으로 가려면 서쪽으로 가고 서쪽으로 가려면 동쪽으로 가는 것이냐고 하며 김현의 견해에 모순이 있다고 비판했지요. 『사상계』 리얼리즘 논쟁을 정리하며 1970년 『창작과비평』 여름호에 「한국 리얼리즘 문학의 형성」이라는 제목으로 게재, 발표하였어요. 그러면서 김병걸 임헌영 백낙청 염무웅 구중서 등에 의해 리얼리즘을 옹호하는 대열이 형성되었지요. 리얼리즘을 반대하는 대열에는 김현 원형갑 등이 나섰고. 그렇지만 리얼리즘이 대세였지. 1970년대 초에 뭐 그런 일이 있었지요.

4·19 혁명이 일어난 다음 해인 1961년에 5·16 군사쿠데타가 일어나고 박정희 김종필 등 군인들은 군사쿠데타를 혁명이라고 강변하며 군사통치 독재정치를 계속 강화해 나갔잖아요. 결국 1980년에 광주 시민민주항쟁이 폭발되었는데, 그 직전에 자유실천문인협의회의 간사회의가 열렸어요. 지금의 종로구 청진동에 있는, 종로구청 앞 쪽에 있는 경주집이라고 하는 추어탕집에서 열렸어요. 이 경주집에서 지금 같은 비상상황에 자유실천문인협의회는 어떻게 해야 되겠느냐 하는 것을 논의

했지요.

　그때 각자 개인으로서도 계속해 다양한 방법으로 민주화운동에 가담했죠. 사실이에요. 그러나 문학은 운동만으로 소임이 다 끝나는 것은 아니잖아요. 작품을 써야 하고, 작품을 통해 발언하고, 사회에 영향도 주어야 한다는 각성이 늘 있었지요. 우리나라에서는 자유실천문인협의회에 소속된 작가 시인 평론가가 우수한 작품들을 썼지요.

　이은봉 그래서 그때 자유실천문인협의회와 우리 문단에서는 어떤 활동을 했나요?

　구중서 자유실천문인협의회의 간사회의 이후 1980년 6월 초쯤이었을 거에요. 「지식인 선언」이라는 게 있었지요. 자유실천문인협의회 쪽에서는 소설가 이호철 씨가 앞장을 섰지요. 박정희 대통령은 김재규의 총격에 의해 세상을 떠났고, 최규하 과도내각이 정치를 맡아 할 수밖에 없는 시기였어요. 그 최규하 내각에 대해 과도기를 단축해야 한다, 언론의 자유를 보장해야 한다는 건의문을 제출하기 위해 내용을 설명하면서 이호철 씨가 백지를 들고 다니면서 서명을 받았어요. 그 무렵 김병걸 선생의 따님이 정동교회에서 결혼식을 했는데, 그때 자유실천문인협의회 회원들이 많이 참석을 했지요. 그때 많은 문인들이 이호철 씨가 들고 다니던 백지에 서명을 했지요.

　이은봉 이 사건으로 구속된 회원들이 있지요?

구중서 나도 지식인 건의문에 찬성한다고 사인을 해 줬어요. 광주 시민항쟁을 치루고 1980년 5월 31일 전두환을 중심으로 하는 신군부가 국가보위비상대책위원회를 만들었어요. 이 '국보위'가 서대문에 합동수사본부를 설치했는데, 그 본부장이 전두환 육군 소장이에요. 얼마 뒤였어요. 문인들에게도 전두환 육군 소장의 이름으로 합동수사본부에서 호출장이 왔어요. 나도 그것을 받았어요. 김대중 내란음모사건 참고인으로 출석해 달라는 것이었어요. 그래서 서대문의 합동수사본부에 갔지요. 가보니까 계엄령 하에서 자유실천문인협의회가 청진동 경주집에서 간사회의를 개최한 것과 「지식인 선언」에 서명한 것이 계엄포고령 위반이라는 거예요. 나는 일종의 참고인으로 호출을 받았는데, 완전히 억류 상태로 며칠을 갇혀 있었어요. 2, 3일씩 갇혀 있으면 수사관이 한명씩 불러내요. 그래서 나도 나갔지요.

이은봉 이호철 선생은 안 오셨었나요?

구중서 이호철 씨는 또 다른 쪽에 이미 불려가 있었어. 식사 때가 되어 식사를 하라고 하더군요. 일렬로 죽 서서 식판을 들고 가 밥을 받아와 벽을 지고 앉아 먹는데, 나는 밥도 먹기 싫고 해서 가만히 앉아 있었어요. 그런데 그때 누가 식판에다가 밥을 가지고 와서 내 앞에 놓으며 "먹어야 해요" 하고 말하는 거야. 고개를 들어 바라보니 고려대학교 영문과 김우창 교수야. 그래서 거기서 문학평론가인 김우창 교수를 만나기도 했지요. 천관우 선생도 만났어요.

그런 뒤 수사관한테 불려 나가서 혼자 앉아 신문을 받았어요. 그가 내게 이렇게 해도 되느냐며 뭘 보여 주는 거야. 들여다보니 「지식인 선언」
을 한 거야. 내용을 보니까 과도기 단축하라, 언론자유와 학원자율화를
보장하라 뭐 이런 것이에요. 수사관이 내게 이렇게 해도 되느냐고 말하
더군요. 그때 나는 그가 내게 보여준 「지식인 선언」의 내용이 뭐 나쁜
것이냐고 했단 말이에요. 그랬더니 수사관이 서류를 덮어버리면서 말하
더군요. "알겠어. 당신, 곧 구속영장이 떨어져도 좋다는 뜻이지." 그러더
니 우선 종로경찰서 유치장으로 보내더군요.

　그때는 전국의 감옥이 만원이라 영장 떨어질 때까지 경찰서 유치장에
서 대기를 했어요. 그래서 종로경찰서 유치장으로 가게 되었지. 형사들
이 와서 일단은 백주에 쇠고랑을 차고 합동수사본부에서 서대문경찰서
까지 걸어갔지요. 합동수사본부에서 서대문경찰서까지 한 백 미터 되는
데 백주에 쇠고랑을 차고 걸어서 간 거야. 그런 뒤 택시를 불러 타고 종
로경찰서로 넘겨졌지요. 종로경찰서로 갔더니 신경림 시인과 조태일 시
인이 먼저 와 있어요. 나와 똑같은 상황이지요. 신경림 시인과 조태일
시인과 나, 이 셋이 자유실천문인협의회 회원으로서 종로경찰서 유치장
에 갇힌 거야. 종로경찰서 유치장 일반범들하고 같이 있던 신경림과 조
태일이 내가 들어가니까 반갑다고 좋다고 잘 왔다고들 야단이야. 거기
서 그렇게 며칠을 있다가 영장이 떨어져 서대문교도소 미결감으로 넘어
간 거지요.

　거기서 있었던 얘기는 너무 장황해 다 이야기할 수 없는 것인데, 그래
도 이런 실제 이야기가 역사의 이면이며 당대의 실상이잖아요? 그때 한
고위 성직자가 어떻게 내 행방을 알고 영치금으로 돈 봉투를 보내셨어
요. 종로경찰서장에게 내 앞으로 보낸 거지요. 그리고 그날로 3층 독방

에 우리 셋이 옮겨졌어요. 그 돈이 있으니까 우리의 마음에 좀 여유가 생겼지요. 내가 복도의 간수 순경을 불렀어요. 창살 밖 큰 주전자의 주둥이에는 컵이 거꾸로 꽂혀 있거든. 그것으로 주전자의 물을 따라서 마시는 거야, 철창 안에서. 간수에게 내가 말했지요. "주전자의 물을 다 비우고, 소주를 몇 병 사다가 좀 부어 줘요." 그랬더니 간수가 말하더군요. "누구 목을 떼려고 그런 소리를 합니까? 안돼요." 그래도 내가 거듭 설득했지요. "당신도 다 알잖아. 우리가 무슨 죄인이야? 물마시듯 조금씩 따라 마실 테니 어서 술을 사와요." 그렇게 말하고는 돈을 넉넉히 주었지. 그랬더니 이 친구가 정말 그렇게 하더군요. 소주 두 병을 사와 주전자에 부었지. 안주는 사오지도 않고. 그래서 우리 셋이서 돌아가면서 교대로 소주를 따라 마신 거지요. 적당히 취했지. 취해야 견딜 것 아니야. 시간도 잘 가고. 취해서 유치장 천장을 바라보고 누워 지냈지요. 그때 신축 공사가 아직 끝나지 않아 천장이 그냥 시멘트야. 시멘트를 바라보며 그냥 누워 지냈지.

이은봉 그래서 종로경찰서 유치장에서는 얼마나 있으셨나요?

구중서 한 주일 정도 있었지.

이은봉 정식으로 재판을 받으셨나요?

구중서 아니. 종로경찰서에서 그렇게 있다가 서대문교도소로 넘어가는데 그날의 장면을 이시영이 시로 쓴 것이 있어요. 정식으로 재판은 받지 않고 서대문교도소에서 한 달쯤 있다가 기소유예로 풀려났지요.

이은봉 1974년 11월의 자유실천문인협의회의 광화문 가두선언 전에
'61인 선언'이 있었죠? 1974년 1월 7일 유신헌법 개헌지지 선언이었던
가요?

구중서 유신헌법 개헌지지 선언은 명동의 코스모폴리탄 다방에서 한
거지. 거기에 이희승 선생 안수길 선생도 나오시고. 백낙청 교수가 선언
문을 낭독했지. 자유실천문인협회의 결성보다 10개월쯤 전의 일이지요.
그리고 이 「61인 문인 선언」이 발표된 바로 다음날인 8일에 유신헌법
긴급조치 1호가 발표된 것을 보면 유신 정권의 충격도 컸던 것 같아요.

이은봉 그것이 유신헌법을 반대하는 개헌지지 선언이었지요?

구중서 그렇지 명동성당 앞에 코스모폴리탄이라는 다방이 있었어요.
그 다방에 이희승 선생, 안수길 선생, 이호철 씨, 백낙청 교수를 비롯해
60명쯤의 문인과 나도 참석을 했지. 그런 뒤에 그해 11월에 광화문 가
두에서 자유실천문인협의회의 선언이 있었던 거지요.

이은봉 종로경찰서 유치장으로 끌려갔다가 서대문교도소로 넘어갔다
고 했는데, 그 장면을 이시영 시인이 시로 쓴 게 있지요?

구중서 그래요. 종로경찰서 유치장에서 한 일주일 정도 있었는데, 영

장이 떨어져서 서대문교도소로 옮기게 되는데, 그때의 장면을 이시영 시인이 「1980년 여름 종로경찰서」라는 제목으로 쓴 시가 있어요. 자유실천문인협의회 회원 세 명이 계엄포고령 위반으로 구속이 된 것을 소재로 한 시죠. 영장이 떨어지자 백주에 서대문교도소로 넘어가는데 종로경찰서 마당에서 차를 타러가는 데도 수갑을 채우는 거야. 그런데 사람은 세 명인데 수갑이 둘 밖에 없는 거야. 이시영 시인이 이런 상황을 시로 그린 것이지요.

이은봉 이시영 시인의 그 시를 가지고 있는데 한번 읽어 보죠. 제목은 「1980년 여름 종로경찰서」예요.

신경림 구중서 조태일 시인이 계엄법 위반으로 종로경찰서에 잠시 구금되어 있을 때였다. 소식을 듣고 달려갔더니 세 사람이 나란히 면회실로 나오는데 표정들이 가관이었다. 조태일 시인은 허공에 연신 동그라미를 그리며 담배가 피고 싶다고 했고 신 선생은 몇 올 안 되는 염소수염을 달고 서림이처럼 헤헤거렸고 구 선생은 약간 삐딱한 옆모습으로 서서 아이처럼 초밥이 먹고 싶다고 했다. 초밥집을 찾아 인사동, 관훈동 일대를 헤맸으나 그것도 막상 찾으려고 보면 없는 법. 종로서 앞 육교를 벌써 세 번째 오르며 김윤희 선생이 투덜거렸다. "아니 자기가 무슨 쟈니 브라더스야 뭐야? 이 한여름에 삐딱하게 서서 초밥 타령은?"

이틀을 더 머물다 그들은 서울구치소로 넘어갔는데 수갑이 모자라 세 사람을 한데 묶는 바람에 가운데 긴 신 선생이 그들의 큰 걸음을 따라잡느라 오리처럼 심하게 뒤뚱거렸다고 한다.

— 시집 『은빛 호각』, 창비, 2003.

시집에 실려 있어 이미 저도 읽으며 킥킥 웃었는데, 당사자들은 심각한 상황이었겠지요. 서대문교도소에서 얼마나 있었나요?

구중서 아, 서대문교도소에서 한 달 만에 신경림 시인과 나는 기소유예로 나왔어요. 조태일은 광주 출신이기도 하고 김대중 씨에게 인쇄물을 해 준 것이 있어 좀 더 남아 있다가 몇 달 늦게 나왔지요.

이은봉 일화로 알려져 있는 일이기도 하지요.

구중서 그 후에는 자유실천문인협의회가 선언 단계가 아니라 조직의 단계로 정식단체로 출범하는데, 1984년 12월에 재창립을 하게 되는데, 그때는 이 교수도 참여를 하잖아요.

이은봉 그렇지요. 저도 자유실천문인협의회가 재창립할 때는 준비 단계부터 참여를 하지요. 『삶의문학』 동인을 대표해서요.

구중서 그런 단계를 거치고, 그 다음에는 6월항쟁을 통해 대통령 직선제를 이끌어낸 뒤에, 6월항쟁의 승리는 시민혁명의 승리라고 말할 수 있는데, 그때를 계기로 1987년 9월 자유실천문인협의회를 민족문학작가회의로 개칭을 해 발전해 나가지요. 그러던 중 1995년에 민족문학작가회의가 기관지로 계간 『내일을 여는 작가』를 창간했지요.

이은봉 『내일을 여는 작가』를 창간할 때 선생님이 관여를 하셨지요?

구중서 그때 송기숙 소설가가 민족문학작가회의 회장이었고, 내가 부회장이었는데, 내게 기관지 발행과 사단법인화를 맡아달라고 해 맡게 되었지요. 1995년에 기관지로 계간 『내일을 여는 작가』를 창간했고, 1996년에는 사단법인을 만들었지요. 그런 과정에도 민족문학작가회의 사람들은 좀 결벽스러워 정부지원금을 받는 것이 어떤 정권에서든 간에 어용의 모습이 있지 않느냐고 했지요. 그래서 지원금은 소요예산의 50프로만 받고 나머지 50프로는 자체 조달을 하자고 했지요. 이런저런 논의로 보류를 하다가 1996년에서야 민족문학작가회의가 사단법인으로 등록을 한 것이지요. 당시는 이미 김영삼 정권 때죠. 문민화라는 명분으로 전두환 노태우 등을 구속도 하던 단계였지요. 그때는 당연히 민주화운동을 해온 민족문학작가회의로서 국민의 세금으로 주는 문광부 산하 문예진흥원으로부터 지원을 받을 정당한 권리가 있는 것이지요. 그래서 사단법인화를 마친 것이지요.

이은봉 그렇군요. 기관지 『내일을 여는 작가』 창간과 민족문학작가회의 사단법인화를 선생님이 주도해 이룬 것이군요.

구중서 그런 일이 있고 난 뒤인 2007년 민족문학작가회의는 문학운동의 내용도 보강하면서 한국작가회의로 이름을 바꾸지요. 이제는 한국작가회의로 이름을 바꾸고 난 뒤의 얘기를 해야겠지요. 내가 알고 있고 할 수 있는 얘기는 2010년 2월 한국작가회의 총회에서 내가 작가회의 이사장이 되었을 때의 얘기예요. 하필이면 그때 문화예술위원회가 시국 집회에 참여하지 않겠다는 것을 서약해야 지원금을 주겠다는 거예요. 그러면서 서약서를 써 달라는 요청을 해왔어요. 최일남 이사장에서 나로 이사장 임무가 넘어오는 단계에 이런 일이 생긴 것이지요. 내가 취임하는 총회에서였는데, 전체 회원의 의견이 그런 요구를 하는 정부의 지원금을 받지 말자는 것이었어요. 시위에 참여하는 것은 언론 집회 결사의 자유로 헌법적 권리라는 것이지요. 대부분 회원들이 대한민국의 대표적 문학단체에게 정부 문광부가 어떤 제재를 뜻하는 서약서를 받으려 한다는 것은 인격모독이라는 것이지요. 그러니 한국작가회의는 정부의 지원금을 받지 말고, '저항의 글쓰기 운동'으로 나가자고 했지요. 만장일치로 정부지원금을 받지 않게 되었지요. 2010년 2월의 일인데, 그런 이후 한국작가회의는 정부지원금을 받지 않게 되었지요.

이은봉 그때 한국작가회의 사무총장은 소설가 김남일이었지요?

구중서 그랬지요. 소설가 김남일이 2월에 일을 시작했는데, 6월에 위암으로 입원을 했어요. 그런 뒤 수술을 하고 퇴원을 한 뒤에는 집에서 계속 요양을 했지요. 12월이 되어도 복귀를 못하자 사무총장을 다시 뽑아야 한다는 여론이 생겨 2011년 2월 총회에서 나머지 임기 1년을 맡기로 하고 여기 있는 이은봉 교수가 무보수로 사무총장직을 맡기로 했지요. 마침 안식년이어서 이은봉 교수가 한국작가회의를 위해 무보수 사무총장으로 봉사를 한 것이지요.

그런데 2010년 2월 총회에서 정부지원금을 받지 않겠다고 선언을 하니까 모든 언론에 보도가 되면서 오히려 많은 사람들이 작가회의를 지원하는 현상이 일어났지요. 그때 정부지원금이라는 것이 많지도 않은 3,400만 원인데, 그 3,400만 원을 작가회의 회원이기도 한 평론가 김병익 씨가 자기 혼자 다 내겠다고 했어요. 그래서 김병익 씨가 실제로 돈을 냈어요. '김지영 내과'의 원장인 여의사 김지영 씨는 문인도 아닌데 천만 원을 기부했고요.

이은봉 맞아요. 여의사 김지영 씨에요.

구중서 그리고 지금 인사동에서 사업을 하는 김명성 회장도 도와주었어요. 김명성 회장은 지금 시인으로 등단을 했어요. 그 사람이 또 천만 원을 기부해주었고요. 그러다 보니 3,400만 원을 받지 않겠다고 했는데, 5,400만 원의 수입이 생겼어요. 그러면서 회비를 CMS 자동이체로 납부하는 비율도 아주 높아졌어요. CMS 자동이체 납부 회원 숫자가 600명에서 700명, 700명에서 800명으로 자꾸 증대되어 나가는 현상이 생겼지요. 아마도 지금은 1,000명이 넘을 거야.

이렇게 해서 한국작가회의가 정부의 지원을 받지 않고도 사무실 경비와 기타 소요 경비를 감당할 수 있는 체제로 들어갔지요. 이 교수가 사무총장을 할 때 임금을 받아가지 않아 축적된 돈도 있고 했지.

2010년에는 계속해 저항의 글쓰기 운동을 추진했지. 작가회의 회원들이 지원 못 받아 기관지를 내지 못하니까 글을 써 가두에서 발표했어요. 대학로 공원에 가서 시낭송을 하는 방법으로 저항의 글쓰기 운동을 한 거야. 그 다음에는 제주도 강정마을 해군기지 반대운동도 얘기해야지요. 2011년 봄부터 작가회의 회원들이 지속적으로 나서서 각종 매체에 제주도 강정마을 해군기지를 반대한다는 칼럼을 썼지요. 급기야 2011년 12월에는 작가들이 제주도 강정마을 해군기지 반대운동을 행동으로 보여주기 시작했지요. 작가회의 회원들이 임진각에서 출발해 서쪽 경로로 제주도까지 걸어가는 것이었지요. 릴레이식으로 구역별 교대를 해가면서 수많은 작가들이 강정마을 해군기지 반대운동에 나섰지요.

이은봉 강정평화 걷기 릴레이를 할 때는 제가 사무총장이었지요. 저는 임진각에서 출발할 때도 참여했고, 제 고향인 세종시 구간을 걸을 때도 참여했어요. 그리고 마지막으로 제주에서 강정마을에 도착할 때도 참여했지요. 그러니까 세 번 참여를 한 셈입니다.

구중서 나는 임진각에서 출발을 할 때 참여했는데, 가다가 중간에서 빠져 나와 쉬었지. 나이 든 회원인 내 친구와 함께 빠져나와 쉰 거지. 그런 뒤에도 계속 장정의 행렬이 계속되었는데, 국토의 서쪽으로 가는데 저 동쪽 강원도에서도 회원들이 참여하는 거야. 작은 깃발은 배낭에 꽂고 큰 플래카드는 손으로 들고 걸었지. 어떤 때는 눈이 와서 백설 위를 걸었는데, 모습이 말이야 아주 비장하면서도 장엄해. 그런 다음에 나는 강정마을을 개인적으로 한 번 가 보았지.

지금 내가 작가회의에 대해 말할 수 있는 것은 한국문단에서 유능한 작가들, 속말로 베스트셀러 작가들은 거의 작가회의 회원이라는 거예요. 또 그들이 특별회비도 내고 하면서 작가회의가 잘 운영되고 있잖아요.

작가회의는 경조사 관계에서도 아주 충실해요. 사무총장을 하다가 위

암으로 병원에 입원한 김남일 사무총장을 위해 모금을 했을 때도 대단
했어요. 공개적으로 모금한 것도 아닌데, 그냥 입소문으로 소식이 전해
져 부조금으로 걷힌 돈이 2,300만 원이나 되었어요. 목동 이화여대 병
원에 입원해 있을 때에 그 돈을 김남일에게 전해주었지요.

이은봉 소설가 김남일이 위암으로 병원에 입원했을 때는 선생님 임기
를 시작한 2010년이지요, 제가 사무총장을 할 때인 2011년에는 2014
년 지금의 작가회의 사무총장인 정우영 시인이 또 암으로 입원을 했었
지요. 그때도 비공식적으로 알음알음으로 모금을 해 1,600만 원인가,
정확하게 기억은 안 나는데 치료비를 보탠 적이 있어요. 김해자 시인이
아팠을 때도, 송경동 시인이 다쳤을 때도 비공식적으로 모금을 해 병원
비를 보탰지요.

구중서 송경동 시인은 부산의 한진중공업 노동자 해직철회 시위 때
'희망버스운동'을 조직했던 사람이지요. 그러다가 송경동 시인은 여러
차례 다쳤는데 첫 번째도 아닌데 그의 입원치료를 위해 2,600만 원이
모였어요. 내가 임기를 마치고 퇴임하는 자리에서 그 2,600만 원을 송
경동 시인을 등단시킨 뒤에 전달을 했어요. 그러면서 서로 끌어안고 눈
시울이 뜨거워졌어요.

이은봉 지금 등단이라고 한 말은 연단 위로 올라오게 했다는 말씀이죠?

구중서 그렇지. 한국작가회의가 이 시대에도 인정과 의리와 순수한 창

작열정을 귀하게 여기고 있다는 증거이지요. 한국작가회의 회원 상호간의 상부상조, 이런 것은 우리 사회의 다른 곳에서는 볼 수 없는 단연 장한 모습이지.

이은봉 선생님, 그런데 그런 얘기도 좋지만, 선생님이 김수환 추기경님을 모시고 『창조』 잡지를 만드실 때의 얘기도 좀 하시지요. 그것도 자유실천문인협의회 전사(前史)의 일부가 아닌가요.

구중서 『창조』 잡지 때의 일은 1972년 4월호에 내가 김지하의 담시 「비어(蜚語)」를 실어 문제가 된 것을 말하는 것 같군요. 「비어」는 김지하가 「오적(五賊)」 이후에 쓴 대작인데, 사실은 「오적」보다 작품성이 더 있다고 할 수 있지요. 이 「비어」를 김지하가 내가 주간으로 있는 『창조』 잡지에 실었거든요. 발행인은 김수환 추기경이고 천주교 서울대교구가 발행하던 월간잡지였지요. 그래서 남산 정보부에서 이십여 일 시달림을 당했지요. 잡지는 전부 회수되었고요.

그런 일이 있고 난 후에 10월유신이 있었지요. 그래도 계속 잡지를 간행하다가 유신헌법 비판을 감지하고는 핍박이 심해져 자진 정간을 하고 말았지요.

요즈음 작가회의 젊은 회원들은 남산 정보부를 잘 모를 거예요. 지금 6~70대 이상의 작가회의 회원들은 무슨 일이 일어나면 경찰서뿐 아니라 남산의 정보부로 끌려갔어요. 아예 군 보안사로 연행되는 경우도 있고요. 개인적인 얘기를 하기는 쑥스럽지만 나같이 온건한 사람도 여러 번 연행을 당했어요. 경찰서, 정보부, 서대문교도소 뭐 이런 곳으로 끌려 다녔지요.

이은봉 일본에서 간행된 『한양』지 사건으로도 조사를 받지 않았나요? 이호철 선생도 그 사건으로 고초를 당하신 것 같던데요.

구중서 그것을 '문인간첩단 사건'이라고 해요. 전적으로 조작이었죠. 참고인으로 내가 서빙고보안사에 연행되었는데 수사관이 지하실에서 전기의자에 태운다고 협박을 하고 그러는 거야. 내가 차라리 교도소에 가겠다고 했지. 내가 그 일을 긍정할 수가 없으니까 말이에요.

어쨌든 그런 시기에 자유실천문인협의회가 결성되고, 그것이 민족문학작가회의로, 한국작가회의로 이름이 바뀌면서 우리 문학의 일관된 한 흐름으로 하나의 주류를 이루어왔지요. 역사의식을 바탕에 둔 리얼리즘이 주류를 이루면서 오늘날까지 계속되고 있지요.

이은봉 선생님! 자유실천문인협의회의 전사라는 말이 있거든요. 자유실천문인협의회의 탄생 경위에 대해 더 할 말이 있으신지요?

1950년대 모더니즘에 대한 비판 같은 것이 작가회의와 『창비』 문학의 핵심정신이라고 할 수 있었는데요. 지금 다시 모더니즘이 나와 한국작가회의 중심의 리얼리즘에 대한 반발 같은 걸 하는 듯싶어요. '창비시선'이 그것을 수용하고 있는 것은 아닐까요. 이른바 미래파라는 것도 실제로는 다 그런 것이 아닌가 싶어요. 지금의 시단이 새로운 모더니즘 영향 아래 있지 않느냐는 것이지요.

구중서 지금 우리문학에 모더니즘이 중심이 될 당위성은 없어요. 좋은 의미의 리얼리즘을 계속하면 돼요. 리얼리즘은 끝이 없는 것이에요. 리얼리즘이 문단의 주류가 되어야지요. 리얼리즘의 총체성, 전형성, 전망, 이 세 가지를 견지하면 될 것 같아요. 그 이상의 방법은 없는 것 같아요. '전망' 안에 상상력과 이상주의도 포함되어 있으니까요. 건강한 아름다움, 아름다움은 진실되고 진실은 아름답다는 말도 있지요. 엇나가고 파괴하고 싶어 하는 어떤 개성적 분출의 자유는 다양성으로 보고, 리얼리즘은 중심과 주류만 견지해도 성공이지요. 크게는 보편적 가치를 지향하면서.

이은봉 선생님의 여러 가지 말씀을 숙고하겠습니다. 감사합니다.

구중서 이은봉 교수 수고했어요. 김경후 시인도 수고했어요.

제3부

구중서의 문학을 걷다

비평의 엉킴과 흐름에 대하여

구중서

평상심의 문학

쓸모없는 것도 쓸모가 있다는 이야기가 『장자(莊子)』「물외편(物外篇)」에 실려 있다. 서로 친우 사이인 장자와 혜자가 만났는데, 혜자가 말하기를 "자네가 하는 이야기는 쓸모가 없네그려" 하였다. 장자가 대답하였다. "쓸모가 없는 것도 쓸모가 있다네. 가령 이 넓은 땅에 자네에게 쓸모가 있는 땅은 우선 발을 붙이고 선 자리이겠지. 그러면 자네가 선 자리만 남겨 놓고 다른 땅이 다 꺼져 없어진다면 자네가 디디고 선 땅인들 쓸모가 있겠는가?" 혜자는 "쓸모가 없겠구먼" 하였다.

이 이야기를 더 확대해 보자. 사람이 디디고 선 자리뿐 아니라 집터와 농지만 남겨 놓고 다른 땅이 다 없어진다면 마찬가지로 집터도 농지도 사용할 수가 없게 된다. 내 것 아닌 땅을 밟지 않으면 집에도 농지에도 갈 수가 없다. 장자가 결론적으로 말하였다. "쓸모가 없는 것도 결국 쓸모가 있지."

1970년에 나는 문학평론 「한국 리얼리즘 문학의 형성」을 써서 『창작과비평』 여름호에 발표하였다. 이 평론의 끝 부분에 나는 다음과 같은 말을 덧붙여 놓았다.

이 리얼리즘의 문학이 일시적, 지역적 풍조로 이해되거나 획일주의를 고집하는 도식으로 이해되어서는 안 된다. 대하의 수심은 산만한 요동이 없이 전진하는 것처럼 리얼리즘의 문학은 다만 주류의 저변을 이루는 데에서 그쳐야 할 것이다.

리얼리즘론은 얼핏 생각하기에도 강골의 거대담론인데 소신에 따른 주장으로 끝낼 일이지, 왜 다른 견해들 속의 '주류' 정도를 자청하는가. 이 때문에 가까운 주변으로부터도 동의하지 않는 견해가 있었다.

그러나 일찍부터 나는 은연중에 장자의 무용지용(無用之用) 생각에 붙들렸고, 야박하게 공격해 남들을 불편하게 하고 싶지 않은 마음이 있었다. 그리하여 그 '주류'도 겉으로 보이지 않는 수심 속에서 다만 정대한 방향을 향해 의연히 전진하는 '저변'을 이루는 데서 그쳐야 할 것이라고 한 것이다.

그러면 하필 리얼리즘론인가. 「한국 리얼리즘 문학의 형성」을 쓴 것은 1960년의 4·19 민주혁명 무렵부터 대두한 이른바 참여문학의 발전적 원리론으로 필요하기 때문이었다. 이 글에서 나는 발자크의 소설과 하우저·루카치 등의 이론을 인용해 총체성 전형성 전망을 거론하기도 하였다.

그러나 이 점에 있어서도 나는 서양의 특정 이데올로기에 휩쓸리는 생각은 아니었다. 리얼리즘이 무슨 사진을 찍듯이 하는 일도 아니고 투쟁의 구호를 외치자는 뜻도 아니고, 사실대로 진실대로 살고 싶다는 뜻으로 받아들였다. 장자의 무용지용을 얘기한 결에 한 마디 더 한다면 동양정신 나름의 '평상심(平常心)'으로 살고 싶다는 말이다.

그러니까 리얼리즘론에서 내가 작품을 예로 든 것이 하근찬의 소설 「수난이대」, 「왕릉과 주둔군」, 「삼각의 집」이었다. 발자크가 왕당파 보수주의자였으면서 시민사회의 민주의식을 내포한 소설을 썼다고 하거니와, 하근찬이야말로 리얼리즘을 알지도 못하고 관심도 없는 사람이다. 그러나 그가 쓴 소설들은 그 당대 현실의 진실이었다. 심지어 제3세계 문학의 걸작으로 꼽힐 요소들을 지니고 있다고 지금도 나는 생각한다.

하근찬을 예로 든 것 때문에 어느 평론가는 내 리얼리즘론에서 작품 인용 부분에 아쉬움이 있다고 하였다. 그러나 그 당시에는 막상 적절한 작품들이 드물었다. 4·19 직후에 최인훈의 『광장』과 이호철의 「판문점」이 발표되었다. 이 소설들은 제1공화국 시대에 가혹했던 반공법이 북한의 상황과 이데올로기를 소재로 다루지도 못하게 했던 사슬을 끊은 데에서 획기적인 성과였다.

그러나 『광장』의 주인공 이명준은 휴전으로 인한 포로 교환 때 제3국을 택해 떠났다가 배 위에서 바다에 투신한다. 「판문점」의 남녀 주인공은 판문점에서 조그만 지프차 안에 숨어 들어가 남북의 이데올로기 갈등에 관해 원숙하고 세련된 대화를 나눈다. 그런데 이 두 작품은 생활의 공간을 결여하고 있는 점이 한계로 느껴졌다.

신경림의 시 「농무」와 황석영의 소설 「객지」는 생활의 구체성과 총체적 상황을 담고 있어 비로소 리얼리즘 문학론에 인용할 수 있게 되었는데, 그러나 이 작품들은 1971년에 발표되었다. 내 리얼리즘론이 발표된 다음 해의 작품들이다. 그러한 단계에서 나는 하근찬을 거론하였다.

뒷날에 강진호의 비평 「민중의 근원적 힘과 유우머-하근찬론」이 발표되었다. 이 작가가 "50년대 후반과 60년대 소설사에서 현실에 대한 객관적 인식과 삶에 대한 긍정적 의지를 바탕으로 리얼리즘 문학의 형성에 기여한 중요한 작가로 평가할 수 있다" 하였다.

그런대로 1970년대 전반기는 이른바 리얼리즘 논쟁으로 떠들썩한 계절이었다. 세상의 일은 억지로는 되지 않는다. 누가 혼자서 무슨 주장을 해서 되는 것이 아니다. 저절로 여럿이 나서서 힘을 합칠 때 어떤 일이 어느 정도 이루어진다.

하나의 우연한 자리인 것처럼 보이는 것이 『사상계』 1970년 4월호 지상 좌담 「4·19와 한국문학」이다. 내가 참석한 이 자리에서 리얼리즘을 긍정하고 반대하는 논쟁이 벌어졌다. 리얼리즘을 반대한 김현이 발자크와 관계되는 19세기 근대 리얼리즘 문학을 비판하였다.

"중요한 것은 발자크는 '자신의 의사에 반(反)한' 리얼리스트라는 점인데, '망할 놈의 현실' 하는 식의 조소에서 얻어진 것인지도 모르지요." 이것이 김현의 발언이다. 개인적으로 친우 사이인 염무웅이 김현의 이 발언에 대해 "거의 농담 같은 궤변"이라고 『문학사상』에서 혹평을 하였다. 이보다 앞서서 이미 염무웅은 「리얼리즘의 심화시대」에서 리얼리즘 옹호론을 발표하였다. "리얼리즘이 단순한 재생으로만 설명되어서는 안 되고 비전과 심화를 뜻하는 것이 분명하다"(『월간중앙』 1970.12)고 하였다.

여기에 백낙청도 리얼리즘 옹호론을 추가하였다. "현대 서양문학이 외부현실의 불모성과 역사 행위의 무의미성을 표방하여 리얼리즘에 위배되는 경향을 지니는바, 퇴영적 서양문학을 주체적으로 지양하는 민족

문학은 자연히 리얼리즘을 취하게 된다.”(「민족문학의 현 단계」, 『창작과비평』 1975년 봄)

지금 새삼스레 1970년대의 이야기를 상기하는 것은 그 논의의 내용들이 필경 앞으로도 오래 한국문학의 평상심을 가늠하는 데에 바탕이 될 것으로 보이기 때문이다.

1980년대는 광주 민주항쟁의 충격을 문학이 감당하느라고 혹심한 어려움에 처한 시기였다. 고뇌 속에서도 문학정신이 정지되어 있을 수는 없었고 현장 체험을 포함한 창작 작업들이 있었다. 비평은 더욱 예민하게 반응해 종래의 민족문학 또는 리얼리즘 문학 명제를 ‘민중문학’으로 진전시키는 추세가 나타났다.

1970년대 지식인 문학 계열은 마치 제2선으로 물러나 있어 보라는 듯한 젊은 세대 비평가들의 목소리가 나타났다. 노동자 문학, 중심의 건설 등 격한 주장이 등장하기도 하였다.

나라의 현실 자체가 명목상으로만 자유민주주의 국가였다. 신군부의 통치 아래 놓이게 되는 양심 세력의 저항을 부정할 수도 없는 상황이었다. 이러한 시기를 거치면서 문학계의 비평정신은 은연중에 사회주의 리얼리즘에 연결되는 현상이 일부 생겼다.

그런데 문제는 현실사회주의 진영 자체에서 개혁 개방 운동이 일어나 동유럽 나라들이 먼저 개방 체제로 진입하고 이어서 소련마저 스스로 당의 간판을 내리는 현실이 발생하였다.

한국의 지식사회는 1980년대에 부쩍 사회구성체 논의를 비롯해 이른바 의식화 기운을 확대하고 있었다. 당시 지식사회의 통념으로는 ‘자본주의적 근대와 사회주의적 현대’를 생각하고 있었다(이병천, 좌담 「한국 근현대사의 성격과 민족운동」).

시대구분 의식이면서 동시에 이데올로기 성향이 있는 이 '근대'와 자본주의 개념은 세계적으로도 지식사회에서 오래 유통되어 온 것이다. 현실사회주의 진영에 변화가 있다 하더라도 간단히 따라서 변하지는 않았다. 그러면서 갈등과 혼란의 논리들이 제기되었다.

이러한 속에서 가장 명료한 반응은 최원식의 비평 「한국문학의 근대성을 다시 생각한다」에서 나타났다.

'근대 이후'를 자처했던 현존 사회주의의 붕괴, '근대성(modernity)'이 다시 문제적 범주로 떠올랐다. 1917년 볼셰비키 혁명으로 출현한 사회주의 체제의 '근대 이후' 지향은 진정한 의미의 근대 철폐가 아니었고 근대의 연장이거나 또 다른 방식의 '근대 따라잡기'였음이 이제는 명백해졌다.

이어서 '근대 부르주아 문학, 현대 프롤레타리아 문학'이란 도식이 훼손당하였다는 말도 하였다.

실제에 있어서는 많은 사람이 근대와 현대를 구분해 생각했다거나 그 구분에 계급이나 문학을 연관지어 생각하지는 못하였다. 그러나 상당한 비중을 지니고 있는 지성인들이 그러한 이념을 견지하고 있는 것은 하나의 사회적 문제라고 할 수 있다.

1992년에 이르러 나는 「광의의 리얼리즘 문학론」을 발표하였다(『창작과비평』 가을). 거기에서 나는 리얼리즘의 범위를 넓혀서 이야기하였다. 루카치가 고대 그리스에서부터 리얼리즘 문학을 보고 근대 유럽의 발자크 소설에까지 연결시킨 이야기도 하였다. 이렇게 문학사를 한 덩어리로 보자면 층위에 따라 '시대적 한계'도 양해해야 한다고 하였다.

가령 조선왕조 시대를 소재로 한 소설에서 왕정을 타파하고 시민민주주의 혁명을 일으키지 못했다고 탓하는 것은 무리가 아니냐는 것이다.

여기에서도 나는 또 리얼리즘 '주류론'을 덧붙였는데, 상대적으로 아이디얼리즘을 병치하면서 주류 형성이 잘 되겠느냐는 의문의 견해를 들었다. 역시 '무용지용'이라는 내 생각을 이해 못하는 데서 오는 오해이다. 또 광의로 범위를 잡으며 시대적 한계를 양해한다고 하니 현대 리얼리즘의 당파성 가치를 해당시킬 수 없는 '2분법'이 문제라는 견해도 있었다. 그러면 발자크의 소설에서 당대에는 있지도 않았던 사회주의 리얼리즘의 당파성 요소를 내포시켜야 한다는 말인가. 이 점은 내가 이해할 수 없었다.

가장 문제가 되는 것은 1990년대부터 백낙청의 비평에 '자본주의 근대'를 극복해야 한다는 견해가 생겨 있는 것이다. 이러한 생각은 관점에 따라 일리가 있다. 즉 신자유주의 같은 경우이다. 그러나 본질적으로는 근대라든가 자본주의가 반드시 악덕이라고 보기가 어려운 문제도 있을 것 같다.

고대·중세·근대라는 시대구분 개념으로서의 '근대'에는 원래 문제가 없다. 근대를 철폐하면 그 다음 단계를 무어라고 불러야 할지 대안도 없다. 또 근대는 원래 '현대'와 같은 말이다.

자본주의의 본질은 사유재산제와 시장경제 원리이다. 사유재산권은 인간 자유권의 연장 개념으로서 정당한 사유제에는 잘못이 없다. 시장경제는 창의와 능률을 위해 필요한 것이다. 다만 강자와 약자 사이의 불공정 거래를 막을 의무가 있다.

요는 자본주의에 자유와 더불어 '책임'을 반드시 따라붙이는 제도적 장치를 갖추도록 노력해야 한다. 아예 자본주의 자체를 철폐하는 일은 아무도 할 수 없고 되지도 않는다는 견해들이 더 우세하다. 지금 세계의 모든 나라가 형태는 다르더라도 경제 운영에서 자본주의 방식을 쓰지 않고 있는 나라는 거의 없다. 이 사회 현실에 일일이 '자본주의'를 전제해 의식하며 살지는 않지만 이 자유와 책임의 도덕적 균형 노력이 인간 본성과 자연법적 질서에 맞는 원리라는 것이다.

다만 백낙청의 비평은 '자본주의 근대'를 극복할 대안을 서양사상에서 찾지 않는 것이 독특하다. 동양의 유교·불교·도교를 거론하며, 고착된 정전으로서가 아니라 '인간다움을 구현하는' 현재적 실용을 목표로 온고이지신(溫故而知新)을 제창한다. 동아시아 전통 자산에 의한 인문정신의 복원 주장은 백낙청이 이미 1990년대에 발표한 「미래를 여는 우리의 시각」에서부터 2008년에 발표한 「근대 세계체제, 인문정신, 그리고 한국의 대학」에 이르도록 계속되어 세계 문명의 대안격으로 제시되고 있다.

그렇다면 오늘날까지도 백낙청이 대체로 입장을 같이하고 있는 68혁명 계열 월러스틴의 '자본주의 근대 극복론'은 '동아시아 인문정신 복원론'과 현실적으로 과연 어떠한 관계를 형성할 수 있을까. 이것이 하나의 문학적 상상력일지, 지금도 계속 그가 견지하고 있는 리얼리즘 당위론에는 어떻게 육화할지 주목하게 된다.

아울러 동양의 한국에 나서 살고 있는 우리의 평상심과 일상성(日常性) 안에서 문학은 창작과 비평을 계속하고 있다.

살아 있는 가치의식

문학잡지의 가짓수가 많아서 고르게 다 살펴보지 못하고 지내다가 한기욱의 비평 「문학의 새로움은 어디서 오는가」(『창작과비평』 2008년 겨울)가 눈에 들어와 읽었다.

이 글은 요즈음 젊은 평론가들이 '문학의 새로움 찾기' 강박증에 걸린 듯한 경우들을 나열하며 검토해 놓았다. 그들은 '근대성'을 지워버린 새로운 소설의 작가들을 제시하였다. 이것이 말하자면 '새로운' 소설이겠는데 주로 '무중력 공간의 글쓰기' '무력한 자아'를 그렸다는 것이다.

한기욱으로서는 이들의 작품 분별이 타당한지도 의문이라고 하였다. 말하자면 '새로운 문학'의 제시를 수긍하기 어렵다는 것이다. 문학다운 문학과 함께 삶다운 삶도 생각해야 한다는 말도 하였다. 그러면서 그래도 근래에 주목하게 되는 작가와 작품들을 제시했는데 그중에 공선옥의 소설 『명랑한 밤길』이 있었다. 공선옥의 소설이 가난한 삶의 상투성 인상이 있는 경우가 없지는 않지만, 생동하는 언어가 있고 그 안에 살아 일어서는 인간이 있음을 평가하고 있다.

결국 공선옥은 요즈음 사람들이 '낡았다'고 돌아보지 않는 리얼리즘 서사방식을 버리지 않고 오히려 리얼리즘의 더 깊은 안쪽으로 걸어 들어가는 것 같다고 하였다. 나로서도 새로운 소설들이 추구한다는 근대성 지워버리기의 그 '근대성' 개념이 어떠한 것인지 의문이려니와, 인간의 삶에 있어서 '새로움'의 의미야말로 쉽게 생각할 수 없는 것이라고 생각한다.

새로움은 인간의 외부에 있는 것이 아니라 각자의 내부에 있으며, 평범한 것의 비범함이 끝이 없다는 데에 눈을 뜨는 것이 진정한 새로움인 것이다. 평상심이 진리처럼 항구히 가치를 지닌다는 것도 같은 뜻이다. 공선옥은 내게도 인상 깊은 작가이며, 그의 소설 「목마른 계절」을 계속 평가하고 있다.

이 작품은 김대중 후보가 대선에서 세 번째로 낙선했을 때의 이야기이다. 이번에도 김대중이 낙선하면 우리 다 자살을 하자고 광주의 가난한 젊은 여성 셋이 취중에 약속을 하였다. 김대중 후보가 또 낙선을 하였다. 언니 격인 현순이 말한다.

"아이엔지인기라

그만 그만 하고 싶어도 할 수 없어.

역사란 그런 거야.

김대중이가 지 할애비냐?

염병, 죽을 각오로 살자 그거여. 누구 좋으라고 죽냐 죽기를."

이 한 대목을 보고 나는 문학이 가장 소중하다고 긍정하였다.

이번에 현기영의 신간 장편소설 『누란』을 읽었다. 군사독재 시절의 남산 중앙정보부 지하실의 고문이 작품의 서두에 나올 때 그 괴로움과 충격에 이제는 스스로 짜증이 난다고 생각하였다. 고문에 못 이겨 정보기관에 타협하고 일본 유학을 다녀와 대학에 취직한 허 교수, 그 역정의 노출이 슬프다.

이제는 국회의원이 된 지난날의 기관원 김일광 의원이 조작을 해서라도 적화 남침의 위협이 있다고 해야 기관원들의 밥줄이 이어진다는 식의 말을 한다. 좌파 정권이 북에 식량과 비료를 마구 퍼주고 있다고 한다. 역겨워지는 허 교수가 말한다.

"아 어린 동생들을 등에 업어 키운 몽실이라는 계집아이가 생각나는군요."
"뜬금없이 몽실이라니?"
"모르세요? 권정생이 지은 『몽실 언니』, 언젠가 연속 드라마로 방송되기도 했는데?"
"그런데?"
"그 몽실이에게 묻는다면, 등에 업은 동생이 짐스럽지 않느냐고, 그러면 아마도 '이 아이는 짐이 아니라 제 동생이에요'라고 대답할 겁니다. 북한은 우리의 아픈 동생이에요."

이 대목을 읽고 나는 또 이것은 문학만이 할 수 있는 말이라고 절감하였다.

문학은 우리의 말로 삶의 공간에서 일어나는 모든 사실과 진실을 섭렵하고 육화해서 영성의 차원에까지 승화시키는 특유의 창조 작업이다. 문학은 자유로이 다룰 수 없는 대상이 없다. 정치든 경제든 종교든 전쟁이든 문학적 형상화의 작업을 통해 다 소통할 수 있다. 문학 작품과 비평으로 독자에게 읽히는 내용은 그것이 이상주의적인 것이라 하더라도 꼭 실현이 불가능한 것도 아니고, 정치·경제 등 현실 사회 실무 분야 사람들의 불충실에 문제가 있다.

이상이나 진리는 표현된 그 자체로서 생명과 가치를 지닌다. 지금 이른바 지구화 시대에 큰 충격을 주고 있는 것이 '신자유주의'의 문제이다. 자유방임적 금융경제의 위력이 세계의 곳곳을 편력하며 약육강식의 횡포를 부린다. 그러다가 이 무리한 행태는 스스로 부풀리기의 기만과 비인간적 물질주의의 극치에서 질서를 잃고 파탄을 자초하였다. 신자유주의의 진원지인 미국이 곤경에 처하였다. 문제의 진원지인 시카고학파는 속수무책이고 유구무언이다.

비인간적 패권주의는 원래 문학과 대치되는 양상이다. 2009년 여름 부여에서 신동엽 시인 40주기 문학제가 열렸다. 행사 무대에서 시낭송 순서가 있었다. 도종환 시인이 등단해 고(故) 신동엽의 시 「산문시·1」을 낭송하였다.

스칸디나비아라든가 뭐라구 하는 고장에서는 아름다운 석양 대통령이라고 하는 직업을 가진 아저씨가 꽃 리본을 단 딸아이의 손 이끌고 백화점 거리 칫솔 사러 나오신단다. 탄광 퇴근하는 광부들 뒷주머니마다엔 기름 묻은 책 하이데거 럿셀 헤밍웨이 장자(莊子) 휴가여행 떠나는 국무총리 서울역 삼등 대합실 매표구 앞을 뙤약볕 흡쓰며 줄지어 서 있을 때 그걸 본 서울역장 기쁘시겠소라는 인사 한 마디 남길 뿐 평화스러이 자기 사무실 문 열고 들어가더란다 남해에서 북강까지 넘실대는 물결 동해에서 서해까지 팔랑대는 꽃밭 땅에서 하늘로 치솟는 무지개빛 분수 이름은 잊었지만 대통령 이름은 잘 몰라도 새 이름 꽃 이름 지휘자 이름 극작가 이름은 훤하더란다. 애당초 어느 쪽 패거리에도 총 쏘는 야만엔 가담치 않기로 작정한 그 지성(知性) 그래서 어린이들은 사람 죽이는 시늉을 아니 하고도 아름다운 놀이 꽃동산처럼 풍요로운 나라, 억만금을 준대도 싫었다 자기네 포도밭은 사람 상처 내는 미사일 기지도 탱크 기지도 들어올 수 없소 끝끝내 사나이나라 배짱 지킨 국민

들, 반도의 달밤 무너진 성터가의 입맞춤이며 푸짐한 타작 소리 춤 사색(思
索)뿐 하늘로 가는 길가엔 황토 빛 노을 물든 석양 대통령이라고 하는 직함
을 가진 신사가 자전거 꽁무니에 막걸리 병을 싣고 삼십 리 시인의 집을 놀
러 가더란다.

   좀 긴 시이지만 어느 한 대목도 생략할 수가 없다. 1968년에 신동엽
이 발표한 시이다. 도종환 시인은 왜 이 시를 택해 읽었을까. 지금 세상
에서도 이 시가 가장 새롭고 감명을 주는 작품이기 때문이었을 것이다.
   또한 오창은은 2009년 봄에 「시적 상상력, 근대체제를 겨누다—신동
엽 40주기에 부쳐」라는 비평을 발표하였다(『창작과비평』). 오창은도 위
글에서 역시 「산문시·1」 전문을 인용해 놓았다. 그리고 "동의를 기반
으로 민주적이고 평등하게 운영되면서도 평화주의적인 공동체는 경쟁
이 아닌 상호 보살핌과 베풂을 향한 윤리적 노력을 통해 이루어질 수 있
다"고 덧붙여 놓았다.
   벌써 1960년대 말에 발표한 이 한 편의 시는 오늘날 이른바 신자유주
의 세계 판도에서 저지르는 횡포를 말끔히 씻어 버리고 있다. 그리고 이
시의 내용은 황당무계한 허언이 아니다. 오늘날에도 신자유주의의 영향
안에 있는 나라는 미국·영국·일본·한국을 비롯한 일부 나라들이고,
유럽의 여러 나라들과 특히 북유럽 스칸디나비아권 나라들은 신동엽의
시가 보여주는 인간적인 사회를 현실로 살고 있다.
   한국은 신자유주의권에 들어 있다고 하더라도, 국내 정치의 노력에
따라 스칸디나비아 나라들의 생활 여건에 거의 다가갈 수 없는 것도 아
닐 것이다. 한국의 문학은 이미 수십 년 전부터, 아니 수백 년 전부터, 자

신을 수양하고 그다음에 나라 일을 해야 한다는 정신문화를 함께 지니고 있다.

오창은의 비평 제목에 있는 '근대 체제를 겨누다'라는 말은 신동엽 시인이 근대 체제를 타파하고 싶었다기보다 근대다운 근대체제를 이루어 인간다운 삶의 마을을 구현하기를 희구했다는 뜻으로 보인다.

오늘의 젊은 비평가들이 한국 현대문학 안에서 항구히 신선할 수 있는 주제들을 소중히 여기고 북돋우는 작업을 계속하고 있다.

출처 : 『유심』 41호(11/12월호), 2009

문학의 자유혼과 창조적 책임

구중서

자유의 정신

현대 그리스 최고의 작가요 시인인 카잔차키스가 태어났고 묻혀 있는 크레타 섬에 카잔차키스의 묘비명이 서 있다. 바람 부는 지중해 크레타 섬 언덕 위에 호젓이 자리한 네모의 석조 무덤에 역시 네모의 비석이 얹혀 있고, 거기에 카잔차키스의 말이 세 줄의 비명으로 새겨져 있다.

"나는 아무것도 바라지 않는다. / 나는 아무것도 두려워하지 않는다. / 나는 자유인이니까." 무덤 앞에는 아무 가공이 없는 나무 십자가가 가난해 보이지만 숙연하게 서 있다.

카잔차키스는 자유인으로 자처했지만 실제로 그가 자유로웠던 것은 아니다. 그가 살았던 시대와 사회가 그의 정신을 자유롭게 하지 않았으니 그는 괴로움 속에 떠도는 일생을 살았다.

자유의 문제에 대해 김수영이 쓴 시가 「푸른 하늘을」이다.

"자유를 위해서 / 비상하여 본 일이 있는 / 사람이면 알지 / 노고지리가 / 무엇을 보고 / 노래하는가를 / 어째서 자유에는 / 피의 냄새가 섞여 있는가를 / 혁명은 왜 고독한 것인가를 // 혁명은 왜 / 고독해야 하는 것인가를"

이 시는 사람들이 고독해지기 위해 혁명을 한다는 뜻이 아니다. 혁명은 자유를 얻기 위해 하는 것이다. 자유의 참뜻을 더 생각하면 그것은 '정신의 평화'이다. 그리고 또 평화의 참뜻은 무엇인가. 그것은 전쟁이 없는 상태가 아니다. 일시적 휴전의 상태도 아니다. '정의'가 이루어진 상태 그것이 바로 진정한 평화이다. 그리고 이것이 바로 진정한 자유이다.

인간은 누구나 양심이라는 보편적 본성을 지니고 있다. 그러므로 양심에 따라 자유를 추구하는 정신 자세가 변하거나 포기되지 못한다. 끊임없이 자유와 정의를 추구하는 일은 힘들고 고독하게 되어 있다는 것을 미리 알고 감당하기를 각오해야 한다는 것을 김수영의 시가 말하고 있다.

오늘의 한국 현실에서 역사의 발전이 어처구니없게 낭패를 거듭하는 속에서 이제는 누가 누구의 탓을 하기보다 잘못되어가는 결과에 대해 나와 우리가 우리의 문학이 함께 반성해야 할 상황이다.

1960년의 4·19 민주혁명이 1년 후에 5·16 군사 쿠데타에 의해 실패로 끝나는 속에서 김수영은 혁명의 고독을 시로 썼다. 그러나 이 과정을 통해 김수영이 새로이 성취한 것이 있다. 그것은 그가 이른바 1950년대 모더니즘에서 벗어나 참여시 쪽으로 입장을 바꾼 것이다. 같은 시기에 모더니즘 시를 쓰던 박인환의 「목마와 숙녀」에 대비해 생각해 보게 한다.

"한 잔의 술을 마시고 / 우리는 버지니아 울프의 생애와 목마를 타고 떠난 / 숙녀의 옷자락을 이야기한다 / 가을 바람소리는 / 내 쓰러진 술병 속에서 목메어 우는데"

박인환이 시 「자본가에게」에서 "허물어진 인간의 광장"을 말하긴 했지만, 그에게 정신의 어떤 출구가 있지는 않았다. 그러나 김수영은 혁명에서 피 냄새가 나고, 혁명은 마땅히 고독한 때도 있을 수 있다는 순결한 이상의 정신을 강조한다. 이것은 감상의 차원과는 다른 리얼리즘의 정신이다.

1987년 6월 시민항쟁이 대통령 직선제를 되찾는 승리를 이루었다. 그러나 이때에도 안이한 낙관을 경계한 시가 있다. 그것이 정희성의 「만세후」이다.

"민주화가 된다는데 / 이제는 무엇을 할 거냐고 / 이형이 묻는 말을 귓전에 흘리며 / 나는 말없이 술잔을 건넬 뿐 // 자유라는 말이 언젠가는 / 우리를 구속하겠지 // 무서운 예감이여 / 얼마나 외롭고 긴 싸움이 / 우리를 기다리고 있는가"

과연 되찾은 직선제의 첫 선거에서 민주화 추진 선두의 동지인 양김이 분열했다. 그 결과로 37%의 득표를 한 노태우 후보가 당선했다. 군사통치 계열의 정권이 5년을 더 연장하게 되었다. 양김이 대국민 사과를 했다고 하지만 그것이 책임을 면할 수 있는 것은 아니었다.

역사 발전 과정의 이러한 차질을 통해 뒷날 우리 사회에서 자유와 민주주의를 발전시키는 데에 여러 가지 혼선과 부작용이 생기게 되었다. 이러한 현상을 구체적으로 말하자면 사람들이 대의를 보지 못하고 소리에 치우쳐 정대한 뜻을 내세워 함께 가는 사람들 속에서도 계속 분열을 드러내는 모습이다.

문학과 정치

문학을 하는 사람들이 정치에 대해 말하는 것이 금물이거나 탈선인 것은 아니다. 최근 우리 사회에서 명망 있는 한 시인이 국회의원이 되었는데 만나는 사람의 대다수가 잘못된 일이라고 말한다고 한다. 시인으로서 큰 손해를 보는 일이라고 한다. 과연 이러한 통념들이 옳은 것일까.

원래 정치는 나쁜 것이 아니고 사람들 사이의 아름다운 질서에 봉사하는 필요하고도 좋은 일이다. 옛날에 공자가 어디에 가다가 한 마을에 들렀는데 인심이 좋은 걸 느꼈다. 마을 인심이 온유돈후(溫柔敦厚) 했다. 사람들이 따뜻하고 부드럽고 두텁고 넉넉한 마음을 가지고 있었다. 공자가 말했다. "필경 어느 시인이 이 마을에 좋은 영향을 미쳤을 것이다." '사무사(思無邪, 거짓이 없는 마음)'뿐 아니라 '온유돈후'는 공자가 시의 원리로 제시하는 말이다.

현대에도 아프리카 세네갈의 시인 생고르는 훌륭한 대통령이었고, 케냐의 소설가 케냐타는 존경받는 국부였다. 문학인은 전인적(全人的) 인격자로서 사회의 아름다운 인간관계를 조성하는 작업자가 될 수 있다. 창조적 예술가의 직분과 통하는 일이다.

오늘날 세계 판도의 전체를 보더라도 보편적 가치관으로 보아 존중할 만한 인물이 드물다. 미국과 러시아 같은 큰 나라의 대통령도 국가이기주의와 패권적 세력 다툼에 얽매여 있다.

더욱 끝없는 물질적 생산 경쟁과 '진보'를 외치는 소리에 의심을 보내며 멈추어 서서 생각을 해야 한다. 진보(進步)가 무엇인가. 사람들이 계속 어디로 향해 달려 나아가야 하는 것인가.

진보가 발전을 뜻하는 것이라 하더라도 그 이념과 제도를 관장하는 이는 인간이기 때문에 먼저 진보해야 할 것은 인간다운 '인격'의 진보이다. 이러한 진보는 발전이라기보다 인간 다음의 '완성'이어야 한다. 진보사관보다 '완성사관'이라 부르는 것이 더 바람직하다고 할 수 있다. 현대 세계에서 진리와 지성에 의거한 성찰로 로마클럽이 채택한 보고서가 있다.

"사회는 '진보'라는 것을 바람직한 그 무엇으로 여기기를 그만두어야 한다. '영원한 진보'라는 것은 전혀 납득하기 어려운 신화에 불과하다. 추구해야 할 것은 지속적으로 팽창하는 경제가 아니라 '제로성장 경제' 즉 안정된 경제인 것이다. 경제성장은 불필요한 것일 뿐 아니라 파괴적인 것이다. 국가의 자원을 증대시키는 것이 아니라 다만 보존시키는 데에 목적을 두어야 한다. 이제 기술의 주목적은 지금까지 기술이 빚은 서글픈 결과물들을 제거하는 것이어야 한다. 서양문명의 치명적인 행로를 따르지 않고 있는 제3세계는 육체노동을 감소시키기보다 증대시키며, 자기들이 거주하는 지역에 있는 자원에만 관계되는 소규모 기술을 활용하는 것이 살아가는 최선의 길이다."

러시아의 소설가 솔제니친은 1973년에 로마클럽 보고서를 인용하면서 구소련의 정권 담당자들에게 비밀편지를 보냈다. 소련의 물질주의 통제 정치가 동맥경화를 일으켜 나라를 파국으로 몰고 가는 문제와, 더 먼 날 러시아와 중국의 충돌까지 우려하는 내용이었다. 솔제니친은 소설 『수용소군도』를 발표해 국외로 추방까지 당했지만, 구소련은 솔제니친이 경고한 대로 정치 체제의 붕괴를 겪었다. 이 일도 문학인 솔제니친의 자유정신과 표현의 용기였다.

톨스토이와 투르게네프의 소설이 러시아의 농노해방에 크게 이바지했다. 루쉰의 소설 「아큐정전」 「약」 등이 중국의 근대화 과정에서 신해혁명보다도 큰 역할을 했다. 그가 일본의 센다이 의학전문학교에 유학했다가 육체의 건강보다 정신의 건강이 더 중요하다고 깨달아 문학의 길에 들어섰다는 것을 문학의 공리주의적 일탈이라고 보는 것은 옳지 않다. 창조적 정신의 대표적 구현이 바로 문학예술이다.

문학은 언어의 순화와 승화를 통한 형상화 차원에서 인간의 삶을 재창조하는 자유를 이루어낸다. 일제 강점기에 정치적으로는 나라가 없었지만 언어와 문자의 작업으로 한국의 역사를 지속시킨 문학이 있었다.

"아아 님은 갔지마는 나는 님을 보내지 아니하였습니다. 제 곡조를 못 이기는 사랑의 노래는 님의 침묵을 휩싸고 돕니다." 한용운의 시 「님의 침묵」으로 겨레가 살아 있었다. 이것이 1920년대의 문학인데 30년대 모더니즘의 문학은 어떠했던가.

"어느 먼 곳의 그리운 소식이기에 // 이 한밤 소리 없이 흩날리느뇨 // 먼 곳의 여인의 옷 벗는 소리"(김광균, 「설야」) 아름답지만 감수성 그 자체이다. "문을열어주려하나문은안으로만고리가걸린것이아니라밖으로도너는모르게잠겨있으니안에서만열어주면무엇을하느냐"(이상, 「정식」 IV) 이것은 언어의 세련된 밀도 그 자체이다.

김기림은 1939년에 평론 「모더니즘의 역사적 위치」에서 말했다. 문명에 대한 낙관적 전망이 사라졌다. 시가 언어의 세련을 얻었지만, 언어의 말초화가 자기 소모적 파탄으로 끝났다고 했다. 서양에서도 같은 시대에 모더니즘의 한계를 깨달았다. 문학인들이 지식인연맹을 만들어 인류의 문제를 지성으로 해결하려 했으나, 파시즘의 대두를 맞아 문학인은 맨손의 허약한 모습일 뿐이었다. 천재라 여겨지던 에즈라 파운드도 파시스트 무솔리니의 친구로 지내는 타락을 범했다. 이것은 감각과 감수성의 문학이 끝내 맞이하게 되는 한계이다.

그러나 감수성의 한계를 넘어 정신의 문학, 영혼의 문학은 창조의 책임을 안고 지속된다. "하늘을 우러러 한 점 부끄럼이 없기를" 다짐한 「서시」의 시인 윤동주가 일제의 후쿠오카 감옥에서 독립운동 죄목으로 악형에 쓰러진 것이 1945년 2월의 일이다. 바로 해방이 되던 그해까지 살았으니 시인 윤동주가 민족 역사의 지속을 담당한 것이다.

맨땅의 인문학

일제 강점기로부터 해방된 지도 벌써 70년이나 되었다. 일제하 36년이란 세월이 끔찍하게 길었는데 이보다 배에 가까워져 가는 국토 분단의 기간은 무엇인가.

현대 세계 양식(良識)의 철학자 하버마스가 말했다. 마르크스주의는 프롤레타리아 계급의 집권을 제도화하는 데에 몰입하고 '자유'의 제도화에 대해서는 한마디도 언급한 것이 없다고. 분단된 한국의 북쪽에 해당하는 말이다. 분단된 다른 한쪽은 자유민주주의를 내세우는 체제인데 때때로 독재정권이 군림해 자유를 위한 시민의 격렬한 투쟁이 일어나게 했다. 고통과 희생이 따르더라도 투쟁이 성공을 거두기도 하는 것은 그나마 가능성이 열려 있는 여건이다.

희생을 치르면서도 한때나마 일단 성공을 거둔 사건들이 4·19와 광주의 5·18과 6·10 항쟁이었다. 인간관계의 작용은 상황만 가지고는 부족하고 하나의 사건을 통해서 인격을 담은 연대로 이루어진다. 그리고 이 안에 진정성이 담길 수 있다. 그리고 이와 같은 정신의 차원에서 비로소 문학의 작품도 탄생한다.

많은 작품이 발표되었고 최근에는 합동시집 『우리 모두가 세월호였다』가 발간되었다. 그러나 오늘도 우리의 문학에서 거둘 것은 풍요한 감동이 아니고 시 「만세후」가 우려한 대목 그것이다. "자유라는 말이 언젠가는 / 우리를 구속하겠지 // 얼마나 외롭고 긴 싸움이 / 우리를 기다리고 있는가" 이 말을 거두어들이고 감당해야 하는 것이다.

최근에 작가회의 40주년 행사가 있었고 회고 인터뷰들도 있었다. 인터뷰에서 이은봉 시인이 물었다. "1950년대 모더니즘에 대한 비판이 작가회의의 핵심 정신이라고 할 수 있는데 지금 모더니즘이 다시 나와 리얼리즘에 반발을 하는 듯싶다. 이른바 미래파라는 것도 그런 흐름이 아닌가" 했다. 이 질의에 대해 필자가 대답했다. "리얼리즘의 총체성·전형성·전망 세 요소를 견지하는 것이 바람직하다. 상상력과 이상은 전망 안에 포함되어 있으니까. 보편적 가치를 지향해야 한다. 엇나가고 파괴하고 싶어하는 어떤 개성적 자유는 다양성으로 보면 된다."

필자의 견해는 원래 다양성 안의 일치를 인정하면서 보편적 가치가 다만 주류와 중심을 이룩하는 것이 바람직하다는 것이다. 문제가 계속 심각해지는 것은 문학 내부의 원리적 이론에 있는 것이 아니다. 문학과 역사적 현실 사이에 역시 보편적 가치와 진정성이 잘 소통되지 못하는 데에 문제가 있다.

이것은 이 시대 사회 현실의 운영이 자유와 민주주의에 잘 소통되지 못하고 있는 것과 같은 문제이다.

경기도 여주 남한강 가에 한 중견 시인이 농사를 지으며 살고 있다. 토종닭을 뒷동산에 놓아서 키우고 밭에서는 고구마를 수확한다. 이 시인의 집에서 불과 백 미터 앞에 있는 남한강에서 정부가 추진하는 이른바 4대강 공사가 시작되었다. 강바닥을 깊게 파고 강가에는 자전거 도로라는 큰 둑을 만들었다. 공사장의 요란한 굉음과 날리는 흙먼지로 농가의 평화가 완전히 파괴되었다. 시인은 4대강 공사를 처음부터 반대했다. 주민들은 정부의 공사 덕에 땅값이 오르는데 왜 반대하느냐고 시인을 비판했다.

공사가 다 끝났는데 과연 강은 좋아졌는가. 강변의 명소이던 은모래밭이 사라지고 거대한 강둑에 자전거를 타는 청년은 한 명도 나타나지 않는다. 강의 깊은 바닥에 시멘트와 철근을 박아 만든 수중보로 인해 흐름이 지체되는 물에서 썩는 냄새가 나고 저녁나절이면 강가 하늘에 구름같이 큰 각다귀 떼가 날아 민가의 창을 열 수도 없다. 땅값이 오르지도 않는다. 4대강 죽이기 공사를 하면서 공사 당시에는 높은 널빤지 벽에 '4대강 살리기'라고 공사명을 써서 내걸었었다. 결국 언론 지면들은 천문학적 재정 손실을 대서특필로 게재했다.

이제는 4대강 공사를 반대하던 시인이 옳았다고 말하며 지난날의 시비를 뉘우친다고 한다. 지방 관청도 태도를 바꾸어 이 시인을 모범 영농자라고 표창을 했다.

민주화 운동권은 무엇을 하고 있으며 한때 대사회 발언을 하던 사회 지도층 인사들의 이른바 원탁 회견은 왜 열리지 않고 있는가. 문단의 작가회의는 세월호 유족들의 광화문 캠프에 계속 동참하고 있지만, 유족들이 외롭듯이 작가회의도 위력을 발휘하지 못한다. 비정하고 비인간적인 이 시대 시민 대중의 속마음은 과연 무엇인가.

정치인도 시민도 모두 정상이 아니다. 여기에는 어떤 원리적 논리가 없는 것도 아니다. 문제는 사람들의 심성이 메말라 있다는 데에 있다. 이 현상을 다른 말로 하면 사람들 속에 '인문학'이 없기 때문이다.

인문학을 키워야 하는 대학들은 졸업생의 취업이 잘 안 된다고 문예창작과를 폐과시킨다. 사회에서 인간성에 목마른 심정들이 자생적으로 인문학 운동을 일으킨다.

국토의 남단 순천에 사는 여성 시인 이민숙은 샘뿔인문학연구소를 운영한다. '샘뿔'은 샘이 깊은 물과 뿌리 깊은 나무를 줄인 말이다. 그러면서 그는 시에서 세월호의 젊음을 끌어안았다. 국토의 곳곳에서 이만한 정신 작업들이 있으면 문화의 나라이다.

덴마크의 시인 안데르센 넥쇠는 맨땅 흙바닥에 앉아서 가난하고 힘없는 사람들과 이야기하며 시를 썼다. 이 넥쇠 시인을 황금 의자에 앉아 시를 쓰는 이에 견주며 브레히트가 시 「문학은 성찰되리라」를 썼다. 맨땅에 앉아 시를 쓴 넥쇠에 대한 칭송이다.

사회적 지도자도 정치인도 좀처럼 대중과 소통하지 못하고 있는 오늘의 한국 사회에서 문학인들이 이 사회의 인간화를 위해 맨땅에라도 내려앉아 동석하는 정신 자세를 갖는 일이 소중할 것 같다.

관념적 거대담론, 부르주아 진보 지식인들이 이 사회의 비인간화를 방관하고 있다. 인간다움을 위한 자유에는 한계가 있다기보다 성취해야 할 책임이 있다.

출처 : 『유심』 86호, 2015.6

씌어지지 않은 문학사

구중서의 『한국문학사론』에 관하여

장문석[*]

1. 1970년대, 문학사의 시대

1959년 국어국문학회의 학술지 『국어국문학』 제20집에서는 '국문학사 시대 구분 문제'라는 제목으로 몇몇 연구자들의 공개토론 기록을 싣고 있다. 그날 토론에서 발제자는 박지홍과 김지용이었으나, 실제 논의의 중심은 조윤제, 백철, 구자균, 김사엽 등이었다. 한국문학 연구의 첫 세대인 이들은 식민지 아카데미즘과 직간접의 연관을 가진 연구자들로, 각각 『국문학사』(1949), 『국문학전사』(1957, 이병기와 공저), 『조선평민문학사』(1948), 『조선문학사』(1948) 등 이미 그 자신의 문학사를 가지고 있는 문학사가들이기도 하였다. 이날 공개 토론은 해방 이후 각 대학에서 이들에게 가르침을 받은 김동욱, 전광용, 장덕순 등 다음 세대 연구자들이 한국문학사의 시대구분에 관해 질의를 하면, 조윤제 등이 대답

* 서울대학교 통일평화연구원 HK연구원

하는 형식으로 이루어졌다.

질의자 중의 한 사람인 고려대 국어국문학과 교수 박성의가 네 사람의 문학사가 가지고 있는 시대구분이 모두 다른데, 그 구분을 "통일"할 수는 없을지 질문하였던 것처럼, 이들의 문학사는 각기 다른 문학관과 역사 인식에 근거하여 서술되어 있었다. 이 질문에 대해 김사엽은 단언을 아끼긴 하였지만, "이것을 여기에서 당장 어떻게 할 수는 없고, 다만 젊은 쟁쟁하신 분들이 이에 대해서 한번 위원회를 조직하든지 무슨 연구의 기회를 가지셔서 어떻게 해보면 좋지 않을까 생각한다"라는 자신의 의견을 피력하였다.[1] 사실 '여기에서 당장 어떻게 할 수' 없는 이유는 복합적이었지만 명확한 것이기도 하였다. 이 질문에 대답하려면, 문학이란 무엇인가, 그것의 미학적 특징을 어떻게 파악하며, 그것의 흐름을 어떤 기준에 의해 분절하고 다시 각각을 배치할 것인가에 대한 논의가 필요하였다. 하지만 그것은 이론적으로 아직 충분히 고찰되지 않았을 뿐더러, 한국전쟁 이후 다시 구축된 한국의 아카데미에서는 각 연구자의 문학사론이 논제로서 아직 공유되지 못한 상태였다.

김사엽이 바랐던 바, 새로운 문학사와 그에 대한 토론이 집중적으로 이루어진 것은 1970년대 초반에 도달해서였다. 그 중심에는 "4 · 19세대가 이룬 지적 독자성의 중요한 중추"로서,[2] 한국 근대문학의 기점을 영정조 시대로 소급한 김윤식과 김현의 『한국문학사』(1973)가 가로놓인다. 기존의 사조사에 기반한 문학사와 달리 주제 및 문제 중심의 문학사

---

1 「공개토론기록―국문학사 시대 구분 문제」, 『국어국문학』 20, 국어국문학회, 1959, 110면.
2 권보드래, 「문학의 산포 혹은 문학의 고독」, 천정환 외, 『문학사 이후의 문학사』, 푸른역사, 2013, 53면.

인 김윤식과 김현의『한국문학사』는 "한 사람의 실증주의적 정신과 한 사람의 실존적 정신분석의 정신이 상호 보족"한 결과물이기도 하였지만,[3] 동시에 1960년대 중후반 한국사학 연구자들이 활발히 논의한 한국사 시대구분론을 참조하였고,[4] 김용섭이 제출한 '경영형 부농'에 근거한 조선 후기 사회경제사의 도움을 받기도 하였다. 김용섭의 사회경제사 연구는 한국사가 그 자체의 역량으로 근대에 도달할 수 있는가라는 문제를 제기하고 있었다는 점에서, 식민사관의 타율성론과 정체성론 극복을 목표로 민족사의 주체적이고 내재적인 발전과정을 증명하고자 한 것이었다.[5] 김용섭보다 조금 아래 세대인 김윤식과 김현 또한 이에 공명하였다.[6] 그리고 당대의 여러 문학비평가와 연구자들은 김윤식과 김현의 작업에 관해 비판하고 공명하였다. 특히『한국문학사』에 대한 집중적인 조명이 이루어진 것은 1974년이었다.[7] 김윤식과 김현의『한국문학사』에

---

3 김윤식·김현,「서언」,『한국문학사』, 민음사, 1973.

4 한국경제사학회가 '한국사의 시대구분 문제'라는 논제를 가지고 심포지움을 개최한 것은 1967년 12월이었고 대토론회를 가졌던 것은 1968년 3월이었다. 그리고 그 결과는 1970년 5월 을유문화사에서『한국사시대구분론』으로 간행된다. 김용섭의 '경영형 부농' 및 그의 자본주의 맹아론에 관한 당대의 비판에 관해서는 홍종욱,「주변부의 근대」,『사이閒SAI』 17, 국제한국문학문화학회, 2014, 199면 참조.

5 김건우,「국학, 국문학, 국사학과 세계사적 보편성」,『한국현대문학연구』 36, 한국현대문학회, 2012, 533면.

6 김윤식,『내가 살아온 한국현대문학사』, 문학과지성사, 2009, 제1부 참조.

7 김주연,「근대문학기점론의 문제점」,『세대』, 1972.5; 김용직,「근대문학과 비평의 진실―70년대의 연구실황에 부쳐」,『창작과비평』, 1973년 가을; 이형기,「과거의 정리와 미래에의 도전―김윤식·김현,『한국문학사』외」,『문학과지성』 1974년 봄; 김주연,「한국문학사의 제문제」,『한국문학』, 1974.6; 구중서,「한국문학사 방법론비판―김윤식·김현의 새『한국문학사』에 대하여」,『월간중앙』, 1974.8; 염무웅,「식민지 시대 문학의 인식」,『신동아』, 1974.9; 김주연,「후진국의 문학」,『한국문학』, 1974.9; 김용직,「한국 근대문학사의 방법」,『한국문학』, 1974.11 등에서『한국문학사』를 비판적으로 검토하였다. 김현은 이에 대한 반비판으로 김현,「문학사의 방법과 그 반성―『한국문학사』비판에 대한 대답」,『한국문학』, 1974.7을 발

대한 활발한 반응은, 민족주의적 열정의 기반을 공유한 것이기도 하였으나, 다른 한 편으로는 『한국문학사』가 1959년 국어국문학회 공개토론에서 김사엽이 유예하며 대망한 바, 시대구분의 기준과 그에 대한 학술적인 근거를 나름의 방식으로 제안하고 있기 때문이기도 하였다. 『한국문학사』는 역사학의 성과에 기반하여, 제안된 문학사의 한 형식이었기 때문이다.

보통 1970년대를 문학사의 시대라고 한다면, 이처럼 한국사 연구와 공명하며 김윤식과 김현의 『한국문학사』가 발간되어 널리 읽힌 풍경을 떠올리게 된다. 하지만 1970년대에 간행된 문학사는 그것만이 아니다. 곧 1959년 국어국문학회 공개토론에서 질의를 하였던 1921년생 장덕순의 『한국문학사』(동화문화사, 1975)와 1922년생 김동욱의 『국문학사』(일신사, 1976) 등 1920년대 출생으로 해방 직후 대학을 다닌 한국문학 연구자들의 문학사가 간행된 것도 1970년대였다. 또한 외국문학 전공자들이 한국문학에 관심을 가지고 그것의 역사적 정리와 이론적 모색을 시도한 시기 또한 1970년대였다.[8] 곧 이어 김윤식과 같은 1936년생인 연구자 이재선이 문학주제학에 근거한 『한국현대소설사』(홍성사, 1979)를 상재하였으며, 역시 같은 해에 태어난 구중서는 그의 문학사론으로 『한국문학사론』(대학도서, 1978)을 집필하였다. 1970년대가 지난 직후, 1939년생 조동일은 『한국문학통사』(1982~1988) 서술에 착수하였다. 물론 이들이 일국사적 시각과 민족주의라는 사상적 입장은 어느 정도 공유하고 있

....

표하였다.
8 대표적인 성과로 김병익 · 김주연 · 김치수 · 김현, 『현대 한국문학의 이론』, 민음사, 1972를 들 수 있다.

다고 하더라도, 1970년대 전반을 걸쳐 단일한 성격으로 환원될 수 없는 주체들에 의해 차이가 있는 형식과 시각에서 문학사가 거듭 서술될 수 있었던 정황과 근거, 그리고 그 서술의 양상이 가진 편차를 분석하는 작업은 여전히 필요하다. 이 글은 그러한 분석을 위한 한 과정으로서, 구중서의 『한국문학사론』의 위치와 의미에 관해서 분석하고자 한다.

2. 임화 이식문화론의 재인식과 문학사의 연속성

1978년에 간행된 구중서의 『한국문학사론』은 그가 한 해 전 명지대학교 대학원에 제출한 석사학위논문 「한국문학사 방법론 연구」를 제1부로 두고 있으며, 그가 1964년 『한양』에 '한국의 고전'이라는 연재한 고소설 및 신소설 작품 연구를 제2부로 구성하고 있다.[9] 그런데 석사학위논문인 「한국문학사 방법론 연구」는 다시금 그 이전에 그가 발표하였던 평론 중 일부를 요약 및 보완한 것이기에, 그 문제의식은 꽤 오랜 기간 숙고를 거친 것이었다. 그 재구성 과정을 정리하면 다음의 표와 같다.

....

9 구중서는 강진호와의 대담에서 『한양』에 고소설 및 신소설에 관해 80매씩 8회 연재를 하였다고 회고하였는데(구중서·강진호, 「1960, 70년대와 민족문학」(기획대담), 『작가연구』 6, 1998), 『한국문학사론』에는 7편이 수록된다. 또한 구중서의 연보나 약전에서는 연재 기획의 이름을 대개 '고전감상'이라고 적고 있는데(근대문학100년 연구총서 편찬위원회, 『약전으로 읽는 문학사 2』, 소명출판, 2009, 348면), 확인 결과 연재명은 '한국의 고전'이다. 구중서의 등단이 1963년 2월이라는 점을 고려한다면, 『한양』의 '한국의 고전' 연재는 구중서 비평활동의 초기에 속한다.

『한국문학사론』	개별 발표 지면	비고
[제1부] 한국문학사 방법론 연구		
I. 서론		
II. 한국문학사 방법론사 및 비판	「한국문학사 방법론 비판-김윤식·김현의 새 『한국문학사』에 대하여」(『월간중앙』, 1974.8)	요약
	「한국문학사 전통연결 서설」 (『국어국문학』 77, 1978) 2장	보완
III. 한국문학 통사를 위한 문예비평 기능	「한국문학사 전통연결 서설」 (『국어국문학』 77, 1978) 2장	보완
IV. 한국문학사와 보조과학 1. 상고문학과 언어학		
2. 문학사 기술방법과 역사학의 제 방법	「한국문학사 방법론 비판-김윤식·김현의 새 『한국문학사』에 대하여」(『월간중앙』, 1974.8)	보완
V. 한국문학사 주류 규정	「한국문학사 전통연결 서설」 (『국어국문학』 77, 1978) 3장	
VI. 한국문학사의 저변	「한국문학사 저변 연구-고려속요와 전통의 계승」(『창작과비평』, 1976.3)	
VII. 결론		
부록 / 해방후 문학사를 위한 개관		
[제2부] 한국고전소설의 이해		
허생전	1964.9	
춘향전	1964.10	
홍길동전	1964.11	
심청전	1964.12	
금오신화	1965.7	
귀의 성	1965.4	
자유종	1965.8	

제2부에 실린 고소설 및 신소설 작품론이 1960년대 중반의 것임을
미루어보아, 구중서가 한국문학의 고전에 대해서 가지고 있던 관심은
등단 무렵부터 계속 견지한 것이었음을 확인할 수 있다. 하지만 그 관심

이 문학사의 연속성이라는 논제와 접속하여 문학사론의 형태로 명징하게 드러나는 것은 1970년대 중반이라고 보는 것이 타당할 것이다. 문학사 서술에 관한 구중서의 입장이 본격적으로 드러난 첫 계기는 1974년에 발표한 김윤식·김현의 『한국문학사』에 대한 비판적 서평이었다. 1974년의 서평 말미에서 구중서는 백철, 조연현의 문학사를 포괄하여 기존의 문학사 서술 전반을 검토할 것을 약속하고 있는데, 1978년의 『한국문학사론』은 이에 대한 응답이었다.

구중서는 1930년대로부터 당대에까지 집필된 여러 '문학사'를 역사적으로 일별하는데, 특히 그 중에서 "학계와 문단에 대해 비교적 뚜렷한 영향력을 지닌 저술"로는 이병기·백철의 『국문학전사』(신구문화사, 1957)와 김윤식·김현의 『한국문학사』를 제시한다. 백철과 이병기의 문학사에 관해서, 구중서는 백철이 제안한 문학사 서술의 역할, 곧 "과거, 현재, 미래에 혈맥을 상통시키면서 문학이 나아갈 바 통로를 제시해야 한다"(14)[10]라는 문학사의 지향을 승인한다. 그는 문학사가 아카데미에서 생산된 지식으로서 기능하는 것에 만족하지 않고, 그 지식이 동시대 문학과 앞으로 한국문학이 나아가야할 바에 대한 방향을 제시하는 데까지 기능할 수 있어야 함을 강조한다. 하지만 그러한 전제와 달리, 백철의 문학사가 '언어와 문자'라는 서구문학사의 기준을 한국문학사에 형식논리의 차원에서 대입함으로써 향가, 한문소설의 문학사적 의미에 관해 온당하게 서술하지 못했으며, 문학의 '과거, 현재, 미래'가 가진 연속성을 구성하지 못하게 된다.

10　구중서, 『한국문학사론』, 대학도서, 1978, 14면. 이하 『한국문학사론』에서 인용할 경우, 괄호 안에 면수만 표시한다.

서양 각 나라의 근대문학이 자국어 사용이라는 언어 의식과 동반된 것은 사실이다. 그러나 그 경우는 상업적 시민계층의 지배적인 대두로 인해 봉건적 중세가 붕괴되고 범「유럽」적 「라틴」어 문화권이 해체된 데에 힘입은 현상이었다. 「언어 의식」이 선행하여 근대화가 이룩된 것이 아니라 경제·정치·사회의 발전이 봉건영주들에 의한 중세적 사회구조를 붕괴시킨데에 근대화의 원동력이 있었다. 언어 의식 즉 자국어의식은 분화된 민족별 상황의 필요에 의해서 발동된 것이었음을 이해하지 않으면 안 된다.[11]

구중서는 근대화의 결과로서 자국어 의식이 기능한 것이지 그 역이 아님을 거듭 강조하는데, 이러한 입장은 당시 여러 문학사가 언어와 문자에 근거하여 한국문학의 범주를 논의하던 것으로부터 거리를 두는 것이었다.[12] 나아가 이는 한국문학을 규정하고 그 가치를 평가할 때, 기존의 문학사와 다른 논리를 요청하는 계기가 된다.

구중서가 기존의 여러 문학사(론)의 성과를 가늠하는 주요한 기준 중 하나는 바로 한국문학의 연속성 문제였다. 흥미로운 점은 구중서가 한국문학의 연속성을 논리화하는 과정이 임화의 문학사 방법론인 '신문학사의 방법'에 관한 재인식에 근거하고 있다는 사실이다. 임화 문학사론에 관한 통상의 이해에 오류가 있다는 서술은 1974년의 『한국문학사』 서평

<hr>

11 구중서, 「한국문학사 방법론비판—김윤식·김현의 새 『한국문학사』에 대하여」, 『월간중앙』, 1974.8, 371면.
12 1910년대 자산 안확 이래 언어와 표기 문자에 근거하여, 한국문학의 개념을 규정하려는 시도는 거듭되었다. 언어와 표기 문자에 근거하여 서로 다른 방식으로 한국문학의 개념을 규정하려는 시도는 해방 이후 정병욱이 한문학을 한국문학에 전면적으로 수용하기까지 이어진다. 김동식, 「한국문학 개념 규정의 역사적 변천에 관하여」, 『한국현대문학연구』 30, 한국현대문학회, 2010 참조.

에도 간단히 등장하지만, 이에 대한 전면적인 해석은 『한국문학사론』에서 보완된다. 김윤식과 김현의 『한국문학사』를 비롯하여 1970년대 당대 대부분의 논자들이 "신문학이 서구적인 문학 장르(구체적으로는 자유시와 현대소설)를 채용하면서부터 형성되었고, 문학사의 모든 시대가 외국문학의 자극과 영향과 모방으로 일관되었다 하여 과언이 아닐 만큼 신문학사란 이식문화(移植文化)의 역사다"라는 명제에 주목하여,[13] 임화의 '이식문화론'을 전통단절론으로 비판하고 그것의 이론적 극복을 모색하였다. 하지만 구중서는 임화의 '이식문화론'을 전통단절론으로 이해하는 입장에 관해 "원문비평에 있어 착오를 일으키고 있는 것"이라고 단호하게 거리를 둔다. 당대의 논자들이 '신문학사의 방법'의 '환경'에 주목했던 것에 비해서, 구중서는 '전통'에 중점을 둔다.

동양제국(諸國)과 서양의 문화 교섭은 일견 그것이 순연한 이식문화사를 형성함으로 종결하는 것 같으나, 내재적으로는 또한 이식문화사 자체를 해체하려는 과정이 진행되는 것이다. 즉 문화 이식이 고도화되면 될수록 반대로 문화 창조가 내부로부터 성숙한다. (…중략…) 신문학의 성생(成生)과 발전에 있어 조선 재래의 문화가 정히 이러한 형식으로 신문학의 창조와 관계한 것이다. 그것은 신문학을 외국문학으로부터 구별하는 형식이 되고 또한 내용도 되는 것이다. 신문학은 고유한 가치를 새로운 창조 가운데 부활시키는 문화사의 한 영역이다.[14]

....
13 임화, 「신문학사의 방법」, 신두원 편, 『임화문학예술전집 3—문학의 논리』, 소명출판, 2009, 652면.
14 위의 글, 657~658면.

구중서는 임화의 논리를 적극적으로 해석하여 "이식문화가 결국 토착문화 전통의 고유한 가치를 부활시키며 자체를 변화 발전시킨다는 주장"으로 이해하며, 나아가 임화의 문학사론을 "한국문학의 전통이 단절된 것이 아니고 변모 발전된 것으로 이해하는"(13) 선구적인 인식으로 승인한다. 또한 "한국문학사에서 고전문학과 현대문학을 전통적으로 연결해야 한다는 의식"(23)을 제안한 최초의 문학사론으로서 1930년대 임화의 것을 예시하기도 한다.[15] 그리고 임화에 대한 동의 위에서 구중서는 조윤제, 장덕순, 김동욱 등의 문학사가 가지고 있는 고전문학과 현대문학의 연속성에 주목하였다. 김동욱의 『국문학사』는 상대─중세─근세─근대의 네 가지 시기를 통해 원시시대로부터 20세기에 이르는 시기의 문학사를 연속적으로 파악하였고,[16] 장덕순의 『한국문학사』는 "고전문학과 현대문학 사이에 구축되어 있던 벽을 없애"는 문학사가 필요하다고 역설하였다.[17] 또한 토착문화와 이식문화의 상호작용에 기반한 구중서의 문학사 이해는 문학사의 연속성 확보에서 한 걸음 더 나아가 "민족의 고유문화라는 것은 원래 단자처럼 격리되어 탄생하거나 지속되어 올 수 있는 것이 아니라 오랜 역사 속에서 부단히 인접문화와 외래문화에 교섭되면서 민족 주체의 문화를 발전시켜 온 결과로서의 유산일 것이"(13)라는 문화접변(acculturation)의 시각에 닿을 가능성 또한 내포

15　신승엽 또한 임화의 문학사론을 전통단절론으로 해석하지 않았다는 점에서 구중서의 해석이 가진 선구성을 인정하였다. 다만 구중서의 임화 이해가 일반론의 차원에 머물러 있음도 지적하였다. 신승엽, 「이식과 창조의 변증법─임화의 '이식문화론'의 정당한 이해를 위하여」, 『창작과비평』, 1991년 가을, 185면.

16　김동욱, 『국문학사』, 일신사, 1976, 20면.

17　장덕순, 『한국문학사』, 동화문화사, 1975, 21면.

하고 있었다.

구중서가 김윤식과 김현의 『한국문학사』에 대해서 가지고 있는 기초적인 불만 중 하나 역시 임화에 대한 '편의적인' 오해와 반발이었다. 나아가 구중서는 『한국문학사』의 주요한 문제점으로 세 가지 사항을 제시한다. 첫째는 앞서 백철의 문학사가 범한 오류를 『한국문학사』가 반복한 것인데, 바로 '언어(자국어) 의식'에 주목한 점이다. 김윤식과 김현은 '언어 의식'에 기반하여 한국문학의 근대기점을 영정조 시대로 소급하는데, 구중서의 입장에서 이러한 시도는 김만중이 가진 '반근대적'인 의식세계나 박지원 등 실학파의 '사의식(士意識)'을 유의하지 못한 것인 동시에, '자국어 의식'에 과도한 의미를 부여한 백철의 인식을 반복하는 것이었다. 또한 구중서는 1971년 『대학신문』의 「한국 근대문학의 기점」 좌담회에서 정병욱과 정한모의 의견을 인용하며, 별도의 가치 판단의 기준이나 매개 없이, '언어 의식'에만 주목하는 것은 한국문학사의 다른 문학사적 계기나 결절점을 무시하거나, 그것과 근대의 기점과의 관계를 유의미하게 해명하지 못하는 것임을 비판한다.[18]

둘째 구중서는 '후진국'에서는 고대－중세－근세라는 서구적 역사인식과 '진보'라는 개념을 승인할 수 없다는 『한국문학사』의 논점에 동의하지 않았다. 그는 "근대 이후 오늘에 이르기까지 「세계문명」과 동의어로 통용된 「서구문화」가 닦아놓은 모든 『과학적 방법과 개념의 정립』은

------

18 정한모는 한글 창제의 문제를, 정병욱은 한국문학은 신라 시대에서부터 이미 문자의 이중체계가 존재하였음을 지적하면서, '언어 의식'에 주목하여 근대문학의 기점을 영정조로 소급하고자 하는 김현의 입장과 거리를 두었다. 정병욱·정한모·김주연·김현·김윤식, 「한국 근대문학의 기점」(좌담), 『대학신문』, 1971.10.11 참조.

그것대로 인류 공동의 유산으로 인정"할 수 있다는 입장에 서 있었다.[19] 그리고 영국의 한 역사학자의 견해를 인용하며, 서구에서는 "동양인과 비「유럽」인들이 문화적 지위에 있어서의 평등"함을 요구하면서 '진보' 개념 자체가 재구성되고 있다고 보충하기도 하였다.[20] 구중서는 '진보' 라는 개념에서 거리를 둘 경우, 문학사 서술의 정향 역시 그 방향을 잃 게 될 위험이 있다고 보았다. '진보'라는 인식틀이 없었기에,『한국문학 사』는 '언어 의식'을 기준으로 서술될 수밖에 없었다. 나아가『한국문학 사』는 문학사 전체를 '진보'라는 개념으로 파악하지 못하고, 근대의 기 점을 전대 문학사의 특정 시기에까지만 소급하는 방식으로 서술되었다. 이것은 근대 기점 이전의 문학사에 대한 아무런 유용한 인식을 제공하 지 못할 위험이 있었다. 환언하면, "『한국문학사』라는 제목 아래 영·정 조대 이후의 문학만을 다루고, 그 전대의 설화, 고려가요, 향가에 대해 서는 어떻게 평가하며 어떻게 전통의 맥을 연결하겠다는 등의 언급이 전혀 없다. 이것은 (…중략…) 막연하게 〈전통 단절〉을 초래한 하나의 사례"(32)로 기능할 위험이 있었던 것이다.

마지막으로 구중서는『한국문학사』가 "당대의 한국에서 우리가 찾아 낼 수 있는 신성한 것"[21]을 발견하고자 한 시도에 동의할 수 없었다. 김 현은 이미「한국문학의 양식화에 대한 고찰」(『창작과비평』, 1967년 여름)에

19　구중서,「한국문학사 방법론비판」, 367면.
20　C.도슨, 민석홍 외역,『역사의 원동력』하, 삼성문화재단, 1974, 489면. 이 책은 영국의 독립 연구자(Independent Scholar)인 크리스토퍼 도슨(Christopher Henry Dawson)의 *Dynamics of World History*(1957)의 역서이다. 다만 구중서는 위의 언급 이후에 이어지는, "이와 같은 이와 같은 새로운 문화평등의 체제 자체가「유럽」의 소산이며「유럽」의 유산이라는" 저자의 비판적 의견에 대해서는 침묵하였다.
21　김윤식·김현,『한국문학사』, 18면.

서부터 '한국문학에 있어 신성한 본질'을 발견하고자 시도하였는데,[22] 그러한 노력은 『한국문학사』에서도 이어져서, "삼국시대의 불교적 애국주의, 이조시대의 유교적 교양주의"에 대한 강조로 나타났다.

　　〈신성한 것〉의 필요 여부는 둘째로 하고, 우선 위에 열거된 신성한 것들의 예가 합당할 것인지가 문제이다. 삼국시대의 불교적 애국주의, 또는 호국불교가 한국에서 불교의 타락을 초래했다는 이론이 한국불교계 안에 실재하고 있다. 이조의 교양주의는 유교를 독점했던 사대부층에 공리공론의 폐해를 초래했다는 비판론도 널리 보급되어 있다. 2차 대전이 끝나기 전까지 일본에서 군국주의가 지배하던 시절에는 천황의식이 일본을 지탱했다는 것이 거의 사실이라고 할 수도 있을 것이다. 그러나 그것은 잘못된 역사 속의 당대적 편견이었다. 각 민족의 정신세계를 진정으로 지탱해주는 것은 근본적으로 인류에게 공통되게 존재하는 것으로서 자연법적 정신질서로의 자유, 양심, 인간존엄, 평화이며 예술의 아름다움일 것이다. 여기에 민족별의 문화적 전통과 개성적 체질이 보태어져 조화를 이루는 것이라고 생각된다. 당대마다 모든 것을 묶을 수 있는 획일적인 이념으로서의 어떤 신성한 것이 있다고 하는 것은 또 다른 의미의 전통 단절론이며, 역사의식의 본질에 관계 없는 어떤 관념이라고 보게 된다. (34)

　　'역사의식의 본질'이라는 표현에서 볼 수 있듯 구중서 역시 정신적 가치의 '본질'이 존재한다는 것에 동의하였고, 이점에서 김현과 마찬가지

22　권보드래 · 천정환, 『1960년을 묻다』, 천년의상상, 2012, 322~326면.

로 1960~70년대 한국의 '본질론적 민족주의'의 자장 안에서 사유하고 있었다.[23] 다만 그는 특정 계층이나 역사적 국면에서만 통용가능한 가치로는 '민족의 정신 세계'라는 '본질'을 지탱할 수 없다고 단언하였다. 구중서가 강조한 것은 자유, 양심, 존엄 등 인류 보편의 가치가 각 '민족'의 체질에 맞추어져 발현하고 각각 발현된 "문화적, 문학적 전통"(2)이었으며, 각 '민족'의 '전통'이 조화를 이루는 세계를 상상하였다. 구중서는 인류의 공통성에 기반한 '민족'의 문화의 가능성을 문학사를 통해 포착하고자 하였다.[24]

지금까지 살펴본 구중서의 기존 문학사(론) 비판은 선행 연구에 대한 비판인 동시에, 구중서가 자신의 문학사(론)을 구성할 때 숙고하는 계기가 될 것이다. 이러한 구중서의 착안이 실제 그의 문학사론을 어떻게 구성하는지, 그 가능성과 한계를 살피는 작업이 이어져야 할 것이다.

3. '전통'의 구조와 문학사 서술의 (불)가능성

기존의 문학사(론)을 비판하면서 구중서는 자신의 문학사 방법론을 임화의 '신문학사의 방법' 다음 자리에 위치시킨다. 그는 "신문학사는 상대(上代)의 이두문학과 그 다음에 오는 언문문학과 한문문학의 병존의

-----

23 위의 책, 323면.
24 물론 민족의 주체성을 강조하면서, 동시에 세계와의 소통 가능성 또한 가늠한 것은 구중서만의 특징이 아니라, 4·19 세대가 보여준 '지적 독자성'의 공동된 특징이기도 하였다.(권보드래, 앞의 글, 53면) 다만 4·19세대의 각 논자가 '민족'과 '세계'의 관계를 구성하는 방식은 상이하였다. 이에 대해서는 별고를 기약하고자 한다.

시대와 교섭되는 것"이며 "전대의 언문문학과 더불어 한문문학을 적당한 위치에 설정해둘 필요"가 있음을 강조한 임화의 언급에 적극 동의한다.[25] 구중서는 "한국문학사에서 이른바 신문학사만을 기술할 때에도 전대의 고전문학이 같은 전통 위에 있음을 전제한 이론은 1930년대에도 이미 나타나 있었"(36)음을 적극 강조하는데, 이때의 이론은 바로 그 자신이 재해석한 임화의 이론을 가리킨다. 다만 임화는 고유문화와 이식문화가 접변하여 새로운 문화인 '제3의 자'가 현상하는 문화교섭의 지점과 가능성에 주목하는 데 비하여, 구중서는 고전문학과 현대문학이 '같은 전통' 위에 서 있었음을 강조한다. '전통'의 연속성 문제는 앞서 김윤식·김현의 『한국문학사』에 관한 두 번째 및 세 번째 비판에 대한 대안으로서 기능하게 된다.

구중서는 김윤식과 김현이 근대문학의 '기점'을 영정조로 소급하는 방식을 취했음을 비판하였다. 이것은 그들이 서구의 근대에서 추출한 '언어(자국어) 의식'을 '소급'한 것일 뿐, 그 이전 시기 한국문학의 '전통'과의 관련을 드러내주지는 못한 것이었다. 김윤식과 김현의 '근대의 기점'이 후대의 '근대적인 것'을 이전 시기로 투사한 것이라면, 구중서는 기점을 문제삼는 것이 아니라, 한국문학의 전(全) 역사(통사)에 관류하여 이어지는 '전통'에 관심을 둔다. 구중서는 전대의 것이 어떻게 후대로 이어지는가라는 질문의 형식으로 문학사를 구상한다. 이 점에서 그는 조윤제의 『국문학사』, 장덕순의 『한국문학사』, 그리고 김동욱의 『국문학사』가 고전문학과 현대문학을 아우르고자 한 시도에 동의할 수 있었

<hr>

25 임화, 앞의 글, 649면.

다. 하지만 구중서는 여기서 한 단계 더 깊은 해석을 요청한다.

> 한국의 고전문학과 신문학을 연결시키는 일은 저서의 내용 배열에서 연
> 장되어 함께 실려 있는 것만으로써 이루어지지 않는다는 어려운 문제를 지
> 니고 있다. 한국 고유의 고전문학 장르들이 뒤에 일본을 거쳐 들어온 서구
> 현대문학 장르들에 연속될 때, 그 흐름의 맥을 꿰맨 자리와, 다음으로 그 맥
> 속에 흐르는 피를 확인하는 작업은 문학의 형태와 창조적 생명력과 민족의
> 정신사에 걸치는 광범하고 구체적인 투시력과 논리성을 요청한다. 이러한
> 조건들을 통하여 하나의 맥이 파악되었다면 그것이 한국문학의 〈전통〉일 것
> 이다. 한국문학사에서 고전문학과 현대문학을 연결시킨다고 하는 일은 이
> 전통을 통해서 비로소 성취될 수 있는 것이다. (37)

> 이 전통 연결을 위해서 장덕순 씨가 개화기 문학을 중요시했다고 하는 것
> 은 일차적으로 긍정받을 수 있을 것이다. 즉 전통 연결의 매듭 부분을 상고
> 한다는 뜻에서 그렇다. 그러나 전통의 혈맥을 연접시킨 실밥과 그 속에 흐르
> 는 피를 구분하여 생각할 때, 장덕순 씨가 착수한 부분은 아직 실밥의 역할
> 에 머문 것으로 보인다. (23)

구중서는 조윤제의 『국문학사』나 이병기와 백철의 『국문학전사』와
같이 고전문학과 현대문학을 병렬적으로 함께 서술하는 것으로는, 한국
문학사의 연속성을 충분히 보장하거나 논증하기에 "미비점과 불균
형"(37)이 있다고 판단하였다. 그는 장덕순의 『한국문학사』가 고전문학
과 현대문학의 연결을 전제하고, 그 매듭으로서 개화기문학에 주목한

시각에는 동의와 지지를 표한다. 하지만 동시에 장덕순의 작업은 고전문학과 현대문학의 양식적 '연접' 양상을 상고한 것에 지나지 않는다면서, 보다 심화한 해석이 필요함을 주장하였다. 임화의 문학사가 '양식'의 규명을 통해 최종적으로 '정신'의 문제로 나아갔듯이, 구중서의 문학사론은 꿰맨 실밥이나 '매듭'의 양상을 규명하는 데서 더 나아가, 그 속을 흐르는 '피'의 의미에까지 닿는 작업을 요청하고 있었다. 이러한 '전통'의 의미를 파악하고 그에 기반하여 문학사를 서술하는 것에 필요한 제도적 기반과 문학사가의 소양은 바로 정병욱의 표현처럼 "〈고전문학〉〈현대문학〉의 장벽을 허무는 일"이었다.

이른바 「현대문학자」들은 연암소설을 읽어야 하고, 사설시조를 따져야 하고, 서민가사를 캐어야 하고, 판소리 사설을 분석해야 하고, 가면극에 대한 이해를 서둘러야 한다는 결과를 가져오게 마련이다. 한편 이른바 「고전문학자」들은 문헌연구나 하고, 훈고주석에 매달리거나, 작가의 전기적 연구가 자기 학문의 본령이라는 미망에서 벗어나, 연암소설과 이호철의 작품을 비교한다거나, 사설시조와 송욱의 〈여하지향〉을 비교하는 일, 〈청산별곡〉과 박두진의 시작들을 비교하는 일과 같은 과제에 매달려야할 운명에 놓이게 될 것이다. 뿐만 아니라 위에서든 이러한 작업을 옳게 수행하기 위하여서는 문학연구를 위한 이론을 공부하지 않으면 제 구실을 못하게 될 날이 올 것은 뻔한 일이라 하겠다. 이렇게 되는 날 우리는 비로소 한국문학의 그 올바른 모습을 세계의 문학 속에 비춰 줄 수 있을 것이요, 그리하여 세계의 문학은 더욱 다채로와질 수 있게 될 것이다.[26]

구중서는 정병욱의 의견을 두고 "마땅한 각성"으로 평하며 그의 의견에 동의한다. 그는 당대의 고전문학 학자는 실증주의적 연구태도에 머물러 시대 상황을 직접 대입하거나 작가의 전기적 사실을 확인하는 데 그 작업이 그쳐 있다고 보았으며, 현대문학 비평가는 과거의 문학사적 사실에 대해 지식이 일천하다고 판단하였다. 구중서는 고전문학 학자가 문학이론을 공부하여 문학의 미적 가치를 가늠할 수 있어야 한다고 보았고, 현대문학 비평가는 고전문학을 공부하여 과거 문학의 전통에서 가치를 끌어올릴 수 있어야 한다고 주장하였다. 그는 문학사는 시대 상황에 대한 피상적인 기술이 아니라 "작품에 대한 예술적 비평으로부터 출발하여 그 작품 안에 형상화된 시대와 사상의 의미를 발견해 내"야 한다고 보았고, 문학비평은 "문학은 과거의 것도 오늘에 생동하는 공시성을 지니며, 다시 오늘과 내일에 걸쳐서 문학은 더욱 약동한다는 점"(39)을 밝힐 수 있어야 한다고 판단하였다. 결국 구중서는 김동욱이 강조한 "〈연구〉와 〈비평〉의 복합적 성과"(26)에 대한 강조를 계승하여 '문예비평가'이면서 동시에 '문학사가'인 주체를 요청하며, 그러한 문학적 소양과 입장을 가진 주체가 온전한 "한국문학 통사"(36)를 서술할 수 있다고 보았다.

그렇다면 이 지점에서 그러한 '문학사가≡문예비평가'가 서술할 수 있는 '한국문학 통사'의 골격과 그 핵심이 되는 '전통'의 구조와 실례가 무엇인지를 살펴보는 작업이 요청될 것이다. 구중서는 우선 문학사 서술이 정신사적 연구로부터는 거리를 두어야한다고 판단하였다. 정신사

---

26 정병욱, 「고전문학과 신문학의 연속성」, 『청파문학』 11, 숙명여대 국어국문학과, 1974, 157~158면. 한 문단으로 붙여서 인용하였다.

적 연구는 '모든 역사는 정신의 역사다'라는 언급에서 볼 수 있듯, 환원적이며 포괄적인 진술에서 멈출 가능성이 높았기 때문이다. 더욱이 "고려가요나 판소리 소설과 같이 가장 무식했던 하층민 속에서 자생적으로 형성된 작품 내용에 대해, 한국의 사상사나 정신사로부터 하향식의 해석을 내리기는 용이하지 않"았다. 따라서 구중서는 한국문학사에서는 "문학작품이 실체를 완성한 그 양식화의 내면사정과 과정을 밝히 보는 데에서 상향식으로 그 작품이 지니는 정신사적 내지 사상사적 의미를 발견"하는 과정이 필요함을 강조라고, 이를 통해 "문학의 독자적 존재방식과 문학사의 주체성"을 탐색해야한다고 주장하였다.(57~58) 이러한 필요성과 현실적 조건에 기반하여, 구중서는 『한국문학사론』에서 문학양식의 생성과정을 다음과 같이 도시하였다.(59)

민족의 형성 → 집단무의식(원시종교) → 민속 · 구전 →
　삶의 자리(정치 · 경제 · 사회와 개성의 교섭 관계) → 양식 → 문학작품 (→ 정신 · 사상)

위의 도식은 클라우스 코흐(Klaus Koch)의 양식사학을 참조하여 만든 것으로, 구중서는 이 도식을 통해 양식 자체의 역사 뿐 아니라, 그 양식의 '저변'인 '삶의 자리'를 아울러 논의하고자 하였다. 구중서는 하나의 양식이 도출되는 다양한 계기들을 탐색하고, 양식을 통해 한국문학의 정신 및 사상을 해명하는 단계에까지 도달하고자 하였다. 문학양식의 생성과정에 관한 구중서의 구도는 '양식'을 통해 '사상'을 밝힌다는 점에서, 임화의 이식문화론이 가진 구도를 상기하게 한다. 임화의 이식문화론을 도시하면 아래와 같다.

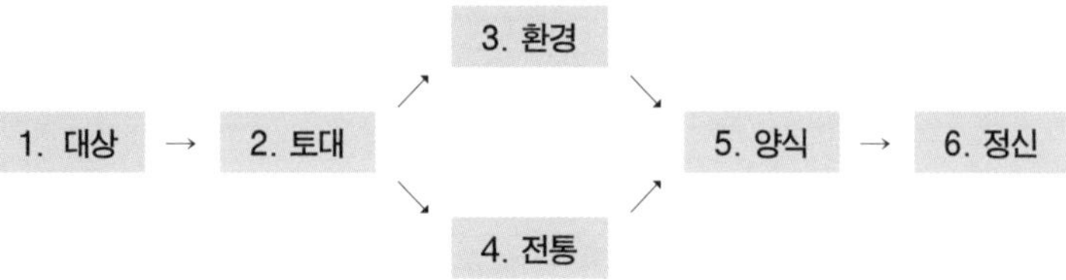

임화는 '양식'을 파악할 때, '토대' 위에서 '환경'과 '전통'의 교섭에 주목하였다. 하지만 구중서는 임화의 방법론의 문제로 "이른바 〈물질적 토대〉를 신문학과 문학사 기술의 기반으로 언급해 둔 데에서 유물론적 도식성과 지난친 단순성"(13)을 지목하였다. 이러한 비판에 이어서 구중서는 물질적 토대 대신에 민족의 역사성과 원시종교와 예술, 그리고 문학의 구전이라는 문화사적 계기와 흐름에 주목하였다.

구중서는 『한국문학사론』을 통해 위와 같은 '한국문학 통사'의 원리를 구성하지만, 결국 이 도식에 근거하여 문학사의 전개과정을 역동적으로 드러내는 것까지는 이르지 못한다. 그 실패의 이유로는 ① 당대 학술적 성과가 아직 충분히 축적되지 못한 상황을 들 수 있다. 구중서는 '민족의 형성' → '집단무의식' → '민속·구전'이라는 구도를 고안하였으나, 당대 언어학, 민속학, 구비문학에서는 아직까지 각각 단계의 실체와 의의를 충분히 규명하지 못한 상태였다.[27] 따라서 구중서 또한 위의 구도를 제안하기는 하였으나, 각각의 내용을 풍성하게 서술하지는 못하고, 앞으로도 각 영역에서 탐구가 필요하다는 당위를 반복할 수밖에 없었다. 또한 ② 그는 '민족의 형성' → '집단무의식' → '민속·구전'의 과

....

27 구중서는 선행연구 중 무속, 신화, 전설에 관한 김동욱의 『국문학사』 해석의 도움을 받는다(27). 또한 언어학을 통해 한국민족의 형성과정을 밝히는 연구가 앞으로 필요하다는 것을 역설한다(46).

정에서 각 단계의 이행 근거와 양상에 대해 충분히 설명하지 못하였고, 또한 '양식' → '문학작품' → '정신'의 이행 또한 설명하지 못하였다. 『한국문학사론』의 단계에서 구중서는 '삶의 자리' → '양식'의 관계에 대한 몇몇 설명을 붙이는 데서 멈추었다.

당대 학술적 조건의 미비로 인한 ①, ②의 한계와 다소 간의 논리적 비약을 무릅쓰고 구중서가 도달한 결론은 "서민 토대의 자생적 문학들이 한국문학사의 주류를 형성한다는 사실"(60)의 확인이었다. 구중서는 구체적으로 향가, 고려속요, 판소리 소설에 주목하는데, 양식은 서민의 삶을 토대로 하며 '자생적'으로 발생하였다는 데 그 의의가 있었다. 또한 이들 양식은 서민들의 삶에 넓게 퍼졌으며, 나아가 이해조나 채만식에 의해 재발견됨으로써 고전문학과 현대문학의 연결의 매개로 기능하기도 하였다. 자생적 양식에 대한 긍정은 역으로 "〈사(士)〉족 이상의 지배계급이 낳은 문학 양식들이 한국문학사의 주류가 되지 못함을 증명"(60)하는 논거가 되기도 하였다. 하지만 이러한 한국문학사의 주류에 관한 구중서의 결론은, 김윤식·김현이 강조한 김만중과 박지원의 대립적인 위치에 서민토대의 자생적 문학양식을 고정해두고, 이로부터 연역하여 '양식'과 '삶의 자리'의 관계를 서술한 것이었다는 의심을 지우기 힘들다. 이것은 ③ 구중서의 문학사 구도가 한국문학사의 다양한 '양식'의 관계를 해명하지 못하고 향가와 고려속요, 그리고 판소리 소설이라는 '서민적'인 양식에 한정하여 한국문학사를 인식하는 것에 멈추게 되는 이유가 되었다.

그리고 구중서는 ④『한국문학사』의 임화 이해를 비판하면서, 문화접변의 시각에서 한국의 문화를 이해할 가능성을 열어 두었지만, 자신의 문학사 구도에서는 '원시종교'나 구전 등 한국의 문화를 서민적인 것을 고정하여 이해하는 방식을 취했기 때문에, 다시금 일국사의 시각에서 한국문화를 본질주의적으로 이해하는 데 멈추었다. 그렇기 때문에 한국의 민족성의 가치를 민족적인 것에 고정하지 않고, 인류 보편의 자유가 민족의 체질에 맞추어 발현된다고 판단한 문화인식의 가능성 역시 "분출성, 익명성, 독창적 장르의 형성력이야 말로 한국문학사를 세계문학사 가운데 내다 놓아도 떳떳하게 해 주는 주체성과 개성"(77)이라는 일반화된 진술로 마무리될 수밖에 없었다. 이점에서 그의 문학사론은 그가 선행연구를 비판적으로 인식하면서 열어둔 사유와 인식의 계기를 충분히 수렴하지 못한 형태로 구성되는 데서 멈추게 된다.

4. 구중서 문학사론의 학술사적 위치

1970년대 이전에 집필된 조윤제의 『국문학사』, 이병기·백철의 『국문학전사』는 식민지 아카데미즘과 학술에 그 연원을 둔 것인 동시에, 저널리즘과의 경합과 제휴과정 속에서 그 정체성을 형성한 문학사였다. 가령 『국문학전사』는 서두에서 조선문학(한국문학)의 개념을 순수한 조선문학(한국문학)과 광범한 조선문학(한국문학)으로 대별하고 그 근거로 『삼천리』 1936년 8월호의 「「조선문학의 정의」 이러케 규정하려 한다!」의 설문을 주요하게 인용하였다. 하지만 1950년대에 들어서면서 한국문학 개념 규정은 저널리즘에서 아카데미즘의 영역으로 그 무게중심이 옮겨가게 된다.[28] 1970년대에 제출한 구중서의 문학사론은 아카데미즘에 그 근거를 두고 있다. 김윤식·김현의『한국문학사』를 비판할 때, 그는「한국 근대문학의 기점」좌담(『대학신문』, 1971.10.11)에서 정병욱과 정한모의 발언을 자신의 근거로 삼았다(33). 또한 정병욱의 언급과 장덕순의『한국문학사』와 김동욱의『국문학사』가 보여준 고전문학과 현대문학의 연속성에 대한 인식에 적극 동의하며, 자신의 문학사론을 구성하는 과정에서 이들 연구자의 문학사의 서술과 연구를 곳곳에서 인용하였다. 이 점에서 구중서의 문학사론은 해방 이후 한국 아카데미즘에 근거를 둔 문학사론이었다.[29] 물론 당대 한국학 아카데미즘이 충분히 성숙하거나 분화되지는 못한 상황이었지만, 김윤식·김현의『한국문학사』와 구중서의 문학사론은 그 구체적인 시각의 차이에도 불구하고 공히 아카데미즘에 근거한 문학사(론)의 성격을 가졌다.

김윤식과 김현의『한국문학사』가 현대문학 연구자 및 비평가의 입장에서 '근대의 기점'을 영정조 시대로 소급한 것이었다면, 구중서의 문학사론은 고전문학 연구자들의 문학사 논의에 공명하며 고전문학과 현대문학의 연속성을 구성하려 하였다는 점에서 이 두 문학사(론)의 입장은 갈라진다. 그리고 1970년대 구중서가 제안한 문학사는 결국 '씌어지지 않은' 상태로 남겨졌다. 이것은 일차적으로는 구중서 자신이 실제 문학사를 서술하지 못하였다는 사실을 의미하지만, 다른 한 편으로는 정병욱과 구중서가 요청하였던 '고전문학과 현대문학의 벽을 허문' 연구자

....

28 김동식, 앞의 글, 41면.
29 구중서의 문학사론이 아카데미즘에 근거하고 있다는 점은, 그의 문학사론이 석사학위논문으로 제출되었다는 사실만을 의미하는 것이 아니다. 오히려 문학평론가 구중서가 등단한 지 10여 년이 지난 뒤 '뒤늦게' 학업을 재개하고 아카데미즘의 승인을 받아 학위를 취득하고, 연구자/교수로 전신하는 그 과정의 첫머리에 문학사론이 놓인다는 사실에 주목할 필요가 있다.

가 등장하여 '문예비평과 문학(사)연구의 벽을 허문' 시각에서 서술한 문학사가 등장하지 않았다는 의미 또한 가지고 있다.[30]

'문학사 이후의 문학사'라는 명제가 공감과 동의를 얻는 현재의 시각에서 본다면, 1970년대는 다양한 시각에서 문학사에 대한 공감과 요청이 대망되고, 또한 그것이 실제로 서술된 최초이자 마지막인, 사실상 유일했던 시대로 조심스레 '역사화'하고 이해할 필요가 있을지도 모른다. 그러한 역사적 조건의 하나로, '문예비평가≡문학사가'라는 주체에 대한 구중서의 요청을 상기할 수도 있을 것이다. 구중서가 이러한 요청을 하였던 1970년대는 역설적으로, '문예비평가'이자 '문학사가'였던 이들이 활발하게 활동하였던 거의 유일한 시기였으며,[31] 동시에 문학 장의 '문예비평'과 연구 장의 '문학연구 및 문학사'가 본격적으로 기능분화(functional differentiation)를 시작한 시기이기도 하였다. 이후 '문예비평'과 '문학사'는 몇몇 예외적인 사례를 제외하고는 그 거리가 점차 멀어졌다. 고전문학과 현대문학이라는 분과학문의 영역과 경계 또한 더욱 분명해졌다. 구중서는 한국문학 및 문화에 관해 참고할 연구성과가 축적되지

....

30　물론 조동일의 『한국문학통사』(1982~1988)의 존재를 상기할 필요가 있다. 『한국문학통사』 또한 "고전문학과 현대문학을 단절시킨 지난날의 잘못을 청산하고, 그 지속성과 변화를 실상에 맞게 인식하는 새로운 관점을 마련해야"함을 요청하면서, "문학담당층의 교체"에 주목하여 한국문학의 통사를 서술하였다.(조동일, 『한국문학통사』1, 지식산업사, 1982, iii면 및 33면) 조동일의 『한국문학통사』의 학술사적 의의와 독특성을 판별하는 문제는 보다 본격적인 접근이 필요하다. 여기서는 조심스럽게, 『한국문학통사』라는 '예외적인' 하나의 성과 외에는 '고전문학과 현대문학의 벽'을 허문 저작이 존재하지 못함을 강조하고자 한다.

31　『한국문학사』의 성과를 이어받아, 비평가 김현은 『한국문학사의 위상』(문학과지성사, 1977)을 집필한다. 여기서 그는 '떠돌이'라는 근대 작가의 페르소나를 신라시대로 소급한다. 또한 『문학과지성』 동인은 공동으로 한국문학이론서를 집필하였다. 김병익 · 김주연 · 김치수 · 김현, 『현대 한국문학의 이론』, 민음사, 1972.

못하였기에 문학사를 쓸 수 없었지만, 그 성과가 상당히 축적된 지금에
도 정병욱과 구중서가 구상한 문학사는 여전히 '씌어지지 않'고 있다. 문
학 장에서 학술 장으로 이동하던 구중서는 '아카데미'의 언어로 문학사
론을 쓰면서, '저널리즘'과 '아카데미즘'의 소통, 혹은 '문예비평'과 '문
학사연구'의 소통을 요청하였다. '문예비평'과 '문학사연구' 사이의 소
통이 이루어지지 않는 지금, 구중서의 문학사론은 그러한 소통(불)가능
성의 1970년대적 결절점을 환기한다는 점에서 재고의 여지가 있다.

한편 구중서의 문학사론은 '문학'의 가치와 범주를 의심하지 않던 시
대의 산물이라는 점에서, '문학'의 개념과 현실 사이의 연관이라는 문제
를 제기하고 있다. 구중서는 한국문화사의 흐름을 파악하면서 '서민적
토대'와 '자생적 양식'에 주목하고, 그것을 '문학'이라는 이름으로 이해
하고자 하였다. 그렇기 때문에 그는 창작자의 이름이 알려지지 않은 고려
속요의 '익명성'과 "위대한 문학은 무명적(anonymous)"이라는 포스터의
가치론적 진술을 등치하려는 논리의 비약을 감행하기도 하였다(67).[32]
반대로 김동욱의『국문학사』가 문학이라는 개념을 정의할 때,[33] '예술로
서의 문학'이라는 범주를 초과하여 동양적이며 한국적인 다양한 글쓰기
양식을 포괄한 것을 두고 "논리의 혼란"(28)이라고 평하기도 하였다. 하

32　구중서의 포스터 이해는 최재서의『문학원론』에 근거하였다. 최재서,『문학원론』, 춘조사, 1957,
　　87면.

33　"나는 이 문학사에서 문학을 광범위하게 생각하고자 한다. 서구적인 Literature의 범위를 넘어
　　서서 동양적인 개념에 가깝게 설정하려고 한다. 인도에서는 불경 경전이 문학이고, 중국에서도
　　경전, 사기, 한서가 또한 문학으로 인식하고 있지 않는가. 그러나 어디까지나 문자로 정착된 것
　　만을 대상으로 삼으려는 데는 변함이 없다. 그러므로 이조시대에 정착된 민담으로서의 야담도
　　우리의 소중한 문학유산으로서 다루고자 한다. 따라서『삼국유사』도 우리의 훌륭한 기록문학
　　으로 다루려고 한다." 김동욱,『국문학사』, 12면.

지만 문학이라는 개념 자체가 20세기 초반에 형성된 역사적 개념이자 제
도라는 통찰에 동의한다면,[34] 구중서가 주목한 '서민적 토대'에 기반한
'자생적 양식'을 서구의 전통적인 문학 개념으로서가 아니라, 새로운 '문
학' 혹은 '글쓰기' 개념을 구성하는 계기로 재인식할 필요가 있다.[35] 이
것은 '문학성'에 대한 탈구축 또한 요청한다.

1978년 구중서는 자신의 문학사론에서 '서민적 토대'의 '자생적 양
식'을 강조하면서 "인간의 존립이 가장 위협받던 시대현실 속에서 인간
의 본성이 짙고 진솔하게 담긴 문학 유산이 이루어졌다는 점에서 역사
적 차원의 의의"(74)를 발견하였다. 이러한 문학사적 판단의 이면에는
1970년대 군사독재와 검열로 인하여 자유롭게 발화할 할 수 없었던 구
중서 자신의 실존과 그의 시대가 겹쳐 있기도 하였다. '문학'과 '현실',
그것을 '읽고 쓰는' 자의 조건과 실존, 그리고 그것을 둘러싼 저널리즘
과 아카데미즘이라는 제도적 기반이라는 다양한 문제들이 복합적으로
겹쳐 있다는 점에서, 구중서의 문학사론은 '문학(사)' 이후의 '문학(사)'
을 사유하고 그 가능성을 검토할 수 있는 과거의 '한 사례'로서 현재성
을 가지고 있다.

<hr>

34　황종연, 「문학이라는 역어」, 『탕아를 위한 비평』, 문학동네, 2012.
35　이 문제와 관련하여서는 "'쓰이지 않은' '아래로부터의' 문학사"라는 시각에서 1970~80년대
　　'민족문학'과 '민중문학'을 다시 읽을 필요성을 제기한 천정환의 논고를 참조할 수 있다. 천정
　　환, 「민족문학과 민중문학을 다시 생각하기」, 백영서 외편, 『민족문학론에서 동아시아론까지』,
　　창비, 2015. 특히 151~158면 참조.

신동엽과 구중서

김윤태[*]

1. 신동엽과 구중서의 인연

애초 필자에게 청탁된 글의 주제는 '구중서와 신동엽'에 관한 것이었다. 청탁을 수락하고 난 후 주제를 두고 혼자 곰곰이 생각해보니, 아무래도 이 주제로는 논문이나 비평문을 쓰기가 그다지 적절치 않다는 생각이 들었다. 물론 무리를 한다면 소논문 한 편이야 써낼 수 있겠지만, 굳이 그렇게까지 할 필요가 있겠나 싶다. 그래서 이 책의 발간 취지를 제대로 살리는 편이 낫겠다 싶은 생각에 필자는 좀 더 자유로운 형식의 글로서 이 주제에 접근하고자 한다. 일정한 체계나 형식에 구애받지 않고 마음대로 쓴 글이라는 의미의 소위 '잡문'의 범주에 넣어야 할 글이 될 성싶다.

필자는 그동안 신동엽에 대해서 연구를 지속해 온 편이라 할 수 있다.

[*] 서울대, 문학평론가

이미 2013~4년에 걸쳐 1년 남짓 충남 부여군에 소재해 있는 신동엽문학관의 개관에 관여하고 그곳의 운영·관리를 맡으면서, 그것과 관련한 글들을 당시에 여러 군데 쓰기도 하였다.[1] 물론 이 글들은 신동엽문학관의 개관과 그 의미를 밝히고자 하는 차원에서 쓴 것들로서, 대체로 그 내용이 대동소이하다. 그리고 올해는 문학계간지 『창작과비평』의 창간 50주년을 기념하는 책 『창비50주년사』(가제)에 '창비와 신동엽'이라는 주제의 집필을 의뢰받아 글을 쓴 바도 있다. 이때 신동엽과 관련하여 필자가 확인한 망외의 소득이라고 할 만한 것이 있었는데, 그것은 바로 신동엽 평가에서 차지하는 구중서의 역할이었다. 이 두 사람과 관련한 구중서의 회고를 살피는 것으로 이 글을 시작하고자 한다.

『상황』 동인들은 처음부터 참여문학, 리얼리즘을 역사의식을 가지고 추진을 해 온 셈이지요. 『창작과비평』은 초기에는 만해 한용운 선생과 김수영 시인을 높이 평가했고, 우리 『상황』 동인들은 신동엽을 높이 평가했지요.

그래서 1969년에 신동엽이 별세했을 적에도 내가 『월간문학』에 「신동엽 형을 흙에 묻고」라는 조사를 실은 게 있고, 관도 내가 한 귀퉁이를 들고 올라갔고, 장갑에 묻은 붉은 흙을 털지 않고 서랍에 넣어두고 그랬지요. 나중에 『창비』에서 점점 신동엽을 높이 평가해서 『신동엽전집』이 나올 적에도 초판본

---

1 졸고, 「민족주의를 넘어 세계로, 미래로─신동엽문학관 개관에 즈음하여」, 『한국작가회의 회보』 83호, 한국작가회의, 2013.5.25; 「신동엽문학관을 찾아서─"껍데기는 가라" 시인이 꿈꾸는 유토피아를 향하여」, 『월간 헌정』 372호, 대한민국 헌정회, 2013.6; 「'민족시인 신동엽'을 넘어서─신동엽 문학의 재인식」, 『작가들』 46호(가을호), 인천작가회의, 2013; 「'민족'을 넘어 '중립'의 세상으로─신동엽문학관의 개관과 그 의미」, 『시인』 17집, 2013.12; 「4·19혁명과 신동엽의 문학」, 제45주기 신동엽 시인 추모제 주제 강연(유인물), 2014.4.19.

에는 내가 쓴 「신동엽 형을 흙에 묻고」가 뒤에 붙어 있고, 유족도 나한테 의
논을 하고 그랬지요.[2] (강조는 인용자)

당시 신동엽을 주목하고 있었던 것은 '창비'그룹만이 아니라 『상황』
동인도 있었다. 그때 구중서는 평론가 임헌영, 백승철과 소설가 신상웅
등과 함께 『상황』 동인으로 참여하였다. 그 창간호(1969.8.15)에는 신동
엽의 시 「서울」 한 편이 '미발표 유고'라는 표기를 달고 박봉우의 추도
사 「시인 申東曄」과 함께 실렸는데, 그해 4월에 그가 사망하였으므로
『상황』 동인들은 창간호에 신동엽에 대한 일종의 '추모 특집'의 자리를
마련했던 셈이다.

이러한 기획 편성은 신동엽과 인연이 있었던 구중서에 의해 이루어졌
을 가능성이 높다. 당시 『상황』은 참여문학을 옹호하고 문학의 사회적·
역사적 책임을 강조하는 방향을 취하면서 당시 문단의 주류와는 다른 관
점에서 진보적이고 민족적인 문학을 천명하고 나섰는바, 그들의 생각에
가장 부합하는 시인으로 신동엽을 호명한 것이 아니었을까 싶다. 그런
데, 역시 문학의 현실 참여를 주장하되 『상황』과는 다르게 시민문학론을
제기했던 『창작과비평』에는 신동엽의 시가 두 차례[3]에 걸쳐 10편이나
실린 것에 비하면, 「서울」 한 편만을 실은 『상황』은 신동엽을 높이 평가
하였다는 세간의 소문치고는 좀 초라한 편이지 않나 싶다.

2 구중서·강진호, 「기획 대담―1960~70년대와 민족문학」, 『작가연구』 6호, 1998, 183~4면.
3 『창작과비평』 10호(1968년 여름)에는 시 5편 「보리밭」, 「여름 이야기」, 「술을 많이 먹고 잔 어
   제밤은」, 「그 사람에게」, 「고향」이, 그리고 16호(1970년 봄)에는 유고시 5편 「너에게」, 「살덩
   이」, 「강」, 「봄의 소식」, 「만지의 음악」이 실려 있다.

그러나 시 「서울」을 찬찬히 읽어보면 오늘날의 상황에 비춰보아도 부족치 않을 정도로 가열한 사회비판의식과 생명주의(Ecoism)를 잘 드러내고 있다. 이 점이 당시 어느 문학지보다 역사의식을 강조하고 부정적인 사회현실이나 국제정세에 대하여 가장 치열하고 비판적인 태도를 취했던 『상황』 동인들의 지향성과도 잇닿아 있는 것이 아니겠는가.

초가을, 머리에 손가락빗질하며
南山에 올랐다.
八角亭에서 장안을 굽어보다가
갑자기 보리씨가 뿌리고 싶어졌다.
저 고층 건물들을 갈아엎고 그 광활한 땅에
보리를 심으면 그 이랑이랑마다 얼마나 싱싱한
곡식들이 사시사철 물결칠 것이랴.

서울 사람들은
벼락이 무서워
避雷塔을 높이 올리고 산다.

내일이라도 한강 다리만 끊어 놓으면
열흘도 못가 굶어죽을
特別市民들은
과연 盲目技能子이어선가
稻熱病藥광고며, 肥料광고를

신문에 내놓고 점잖다.

그날이 오기까지는 끝이 없을 것이다.
崇礼文 대신에 金浦의 空港

화창한 반도의 가을 하늘
越南으로 떠나는 북소리

아랫도리서 목구멍까지 열어놓고
섬나라에 굽실거리는 銀行소리

祖國아, 그것은 우리가 아니었다.
우리는 여기 천연히 밭갈고 있지 아니한가.

서울아, 너는 祖國이 아니었다.
五百年前부터로,
떼내버리고 싶었던 盲腸

그러나 나는 서울을 사랑한다.
지금쯤 어디에선가, 고향을 잃은
누군가의 누나가, 十九세기적인 사랑을 생각하면서

그 포도송이같은 눈동자로, 고무신 공장에

다니고 있을 것이기 때문에.

그리고 관수동 뒷거리
휴지 줍는 똘마니들의 부은 눈길이
빛나오면, 서울을 사랑하고 싶어진다.

그러나, 그날이 오기까지는[4]

구중서는 앞에 언급한 회고에서 자신이 신동엽의 장례 때 운구도 하고 조사(弔詞)도 남겼다고 했다. 바로 그 조사 「신동엽 형을 흙에 묻고」를 읽어보면 구중서와 신동엽의 개인적 친분을 다소 엿볼 수 있다. 1930년생인 신동엽과 1936년생인 구중서는 나이 차가 약간 나기도 하고, 신동엽이 죽기 전 "2, 3년 동안 가까이 생각하며 지냈을 뿐"이라고 구중서가 밝히기도 했지만, 서사시 『금강』이 수록된 시집이 출간(1967년 12월)되자 신동엽이 직접 구중서를 찾아가 그것을 줬다고 한 것으로 봐서, 그들은 문단의 선후배로서 제법 신뢰가 쌓인 절친했던 사이로 짐작된다.[5] 그들은 시인과 평론가의 관계이지만, 참여문학을 옹호한다는 점에서 나름의 동지의식 같은 것이 있었을 것이다.

신동엽의 절친한 문우로 시인 박봉우와 소설가 하근찬, 남정현이 있다고 알려져 있다.[6] 특히 신동엽의 임종을 지켰던 이는 남정현이었던 것

4　신동엽, 「서울」, 『상황』 창간호, 범우사, 1969, 90~91면.
5　구중서, 「신동엽론」, 구중서 편, 『신동엽─그의 문학과 삶』, 온누리, 1983, 14면.
6　위의 글, 13면.

으로 보이는데, 구중서는 "7일 오후 남정현 형이 내 근무처로 전화를 걸어 주었다. 그는 울먹이는 목소리로 방금 신형이 숨을 거두었다고 알려 주었다. 며칠 전에 신형을 문병 갔을 때에 나는 그가 회복되기 어려울 것을 알았었다"[7]라고 밝힌 바 있다. 신동엽의 절친 박봉우, 하근찬은 이미 고인이 된 지 오래고, 신동엽에 대한 조시 「신동엽頌」을 남긴 시인 신동문도, 역시 조시 「哭 신동엽」을 남긴 시인 천상병도 역시 고인이 되었다. 이제 남정현과 구중서가 남아 지금껏 신동엽의 시와 죽음을 증언하고 있을 따름이다.

그러면 이제부터는 당시 문단에서 신동엽의 시 혹은 문학을 어떻게 평가했는가에 대한 대표적인 사례들을 살펴보고, 그 신동엽의 발견 과정에서 평론가로서 구중서가 했던 역할과 신동엽에 대한 평가 내용을 구체적으로 짚어보기로 한다.

2. 신동엽에 대한 당시의 평가들

1) 등단 때의 심사평

한국 문단에서 신동엽을 평가한 최초의 평문은 당연히 1959년 『조선일보』 신춘문예 시 부문 심사평일 것이다. 양주동이 박종화[月灘]와 더불어 본선을 심사한 후 그 소감을 대표 집필하여 쓴 글 「제 소리가 적다」

----

7 구중서, 「신동엽 형을 흙에 묻고」, 위의 책, 231면.

가 바로 그것이다.

> 豫選을 거친 꼭 百篇이 選者에게 ○○(판독 불능—인용자) 優秀한 作으로
> 月灘이 두 篇, 내가 세 篇을 골랐는데, 兩者의 選에 겹쳐진 두 篇—곧 「大地」
> (石林)과 「門」(金在元)을 '佳作' 1·2席으로 각히 결정하였다. 從前의 水準으
> 로 보아 入選作으론 좀 차하였기 때문이다.
>
> (…중략…)
>
> 石林의 長詩 「大地」가 약간 選者를 놀래었다. 대단한 饒舌과 줄기찬 행진, 너
> 무 얌전한 소리의 잔재주의 ○○('短章'으로 추정됨—인용자)에 물린
> 詩壇은 이런 거칠은 呼吸과 구비치는 長江을 기다리기도 하였겠다. 用語도 꽤
> 새롭고 가다간 무던한 ○句(판독 불능—인용자)도 연방 튀어나오고, 무엇보다도
> 그 연줄을 감았다 풀었다 하는 詩法—그 시나리오的 構成이 좋다. 但 그 '後話'
> 가 완전히 無力化한 것은 기술적인 실수라기보다 차라리 근본적으
> 로 작자의 修錬한 '사상'이 아직 덜 익어 渾沌한 때문이리라. 그러기
> 에 全篇을 통하여 '풍자'의 散彈이 수없이 작렬함에도 불구하고 行
> 軍은 결정적인 '목표' '高地'의 점령을 결과하지 못했다. 그러나 좌
> 우간 용하게도 게까지 隊伍를 끌고 나갔다.
>
> 「大地」가 外的 騷音임에 대하여 「門」은 內省的인 '小品'이다.[8] (강
> 조는 인용자)

위 글에서 말한 '석림(石林)'은 신동엽이 신춘문예에 투고했을 때 사

---

8 양주동, 「제 소리가 적다」, 『조선일보』, 1959.1.2.

용했던 자호(自號)이고, 「大地」는 신동엽의 투고작인 장시 「이야기하는 쟁기꾼의 대지」를 줄여서 부른 말인 듯싶다. 위에 인용되지 않은 대목을 보면 양주동은 당시 시단의 일반적인 풍조에 대해 상당히 비판적인 견해를 피력하고 있는데, 가령 "主題나 用語가 대부분 '매너리즘'에 빠져 있어 '新人'으로서의 대담한 打開와 엉큼한 飛躍이 없는 듯하다"라고 개탄하고 있다. 그러면서 "무엇보다도 '제소리'가 적다. 여간한 '철학'은 대개 '길에서 들은 이얘기'거나 '귀로 먹은 음식'인 듯. 新人들 좀 더 오만해 보라! 차라리 탈선해도 좋으니 제 길을 한번 驀進해 보라!"라고 특히 신인들에게 오만과 탈선을 통해 독자적인 시세계를 만들어 갈 것을 권하고 있다. 그같은 풍조에 비해 신동엽의 장시 「이야기하는 쟁기꾼의 대지」에 대해서는 대단한 요설과 줄기찬 행진, 거친 호흡과 굽이치는 장강, 새로운 용어와 시나리오적 구성 등을 장점으로 꼽으면서 상찬하고 있다. 물론 사상적 미성숙이라는 단점도 아울러 지적하고 있지만. 그리고 '외적 소음'이란 지적도 단점을 말한 것이 전혀 아니고 김재원의 시와 대비하여 그 특징을 집약한 말일 뿐이다.

1959년, 『조선일보』 신춘문예에서 나는 시부 예선을 보았다. 그때 사에서 응모작품 천여 편을 전부 넘기면서 백 편만 엄선하여 달라고 했다. 나는 혼자 3, 4일 동안을 엄선, 또 엄선하여 좋은 시를 위하여 몰두하였다. 그리고 기쁨을 참을 수 없었다. 그것이 바로 신동엽의 장시 「이야기하는 쟁기꾼의 대지」다. 그 당시 문화부에서 문화면을 맡고 있던 평론가 C씨는 예선 결과를 물었다. 그 때 나는 서슴지 않고 "좋은 장시가 들어왔는데요" 하고 흥분하였다.[9]

　親愛하는 石林 詩兄

兄과의 서울의 마즈막이 너무나 싱거워서 무어라 사죄를 할까…… 퍽 弟
의 마음이 아프오.

1959年의 우리 詩壇에 하나의 힘을 부어준 지나치게 고마운 詩兄. 그러한
난관을 돌파했듯이 또 앞으로도 그 난관을 무난히 타개하기 위하여 서로 최
선을 다합시다.

좋은 作品을 계속 보여주시기를 갈망하며 오늘은 조그만한 葉書를 허전히
띠웁니다.[10]

그 신춘문예의 예심을 봤던 「휴전선」의 시인 박봉우도 매우 감격에
들떠 위와 같은 증언을 남긴 바 있다. 또 나중에 본선 결과를 보니 신동
엽이 당선작 없는 가작으로 뽑힌 것에 대해 박봉우는 아쉬움을 나타내
기도 하였다. 그들은 신문사에서 주관하는 시상식에서 처음 만나 그날
밤에 바로 "한 형제보다 더 친한 벗이 되"었다고 박봉우는 회고하면서,
다음 날 바로 엽서를 보내 격려를 아끼지 않고 있었음을 확인할 수 있다.
이후 그들은 소설가 하근찬과 더불어 신동엽이 세상을 버릴 때까지 절
친한 벗으로 지냈다.

9　박봉우, 「시인 신동엽」, 구중서 편, 『신동엽―그의 삶과 문학』, 온누리, 1983, 225면. 이 글도
　　원래는 『상황』 창간호(1969.8.15, 91~93면)에 신동엽의 시 「서울」과 함께 실렸던 글이다.
10　박봉우가 신동엽에게 보낸 엽서(1959.1.3)로, 이 자료는 신동엽문학관에 전시되어 있다.

2) 김수영의 평가

박봉우의 환호처럼 신동엽은 등단 초부터 시단의 주목을 받을 만한
실력과 재능을 가진 신인이었다. 그러한 주목은 특히 김수영에 의해 여
러 차례 이루어진 바 있었다. 이를테면 김수영이 시 「4월은 갈아 엎는
달」의 일부를 직접 인용하면서, 신동엽을 평가한 아래의 지적은 매우 시
사적이다.

> 제 정신을 갖고 사는 사람은 없는가? 나는 이 제목을, 〈제 詩를 쓸 수 있는
> 사람은 없는가〉로 바꾸어 생각해보아도 좋을 것같다. 범위를 詩壇에 국한시
> 켜 위선 생각해보자. 우리 시단에 詩人다운 시인이 있는가. 이렇게 말하면
> 〈시인다운 시인〉의 해석에 으레 구구한 반발이 뒤따라 오겠지만, 간단히 말
> 해서 **정의와 자유와 평화를 사랑하고 인류의 운명에 적극 관심을 가진, 이 시대의
> 지성을 갖춘, 시정신의 새로운 육성을 발할 수 있는 사람을 오늘날 우리 사회가
> 요청하는 〈시인다운 시인〉이라고 생각**하면서, 금년도에 접해온 시 작품들을
> 다시 한번 생각해볼 때 내가 본 전망은 매우 희망적이다. 좀더 전문적인 말을
> 하자면 우리 시단의 경우, 시의 현실참여니 사회참여니 하는 문제가 시를 제
> 작하는 사람의 의식에 오른 지는 오래이고, 그런 경향에서 노력하는 사람들
> 의 수도 적지 않았는데 이런 경향의 작품이 작품으로서 갖추어야 할 최소한
> 도의 예술성의 보증이 약했다는 것이 커다란 약점이며 숙제로 되어 있었다.
> 그런데 이런 약점을 훌륭하게 극복하고 있는 젊은 작품들이('작가들의'의 오
> 식으로 보임—인용자) 작품에 나타나기 시작하고 있다. 이것은 국한된 조그
> 만 시단 안의 경사만이 아닐 것이다.[11] (강조는 인용자)

위 글은 『청맥』지(靑脈誌) 1966년 5월에 발표된 것인데, 김수영의 논지를 요약하면 "정의와 자유와 평화를 사랑하고 인류의 운명에 적극 관심을 가진, 이 시대의 지성을 갖춘" 사람이 '시인다운 시인'이란 것이고, 그러한 시인의 등장은 이른바 '참여시'에 예술성마저 보증한 시단의 경사라는 것이다. 그 대표적인 젊은 시인으로 신동엽을 꼽은 것이다. 물론 그 한계에 대해서도 "신동엽의 「밭」이나 「4월은 갈아 엎는 달」의 인수(因數)에는 영웅 대망론의 냄새가 아직도 빠지지 않고 있다"[12]라는 우려를 잊지 않고 있지만.

뿐만 아니다. 김수영은 1960년대 시단에서 소위 '참여파'의 대표 주자로 신동엽을 자주 언급하고 있는데, 그는 여전히 양가적인 평가를 유지하고 있다.

<참여파>의 신진들의 과오는 무엇인가. 이들의 사회참여의식은 너무나 투박한 민족주의에 근거를 두고 있다. 미국의 세력에 대한 욕이라든가, 권력자에 대한 욕이라든가, 일제시대에 꿈꾸던 것과 같은 단순한 민족적 자립의 비전만으로는 오늘의 복잡한 상황에 놓여있는 독자의 감성에 영향을 줄 수는 없다, 단순한 외부의 정치세력의 변경만으로 현대인의 영혼이 구제될 수 없다는 것은 세계의 상식으로 되어있다. 현대의 예술이나 현대시의 출발점이 여기에 있다. 그런데 우리의 젊은 시가 상대로 하고 있는 민중 ― 혹은 민중이란 개념 ― 은 위태롭기 짝이없다. 이것은 세계의 일환으로서의 한국인이 아니라 우물 속에 빠진 한국인같다. 시대착오의 한국인, 혹은 시대착오의 렌즈로 들여다본 미생

---

11 김수영, 「제 精神을 갖고 사는 사람은 없는가」, 『김수영전집 2 ― 산문』, 민음사, 1981, 139~140면.
12 위의 글, 141면.

물적 한국인이다. 이것은 두말할 것도 없이 바라보는—즉 작가가 바라보는
—군중이고, 작가의 안에 살고 있는 군중이 아니기 때문에 그렇게 되는 것
이다. 이것은 작가와 함께 앞을 향해 세차게 달리고 있는 군중이 아니라, 작
가는 달리지 않고 군중만 달리게 하는 遊離에서 생기는 현상인 것이다. 오늘
의 민중을 대변하는 시는 민중을 바라보는 시가 아니다.

예를 들자면 申東曄의 「발」(現代文學)같은 작품은 사회의식과 역사의식을 가
진 시로서 근래에 보기드문 성공을 거둔 작품인데, 이 작품조차도 엄밀히 따지
고 보면 그러한 유리감을 내포하고 있다.[13] (강조는 인용자)

이상의 평가를 요약하자면, 신동엽이 참여파이면서도 예술성을 갖춘
주목할 만한 시인이긴 하지만, 투박한 민족주의에 근거를 두고 있다거
나 영웅대망론에 빠져있다는 식으로 그 약점을 지적하고 있다, 김수영
이 우려하고 있는 이러한 약점에 대하여 필자로는 전적으로 동의하긴
어렵지만, 신동엽의 시가 민족주의적인 측면이 강한 것은 부인하기 어
렵다고 본다. 게다가 "시대착오의 한국인"이란 비판은 "투박한 민족주
의"와 연관된 것일 터인데, 세계적 보편성으로서의 현대성(Modernity)[14]
에 대해 상당한 집착을 보인 김수영이 전통적 서정이라든가 토속성 같
은 민족적 요소에 매달리는 당시 문단의 주도적 현상에 대해 비판적인

---

13 김수영, 「변한 것과 변하지 않은 것—1966年의 詩」, 위의 책, 246~7면. 또한 이 글의 앞부분
　　(243면 참조)에서 김수영이 '참여파'의 평자로 조동일과 구중서를 들고 있는 점(강조는 인용자)이
　　시선을 끈다. 그러니까 1966년 말경 김수영은 신동엽을 참여파 시인으로, 구중서를 참여파 평
　　론가로 분류하고 있었다고 할 수 있다.
14 김수영의 '현대성'에 대해서는 최두석, 「현대성론과 참여시론—김수영의 시론」, 한계전 외,
　　『한국현대시론사연구』, 문학과지성사, 1998; 유성호, 「김수영의 문학비평」, 김명인·임홍배
　　엮음, 『살아있는 김수영』, 창비, 2005를 참조할 것.

태도를 보인 것은 매우 당연한 것이기도 하다.

게다가 '민중' 개념(그는 여기서 '군중'이란 개념과 뚜렷한 이론적 변별 없이 섞어 쓰고는 있지만)에 대한 김수영의 지적은 상당히 경청할 만한 것이다. "작가는 달리지 않고 군중만 달리게 하는 遊離"라는 표현 속에는 민중의 삶을 그저 바라보기만 하면서 정작 작가 자신은 그 삶과 유리된 채 민중 현실을 노래하고 있지 않은가 하는 우려를 드러내고 있는 것이다. 훗날 1980년대 한국문학에서 논쟁의 중심이 되기도 했던 민중문학론의 핵심적 쟁점을 김수영이 이미 제기하고 있었던 것이 아닌가 싶을 정도다. 즉 작가의 신원 문제를 넘어 작가의 사상·의식이나 실천성의 측면에까지 육박하는 문제 제기를 김수영은 일찍이 하고 있었던 것이다.

이외에도 신동엽에 대한 김수영의 평가는 적지 않게 산견되고 있는데, 월평에서 작품명만 언급하거나 간단한 비평을 곁들인 경우가 대부분이다.[15] 그런데 김수영의 평가 가운데 무엇보다도 주목할 만한 글은 「참여시의 정리」(1967년 겨울)이다. 이 글은 신동엽의 대표시 두 편을 소개하고 있는데, 「아니오」(아래 인용의 ①에 해당)와 「껍데기는 가라」(아래 인용의 ②~④에 해당)에 대한 평이 비교적 자세히 기술되어 있다.

① 申東曄의 이 詩에는 우리가 오늘날 참여시에서 바라는 최소한의 모든 것이 들어 있다. 강인한 參與意識이 깔려 있고, 詩的 經濟를 할 줄 아는 技術이 숨어 있고, 世界的 發言을 할 줄 아는 知性이 숨쉬고 있고, 죽음의 音樂이 울리고 있다. (…중략…) 하지만 그의 업적은 소위 참여파의 다른 어떤 시인보다도 확

15 김수영, 「시월평」, 『김수영전집 2—산문』, 민음사, 1981, 369면 및 391면, 406면 등.

고부동하다.

②〈東學〉, 〈후고구려〉, 〈三韓〉 같은 그의 古代에의 歸依는 예이츠의 〈비잔티움〉을 연상시키는 어떤 民族의 精神的 薄明 같은 것을 암시한다. 그러면서도 徐廷柱의 〈新羅〉에의 도피와는 전혀 다른 미래에의 비전과의 연관성을 제시해 주는 것이다.

③ 參與詩에 있어서 事象이 죽음을 통해서 생명을 획득하는 기술이 여기 있다. 이쯤 되면 詩로서 거의 완벽한 페이스를 밟고 있다. 보나마나 이 詩는 終聯에 가서 前聯에서 보일락 말락하게 비추었던 陰部의 證人을 다시 감추고, 그림자의 意識을 버리면서, 한 次元 더 높은 文明批評에의 辨證法을 완성할 것이 뻔하다.

④ 이런 경향의, 素月의 民謠調에 陸史의 絶叫를 삽입한 것 같은, 아담한 작품으로는 이밖에도 「원추리」, 「3월」 같은 작품이 모두 성공하고 있다. 그러나 그의 작품에서 전반적으로 느끼는 어떤 危懼感이 있다면, 그것은 그가 쇼비니즘으로 흐르게 되지 않을까 하는 것이다. 그런 면에서 보면 그는 50년대에 모더니즘의 해독을 너무 안 받은 사람 중의 한 사람이다.[16] (강조는 인용자)

김수영의 이같은 신동엽 평가는 이후 거의 모든 신동엽 평가의 잣대가 되었다고 해도 과언이 아니다. 참여시로서의 완벽한 전범을 신동엽이 보여주고 있다는 것, 그러나 '쇼비니즘'의 함정에 빠질 우려가 있다는 것. 이제 우리는 더 이상 이러한 김수영의 양가적 평가를 동의반복적으로 되풀이할 필요는 없을 것이다.

16 이상은 · 김수영, 「참여시의 정리─60년대의 시인을 중심으로」, 『창작과비평』 8호, 1967년 겨울, 636면.

3) 『창작과비평』(백낙청 · 염무웅)의 평가

앞서도 밝혔지만 신동엽의 작품이 계간지『창작과비평』(이하『창비』로 약칭함)에 실린 것은 두 차례로 총 10편이다. 그리고 제8호(1967년 겨울)에는 앞서 살펴보았듯이 신동엽을 포함한 당시 참여시에 대한 김수영의 비평이 실렸고, 제9호(1968년 봄)에는 김우창의 「신동엽의『금강』에 대하여」라는 글이 실렸다. 이는 신동엽의 참여시 작품들과, 1967년 12월에 출간된 서사시『금강』[17]의 문학적 성취에 대해『창비』그룹이 눈여겨보고 있었음을 능히 짐작케 한다.

필자가 알기로 현재 신동엽 작품에 관한 출판은『창비』가 거의 독점하고 있다. 몇 번 예외적으로 다른 출판사에서 시집이나 산문집이 잠시 출간된 적은 있지만, 그 외 대부분이『창비』에서 나왔다. 1975년『신동엽전집』 발간을 필두로 시선집『누가 하늘을 보았다 하는가』(1979.3; 개정판 1989.4), 증보판『신동엽전집』(1980.4), 전작시『금강』(1989.4), 『신동엽 시전집』(2013.4) 등이『창비』에서 출간된 그의 작품집들이다. 게다가 '신동엽문학상'의 제정과 운영[18]까지 더한다면『창비』의 신동엽 사랑은 두말할 나위도 없을 것이다.

『창비』가 창간 이래 49년 동안 신동엽만을 온전히 다룬 평론으로는 구중서의 글을 포함하여 다섯 편이 있다.[19] 이 중 구중서의 글은 뒤에 별

---

17 서사시『금강』이 최초로 발표된 지면은 김종문 · 홍윤숙 · 신동엽, 『장시 · 시극 · 서사시』(한국현대신작전집 제5권, 을유문화사, 1967)이다.

18 1982년 창비와 신동엽 유족이 공동으로 '신동엽창작기금'이란 명칭으로 제정 · 운영해 오다가, 어느 핸가부터 '신동엽창작상'(2004~2011), '신동엽문학상'(2012~현재)으로 이름을 바꾸어가면서 창비에서 단독으로 운영하고 있다고 한다.

도로 다룰 것이므로, 여기서는 백낙청의 글을 중심으로 신동엽 사후 1970~80년대까지 『창비』에서 신동엽을 어떻게 평가해 왔는가를 살피기로 한다. 백낙청의 평론에서 신동엽의 이름이 처음 등장하는 것은 1974년 무렵이다. 그 즈음에 그는 「민족문학 개념의 정립을 위해」 (1974.7)라는 글을 통해 1960년대의 시민문학론을 넘어 바야흐로 민족문학론을 주창하는 단계로 접어들게 되는데, 그때 비로소 신동엽을 김광섭·김정한·김수영 등과 더불어 민족문학의 성과로 거론하기 시작했던 것이다. 아래 인용들은 1970년대에 백낙청이 신동엽에 대해 언급한 주요한 대목들이다.

① 「껍데기는 가라」와 「아니오」를 쓴 시인의 서구문화에 맞선 이러한 튼튼한 배짱이 김수영에게는 오히려 아쉬운 느낌도 드는데(「역사적 인간과 시적 인간」, 1977년 여름)

② 문학의 사회적·역사적 책임을 본격적으로 다시 논의하기 시작한 것도 4·19 이후부터이고 작가가 민족과 민중의 현실을 직시할 필요가 새로이 인식된 것도 이 시기이다. 작품 면에서도 고 김수영·신동엽 두 시인의 본격적 활동이 이에 속하고(「사회현실과 작가의식」, 1974.11)

③ (시 「껍데기는 가라」의 마지막 연을 인용하여 - 인용자) 시인의 외침을 들을 때, 적어도 이 땅의 우리네 동시대인들로서는 만해나 육사 또는 김수영의 어떤 빛나는 구절을 대할 때와도 조금은 다른 쩌릿함을 맛보게 된다(「분

19　조태일, 「신동엽론」, 29호(1973년 가을); 구중서, 「신동엽론」, 51호(1979년 봄); 김종철, 「신동엽론」, 63호(1989년 봄); 백낙청, 「문학강연 - 살아있는 신동엽」, 64호(1989년 여름); 오창은, 「시적 상상력, 근대체제를 겨누다」, 143호(2009년 봄).

단시대 문학의 사상」, 1976.6)[20]

④ 4·19에서 비롯된 민족문학의 현단계 작업은 바로 이러한(시「껍데기는 가라」에 대한 자세한 분석을 통해－인용자) 인류적 차원의 비전으로까지 이어져야 하겠다는 의식이 60년대의 우리 문학에서 이미 작품화되었음을 확인할 수 있다.(「민족문학의 현단계」, 1975)[21]

위의 인용들에서 ①~③은 신동엽이라는 이름자 정도만 간단히 언급되는 수준일 뿐, 본격적인 분석적 평가로 보기는 힘든 것들이다. 그러나 ④에서는 신동엽의 시「껍데기는 가라」를 별도의 한 장으로 설정하여 자세히 분석하고 있어 다소 적극적인 평가가 확인된다. 그리고 백낙청의 최종적인 신동엽 평가는 시인의 20주기를 기념하는 강연「살아있는 신동엽」(1989)에 와서 마침내 이루어진다. 이 글은 오로지 신동엽만을 다룬 그의 유일한 평론으로서, 여기서 그는 신동엽을 "민족의 자주화, 민중해방 사상"의 시인으로 규정지었다.[22] 즉 신동엽은 마침내 민족문학론을 안받침하는 가장 대표적인 사례로 격상된다.

그런데 1960년대의 시민문학론에서 1970년대의 민족문학론으로 넘어가는 과정에서 드러난, 신동엽 평가에 대한 창비(혹은 백낙청)의 점진적인 변화에는 시인 신동문과 평론가 염무웅의 역할이 다소 개입되어 있지 않나 싶다. 계간지『창비』발행 및 편집 주체의 변화를 살펴보면 그러한 정황이 어느 정도 포착된다. 제15호(1969년 가을·겨울 합병)부터

---

20 이상은 순서대로 백낙청,『민족문학과 세계문학』, 창작과비평사, 1978, 177면, 287면 및 304면.
21 백낙청,『민족문학과 세계문학 Ⅱ』, 창작과비평사, 1985, 24면.
22 백낙청,『민족문학의 새 단계』, 창작과비평사, 1990, 284~301면.

는 시인 신동문이 발행인과 편집인을 겸하였는데, 이때부터 '창작과비평사'라는 이름으로 독립된 출판사가 설립되었다.[23] 이즈음에 백낙청이 박사학위를 위해 도미함으로써 그 공백을 신동문이 맡아 신구문화사의 한 구석에서 편집하고, 잡지의 제작과 배포도 역시 신구문화사가 맡아줬다고 한다.[24]

그리고 염무웅은 1967년부터 『창비』 편집에 참여한 이래 제25호 (1972년 가을)부터는 주간(主幹)이 되었으며,[25] 1978년에는 발행인이 되기도 하였다. 신동문은 1965년부터 신구문화사에서 편집·기획위원 및 주간을 지낸 바 있고, 그 무렵 염무웅도 신구문화사에 취업하여 『한국현대문학전집』 발간에 간여한 일이 있다. 그래서 염무웅은 신동문과는 개인적으로도 아주 친해서 이른바 '신동문 사단'의 일원이 되었고, 또 신동문을 통해 백낙청과도 자연스럽게 인연이 닿았는데, 1967년경에 백낙청의 부탁으로 아놀드 하우저의 『문학과 예술의 사회사』 번역에 참여하게 되어 염무웅도 마침내 창비의 일원으로 합류했던 것이다.[26]

백 선생이 미국을 가고 제가 (창비―인용자) 편집의 전적인 책임을 맡으면서부터 〈한양〉이나 〈청맥〉과는 다르지만 좀 더 민중적이고 민족적인 쪽으로 방향을 좀 틀었다고 생각해요 그래서 새로운, 좀 더 강렬한 비판의식을 가진 필자들을 많이 끌어들이고 서구지향적인 냄새를 떨어내는 것이 70년

---

23 그 이전까지 계간지 『창비』의 발행은, 제1~7호는 문우출판사에서, 제8~14호는 일조각에서 맡았다.
24 염무웅·김윤태, 「기획 대담―1960년대와 한국문학」, 『작가연구』 3호, 1997, 225~6면.
25 바로 다음 호인 제26호(1972년 겨울호)에는 백낙청이 다시 귀국하여 편집을 맡았다고 한다.
26 염무웅·김윤태, 앞의 글, 218~220면.

대에 접어들면서부터 아닌가 생각합니다.[27]

염무웅의 이러한 회고를 미루어보건대, 신동문이나 구중서를 통해 신동엽과 같은 민족적 냄새가 짙은 문인들이 창비로 합류했던 것은 매우 자연스러운 일이다.[28] 또 한편 염무웅은 다른 지면에서이지만 신동엽에 대한 글(『뿌리깊은 나무』, 1977.12)을 남기기도 했다. 김수영과 신동엽을 비교하는 그 글에서 그는 "김소월의 언어로 한용운의 정신을 읊은 듯한 높은 격조와 강한 역사의식을 보여준다. (…중략…) 신동엽 씨의 전진적인 역사의식은 보배처럼 귀하고 샛별처럼 빛났다"[29]라고 신동엽을 고평하였다. 또한 개인적인 인연도 비교적 소상하게 밝히고 있어 참고삼아 인용해둔다.

김수영 씨를 좋아하기 시작할 같은 무렵에 신동엽 씨를 알게 되었다. 그때 나는 어느 출판사에 근무하면서 문학전집의 편집 실무를 맡고 있었다. 그런 일로 청진동에 있는 어느 낡고 허술한 다방에서 신동엽 씨와 인사를 나누었다. 그는 몸집이 작고 가무잡잡하여 옷차림이 매우 검소했으나, 쏘는 듯한 날카로운 안광으로 하여 만만치 않은 인상을 주었다. 간간이 부드럽게 띠는

27 위의 글, 226면.
28 1960년대 중후반에 신구문화사를 거점으로 해서 서로 만났을 것으로 추정되는 구중서와 염무웅은 대여섯 살 정도 나이 차가 나는데, 지금까지도 서로 호형호제할 만큼 절친한 사이로 알고 있다.
29 염무웅, 「김수영과 신동엽」, 구중서 · 강형철 편, 『민족시인 신동엽』, 소명출판, 1999, 47~48면. 그리고 염무웅은 한국의 서사시를 논하는 자리에서 신동엽의 장시 『금강』에 대해서도 꽤 길게 분석한 바 있다. 「서사시의 가능성과 문제점」, 『한국문학의 현단계』, 창작과비평사, 1982, 23~27면 참조.

선량한 미소가 안광의 날카로움을 상쇄하여, 싸늘하면서도 따뜻한 상쾌함을 풍겼다. (…중략…) 과묵하고 강직한 선비의 품격을 보여주었다.

그 뒤로도 나는 드문드문 신동엽 씨를 만났다. 언제나 그는 말수가 적었다. 그러나 어쩌다 던지는 몇 마디 말에도 가시처럼 맵고 예리한 데가 있었다. 헌책방에서 『오랑캐꽃』이란 시집을 구해서, 이런 시집 읽어 본 적 있느냐니까, 몹시 반가워하며 빌려달라고 했다. 며칠 후 그는 딱딱한 내용의 번역판 한 권을 대신 나에게 빌려주었다. 그리고 그는 영영 나타날 줄 몰랐다. 내가 소시민의 분주한 나날을 보내는 동안 이 고결한 시인의 몸뚱이는 몹쓸 병마에 침식되어 이미 기동할 수도 없는 지경에 이르고 있었던 것이다. 빌린 책들을 서로 돌려 받지 못한 채 그와 나의 금생의 인연은 끝나고 말았다.[30] (강조는 인용자)

3. 구중서에 의한 신동엽 발견

앞서 김수영의 평문 가운데서 참여파의 대표 평론가로 구중서가 거명된 것을 본 바 있다.[31] 구중서의 연보에 따르면, 그의 평론가로서 문단 데뷔는 1963년 2월로 나온다. 『신사조』라는 잡지에 실린 「역사를 사는 작가의 책임」이란 글이 등단작으로 보인다.[32] 그의 연보에서 확인되는 것만 보자면, 김수영이 거론한 1966년 말경까지 구중서의 평론 활동은

---

30 위의 글, 41~42면.
31 각주 13 참조
32 구중서 외, 『광산 구중서 박사 화갑기념 논문집』, 태학사, 1996, 847~8면.

표나게 눈에 띄지 않는다.[33] 그럼에도 불구하고 김수영으로부터 참여파의 대표 선수로 분류될 만큼 평가를 받았다는 것은 그의 평론이 신인치고는 예사롭지 않았다는 반증이 아닐까.

구중서의 평문 가운데서 가장 먼저 신동엽이 언급된 것은 『상황』 창간호(1969.8)에 실린 글로 추정된다. 이 글에서 구중서는 박봉우와 신동엽을 함께 다루면서 "이들의 시를 충동한 것은 (…중략…) 오직 사랑하는 母土의 역사적 운명이었다"[34]라고 규정지었다. 또한 굳건한 역사의식에 뿌리를 둔 신동엽의 시에 대해 그 장단점을 다음과 같이 언급하였다. 즉 시적 사상이란 측면에서는 고평하면서, 시의 디테일에서의 약점을 아울러 지적한 것이다.

申東曄은 朴鳳宇와 마찬가지로 문명과 과학과 생활의 세부를 포용하지 못하여, 정열이 앞서서 질주해 나아간 점은 있다. 그리고 「錦江」에서도 「三月」에서도, 「껍데기는 가라」에서도 사상의 가슴만 불붙고, 생활의 구체성과 언어의 속살이 부족했던 것도 사실이다. 그러나 그의 또다른 시 「밤」에서 보면 그의 시에 디테일의 살이 찔 가능성이 없었던 것도 아니었다. 그는 다만 참을 수 없이 급했던 것이다.

그러나 이 샤머니즘과, 장난과, 自嘲의 문화권에서 시인 申東曄은 민족사의 金長으로부터 진취적 생명을 발견했고, 〈漢拏에서 白頭까지/향그러운 흙 가

<hr>

33 연보에 나온 것만 보면, 등단작 외에 뚜렷이 확인되는 그의 문필 활동은 1964년 9월부터 『한양』지에 8회 연재되었던 고전 감상 「금오신화」, 「홍길동전」, 「허생전」, 「춘향전」, 「심청전」, 「귀의성」(이인직) 「자유종」(이해조) 등 고전소설과 신소설 해설뿐이다. 위의 책, 848면 및 구중서·강진호, 앞의 책, 178면 참조.
34 구중서, 「현대시의 전개」, 『상황』, 창간호, 1969, 67면.

슴만 남고〉 껍데기는 가라고 외친 그 알맹이에의 신앙을 지녔던 것이다.[35] (강조는 인용자)

이미 고인이 된 신동엽 시가 이룩한 성취로부터 1970년대 한국 현대시의 새로운 가능성을 찾고자 한 것이 이 글의 결론 부분이다. 구중서는 신동엽의 서사시 『금강』의 '후화'(이 시는 「종로 오가」과 거의 똑같다)를 인용하면서, "70년대의 모더니스트들은 申東曄이 놓쳐버린 그 소년을 찾으러 가야 한다. 소년은 이쩌면 東學의 아들이며, 4·19의 동생인 것이다. 소년은 민족의 鄕里를 떠나와 離農時代의 어지러운 鋪道에서 배회하고 있다"[36]라고 주장하였다. 즉 당대 모더니즘적 문학 흐름에 신동엽 식의 역사의식과 그것의 육화를 요청하였던 것이다.

다음 글은 첫 글로부터 넉 달 후에 발표된 「60년대 시의 주류」(월간 『시인』, 1969.12)이다. 이는 1960년대 시단을 총평하는 글로서, 그는 1960년대의 시대적 성격을 4·19로부터 이끌어내어 동시대의 현실상황을 노래하는 것을 당대 시의 주류로 파악하고 있다. 이러한 현실파의 시를 '참여시'라 규정짓고, 그 대척에 '순수시'를 설정하여 그것을 다시 감각파와

....

35 위의 글, 69면.
36 위의 글, 73면. 이같은 구중서의 인식은 경제개발 5개년 계획의 급격한 추진에 따라 1960년대 말 한국 사회가 이농이 격화되고 서서히 산업사회로 진입하고 있음을 잘 간취한 것으로서, 전통적 농업사회의 구조가 변화하고 노동자 계급의 증가를 통해 새로운 사회적 계급구조가 형성되어 가는 그 시기의 사회적 특징을 잘 반영하는 것이라 하겠다. 특히 그 '소년'을 "동학의 아들, 4·19의 동생"으로 파악한 것은 민중을 민족사의 전개의 중심에 두는 새로운 역사관이며, 그것은 신동엽과 구중서가 상통하는 지점인 것이다. 필자도 일찍이 그 '소년'에게서 1970년 근로기준법의 준수를 외치며 산화한 전태일의 형상을 읽어내고자 한 바 있는데, 이것과도 통한다고 하겠다. 졸고, 「신동엽의 문학과 '중립'의 사상」, 『한국 현대시와 리얼리티』, 소명출판, 2001, 161면 참조.

토착파로 나누고, 특히 감각파에 대해 비판적인 평가를 내렸다. 그리고 시단의 주류로 박두진, 구상, 박봉우, 황명걸, 주성윤, 이성부, 조태일 등을 다루고 있는데, 신동엽도 그 가운데 하나로 특별하게 평가하였다.

> 申東曄의 「錦江」이야말로 60년대 시단의 가장 큰 수확으로 손꼽힐만한 것이었다. 욕심을 내기에 따라서는 이 장편 서사시가 생활의 주체성과 언어의 속살을 좀 부족하게 지니고 있음을 지적할 수도 있을 것이다. 그러나 民族史의 全長으로 하여금 한국 서민의 土着을 뚫고 흐르는 한 강변에 내려앉게 하고 그 속에서 민족 고유의 휴머니즘 혁명을 노래한 기개와 열정에 대하여 우리는 敬意를 표하기에 충분한 것이었다.[37]

이같은 구중서의 평가는 첫 번째 글과 크게 다르지 않다. 그리고 그가 앞에 인용한 글에서 제시한 문학의 길, 즉 "申東曄이 놓쳐버린 그 소년을 찾으러 가야 한다"라던 그러한 문학적 지향이, 실제로 1960년대 말에 등장한 일군의 젊은 시인들—조태일, 이성부, 김준태 등에 의해 1970년대에도 지속적으로 일구어짐으로써 풍성한 민중민족문학의 터전을 가꿀 수 있었던 것이다.[38]

---

37 구중서, 「60年代 詩의 主流」, 『시인』, 한국시단사, 1969.12, 64면.
38 구중서의 글과 함께 『시인』지에 실렸던 염무웅의 글 「60年代 시단 총평—徐廷柱와 宋稶의 경우」도 충분히 문제적이다. 이 글이 취하고 있는 관점을 고려할 때, 당시 구중서와 염무웅의 문학사적 인식 구도는 거의 비슷한 것으로 보인다. "60년대 말의 제 생각 속에서 우리 시란, 넓게 본다면 우리 문단은 전통적이고 민족적인 정서에 기반한 문학들과, 서구의 실험적인 모더니즘적인 영향을 받은 두 그룹이 주류이고, 그러나 이제 우리들에 의해서 그와는 전혀 다른 문학이 자라나고 있다 라는 의식, 말하자면 서정주 식의 문학도 극복의 대상이고 송욱 식의 문학도 청산의 대상이라는 그런 의식을 가지고 쓴 거죠. (…중략…) (김정한·김수영·신동엽·이문구·방영웅·이성부·조태일·신경림 등등의 문학은—인용자 요약) 민중적이면서도 민족적

이처럼 신동엽의 시 작품을 예로 들면서 한국 현대시의 흐름을 역사의식 내지 현실의식의 측면에서 짚어간 것이 위 두 편의 평론들이다. 이 두 글은 1960년대의 마지막 해에 씌어진 것들인데, 그동안 주로 신동엽을 비평해 오던 김수영이 1968년에 불의의 사고로 유명을 달리 했고, 1969년 봄에는 신동엽 역시 불귀의 객이 되어 그를 추모하는 자리(『상황』 창간호)를 통해 비로소 구중서가 김수영을 잇는 비평가로서의 몫을 충실하게 담당하게 된 것이다. 이같은 구중서의 역할은 이후 1970년대로 넘어가면서부터는 창비 측(신동문, 백낙청, 염무웅 등)과 공유하거나 분담하는 형국으로 자연스럽게 자리잡아간 것으로 보인다.

그러한 형국을 가장 잘 드러내 보여준 지점이 바로 1979년 봄 신동엽 10주기 기념이 아니었나 싶다. 이때 구중서는 온전한 한 편의 글로 본격적인 신동엽론을 제출하였다.[39] 창비 측은 신동엽 10주기 기념 평론을 쓸 적임자로 구중서를 염두에 두었던 것 같다. 구중서가 '조용함과 여유'라는 신동엽의 인간적인 면모를 지적하는 것으로부터 글의 방향을 잡은 것은 바로 이 글이 추모의 성격을 짙게 풍기는 연유인 것이다.

이 글에서 구중서는 "신동엽다운 점을 그가 한국의 시골 농촌 사람인 것"에서 찾으면서, 이러한 시인의 성장 배경이 "그로 하여금 모더니즘에 거리를 두게 한" 근거로 들고 있다. 또 신동엽이 쓴 평론 「시인정신론」

인 현실에 바탕을 두되 복고적인 것이 아닌, 그리고 인간의 현실에 관심을 가지고 현대적인 세례를 받아야 하지만 그러나 서구에 종속되는 것도 아닌, 그런 문학을 머릿속에 그리고 있었던 거죠. 그러니까 60년대 말의 상황에서 제가 판단한 문단 판도는 삼자라고 볼 수가 있죠. 재래적인 복고주의적인 성향, 그리고 모더니즘이라고 후에 묶여질 수 있는 그런 것, 그리고 리얼리즘이랄까 민중문학으로 가게 될 방향으로 본 거죠."(염무웅 · 김윤태, 앞의 글, 231~2면)
39 구중서, 「신동엽론」, 『창작과비평』, 1979년 봄.

에 대한 분석을 통해 그러한 사유가 시인의 대표시들에 어떻게 스며들고 있는가를 설명하고 있다. 이어서 서사시 『금강』에 대한 분석을 통해 시인의 역사관을 정리하는 등 신동엽에 대한 종합적이고 총체적인 접근을 시도하였다. 특히 구중서는 신동엽에 대한 김수영의 양가적 평가를 비판함으로써, 1960년대라는 시대적·인식적 한계를 넘어 한국 현대시사에서 신동엽이 갖는 문학적 위치를 더욱 긍정적이고 보편적 차원으로 격상시키고자 하였다.

> (김수영이—인용자) 신동엽을 긍정적으로 평가한 대목은 옳다고 필자는 생각한다. 그러나 쇼비니즘에의 우려를 표한 점에 대해 필자는 다르게 생각한다. 김수영 자신으로서도 세계적 발언, 문명비평의 차원을 가져다 붙여 주었던 것이며, 필자가 이 소론에서 신동엽의 「시인정신론」, 서사시 『금강』, 그 밖의 작품들을 토대로 하여 살펴본 결과 그의 시에는 보편적 세계관의 튼튼한 토대가 있었다. 또한 그에게서는 영적인 종교적인 우주관까지 추구되고 있음이 그의 글 군데군데에서 강하게 나타나 있다.[40]

이후 구중서는 1983년에는 그때까지 나왔던 신동엽에 대한 본격적인 평론 및 관련 비평들, 신동엽 사후 그를 추모하는 유족들이나 문우들의 기록들 및 윤재걸의 평전, 그리고 신동엽이 쓴 주요 평론들을 엮어 『신동엽—그의 문학과 삶』라는 제목의 단행본을 출간하기에 이른다. 이 책의 서문에서 그는 1980년대 일군의 시인들에 의해 제기된 '화해'와 '구

....

40 구중서, 「신동엽론」, 구중서 편, 『신동엽—그의 문학과 삶』, 온누리, 1983, 30면.

원'이라는 주제가 신동엽에 의해 이미 구현된 것임을 주장하며,[41] 새로운 1980년대라는 시대 상황 속에서 신동엽을 재평가하고자 하는 그의 의지를 잘 드러냈다.

신동엽의 15주기되던 해(1984)에 썼다는 글은, 어느 매체에 실린 글인지는 분명치 않지만, 10주기 때 씌어진 「신동엽론」과 매우 유사한 논지를 개진하고 있는데, 특히 신동엽에게서 "민족문학의 살아있는 뿌리"를 찾자는 주장이어서 그의 한층 강화된 관점을 드러낸다. 그 글에서 "신동엽의 시에서 80년대 민족문학의 산 뿌리를 보게 된다. 이것은 단순한 '저항문학'의 차원이 아니고 역사의식의 문학, 민족문학, 제3세계 문학의 한 선두라고도 볼 수 있다"[42]라고 함으로써, 구중서는 1980년대라는 시대상황에서도 역시 신동엽이 여전히 유효한 시인임을 거듭 강조하였다.

그리고 1999년 시인의 30주기 되던 해에 구중서는 시인 강형철과 더불어 공동 편집으로 '신동엽 30주기 학술논문집'이라는 이름으로 700페이지가 넘는 방대한 분량의 단행본 『민족시인 신동엽』(소명출판)을 펴냈다. 거기에는 시인의 초상을 비롯한 각종 관련 사진들과 영인자료 등을 엮은 화보가 실려 있으며, 구중서의 「신동엽론」을 비롯하여 신동엽 연구 및 비평에 대하여 30년 이상의 세월을 아우르는 27편의 논문과 평론들이 수록되어 있다. 이 책은 양이나 질의 면에서 공히 신동엽 연구의 집대성이라 할 만한데, 그 출발과 중심에 평론가 구중서가 있음을 새삼 확인하게 된다.

....

41 위의 책, 7면.
42 구중서, 「신동엽을 다시 생각한다」, 『자연과 리얼리즘』, 태학사, 1993, 274면.

　이상에서 살펴본 바를 결론적으로 압축하자면, 1963년 문학평론가로 입문한 이래 지금까지 50년이 넘는 세월 동안 구중서의 비평 세계에 가장 부합하는 시인이 있다면 누구일까? 1960년대 참여문학의 터전 위에서 출발한 그의 비평 세계는 1970년대 리얼리즘론과 민족문학론을 정립하고 그것의 확장과 심화를 줄기차게 추구해 왔는데, 이 점을 고려할 때 구중서의 답변은 단연코 신동엽일 것이라고 필자는 믿어 의심치 않는다.

탈민족주의 시대의 민족문학

이진형*

1. 민족문학의 개념

1970년 한국문학계에서는 두 건의 문학적 사건이 발생했다. 하나는 구중서, 김윤식, 김현, 임중빈이 참여한 『사상계』 주최 좌담회 「4·19와 한국문학」(4월)이었고, 다른 하나는 김상일, 김현, 문덕수, 이형기가 참여한 『월간문학』 특집 「民族文學論意」(10월)였다. 이 두 사건은 이후 수십 년 동안 한국문학비평가들의 논의를 주도하게 될 핵심적 문제, 즉 리얼리즘과 민족문학의 문제를 동시에 제기했다는 점에서 의의가 있다. 물론 식민지 시기에도 리얼리즘과 민족문학에 관한 논의가 이루어지지 않은 것은 아니었지만, 문학비평가들이 두 개념을 상호 관련성 속에서 본격적으로 탐구하기 시작한 것은 이 무렵부터였다. '민족적 리얼리즘'이라는 임헌영의 용어는 이와 같은 사정을 보여주는 상징적 사례였다.[1]

---

* 건국대학교 아시아·디아스포라연구소 조교수

1 1970년대 리얼리즘과 민족문학 논의의 전반적인 전개 양상에 관해서는 김영민, 『한국현대문

구중서는 1970년의 문학적 사건들에 직접적으로 참여하거나 비판적 태도를 취하는 가운데 당대의 문학적 논의에 적극적으로 개입했다. 그가 『사상계』 주최 좌담회에 참여한 후 발언 내용을 보완하여 집필한 「한국 리얼리즘 문학의 형성」(『창작과비평』 여름호, 1970)은 1970년대 리얼리즘 논의를 주도한 글로서, 문학적 방법으로서의 '리얼리즘'에 관한 설명과 그 구현 주체로서의 '민족문학'이 갖는 의의에 대한 규명으로 구성되어 있었다. 이후 그는 민족문학을 중심에 두고 리얼리즘, 제3세계 문학, 농민문학 등에 관한 논의를 전개함과 동시에 문학 작품들에 대한 비평 작업 또한 적극적으로 수행해 나갔다. 특히 그는 1970년대 문학비평의 현황을 전반적으로 되짚어보는 자리에서 『월간문학』 특집에 대해 "별로 얻어진 성과는 없었"[2]다는 혹평을 가하기도 했는데, 그 이유는 그 특집이 기껏해야 '민족문학' 대신 '한국문학'을 제안할 뿐이었고 그마저도 한국문학 연구를 위한 바람직한 제안이 아니라는 데 있었다. 구중서에게 문제는 민족문학이었고, 문학적 논의는 무엇보다도 민족문학을 중심으로 전개되어야 했다.

70년대에 쓰이게 된 '민족문학'이란 말은 20년대 국민문학과 30년대 민족주의문학과는 물론 다르며, 또 해방 후의 '한국문학' 개념에서도 진일보한 것이다. '민족문학'은 '세계문학'과의 상대적 구분을 위해 쓰인다기보다 '세계문학을 아는 데서 쟁취된 인식'이다. 그렇다고 민족절대주의라든가 국수

<hr>

학비평사』, 소명출판, 2000, 321~373면 참조.
2 구중서, 「1970년대 비평문학의 현황」(『창작과비평』 가을호, 1976), 『문학을 위하여』, 평민사, 1978, 137면.

주의 성격을 띠는 것은 더욱 아니다.

다만 지난 날 바로 세계문학으로 통용되던 서구문학이 크게 보아 모더니즘 경향 아래 반민중적, 반역사적, 비도덕적 한계에 갇히게 된 사정에서 극복되어 나와야 하며, 아울러 고대로부터의 한국문학 전통의 개성에도 의거하면서, 근대사 안에서 한국 민족이 놓이게 된 식민지 상황과 외세에 의한 분단 상황의 특수성을 문예적 창조 작업 안에서 고려치 않을 수 없다는 것이다. 또 여기에서 더 나아가 제3세계 민족문학에의 전망까지도 지니게 되는 것이다.[3]

인용문에는 구중서가 민족문학을 문학적 논의의 중심 개념으로서 설정한 이유, 즉 1970대 민족문학 개념의 차별적 성격과 그 의의가 잘 드러나 있다. 우선, 민족문학은 한국문학의 전통과 그 "개성"에 대한 차별화된 인식에 기여하는 개념이었다. 구중서는 자끄 마리탱의 논의에 기대어 통치체로서의 '국가'를 그 구성원들에게 '역사와 정신의 토양'이자 '문화와 문명의 혈통'으로 작용하는 제2의 자연으로서의 '민족'과 구분한 뒤 민족문학 개념을 설정했다. 여기서 민족문학은 과거 향가, 고려가요, 판소리계 소설 등 역사적 양식들과 오늘날 근대문학을 모두 포함함과 동시에, 그 다양한 양식들을 "한국문학 전통의 개성"으로서 일관성 있게 인식하도록 해주는 개념이었다.

다음으로, "세계문학을 아는 데서 쟁취된 인식"이라는 규정에서도 드러나듯 민족문학은 세계문학과의 내적 관계 속에서 형성된 개념이었다.

....
3   구중서, 「민족문학의 나아갈 길」, 『민족문학의 길』, 중원문화, 1979, 10면.

'개성'과 '보편성'이 서로를 통해서 구체화되는 개념 쌍인 것처럼, 민족
문학과 세계문학 또한 서로를 통해서 구현되는 개념 쌍이었다.[4] 이 점에
서 한국 민족문학은 민족절대주의나 국수주의 문학과 구별되는 문학,
즉 식민지적 상황과 분단 상황의 특수성에 의해서 규정됨과 동시에 서
구 주도 세계문학의 반민중적, 반역사적, 비도덕적 한계를 극복할 수 있
게 해주는 '제3세계의 정신적 가치' 또한 보유하고 있는 문학이었다. 말
하자면, 민족문학이란 민족주의 이념을 강조하는 문학이 아닌 민족에
의해 생산된 세계문학이었다.

　구중서의 민족문학 논의는 크게 두 측면으로 이루어져 있다. 하나는
한국 민족문학의 전통 인식에 관한 것이고, 다른 하나는 한국 민족문학
이 세계문학 속에서 갖는 의의에 관한 것이다. 전자의 경우 과거부터 현
재에 이르는 문학 양식들에 대한 검토와 이를 통한 한국 민족문학 전통
의 인식으로 이루어져 있었다면, 후자의 경우는 '제3세계 문학'으로서
의 한국 민족문학에 대한 규정과 그것이 세계문학으로서 갖는 위상과
의의에 대한 규명으로 이루어져 있었다.

2. 문학 전통의 인식

　민족이 역사적으로 형성된 문화적 구성체라면, 민족문학은 역사적으
로 생산된 문학 작품들 간 연속성과 동질성을 통해서만 정당화될 수 있

4　구중서, 「문화의 민족성과 세계성」, 『구도의 언어』, 가톨릭출판사, 1975, 10~11면.

다. 구중서가 한국문학의 과거 작품들에 대한 검토를 통해서 문학적 전통을 인식하려고 한 이유는 여기에 있다. 그는 한국 작가들에게 문학적 토양으로서 기능해 온 문학적 전통이 있다는 것을 보여주려고 했고, 그럼으로써 한국의 민족문학이라는 소위 문학적 "개성"이 존재한다는 것을 입증하려고 했던 것이다. 이는 물론 한국 민족문학의 존재를 정당화하기 위한 것이었지만, 그에 못지않게 세계문학 속에서 한국 민족문학이 갖는 의의를 주장하기 위한 것이기도 했다.

한국문학사 전통 연결이 성취될 때 한국문학은 비로소 민족문학으로서의 자기다운 모습을 성취하게 될 것이다. 이 때에 오해되지 말아야 할 것은 〈전통〉이란 것이 첫째 復古的으로 속박을 강요하는 것이 아니라는 점이다. 둘째 각개 민족이 문화적, 문학적 전통을 가지고 있으므로 그것의 발현이 세계 문학 안에서 유독히 공헌할 만한 자산은 아닐 것이라는 생각이다. 그러나 유독히 우월하지는 않지만 각 민족 속에 남다른 전통이 있다는 점이 바로 민족문학의 기반임을 깨달아야 할 것이다.

사람이 자기답게 사는 것이 가장 좋은 일이라는 평범한 진리와 마찬가지로 민족문학이 민족문학답다는 그 개성 속에 존재이유와 보람이 있을 것이며, 이 보람이 결국 〈인류적 일치 안에서의 다양성〉이라는 화단에 보태질 하나의 꽃이 될 것이다.[5]

1970년대 구중서가 한국 민족문학의 전통을 인식하려고 했을 때 가

---

5 구중서, 「책머리에」, 『한국문학사론』, 대학도서, 1978, 1~2면.

장 큰 걸림돌은 김현과 김윤식이 함께 저술한『한국문학사』(1973)였다. 당시 이 책은 이병기와 백철의『국문학전사』(1957) 이후 처음 저술된 한국문학사이자 한국문학계에서 처음 본격적으로 시도된 문학사 연구 방법론 검토 작업으로 평가 받고 있었다. 그 때문에『한국문학사』에서 전제된 '전통 단절'의 입장은 한국 민족문학의 전통을 인식하려는 작업에서 커다란 문제로 부상할 수밖에 없었다. 이 맥락에서 볼 때, 구중서의 『한국문학사론』(1978)은 김현과 김윤식의 한국문학사 이해에 대한 비판과 대안 제시로 구성되어 있는 책이었다.

　『한국문학사론』에서 구중서는 김현과 김윤식의 입장을 ① 서구화 및 진보 개념에의 거부, ② 진보와 '3분법' 논리를 거부해 놓고 바로 뒤이어 한국문학사의 '근대 기점'을 영정조 시대로 설정한 점, "③ 한국문학은 그 나름의 '신성한 것'을 찾아내야 한다는 문제 등으로 항목화해서 비판했다. 그 내용을 간단히 정리하면 다음과 같다. 우선 그들은 구조주의적 관점에서 역사의 연속성을 부정했다. 그들은 기존의 진보 관념이 서구화에 불과함을 지적함으로써 정당한 면모를 보이기도 했지만, 부분과 부분의 공시적 관계에만 관심을 집중함으로써 한국문학의 전통을 부정하는 결과를 낳았다는 것이다. 다음으로 그들은 영정조 시대를 근대의 기점으로 설정함으로써 한국문학의 역사적 연속성을 단절했다. 그들은 '언어 의식'(김만중의 '폭탄적인 자국어 선언')을 중심으로 근대의 기점을 설정했는데, 이는 설화, 고려가요, 향가 등을 한국문학의 영역에서 배제하는 데로 귀결되고 말았던 것이다. 마지막으로 그들은 이념('신성한 것') 의 시대적 변별성과 역사적 단절을 가정했다. 예컨대, 삼국시대를 지배한 것은 불교적 애국주의이고 조선시대를 지배한 것은 유교적 교양주의라는 식의 가정이다. 그러나 이와 같은 정신의 시대적 단절은 '전통 단절'의 다른 표현에 불과했다.

『한국문학사』에 대한 구중서의 비판에서 더욱 흥미로운 점은 그와 같은 직접적 비판보다 임화의 '이식문학론'을 경유한 매개적 비판에 있다. 잘 알려져 있는 것처럼, 김현과 김윤식은『한국문학사』에서 임화의 문학사 연구 방법론을 '이식문화론'으로 규정한 뒤 그에 대해 한국문학사의 '전통 단절'이라는 비판을 제기한 바 있다. 그런데 구중서는 임화의 연구 방법론이야말로 '전통 연결'의 입장을 견지하고 있다고 주장함으로써("林和의 移植文化論을 傳統 斷絶論으로 보는 것은 原文批評에 있어 착오를 일으키고 있는 것"[6]) 그들이 임화에게 가한 '전통 단절'이라는 비판을 거꾸로 그들에게 향하도록 했던 것이다. 이때 구중서가 제시한 근거는 임화가 한국 '신문학사'를 위한 방법론을 기술하면서도 전대의 언문문학과 한문문학을 문학사 전통으로서 전제하고 있었다는 점, 이식문화란 민족의 고유문화가 단자처럼 격리되어 있는 것이 아니라 인근문화나 외래문화와 교섭하면서 변화하고 발전하는 것임을 보여주는 용어라는 점, 문학사란 (단순한 '언어 의식'만이 아닌) 양식의 역사와 정신의 역사를 종합한 정신문화사라는 점 등이었다. 임화의 문학사 연구 방법론은 신문학사 기술을 위한 것이었기 때문에 한국문학 전통에 대한 탐구로까지 이어지지는 못했지만, 김현과 김윤식의 연구 방법론과는 달리 한국문학의 역사적 연속성에 대한 인식을 내포하고 있었다.

구중서는『한국문학사론』에서 코흐(Klaus Koch)의 양식사학적 연구를

---

6   구중서, 「한국문학사 방법론 연구」, 위의 책, 13면.

문학사 연구 방법론으로서 제시했다.[7] 한국문학사가 양식 면에서 자생적인 향가, 고려가요, 판소리 소설 등을 포함하고 있다는 점, 이와 같은 자생적 양식들이란 서민적 토대 위에 자리잡고 있다는 점, 민속과 구전이 그 자생적 양식들의 전제 조건이라는 점, 한국에서 고대의 집단 무의식이란 주로 무속을 가리킨다는 점, 민족의 형성은 한국문학사의 전사적(前史的) 검토에서 주된 내용이라는 점, 한국문학사 고유의 토대에 대한 계속적이고도 심층적인 연구가 필요하다는 점 등은 그를 토대로 제시된 것들이었다. 그러나 한국문학의 역사와 관련한 일련의 저술에서 그는 문학의 정신적 측면에 더 큰 의의를 두고 있고, 이 점에서 양식의 역사와 정신의 역사를 종합한 정신문화사라는 임화의 문학사 정의에 동의하고 있는 것처럼 보인다.

민족예술, 민족문학이라 하더라도 그것이 도식적(圖式的)으로 규격화된 어떤 특성을 지니고 있는 것으로 보아서는 안 될 것이다. 역사가 변천하는 여러 단계에 있어서 한 민족은 그때마다 특수한 현실 상황에 부딪친다. 그리고 현실과 어울려 형성해 가는 당대적(當代的) 문예양식이 있게 된다. 그것이 향가이며, 고려가요이며, 판소리 소설이며, 오늘의 우리 근대문학이다. 민족문학의 이와 같은 변천은 그 양식에만 있는 것도 아니다. 작품이 담고 있는 사상성에도 변모가 있게 된다. 역사 환경의 조건에 따라 문예사상도 때로는 저항적이게 된다. 그러나 이러한 것들은 겉에 드러나는 형식이며 상태일 것이다. 민속예술의 변함없는 가락과도 같이 내면의 바닥에 흐르는 어떤

7   위의 책, 58면.

특질이 문학예술 속에는 없는 것일까.

언어를 매체(媒體)로 하는 문학은 보다 폭넓게 문명과 현실을 포용해야 하므로 보다 순수예술인 노래나 춤에서보다 더욱 자유롭고 다양한 형태를 취하게 되어 있다. 이런 문제들을 염두에 두면서 한국의 문학 전통 속에서 어떤 특질을 찾아보고 싶다.

그 특질을 찾고자 하는 의욕에 이끌리면서 필자로서는 어느 정도 착안되는 점이 있다. 그것은 '평화와 알몸의 사상(思想)'이다.[8]

향가, 고려가요, 판소리 소설, 근대문학 등은 구중서가 구성한 민족문학 양식들의 계보였다. 이 양식들은 "세계 문학권(文學圈)으로부터 창작 이론이라든가 장르 개념을 받아들여서 된 문학 행태가 아니었으며 토착 민중 속에서 저절로 솟아나서 막을 길 없는 문예적 기능을"[9] 수행한 문학 양식이라는 것, 정확히 말하자면 "민중 토대의 자생적 문학 양식"[10]이라는 것이 그 이유였다. 하지만 구중서는 그 양식들 외에 조선시대 한문소설, 한말 항일 의병항쟁가(義兵抗爭歌), 식민지 시기 저항적 근대문학 또한 민족문학의 전통 속에 포함시켰다. 특히 김시습의 『금오신화(金鰲新話)』에 대해서는 중국의 전기소설(傳奇小說) 『전등신화(剪燈新話)』에서 그 형식을 빌어 왔음에도 불구하고 작품의 배경, 인물, 풍속 일체가 한국적일 뿐만 아니라 외족(중국, 일본)의 침략에 대한 적개심과 민족사에 대한 절절한 송가(頌歌)까지도 포함되어 있다는 점을 들어 높게 평가했다. 구

---

8 구중서, 「문화의 민족성과 세계성」, 앞의 책, 25~26면.
9 위의 글, 24면.
10 구중서, 「민족문학의 나아갈 길」, 앞의 책, 16면.

중서는 민족문학 전통 인식 작업에서 문학 양식들의 계보를 추적하기는 했지만, 사실상 양식 그 자체보다 거기에 구현된 문학 정신('사상성')에 더 큰 의의를 두고 있었던 것이다. 중요한 것은 특정한 문학 양식 그 자체라기보다 거기에 구현된 문학 정신과 그 정신문화적 가치였다.

간단히 말해서, 한국 민족문학의 전통에 내재하는 문학 정신이란 '평화와 알몸의 사상(思想)'을 말한다. 이때 '알몸의 사상'이 '휴머니즘'이라는 현대적 개념과 상호 소통하는 것이라는 언급을 고려한다면,[11] '평화와 알몸의 사상(思想)'이란 일종의 보편적 휴머니즘이라고 말할 수 있다. '평화와 알몸의 사상(思想)'은 '민족문학의 역사적 정초(定礎)'라고 볼 수 있는 향가의 세계관이기도 했지만, 원효의 무애사상(無碍思想), 고려가요 「만전춘(滿殿春)」이나 판소리 소설 『춘향전』에 나타난 인간해방의 욕구, 식민지 시기 한용운, 이상화, 이육사, 윤동주 등의 작품에 나타난 민족적 저항 의지 등으로서 변주되기도 했기 때문이다.[12] 구중서가 "국토 분단의 비극을 비롯하여 오늘의 민족 현실에 부조리한 요인이 있으면 시는 거기에 대응하는 사상과 정서를 가져야 한다"[13]고 주장했을 때, 또한 산업사회에서 "인간적인 삶의 실현을 모색하고 형상화"하는 "산업사회에 조응하는 문학적 안목"[14]을 요청했을 때 염두에 두었던 한

....

11 구중서의 설명에 따르면, '알몸의 사상'이란 신라 애장왕(哀莊王) 때 황룡사(皇龍寺) 스님 정수(正秀)가 눈 위에 쓰러져 있는 모녀를 보고는 그들을 품에 안아 체온으로 소생시킨 후 자기 옷을 전부 벗어 덮어준 채 알몸으로 본사(本寺)로 돌아간 데 유래했다.(구중서, 「문화의 민족성과 세계성」, 앞의 책, 28면)
12 구중서, 「문화의 민족성과 세계성」, 앞의 책, 28면.
13 구중서, 「시와 사상」, 『문학을 위하여』, 평민사, 1978, 28면.
14 구중서, 「산업화 시대와 문학」(『문예중앙』 여름호, 1979), 『한국문학과 역사의식』, 창작과비평사, 162면.

국 민족문학의 정신은 바로 '평화와 알몸의 사상(思想)'이었다.

구중서에게 한국 민족문학의 전통은 양식의 경계도 고전문학과 현대문학의 경계도 관통하는 것이었다. 한국 민족문학의 전통은 향가에서 근대문학에 이르기까지 계승되는 것으로서, "민중 토대의 자생적 문학양식"을 중심으로 '평화와 알몸의 사상(思想)'을 구현함으로써 정신문화적 가치를 발휘할 수 있었다. 그리고 정신문화적 가치는 민족 분단의 시대, 물질주의와 획일주의의 시대 민족문학의 정신을 계승한 문학이 한국문학뿐만 아니라 세계문학에도 공헌함으로써 증명될 것이다. 이는 민족문학의 전통이 1970년대 이후 한국문학에서도 여전히 유효성을 갖고 있다는 것, 다시 말해 동시대 작가들의 문학적 작업을 위한 토양으로서 충분히 기능할 수 있다는 것을 의미한다. 구중서는 민족문학을 '민족주의' 문학으로 규정하는 데 반대했는데, 그 이유는 무엇보다도 그 문학 정신의 탈민족주의적 성격에 있었다. 한국 민족문학의 전통은 한국 민족을 중심으로 계승될 수밖에 없겠지만, '평화와 알몸의 사상(思想)'의 보편적 휴머니즘에 기반한 정신문화적 가치는 한국 민족을 탈중심화하면서 세계문학 속에 산포될 것이다.

3. 제3세계 문학, 자연법, 리얼리즘

"세계문학을 아는 데서 쟁취된 인식"이라는 정의에서도 드러나듯, 민족문학에 관한 구중서의 논의는 일관되게 세계문학과의 내적 관련성 속에서 전개되었다. 민족문학은 세계문학 속에서만 개성을 내세울 수 있고, 세계문학은 민족문학을 통해서만 보편성을 실현할 수 있다. 민족문학과 세계문학은 다른 항목을 통해서만 자기 존재의 정당성을 주장할 수 있는 개념 쌍인 것이다. 그렇다면 논의는 세계문학 속에서 내세울 수 있는 한국 민족문학의 '개성'이란 무엇인지, 그리고 한국의 민족문학을 통해서 구현되는 세계문학의 '보편성'이란 무엇인지를 중심으로 전개될 수밖에 없다. 앞 장에서 살펴본 한국 민족문학의 전통 인식 문제가 '개성'에 관한 것이었다면, 이 장에서 살펴볼 한국 민족문학의 제3세계적 특성 문제는 '보편성'에 관한 것이다. 여기서 중요한 관심사는 한국 민족문학이 제3세계 문학으로서 갖는 지위와 그것이 세계문학으로서 갖는 정신문화적 가치다.

구중서는 동시대 서구 주도 세계문학이 서구의 '정신적 몰락'을 반영하고 있다는 진단 아래 한국문학을 비롯한 제3세계 민족문학이 세계문학의 '건강 회복'에 기여해야 한다고 주장했다. 한국문학은 민족문학의 전통 인식을 통해서 스스로 개성을 내세울 수 있지만, 세계문학의 지리학 속에서는 제3세계 민족문학으로 규정되는 한에서만 그 개성을 인정받을 수 있었다.

> 19세기 말부터 20세기 초에 걸친 모더니즘, 20세기 중엽의 비트 제너레이션, 20세기 후반의 구조주의 등은 일관하여 서구의 정신적 몰락을 반영하거나 잃고 있는 것으로서 하등의 새로운 해결책은 되지 못하고 있다는 판단이 이제 한국의 70년대 비평문학계에서도 나타나고 있다. 아울러 새로이 대두되는 제3세계 민족문학들의 가치가 세계문학의 건강 회복을 위해 새로운 활력소가 되어야 한다는 전망도 나타나고 있다.[15]

모더니즘, 비트 제너레이션, 구조주의 등을 통해서 드러난 "서구의 정신적 몰락"이란, 간단히 말하자면 인간적 가치의 쇠퇴를 의미했다. 서구는 19세기 후반 식민주의적 침략을 동반한 산업화를 통해서 급속한 경제적 발전을 이루었지만 제1차 세계대전 이후 자기 신뢰 상실과 인간적 가치에 대한 물질적 가치의 우위라는 문제적 상태에 빠지게 되었다. 그에 따라 세계문학 역시 모더니즘을 위시한 일련의 서구 문학 양식들에 의해 주도됨으로써 그와 동일한 '정신적 몰락' 상태에 반영하게 되었다. 그와 달리 제3세계는 과거 식민주의적 침략의 대상이 됨으로써 산업화에서 서구에 뒤처지게 되었지만, 바로 그 때문에 오히려 인간적 가치를 보존하는 역설적 상황에 놓이게 되었다. "후진 지역 제3세계의 정신적 가치는 현대 세계 안에서의 정신사적 선진성을 말해 준다"[16]는 구중서의 진술은 이와 같은 상황 인식에 근거한 것이었다. 그에게 제3세계 문학은 무엇보다도 "'인간가치에 대한 가장 생생한 인식력'을 민족별 문화 전통 안에 보존하고 있음으로써 장차 세계문명의 새로운 기초"[17]가 될 문학을 의미했다.

제3세계 문학은 구중서가 「1970년대 비평문학의 현황」(1976)에서 주목을 요구한 이후 『창작과비평』 1979년 가을호 특집 '제3세계의 문학과 현실'과 『제3세계 문학론』(백낙청·구중서 외, 한벗, 1982) 등을 통해서 본격적으로 논의되었다. 여기서 구중서의 입장은 백낙청, 김종철 등 제3세계 문학론자들의 주장과 본질적으로 다르지 않다. 앞에서 살펴본

---

15 구중서, 「소설이란 무엇인가」, 『문학을 위하여』, 평민사, 1978, 14면.
16 구중서, 「민족문학의 나아갈 길」, 위의 책, 15면.
17 구중서, 「문학과 세계관의 문제」, 『한국문학과 역사의식』, 창작과비평사, 1985, 24면.

제3세계 문학 논의, 즉 서구문학에 대한 비판적 진단과 제3세계 문학에 의한 세계문학의 활성화 요구는 그들 모두에게 공통된 것이었다. 그러나 구중서는 제3세계 문학으로서의 한국 민족문학을 지역성과 보편성의 관점에 입각해서 다루었다는 점에서, 또한 한국 민족문학의 정신문화적 가치를 자연법적 보편성의 수준에서 설명하려고 했다는 점에서 다른 논자들과 구분되었다.

1970년대 말 제3세계 문학의 중요성을 주장했던 대표적 비평가 백낙청은 민중성과 다원성을 중심으로 그에 관한 논의를 전개했다. 우선, 백낙청은 역사적 관점에서 제3세계의 의미를 지역성 대신 민중성을 토대로 정의할 것을 요구했다. "세계의 나머지로부터 특정 지역을 고립시켜 어떤 '제3의 세계'를 실체화하는 것은 '제3세계주의'라고도 부름직한 새로운 허위의식을 낳을 위험이 크다"는 게 그 이유였다. 제3세계는 오늘날 아프리카, 라틴아메리카, 아시아 등 자본주의 세계경제의 전지구화로 인한 지구상 후진 지역 전체를 가리키고 있지만, 세계 체제의 역사적 변화를 고려할 때 그 개념은 특정 지역으로 실체화되기보다 "민중의 입장에서 보는 하나의 세계"로서 인식될 필요가 있다는 것이다. 다음으로, 백낙청은 다원성의 입장에서 제3세계 민족문학들에 대한 연구의 필요성을 강조했다. 서구 주도의 세계문학 이해에서 드러나는 '다원주의를 표방하는 획일주의' 혹은 "서구 모더니즘의 사이비 다원주의"에 맞서 제3세계 문학은 아프리카, 라틴아메리카, 아시아 등 세계 각 지역 민족문학들의 다원성을 포용해야 한다는 것이다. 백낙청에게 가장 중요한 문제는 민족문학들의 지역성이 아닌 서구 중심주의에 맞서는 '제3세계적 시각', 즉 '민중의 입장'을 확보하는 일이었다. 그 때문에 그는 '제3

세계적 시각'에서 셰익스피어, 괴테, 톨스토이 등 서구 고전적 작가들에
대한 연구를 진행하는 것은 제3세계 문학의 문학적 다원성에 기여하는
행위로 간주했다.[18]

　백낙청과 달리 구중서는 제3세계 문학을 철저하게 지역성과 보편성
의 관점에서 논의했다. 우선 그는 제3세계란 아프리카, 라틴아메리카,
아시아 대륙 등 세 대륙으로 구성되어 있음을 명확하게 지적했다. 세 대
륙의 경우 과거 식민지 경험, 개발도상국이라는 지위, 고유한 민족문화
전통 형성 등에서 다른 지역과 구분되는 공통점을 갖고 있다는 게 그 이
유였다.[19] 그리고 아프리카 문학의 경우에는 생명감과 해방감의 추구가,
라틴아메리카 문학의 경우에는 속죄와 더불어 제3세계 사목 운동의 전
개가, 아시아 문학의 경우에는 평화와 여유의 사상 구현이 고유한 지역
문학적 특성임을 주장했다.[20] 백낙청과 달리 구중서는 다양성 그 자체
보다 각 대륙 민족문학의 지역성과 문학적 전통의 개성에 더 큰 의의를
두고 있었던 것이다. 말하자면, "제3세계 민족문학은 오늘의 민중 속에
발 딛고 서 있으면서 생각과 감수성을 전통문화의 뿌리로부터 '자기다
움'의 진액을 빨아마"[21] 시는 문학이었다.

　구중서는 제3세계 민족문학의 보편성을 주장하기 위한 원리로서 '일
치 안의 다양성'을 강조했다. 세계문학이 "각 민족문학들이 함께 만나서
조화를 이루는"[22] 문학이라면, 제3세계 문학은 아프리카, 라틴아메리카,

....

18　백낙청, 「제3세계의 문학을 보는 눈」, 『제3세계 문학론』, 한벗, 1982, 15~22면.
19　구중서, 「제3세계 문학으로서의 한국문학」, 위의 책, 267면.
20　구중서, 「제3세계 민족문학에의 전망」, 『분단시대의 문학』, 전예원, 1981, 33면.
21　구중서, 「제3세계 문학으로서의 한국문학」, 위의 책, 270면.
22　구중서, 「창작과비평의 새 방향」, 『民族文學의 길』, 중원문화, 1979, 59면.

아시아 대륙 민족문학들이 조화를 이루는 문학이었다. 그리고 제3세계의 민족문학들은 '일치 안의 다양성' 원리 아래 세계문학 속에 배치될 것이다. 이는 제3세계 민족문학들이 세계문학의 지리 속에서 다원주의적으로 분산되어 배치되는 대신, 제3세계적 성격을 공유하는 가운데 서구 민족문학들과 공존하게 될 것임을 의미한다.

제3세계 문학론을 전개함에 있어서도 제3세계권 각 나라의 민족문학 전통이 중시되어야 한다는 것이 필자의 생각이다. 왜냐하면 제3세계 역시 문화적 획일주의를 추구해서는 안 되는 것이며 각기 개성 있는 전통을 가지고 '일치 안의 다양성'으로, 한 꽃밭의 각기 다른 꽃들의 조화관계로 어울려야 하기 때문이다.[23]

다양성 안의 일치, 일치 안의 다양성, 서로가 별개가 만나 서로를 풍요케 한다. 이 관계에 있어서의 '일치', 이것은 진리의 다른 이름일 것이다.[24]

구중서는 문화적 획일주의를 경계하고 민족문학 전통의 중요성을 내세우고 있지만 분명히 '다양성'보다 '일치' 쪽에 강세를 두고 있다. '일치'는 '진리'의 다른 이름이자 '동일성' 또는 '보편성'이고 '이성'이기도 하다는 생각을 갖고 있었기 때문이다.[25] 말하자면, '일치'는 '일치=진리=동일성=보편성=이성'의 등가체계에 의해서 최고의 가치 개념으로 설

<hr>

23 구중서, 「80년대 비평문학의 전개」, 『한국문학과 역사의식』, 창작과비평사, 1985, 83면.
24 구중서, 「자연과 리얼리즘」, 『자연과 리얼리즘』, 태학사, 1993, 22면.
25 구중서, 「책머리에」, 『문학과 현대사상』, 문학동네, 1996, 6면.

정되어 있었던 것이다. 세 대륙 민족문학들의 다양한 전통도 중요했지만, 그보다 더 중요한 것은 그 다양한 전통을 제3세계 문학으로서 수렴하는 '일치=진리=동일성=보편성=이성'의 등가체계였다.

'일치=진리=동일성=보편성=이성'의 등가체계는 제3세계 민족문학들 간 관계, 더 나아가서는 세계문학을 구성하는 민족문학들 간 관계를 규정하는 최고 원리였다. 그러나 그것은 엄밀히 말하자면 일종의 형식적 원리에 불과했다. 거기에는 '일치'를 보장해주는 어떤 구체적인 내용까지도 포함되어 있는 것은 아니었기 때문이다. 그렇다면 이제 해명해야 할 문제는 그 '일치'의 내용, 즉 한국 민족문학이 제3세계 문학으로서 소유하는 '일치'의 내용에 관한 것이 된다. 이 문제는 한국 민족문학이 세계문학 속에서 갖는 정신문화적 가치와도 관련되어 있다는 점에서 특히 중요했다.

앞에서 살펴본 것처럼, 구중서는 한국 민족문학의 전통에 내재하는 정신을 '평화와 알몸의 사상(思想)'으로서 규정했다. 그런데 그는 여기서 그치지 않고 이 사상의 보편적 휴머니즘을 자연법의 수준으로까지 격상했다. 그는 "각 민족의 정신세계를 진정으로 지탱해 주는 것은 근본적으로 인류에게 공통되게 존재하는 것으로서 자연법적 정신질서로서의 자유, 양심, 인간존엄, 평화"[26]라는 생각을 갖고 있었던 것이다. 여기서 '자유, 양심, 인간존엄, 평화'라는 항목은 때때로 '양심, 자유, 정의, 평화'라는 항목으로 변경되기도 하고 '자연법적 정신질서'라는 표현은 '하느님 세계의 자연법적 질서'라는 종교적 표현으로 변주되기도 하지만,[27]

---

26 구중서, 「한국문학사 방법론 연구」, 위의 책, 34면.
27 구중서, 「순교자의 후예」, 『구도의 언어』, 가톨릭출판사, 1975, 157면.

그의 본의는 인간적 가치의 특정한 덕목이나 특수한 종교성을 초월한 보편적 휴머니즘이야말로 문학의 자연법임을 강조하려는 데 있었다. 이와 관련해서 한국 민족문학의 의의는, 그것이 향가, 고려가요, 판소리 소설 등 '자생적 양식들'을 중심으로 전개되어 왔음에도 불구하고 '평화와 알몸의 사상'을 통해서 자연법으로서의 보편적 휴머니즘을 구현한 데 있었다. 그 때문에 한국 민족문학은 제3세계 문학으로서 '인간적 가치' 회복에 기여하는 문학으로 간주될 수 있었다.

그 동안 세계문학을 주도해온 모더니즘과 그 후예들이 "서구의 정신적 몰락"을 반영했다면, 한국 민족문학은 리얼리즘적 태도를 실천함으로써 보편적 휴머니즘의 추구에 기여할 수 있다. 구중서는 루카치의 리얼리즘 이론에 기대어 리얼리즘 논의를 전개했는데, 여기서 그가 가장 중요하게 여긴 것은 '민주주의 정신'과 '현실의 객관적 총체성'이라는 항목이었다. 말하자면, 리얼리즘은 단순한 문학적 기법이나 방법이 아니라 민주주의 정신에 입각해서 현실의 객관적·총체적 형상화를 추구하는 '문학적 태도'[28] 혹은 '문학적 양식'이라는 것이었다. 이 관점에서 그는 한국 민족문학의 과제를 "'산 정신'으로서의 리얼리즘을 어떻게 현명히 운용해 나가느냐", 즉 "리얼리즘이 자연주의적 모사(模寫)의 기법 치중, 나열주의적 고발의 수준에 떨어지지 않고 총체적 상황에서의 전형의 창출 및 인간본성에 뿌리박은 구원에의 이상까지를 추구해 나아"가느냐로 설정했다.[29] 리얼리즘적 태도 혹은 양식을 견지함으로써 한국

....

28 구중서는 「역사의식·리얼리즘의 문학시대」에서 1970년대 리얼리즘 논의의 전개 양상을 검토한 뒤 리얼리즘을 "하나의 기법"이나 "한 시대의 예술사조"가 아닌 "보편적이요 항구적인 태도"라고 표현했다.(『문학을 위하여』, 평민사, 19778, 88면)

민족문학은 자연법으로서의 보편적 휴머니즘을 인식하고 형상화할 수 있다는 것("리얼리즘과 존재론의 조화(調和)"[30]), 그리고 더 나아가서는 제3세계 문학으로서 세계문학의 '건강 회복'에도 기여할 수 있다는 것이 그의 생각이었다.

구중서는 한국 민족문학을 제3세계 문학으로서 규정한 뒤 민족문학 전통의 계승과 함께 세계문학에의 참여를 동시에 요구했다. 이때 한국 민족문학이 자생적 양식들을 통해서 계승해온 '평화와 알몸의 사상(思想)'은 문학의 자연법(보편적 휴머니즘)에 해당하는 것이므로, 충분히 세계문학의 '건강 회복'에 기여하는 정신문화적 가치를 갖는 것으로 간주되었다. 이와 관련해서 리얼리즘은 그 자연법을 인식하고 형상화하는 데 가장 적합한 문학적 태도 혹은 양식이라는 점에서 특히 중요했다. 요컨대, 한국 민족문학은 "본질적으로 물질과는 전혀 다른 정신적 존재인 인간과 인류의 미래 운명은 인간본성과 자연법적 질서를 준수하는 노력 여하에 따라 타락할 수도 있고 발전할 수도 있다는 전망"[31] 아래, 제3세계 문학으로서의 자의식과 함께 리얼리즘적 태도·양식을 견지하는 문학이어야 했다.

---

29 구중서, 「한국 현대 리얼리즘 문학론」, 『한국문학과 역사의식』, 1985, 창작과비평사, 152면.
30 구중서에게 리얼리즘적 태도는 보편적 휴머니즘으로서의 자연법에 전적으로 상응하는 것이었다. "그러므로 불멸의 자연법적 진리와 거기에 입각한 인간 본질의 존엄한 가치와 의미를 일깨워주는 존재론은 작가의 창작적 양식(良識)에 중요한 보탬을 하리라고 생각된다.
　　이런 뜻에서 리얼리즘과 존재론의 조화(調和) 관계는 앞으로 한국문학 속에서도 모색되어야 할 것이며, 이제 우리는 이러한 점에까지 문제의식의 눈을 돌려야 할 단계에 온 것이 아닌가 생각된다."(「리얼리즘과 궁극의 의미」, 『구도의 언어』, 가톨릭출판사, 1975, 142면)
31 구중서, 「세계 현실의 변동과 한국문학」, 『문학과 현대사상』, 『문학동네, 1996, 47면.

4. 트리컨티넨탈리즘과 구원의 문학

민족문학 개념에 대한 구중서의 신념은 민족문학의 정신적·양식적 전통에 대한 인식, 제3세계 문학으로서의 자의식, 자연법으로서의 보편적 휴머니즘과 리얼리즘적 태도에 대한 믿음 등을 토대로 견고하게 유지되었다. 물론 구중서는 민족문학 개념이 "몇 십 년 동안 계급주의와 반계급주의, 또는 한국적 순수문학 측에 의해 자의적으로 쓰여 오기도 했"음을 잘 알고 있었다. 그렇지만 많은 문학자들이 "근대 시민의식, 민주주의, 민중토대, 제3세계문학의 일익, 제3세계 문학의 동아시아적 보고(寶庫)에 대한 재인식"과 함께 "무엇보다도 민족의 분단극복 의식 때문에 '민족문학' 개념을 굳건히 수립하고 구현해 왔"음을 지적함으로써 그 개념의 현실적 유효성을 주장했다. "'민족문학'은 개념이나 지칭으로서뿐 아니라 문학적 실체로의 구현으로서 앞으로도 더욱 촉진되어야 할 것"이라는 요구는 그에 따른 자연스런 결론이었다.[32]

민족문학의 정신문화적 가치가 세계문학 속에서 갖는 의의와 별개로, 그것의 현실적 유효성은 현대 사회의 비인간성에 대한 비판적 인식 능력에 있었다. 구중서에게 산업화에 따른 사회의 비인간화는 물론 중요한 문제였지만, 민족의 분단이야말로 한국사회에서 "사람다운 삶의 자리와 그 質"[33]을 위협하는 결정적 문제였다. 인간적 가치의 쇠퇴가 서구 주도 세계문학의 보편적 문제였다면, 분단 문제는 그 보편적 문제의 한국적 특수화라고 말할 수 있다. 한국 사회에서 분단으로 인한 이데올로

---

32 구중서, 「국문학 연구의 재인식과 방향」, 『자연과 리얼리즘』, 태학사, 1993, 337면.
33 구중서, 「한국문학의 통일지향 문제」, 『분단시대의 문학』, 전예원, 1981, 77면.

기적 대립이 '문학예술 본래의 자유정신'과 '창조를 위한 객관적 비판 정신'을 제약하는 요인이었다면, "통일에의 지향" 혹은 "분단극복"[34]은 단지 특수한 지역 문제의 해결만이 아닌 보편적 휴머니즘의 구현 또한 함축하는 것이었다. 그는 간혹 "'민족문학'의 개념은 적어도 민족의 남 북 분단이 극복되고 통일이 이루어지는 단계까지라도 적합하고 유효하 다"[35]는 식의 발언을 통해서 민족문학의 관심사가 단지 지역적인 것에 한정되는 듯이 말하기도 한다. 하지만 한국 민족문학의 정신문화적 가 치는 바로 "남·북을 통일적 공간으로 설정"하는 가운데 "자유·개방· 인간존엄의 주제 의식을 제기"한다는 데 있었다.[36]

민족문학은 종국적으로 현실 구원과 아울러 인간 구원의 경지에서 능력 을 지녀야 할 것이다. 즉 경제적 복지가 이루어짐으로써 인간의 행복이 완성 되지는 않을 것이다. '인간은 무엇을 가졌느냐보다 어떠한 인간이냐가 중요 하다. 아무것도 갖지 않으면서도 세계를 자기 것으로 삼을 수 있는 것이 인 간의 심정이기도 하다.' 이것은 거의 영성의 평화라고 부를 만한 것이다. 그 러나 이러한 평화도 사회의 복지와 정의의 실현을 수반한다는 조건 위에서 만 누릴 권리가 있을 것이다.[37]

구중서는 한국 민족문학이 인간적 가치라는 보편적 문제와 남북 분단 이라는 특수한 문제에 모두 관심을 갖는 이유를 "현실 구원"과 "인간 구

34　위의 글, 75면.
35　구중서, 「국문학 연구의 재인식과 방향」, 『자연과 리얼리즘』, 태학사, 1993, 337면.
36　구중서, 「한국문학의 통일지향 문제」, 『분단시대의 문학』, 전예원, 1981, 78면.
37　구중서, 「비평과 창작의 새 방향」, 『민족문학의 길』, 중원문화, 1979, 69면.

원"의 실현에서 찾았다. 그의 민족문학 구상이 제3세계 문학 및 세계문학과 맺고 있는 내밀한 관계를 고려할 때, "현실 구원"과 "인간 구원"은 남북 분단, 세 대륙(아프리카, 라틴아메리카, 아시아)의 정치적·경제적 예속성, 서구 사회의 "정신적 몰락" 등과 같은 지역적 문제들의 해결임과 동시에 보편적 휴머니즘으로서의 자연법의 복원이기도 하다. 이와 같은 그의 민족문학 논의는 오늘날 트리컨티넨탈리즘(tricontinentalism)의 구상과도 맞닿아 있다. 트리컨티넨탈리즘은 "서발턴 하위 주체, 수탈당하고 있는 자들로부터 생겨나서 우리 모두가 살고 있는 조건과 가치를 변혁하고자 하는 반항적 지식들을 나타내는 일반적 이름"[38]으로서, 비서구 세 대륙(아프리카, 라틴아메리카, 아시아)의 특수한 지역 문제와 함께 세계의 보편적 문제에도 적극적으로 대응해야 한다고 주장한다. 제3세계 문학이 제1세계와의 '간극'을 내세우며 문화적 다양성을 주장하는 데 반해, 트리컨티넨탈리즘은 아프리카, 라틴아메리카, 아시아 국가들의 정치적 예속성과 경제적 불평등을 강조함과 동시에 민중의 '권리'와 서구 사회의 '변화'까지도 요구하는 것이다. 구중서가 1970년 무렵부터 민족문학 개념을 통해 말하고자 것 역시 이와 같은 '총체적 구원'이었다.

1970년대 저술에서도 이미 구중서가 민족주의라는 표현을 사용하지 않은 데서 드러나듯, '신민족주의'든 '참된 민족주의'든 오늘날 민족주의는 각종 민족분쟁과 맞물려 부정적 뉘앙스를 갖는 표현이 되었다. 그와 마찬가지로 민족문학 역시 민족주의에 덧붙여진 부정적 뉘앙스로 인해 이제 무조건적 동의를 이끌어낼 수 없는 개념이 되었다. 그리고 21세

---

38 로버트 J. C. 영, 김용규 역, 『아래로부터의 포스트식민주의』, 현암사, 2013, 40~41면.

기 들어 급속히 진행된 지구화로 인해 제3세계 또한 더 이상 현실성을 주장하기 어려운 용어가 되었다. 그렇지만 구중서가 민족문학을 통해서 꿈꾸었던 "현실 구원"과 "인간 구원"의 염원은 여전히 실현되지 않고 있다. 오히려 그 염원은 점점 더 실현 불가능한 것으로 판명되고 있는 듯하다. 그런데 이와 같은 상황이야말로 어쩌면 역설적으로 구중서의 민족문학 구상이 오늘날에도 현실적 유효성을 갖고 있음을 보여주는 것인지도 모른다. 탈민족주의 시대, 탈민족문학 시대, 탈제3세계의 시대 그의 민족문학 구상은 트리컨티넨탈리즘 문학으로 이름을 바꾼 채 "현실 구원"과 "인간 구원"의 염원을 여전히 간직하고 있는 것인지 모른다.

참여문학의 이론적 원리와 리얼리즘의 성취

구중서의 리얼리즘론에 대하여

홍기돈*

1. 한국 현대 리얼리즘론의 기점과 구중서의 위상

분단 이후 리얼리즘 문학론의 전개에서 구중서가 차지하고 있는 자리는 분명하다. 50년대 후반 벌어졌던 문학의 '순수-참여 논쟁'은 4·19를 통과한 1960년대에 들어 다시 한 번 격렬하게 진행되었던바, 이때 대두된 참여론의 입장을 리얼리즘이라는 방법론으로 안착시키는 과정에서 그가 중요한 매개 역할을 수행하였기 때문이다. "60년대의 현실과 문학을 바라보는 관점 내지 문학적 방법론의 문제가 '리얼리즘'이라는 주제로 집약되기 시작한 것은 70년 「4·19와 한국문학」 좌담 이후 김현과 구중서가 논쟁을 벌이고 거기에 염무웅·김치수·김병익이 가담하면서부터이다."[1] 「좌담 : 4·19와 한국문학」(『사상계』, 1970.4)에서 리얼리즘 문제를 두고 김현과 충돌하였던 구중서는 좌담에서의 입장을 체

---

* 가톨릭대 교수, 문학비평가

[1] 백문임, 「70년대 리얼리즘론의 전개」, 『1970년대 문학연구』, 소명출판, 2000, 252~253면.

계적으로 가다듬어 「한국 리얼리즘 문학의 형성」(『창작과비평』, 1970.여름)을 발표함으로써 1970년 리얼리즘론의 초석을 닦아 놓았다. 그러니 리얼리즘 문학론과 관련하여 한국문학사에서 구중서가 차지하고 있는 자리는 바로 이 두 편의 자료로써 입증이 되는 셈이다.

일찌감치 '한국 현대 리얼리즘론의 기점'[2]을 마련해 낸 비평가답게 구중서는 이후 리얼리즘 시각을 견지하여 문학사를 개관하고 작가론·작품론을 써 내려갔다. 그렇지만 「한국 리얼리즘 문학의 형성」에 육박할 만한 수준의 본격적인 리얼리즘론을 선보이지는 않았던 듯하다. 「광의의 리얼리즘 문학론」(『창작과비평』, 1992.가을)을 발표하면서 그는 다음과 같이 서두를 열어 나갔다. "필자가 「한국 리얼리즘 문학의 형성」을 『창작과비평』 1970년 여름호에 발표한 것이 어느덧 22년 전의 일이 되었다. 그 뒤 (…중략…) 하나의 '리얼리즘 문학론' 자체를 본격적으로 다룬 적은 없는 셈이다."[3] 「광의의 리얼리즘 문학론」이 발표되었던 1992년이라면 한국 내에서 리얼리즘의 전망에 관하여 회의가 확산되었던 시기이다. 아마도 구중서는 「한국 리얼리즘 문학의 형성」을 발표했던 이론가로서 리얼리즘의 퇴조 경향에 맞서기 위해 이 글을 써내려갔을 터이다. 여하튼 「광의의 리얼리즘 문학론」을 발표함으로써 구중서는 분단 이후 한국문학사에서 리얼리즘이 본격적으로 개시하는 지점과 쇠퇴기로 접어드는 분기점에서 자신의 입론을 펼쳐나간 비평가로 남게 되었다.

이 논문은 한국문학사의 맥락 가운데서 구중서의 리얼리즘론의 의미를 살펴보는 데 목적을 둔다. 따라서 분석 대상은 ① 「좌담 : 4·19와 한

---

2   구중서·강진호 대담, 「민족문학과 문학사의 연속성」, 『문학의 분출』, 케포이북스, 2008, 223면.
3   구중서, 「광의의 리얼리즘 문학론」, 『자연과 리얼리즘』, 태학사, 1993, 24면.

국문학」, ②「한국 리얼리즘 문학의 형성」, ③「광의의 리얼리즘 문학론」
이 된다. 앞서 언급하였듯이 ①과 ②는 논쟁을 담고 있거나 논쟁에서의
주장을 보충하는 내용이다. 그러니 반대편의 주장과 비교해야만 구중서
의 논지가 선명하게 부각된다. ③의 경우는 리얼리즘이 퇴조하는 문단
경향과 맞물려 있는 만큼 당대의 맥락을 생략해 버린다면 그 내용이 현
실과의 팽팽한 긴장감을 상실한 채 공허한 주의·주장으로 묻혀버릴 우
려가 있다. 따라서 본고는 ①, ②, ③과 연관되는 시대적·문학사적 맥락
을 적극 활용하면서 이들 자료가 차지하는 가치를 분석해 나갈 것이다.

2. 참여문학에 이론적 원리를 부여한
「좌담 : 4·19와 한국문학」[4]

제목에서 드러나듯이 「좌담 : 4·19와 한국문학」은 "4·19라는 커다
란 혁명적인 사태가 일어나고 나서 그것이 어떻게 문학에 반영된 것인
가 하는 문제"를 해명하기 위하여 마련된 자리였다.(300) 따라서 먼저
살펴봐야 할 내용은 4·19 이후 새롭게 일기 시작한 1960년대의 문단
경향일 것이다. 여기에 대해서는 구중서가 적절하게 설명하고 있다. 4
·19 이후 한국 사회는 전반적으로 시민 민주주의의 방향으로 나아갔
고, 문학에서도 순수문학의 외피를 둘러쓰고 현실 도피만을 고집할 수
없었는바, 문학 역시 "현실에 참여해야 한다는 문맥이" 나타났고, 이는

....

[4] 이하 2장의 괄호 안 숫자는 『사상계』 1970년 4월호에서 인용한 페이지를 가리킨다.

최인훈의 『광장』·이호철의 『판문점』·하근찬의 「수난 이대」 등 참여
문학의 강세로 이어졌으며, "그러다 보니까 이론적으로 원리가 정리되
어야겠다는 필요성에 의해 1970년대 리얼리즘론이 등장한" 것이다.[5]

이러한 견해는 대체로 통용되고 있는 듯하다. 임규찬은 "1970년대 초
반에 활발히 전개되었던 리얼리즘논쟁은 순수·참여논쟁이 방법론적
차원으로 한 단계 진전된 성격을 가지며, 아울러 4·19혁명이 내포하는
현실 변혁적 필연성을 문학 내적으로 끌어들여 구체화시킨 것이었다"라
고 정리하고 있으며,[6] 구중서는 같은 맥락에서 다음과 같이 발언하고 있
기도 하다. "우연이라면 우연인데 그게(4·19 이후의 역사 현실에 대한 관심
의 증대가 리얼리즘론의 자연스러운 배경이 되었다는 것－인용자) 단순한 우연이
아니라 필연성을 내재하고 있다가 어떤 우연한 계기에 돌출해 버린 거
지요."[7] 그런데 참여문학의 이론적인 원리가 요청되었다고 해서 그것이
곧 리얼리즘이어야만 할 까닭은 없다. 예컨대 논쟁에서 구중서가 굳이
분별하여 한계를 지적하고 있는 자연주의 문학도 그 자리에 올 수도 있
으며, 여타의 기법 및 세계관의 강조로 흘렀을 수도 있다. 따라서 「좌담
：4·19와 한국문학」의 문학사적 의의라면, 4·19 이후 분출한 참여문
학론의 이론적 원리로 리얼리즘이 확립된 계기로 작용하였다는 데 있을
것이다.

좌담의 초점이 리얼리즘으로 맞춰진 데에는, 논쟁 과정에서의 태도가
모호하나, 주제 발제를 맡았던 김윤식의 역할이 컸다고 볼 수 있다. 한

....
5   구중서·강진호 대담, 앞의 글, 221면.
6   임규찬, 「70년대 이후 사실주의」, 『한국근현대문학연구입문』, 한길사, 1990, 256면.
7   구중서·강진호 대담, 앞의 글, 221면.

국 사회에서는 "집단, 사회, 민족 그리고 개인의 자유를 논의할 수" 있는 자유가 4·19를 통하여 비로소 획득되었으니 "4·19야말로 리얼리즘의 기점이" 되리라고 발표했던 것이다.(302) 참여문학논쟁에서 참여의 편에 선 논객이었으나 사회를 맡았던 까닭에 임중빈은 적극적으로 토론에 참여하기가 어려웠다. 토론자였던 구중서는 리얼리즘 문학의 가능성을 적극 긍정하고 나섰다. 기실 이는 충분히 예상할 수 있었던바, 구중서가 동인으로 활동했던 『상황』 그룹이 리얼리즘을 표방하고 있었던 데다가, 구중서도 「중흥과 타락의 문학」(『현대문학』, 1968.10)과 같은 글에서 확고한 리얼리즘 논자임을 선명하게 드러내고 있었기 때문이다. "연암의 소설은 영·정조대에 실학을 앞세운 르네상스 기운에 발맞추어 개화한 모처럼의 귀한 리얼리즘 문학이었다. 이것은 민족 근세문학의 위대한 서막이었으며 민족 문학사의 일대 중흥이었다."[8] 반면 김현은 구중서의 반대편에 자리를 취하였다. "자유를 획득하려는 노력을 할 만한 사회계층"의 형성 여부를 두고 판단할 경우(305) 4·19를 주도했던 이들은 학생들이기 때문에 사회계층을 이룰 수 없으며, 실제 "정치적·사회적인 면에서 자신의 발언권을 행사할 수 있는 계층을 형성하지" 못했으므로(311) 한국사회에서는 리얼리즘이 성립되기 어렵다는 견해를 내보였던 것이다. 그러니 리얼리즘에 대한 구중서의 긍정론과 김현의 회의론이 맞섰던 것은 당연한 전개였다.

....

8　구중서, 「중흥과 타락」, 『문학을 위하여』, 평민사, 1978, 31면.

1) 리얼리즘의 독립적 기능과 발자크를 파악하는 방식

김현에 따르면, 작가는 자유를 획득하고자 노력하는 사회계층의 성립 가운데서 비로소 리얼리즘을 성취할 수 있다. 그런데 한국사회에서는 4·19를 거쳤음에도 이러한 사회계층이 출현하지 않았으니 작가가 동력으로 삼을 만한 세력의 부재로 인하여 리얼리즘이 구현되기 어렵다는 것이다. 그렇다면 구중서는 리얼리즘이 특정 사회계층의 이데올로기로부터 산출된 결과물이 아니라는 사실을 증명해야 할 터였다. 이를 위하여 제시한 작가가 발자크다.

발자크는 이념적으로 보수주의였고 정치적으로 왕당파였으나, 작품을 통해서는 오히려 몰락하는 귀족계급을 그려냄으로써 시민계급의 편에 섰던 작가였다. 작가와 작품 사이의 이러한 모순은 어디서 기인했던가. 역사는 현실의 모순을 극복하여 앞으로 나아가는 과정인 까닭에, 만약 작가가 역동적인 현실에 밀착하여 그 양상을 작품 안으로 충실하게 담아내기만 한다면, 작가의 반동적인 세계관은 작품 속에서 근거를 잃고 미래로 향하게 된다. 이를 두고 엥겔스는 발자크가 "다가올 미래에 홀로 발견될, 미래의 실제적 인간을" 바라본 작가이며 "리얼리즘의 가장 위대한 승리"가 드러나는 대목이라고 극찬한 바 있고,[9] 아놀드 하우저는 "발자크는 관찰보다 비전이 더 강했던 문학적 예언자의 한 사람"이라고 평한 바 있다.[10] 그러니까 엥겔스, 하우저는 작가와 작품 사이에 역동적

---

9 엥겔스, 김영기 역, 「마가렛 하크니스에게 보내는 편지」, 『마르크스·엥겔스의 문학예술론』, 논장, 1991, 90면.

10 아놀드 하우저, 백낙청·염무웅 역, 『문학과 예술의 사회사』 4, 창작과비평사, 1993, 74면.

인 현실을 개입시킴으로써 발자크에게서 모순이 발생하는 까닭을 해명해 나간 셈이 된다.

좌담에서 구중서는 아놀드 하우저를 언급하면서 리얼리즘의 독립적인 기능을 주장해 나갔다. 19세기에 이르러 "사회 환경은 산업사회의 발달에 따라서 대중층이라는 것이" 대두하였는데, "발자크의 소설이 살롱(의 귀족—인용자)으로부터 독자층을 대중 속으로 옮긴 성과가 있었고 따라서 그것은 말하자면 민주화 내지는 독자의 수평화를 성취했다"는 것이다. 그러니까 이는 발자크가 귀족과 대중의 주도권이 교차하는 현실 한가운데에 뿌리를 내림으로써 자신의 세계관을 넘어설 수 있게 되었다는 의미가 된다. "어떻게 해서 왕당파였고 보수주의자였던 발자크가 혁명적 성격을 띠는, 진보적 성격을 띠는 리얼리즘의 소설을 쓸 수 있었느냐? (…중략…) 그것은 한 작가가 충실하고 공정하게 객관적 현실을 묘사해 나가면 이미 해방적이고 계몽적인 역할을 낳는다는 리얼리즘의 독립적 기능에 대한 설명입니다."(306) 리얼리즘의 독립적 기능이 이처럼 분명하다면, 4·19 이후의 한국 작가는 역동적인 현실, 그러니까 4·19를 가능케 했고 그로부터 포착할 수 있는 현실의 진행 방향에 충실할 경우, 리얼리즘을 구현할 수 있게 된다.

리얼리즘을 이렇게 파악할 경우 '자유를 획득하고자 노력하는 사회계층', 즉 시민계층을 규정하는 관점에서도 구중서는 김현과 입장을 달리하게 된다. 4·19를 거쳤어도 시민계층이 창출되지 못했다고 주장할 때, 김현은 시민계층의 가시적인 존재 양태를 따지고 있는 것이다. 반면 발자크 시대 등장한 '대중'에 필적하는 수준에서 파악한다면, 한국의 '시민계층'은 4·19를 통하여 이미 존재 양태를 드러낸 셈이 된다. "민중의 봉기가 중앙권부를 완전히 전복시킨 위대한 결과"로 이어졌던 만큼 4·19는 현실의 역동성을 충분히 증명해 낸 사건이며,(302) 4·19의 발발 자체가 한국 사회 내부의 변화를 담보하는 계층의 존재 증명에 해당하기 때문이다. 즉 가시적으로 드러나는 시민계층의 세력 형성 여부는 부차적인 문제로 밀려나게 된다는 것이다. "한국적 현실 속에 와서는 4·19에서 보듯이 시민층의 형성이 어느 정도 이루어졌습니다. 그것을 근거로 해서 한국에서 리얼리즘 문학의 출발을 본격적으로 할 수 있는 계기를 맞이했다고 보게 되는 것입니다."(306)

김현이 구중서의 비판에 순순히 응했을 리 만무하다. 구중서가 아놀드 하우저를 좇아 작가와 작품 사이의 모순을 해명하는 열쇠로 사회적·역사적 현실을 내세웠던 반면, 김현은 현실에 대한 작가의 조소를 제시하고 나섰다. "예술가로서의 리얼리스트란 '자신의 의사에 반(反)하는' 사람"이라는 것이다. 이를 발자크에게 어떻게 적용할 수 있을까. 김현은 "발자크가 사실상 옹호하고 싶었던 것은 그가 그렇게 끼어들고자 애를 쓴 상류사회"였으며 "실제로 그의 시민사회라든가 새로이 태어나고 있는 사회계층에 대한 조소라는 것은 엄청난 것"이었다고 파악한다. 따라서 발자크의 리얼리즘은 "현실을 냉정하게 직시한 데서 얻어진 것이라기보다는 '망할 놈의 현실'하는 식의 조소에서 얻어진 것"이라는 주장으로 이어지게 된다.(307) 그렇다면 김현의 리얼리즘 이해는 현실에 대한 작가의 주관적 태도를 역동하는 현실의 양상보다 우위에 설정하는 데로 귀결하고 마는 셈이 된다.

리얼리즘에 관한 구중서의 주장은 보편적으로 통용되는 관점이라 할 수 있다. 따라서 리얼리즘론을 개진하는 구중서의 태도는 기실 그리 특별한 것이라고 할 수 없고, 다만 발자크에 관한 논의에서 엥겔스와 관련되는 사항을 괄호 안에 묶어 버리고 있다는 사실 정도가 눈길을 끌 따름이다. 반면 이에 맞서기 위하여 김현이 내세웠던 리얼리즘 이해는 무리라고 판단할 수밖에 없다. 염무웅은 「리얼리즘론」(『문학과 행동』, 태극출판사, 1974)을 통하여 김현의 주장에 대해 다음과 같이 비판하고 있다. "이 이야기를 논리적으로 더욱 극단화시키면 예술가란 반동적인 세계관을 가지면 가질수록, 자신의 의사에 반하면 반할수록, 현실을 냉정하게 직시하지 않으면 않을수록 더욱 훌륭한 리얼리스트가 된다는 궤변이다."[11] 김현은 왜 리얼리즘을 설명하는 대목에서 논리적인 무리수를 두게 되었을까. 이는 염상섭, 현진건, 채만식 등을 둘러싼 평가의 차이를 통해 파악할 수 있다.

2) 1930년대 현실주의 작가의 이해 : 자연주의와 리얼리즘의 변별 기준

리얼리즘을 논의하면서 구중서는 30년대 염상섭·현진건의 작품을 자연주의 문학으로 규정하였다. "그것은 그분들이 사회 또는 인간 생활의 현상을 객관적으로 묘사하는 데 그쳤고, 어떤 역사의식의 지향이라든가 또는 이상주의적 요소를 작품 속에 담아서 전진하는, 또 창조해나가는 그런 의식 작업을 못했기 때문입니다."(306) 여기서 주목해야 할 표현은 '역사의식의 지향'과 '전진하는, 또 창조해나가는 그런 의식'이라 할 수 있다. 자연주의에 해당하는지, 혹은 리얼리즘의 수준에 도달했

---

11 염무웅, 「리얼리즘론」, 『민중시대의 문학』, 창작과비평사, 1979, 111면.

는지를 판단하는 기준이 여기서 마련되기 때문이다. 자연주의 작품은 사회의 비참한 생활 현장을 폭로하는 데 머무르는 까닭에 이후 나아갈 방향을 예비하지 못한다. 반면 리얼리즘 작품은 곤란한 현실이 펼쳐지는 동인을 모순 관계로 포착함으로써 모순의 극복을 향해 나아가려는 계기가 확보된 사례에 해당한다. 이처럼 '역사의식의 지향' 혹은 '전진하는, 또 창조해나가는 그런 의식'은 '정태적인' 자연주의와 '역동적인' 리얼리즘을 가르는 구중서의 기준인 것이다.

구중서가 30년대 현실주의 작가들을 자연주의로 낮게 평가하는 배경에는 4·19에 대한 적극적인 자신감이 깔려 있다. 애당초 『사상계』에서 좌담을 마련했던 까닭은 4·19가 문학에 끼친 영향을 검토하기 위해서였다. 이에 구중서는 수천 년 민족사를 환기시키면서 혁명으로서의 4·19를 부각시키고 있다. "나는 문학인의 한 사람으로서 4·19를 인식할 때, 혁명이라고 봅니다. 왜냐하면 4·19는 민족사가 수천 년 동안 내려온 속에서 비록 학생층을 중심으로 했지만, 민중의 봉기가 중앙권부를 완전히 전복시킨 위대한 결과이기 때문입니다."(302) 4·19가 혁명이라면, 1960년 이후의 작가들은 현실 가운데 잠재된 가능성으로 내장되어 있는 혁명의 주체, 즉 시민계층의 역할에 주목하면서 리얼리즘을 펼쳐나갈 수 있게 된다. 그런데 30년대 작가들에게는 리얼리즘의 가능성을 열어젖힐 만한 조건이 주어지지 않았던 것이다. 따라서 구중서는 4·19의 성취를 문학 내부에서 적극 끌어안기 위하여 자연주의와 변별되는 방법론으로써의 리얼리즘을 주장했던 것이라고 이해할 수 있겠다.

반면 김현은 4·19의 성취를 적극적으로 부여하는 데 회의적이었다. 4·19를 경험했어도 '자유를 획득하고자 노력하는 사회계층'이 형성되지 못하였으므로 한국사회는 여전히 정태적일 수밖에 없으며, 그런 까닭에 구중서가 주장하는 '역사의식의 지향'·'전진하는, 또 창조해나가는 그런 의식'이란 한낱 미망에 불과할 따름이다. 이처럼 '역사의식의 지향'·'전진하는, 또 창조해나가는 그런 의식'을 부정하고 나면 자연주의와 리얼리즘의 변별 근거는 사라지고 만다. "자연주의와 사실주의를 구별해서, 염상섭이나 채만식을 자연주의 작가라고 보고, 리얼리즘에 이르지 못한 작가라고 판단하는 것은 넌센스일 것입니다. 그러면서도 현실을 진실하고 성실하게 바라보는 것이 리얼리즘의 기본적인 요건이 된다고 말씀하셨는데, 30년대와 같은 상황에서 그들처럼 현실을 성실하고 진실하게 보기도 힘들 겁니다."(307) 그러한 까닭에 김현은 성실하고 진실한 현실의 재현 여부만을 두고 리얼리즘 개념을 적용하는 데로 나아가게 되었다.

성실하고 진실한 현실의 재현 여부를 놓고 평가했을 때, 30년대의 리얼리스트들과 4·19 이후의 리얼리스트들 가운데 어느 편이 더 나은 문학적 성취를 거둘 수 있을까. 김현은 "30년대의 리얼리스트들이 훨씬 박력 있는 작품을 내놓을 수" 있으리라고 단언한다. 비록 "봉건·보수적 프티 부르주아였다고 하더라도" 30년대의 리얼리스트들은 자기 계층을 배경으로 두고 있기 때문이다. 이와 비교하자면 "4·19 이후의 리얼리스트들, 자유를 갖겠다는 노력을 하는 리얼리스트들"은 결국 "자기 계층의 부재라는 쓰디쓴 확인"에 머무를 수밖에 없으리라는 것이 김현의 진단이다.(305) 이 대목에서 앞 절에서 제기했던 물음에 대한 해답을 마련할 수 있다. 김현은 왜 리얼리즘을 설명하는 대목에서 논리적인 무리수를 두게 되었을까. 질곡을 헤쳐 나갈 아무런 가능성도 부여잡지 못한 작가에게 사회는 '망할 놈의 현실'일 따름이고, 리얼리즘이란 그러한 현실을 성실하고 진실하게 재현해내는 과정이며, 이를 수행하기에는 봉건·보수적 프티 부르주아 계층의 세계관에 뿌리내린 작가들이 적합하다고 판단했기 때문이다. 즉 역사에 대한 비관적인 전망을 절대항으로 설정하고 이를 리얼리즘의 근거로 파악했던 것이 문제라는 것이다.

3. 「한국 리얼리즘 문학의 형성」과
리얼리즘에 관한 구중서의 좌표[12]

좌담에서 자신의 주장을 충분하게 개진하지 못했다고 판단했던 구중서는 「한국 리얼리즘 문학의 형성」을 발표하였다. 평문은 1장 '객관적 진실의 방법'과 2장 '민족의 전통과 개성'으로 구성되어 있으며, 각 장의 앞부분은 좌담에서 주장했던 바를 반복·보충하는 내용이고 뒷부분은 자신의 논지를 확장시키는 내용으로 채워져 있다. 그러니 1장과 2장의 앞부분 내용은 간략하게 정리해도 무방하겠다. 1장 앞부분은 리얼리즘에 관한 설명으로 다음은 이의 주제문에 해당한다. "요는 작가의 충실한 리얼리즘이 낡은 상황을 부수면서 새로운 현실을 형성해 나아가는 독자적 기능이 가능하다는 사실이 무엇보다도 중요한 것이다."(342) 그리고 2부의 앞부분에서 구중서가 주장하고 있는 바는 염상섭·현진건·채만식·김유정이 자연주의에 머물러 있다는 내용이다. "나는 이들이

....

12 이하 3장의 괄호 안 숫자는 『창작과비평』 1970년 여름호에서 인용한 페이지를 가리킨다.

대체로 자연주의적 성격을 띠고 있었다고 보게 된다. (…중략…) 더러 사회적 부조리의 문제에 갈등을 느끼고 비판하기도 했지만 그것이 사회의 전모에 대한 충실한 객관적 묘사를 거쳐서 창조적 결실로 발전하지는 못했기 때문이다.”(346)

「한국 리얼리즘 문학의 형성」의 1장 ‘객관적 진실의 방법’에서 구중서가 많은 분량을 할애하고 있는 내용은 ‘사회주의 리얼리즘’ 비판이다. “근대적 리얼리즘의 원형이라고 할 수 있는 19세기 ‘발자크 리얼리즘’은 뒤이어 러시아에 들어가서 사회주의 리얼리즘으로 파생되었다. 그리하여 20세기 말의 오늘에 있어서 리얼리즘을 논의하려면 사회주의 리얼리즘을 비켜놓고 지나갈 수 없게 되었다.”(343) 그는 한국문학사에서 사회주의 리얼리즘에 입각하여 활동했던 조직으로 카프(KAPF)를 꼽는 한편, 박영희·이원조를 인용하여 그 시도가 실패했음을 지적하고 있다. “프롤레타리아 문학의 볼세비키적 공식주의가 실제에 있어서 참다운 예술작품을 생산하지 못하고 작품 가운데서 생경한 의식의 노출만을 일삼고 있는 데에서 그들은 당황하지 않을 수 없었던 것이다.”(343) 1954년 열렸던 제2회 러시아 작가회의에서도 사회주의 리얼리즘 비판이 제기되었고, 리얼리즘의 일급 이론가 게오르그 루카치 또한 마르크스주의의 공식성을 비판하고 있으니, “오늘날 리얼리즘 문학을 논의하는 마당에서는 사회주의 리얼리즘에 대하여 막연히 열패의식을 갖거나 또는 막연히 동경할 필요가 없게 된다. 그와 같은 두 가지 태도는 똑같이 비지성적인 태도이기 때문이다.”(345)

이 대목에서 구중서는 왜 이처럼 적극적으로 사회주의 리얼리즘 비판에 나서고 있을까 생각해 볼만하다. 물론 자신이 추구하는 바가 ‘발자크 리얼리즘'이라는 사실을 선명하게 정리하기 위함도 있을 터이나, 자신에게 들러붙을 수 있는 색깔론을 미연에 차단하기 위함도 있지 않았을까 싶다. 기실 「한국 리얼리즘 문학의 형성」보다 늦게 발표되었음에도 김현의 「한국 소설의 가능성－리얼리즘론 별건」(『문학과지성』, 1970.가을)만 보더라도 사회주의 리얼리즘의 공식주의가 리얼리즘 일반의 한계를 비난하는 근거로 활용되고 있다. 순수문학 진영에서는 보다 적극적으로 리얼리즘 진영에 대해 이념적인 혐의를 두고 있었던 듯하다. 1970년대 후반 '리얼리즘' 계열 비평가들을 '사회주의 사실주의' 진영으로 몰아갔던 김동리의 논의가 그 사례이다.[13]

사회주의 리얼리즘과 관련하여 30년대 작가 분석 가운데 채만식에 관한 대목만큼은 주목할 필요가 있어 보인다. 보수적인 세계관에도 불구하고 발자크가 진보적인 작품을 써 내려갈 수 있었던 것은 역동적인 현실에 충실했기 때문이었다. 구중서는 이러한 방식의 논리를 채만식에게도 똑같이 적용하고 있다. "채만식의 논리적 좌절이 사회주의 이데올로기의 전망을 숨기고 있다고도 볼 수 있기는 하다. 그러나 어떠한 사상에 관해서든 간에 리얼리즘의 소설은 거기에 전제적(前提的)으로 속박되어 있어서는 안 되는 것이다. 다만 객관적 충실성을 가지고 인간 정신의 승리로서의 진실을 형상화해야 하며 그렇게 할 수 있는 것이 리얼리즘인 것이다."(347) 그러니까 작가의 사상이 아무리 진보적이라 하더라도

---

13 1978년 9월 12일 태창출판부 주최의 문학 강연회에서 김동리는 당시의 리얼리즘 논자들을 가리켜 '사회주의적 사실주의'로 분류하였고, 『월간문학』 1978년 11월호에 발표한 「한국적 문학사상의 특질과 그 배경－한국문학의 나아갈 길」에서도 같은 맥락에서의 공세를 이어갔다. 이후 이는 '사회주의적 사실주의 논쟁'으로 발전하였다.

작품 내에서 그 사상은 객관적 현실보다 선행해서는 곤란하다는 주장인 셈이다. 구중서의 리얼리즘론에 당파성 따위의 개념이 들어설 자리가 없는 까닭은 이처럼 객관적 현실을 작가의 사상(세계관)보다 우위에 두기 때문이다.

그렇다면 구중서가 그처럼 강조하는 객관적 현실이란 무엇인가. 2절 '민족의 전통과 개성'의 내용은 이에 대한 답변으로 채워져 있다. 여기서 구중서가 주장하는 바는 민족의 전통이다. "리얼리즘이 적용될 주체적 바탕"이 "민족의 전통"이고,(348) "세계문학사상 민족적 토양을 떠나서 개화할 수 있었던 문학의 예는 거의" 없기 때문이다.(349) 그런데 이러한 주장을 펼치기 위하여 구중서가 제2차 세계대전 이전과 이후로 민족에 대한 개념을 나누고 있다는 사실에 주목해야 하겠다. "원래 순수한 원형의 민족주의는 (…중략…) 한때 파시즘에 이용되었고 또 자본주의의 진전에 따라 제국주의적 요소가 끼어든 점을 부정하기가 힘들 것이다. 그러나 제2차 대전 후 식민지적 예속에서 해방된 동남아시아와 아프리카 지역의 신생국들이 현실적으로 채택하게 된 근대적 민족주의는 오늘날 세계사의 새로운 전환을 촉진시키고 있다. (…중략…) 이와 같은 새로운 현상은 '민족문화의 유지와 강화, 문화적 개성의 가치와 그 결정으로서의 참된 민족주의'의 구현을 가능케 하고 있다."(348~9)

제2차 세계대전을 기점으로 민족(국가)의 위상에 관한 구중서의 논의는 해방기 펼쳐졌던 좌·우익의 민족문학론을 연상시킨다. 예컨대 임화는 제2차 세계대전 이전과 이후를 각각 근대와 현대로 구획하면서 민족(국가) 단위에 적극적으로 의미를 부여한 바 있다. "민족의 형성과정은 주지와 같이 두 가지밖에 없다. 하나는 봉건사회로부터 자본주의사회로

넘어오는 근대의 경우요, 또 하나는 이러한 과정을 통하여 독립한 민족
국가를 완성하기 전에 제국주의 여러 국가의 식민지가 된 민족의 해방
투쟁으로 표현된 현대의 경우다."[14] 우익 이론가들 역시 각 민족(국가)의
개성을 바탕으로 세계사 전개에 참여해야 한다고 역설했었다. 범보 김
정설은 세계주의자(cosmopolitan)를 가리켜 "어떠한 국민이고 어떠한 민
족이고 그 개성이 있은 연후에 조화가 상상됩니다"[15]라고 비판하였고,
김동리는 "우리가 목적하는 민족문학이 세계문학의 일환으로서의 민족
문학인 것처럼 우리의 민족정신이란 것도 세계사적 휴머니즘의 일환"이
라면서 "민족 단위의 휴머니즘"을 주장하였다.[16]

구중서는 객관적 현실의 양상을 사상보다 우위에 둔다. 그런 점에서 좌
익이라 할 수 없다. 민족(국가)의 개성을 강조하되 "국수주의, 비합리주의,
제국주의"를 배격한다는 점에서 우익이라고 보기도 곤란하다.(348) 따라
서 구중서는 기왕의 민족문학론에서 영향을 받아 나름의 방식으로 전유
해 나갔다고 볼 수 있겠는데, 이에 대한 검토는 본고의 범위를 벗어난다.
그러니 이 글에서는 구중서의 리얼리즘론이 민족문학론과 불가분의 관계
에 놓여 있다는 사실을 환기시키는 선에서 머무르기로 한다. 또한 「한국
리얼리즘 문학의 형성」에 나타난 민족(국가) 이해에 바탕으로 훗날 제3세
계문학론으로 도약할 수 있었음도 부기해 둔다.

한편 좌담 직후 김현 또한 리얼리즘에 관하여 입장을 발표하였다. 평
론 「한국 소설의 가능성」. 이 글의 내용 분석 또한 본고의 주제에서 벗어

....

14 임화, 「민족문학의 이념과 문학운동의 사상적 통일을 위하여」, 『해방공간의 비평문학』 2, 태학
    사, 1991, 309면.
15 김범부, 「국민윤리 특강」, 『화랑외사』, 이문사, 1981, 190면.
16 김동리, 「순수문학의 진의—민족문학의 당면과제로서」, 『서울신문』, 1946.9.15.

난다. 그러니 대략적인 특징만 정리하고자 한다. 김현은 리얼리즘을 "소박한 모사론과 도덕률을 결합시키겠다는 태도"로 정리하고 있다.[17] 그러면서 "명확하게 묘사하는 것이 하나의 환상"에 불과하며, "인간 실존의 의미는 상투적인 도덕론에 의해 드러나지 않는다. 그것은 인간 존재의 의미를 오히려 은폐한다"라고 비판을 가한다.[18] 그렇다면 대안은 무엇인가. "예술에서의 진실이란 (…중략…) 개인의 상상력의 현실에 대한 반응"인 바, "예술이 상상력의 산물이라는 명제는 리얼리즘의 도식화를 방지하는 이론적 근거를 제시해 준다"는 것이다.[19] 결국 김현은 실존 문제를 중심에 배치하여 재현 가능한 객관적 진실이란 부재하다고 지적하는 한편 상상력의 가치를 적극 내세우는 방향에서 논지를 형성해 갔다고 볼 수 있겠다. 이는 좌담에서의 논쟁 초점에서 멀리 벗어나 있는 것이다. 이는 리얼리즘 비판의 설득력을 확보하기 위한 김현의 방편이었던 것으로 판단하게 된다.

4. 「광의의 리얼리즘 문학론」

: 전환의 시대에 구중서가 제시했던 나침반[20]

「광의의 리얼리즘 문학론」이 쓰인 것은 「한국 리얼리즘 문학의 형성」이 발표된 지 22년이 지난 뒤였다. 그토록 긴 시간이 지나서 구중서는 왜

---

17 김현, 「한국 소설의 가능성―리얼리즘론 별견」, 『문학과지성』, 1970년 가을, 34면.
18 위의 글, 38~39면.
19 위의 글, 47면.
20 이하 4장과 5장의 괄호 안 숫자는 『창작과비평』 1992년 가을호에서 인용한 페이지를 가리킨다.

다시 한 번 본격적인 리얼리즘론을 펼치게 되었을까. 이를 따지기 위해서는 소략하나마 7·80년대 한국문학사의 전개와 90년대 초반의 문단 분위기를 살펴봐야 한다. 「한국 리얼리즘 문학의 형성」 이후 한국 문단에서 리얼리즘 문학의 성장은 눈부실 정도였다. 리얼리즘에 입각한 작품들이 출현하여 새로운 미학의 성립을 알렸으며, 이는 문학단체의 결성으로까지 이어졌던 것이다. 시 분야에서는 김지하의 「오적」(『사상계』, 1970.5)·신경림의 「농무」(『창작과비평』, 1971 가을), 소설 분야에서는 황석영의 「객지」(『창작과비평』, 1971 봄)가 여기 해당하며, 1974년 출범한 자유실천문인협의회는 이러한 성과를 결집해낸 조직체라 이를 수 있다.

필자가 판단하건대, 「한국 리얼리즘 문학의 형성」은 70년대 리얼리즘이 확산·심화되는 밑그림에 해당한다. 특히 리얼리즘과 민족문학의 결합을 제시하고 있다는 점에서 이는 주목해야 마땅할 터이다. 당시 구중서가 합류하였던 동인지 『상황』의 의미도 이와 더불어 살펴볼 필요가 있겠다. 비록 구중서 및 『상황』에 관한 논의를 생략하고 있으나, 유문선은 70년대 리얼리즘 전개의 특징을 민족문학과 결부하여 다음과 같이 평가한 바 있다. "민족문학론은 유신독재의 반민중적 횡포와 맞물리며 자신의 민중적 정향을 강하게 드러내게 되었다. 이처럼 민족문학론이 그 발전과정에서 현실 모순의 담지자이자 모순 해결의 주체로서 '민중'이라는 개념에 착목해 감으로써 우리의 리얼리즘은 민중적 전망을, 비록 불명료하게나마 획득하게 되었다."[21] 그는 이를 주도해 나갔던 이론가로는 백낙청·염무웅·임헌영·구중서·신경림을 꼽고 있으며, 소설가로는 김정한·

....

21 유문선, 「남한 리얼리즘론의 전개과정」, 『다시 문제는 리얼리즘이다』, 실천문학사, 1992, 3
    3~4면.

황석영·박태순·천승세·이문구·윤흥길·조세희·박완서, 시인으로
는 김지하·신경림·고은·조태일·이성부·정희성·양성우 등을 예시
하고 있다.

그러나 1980년 5월 광주를 거치면서 상황은 달라졌다. 야만적인 학
살은 어찌하여 벌어졌으며, 상황을 타개하기 위하여 문학은 어떠한 방
향으로 나아가야 하는가. 예컨대 소장 비평가들은 이러한 질문을 적극
적으로 끌어안기 시작하였고, 답변을 찾아가는 과정에서 기본모순 / 주
요모순 / 부차적 모순 파악에서 각각 차이를 드러냈는가 하면, 모순의
설정과 모순 해결의 주체 설정을 두고 치열하게 논쟁을 벌이기도 하였
다. 「한국 리얼리즘 문학의 형성」의 시각으로 평가하자면, 이는 문학자
의 사상(세계관)이 객관적 현실을 압도해 버리는 상황에 해당한다. 그러
니 상호 논쟁을 벌이면서도 기존 리얼리즘론(민족문학론)을 비판하는 지
점에서는 소장 비평가들이 동일한 시각을 공유하게 되었다. '소시민적
민족문학론'이라는 평가가 이에 해당한다. 1983, 4년경부터 제기된 민
중문학론(민중문학론)과 기존 민족문학론의 이론 백낙청 간의 "대립을 채
광석은 「소시민적 민족문학에서 민중적 민족문학으로」(『개방대학신문』,
1986)이라고 슬로건화한 바 있다"[22]라고 유문선은 정리하고 있다.

소장 비평가들이 집중비판하고 나선 대상은 백낙청이었으나, 표면에
드러나지 않았다고 하여 구중서가 이와 무관할 수는 없다. 70년대 민족
문학론과 리얼리즘론을 체계적으로 논리화한 까닭에 백낙청이 주된 비
판의 대상으로 떠올랐을 뿐, 커다란 틀에서 그 방향을 제시한 이는 구중

22　위의 글, 38면.

서였고, 비판당했던 내용의 골자는 객관적 현실을 문학자의 세계관(사상)보다 우위에 두는 구중서 리얼리즘의 유연함 혹은 느슨함이었기 때문이다. 그러니 구중서로서는 침묵으로 일관하기는 곤란했고, 그래서 발표한 글이 「광의의 리얼리즘 문학론」이었다. 그런데 「광의의 리얼리즘 문학론」이 발표된 시점은 소장 비평가들의 기세가 상당 부분 잦아들었을 때라는 사실에 주목할 필요가 있다. 1989년 베를린장벽이 무너졌고 1991년 소비에트연합이 해체되면서 현실 사회주의의 실패가 눈앞에서 전개되었던바, 역사가 하나의 목적을 향해 나아간다는 목적론적 세계관은 근거를 잃게 되었으며, 이에 따라 객관적 현실보다 문학자의 세계관을 우위에 두었던 소장파의 리얼리즘 또한 흔들리던 상황이었던 것이다.

따라서 구중서가 1992년에 「광의의 리얼리즘 문학론」을 써 내려갔던 까닭은 두 가지로 정리할 수 있다. 첫째, 소장파가 공세적으로 제기했던 사항들에 대하여 자신의 입장을 정리할 필요가 있었다. 둘째, 세계사적인 퇴행에 맞서 리얼리즘의 가능성을 새롭게 제시할 필요가 있었다. 기실 평론의 내용은 그 두 가지 사항을 따라 진행되고 있기도 하다. 구중서는 평론 앞부분에서 리얼리즘론이 80년 광주를 기점으로 두 가지 문학론으로 나뉘었다고 논의를 시작하였다. "70년대 리얼리즘론의 전개 기반이 '민족현실'이었으므로 그 리얼리즘 원리론의 주체로 '민족문학론'이 역시 추진되어왔다. 그런데 80년대 들어서면서부터 '민중문학론'이 강세를 띠기 시작하였다. 이것은 1980년 5월의 광주 민중항쟁이 군이 포위공격에 의해 수많은 사상자를 내고 무참히 진압된 데서부터 분출하였다."(225)

"그 현장의 깊고 무거운 아픔을" 담아낸 작품이야말로 "80년대 문학의 '심화'라고" 구중서는 긍정한다. 내용도 내용이거니와 "역사적 감당의 크고 깊은 내용이 절창처럼 자연스레 구사되는 기법도 거기에" 있기 때문이다. "이를 가리켜 '민중문학'이라 하고, 이것을 가리켜 '5월문학'이라 해도 인정하고 평가하게 되었다."(227) 그렇지만 "그 다음부터 나타나기 시작"한 '민중문학론'은 그가 보기에 "부작용의 문제"에 해당한다. "이것이 무슨 나라냐 하는 저항이 젊은 세대의 피와 근육에 배어들어가고 있다. 그리하여 이것이 아니면 저것일 수밖에 없지 않느냐는 체제 대안이 어림쳐지고 '변혁'이란 표현으로 실천과 행동이 촉진되어 나아갔다."(227) 「한국 리얼리즘 문학의 형성」에서 채만식을 비평했던 논리를 생각한다면, 구중서가 대안이 될 체제를 모색하고 그 변혁을 향해 나아가려는 급진적인 관점에 동의할 가능성은 애초부터 없다.

소장파들이 줄곧 '소시민적'이라는 수식을 달아 민족문학론을 비판했던 만큼, 구중서는 이 문제에 대해서부터 반론을 펼쳐 나갔다. "김명인을 포함해 젊은 비평가들이 세분한 계층 개념으로서 '소시민계급'이라는 말의 성립과 소멸의 문제이다. 김명인의 이론에 따르면 계급으로서의 '소시민'은 예속국가독점자본주의에 예속되어버리거나, '신중산층'으로 존재 이전하거나, 프롤레타리아화해 버려 '소멸된 것으로 보아야 한다'는 것이다. 이 부류가 '기존의 70년대 소시민 지식인문인집단'이라는 것이다. 이와 아울러 김명인은 이 소시민계급의 '80년대적 소멸론'을 하나의 '가설'이라고 말해 놓았다. (…중략…) 이것이 정확치 못한 가설이라면, 80년 5월의 역사적 아픔으로 인해 격앙된 상황이 낳은 부산물이라고 보아야 할 것이다."(229) 소시민계급 문제는 평론 중반부에 가서 "구소련과 동유럽권에서 이른바 현실사회주의 체제의 와해는 돌이킬 수 없는 사정으로 굳어져가는" 전환의 "시대에 당하여" 정비되어야 할 세 가지 사항 가운데 첫 번째 항목으로 제시되어 있기도 하다. "① 70년대 문학이 과연 소시민적 지식인문학이며 소멸될 수밖에 없을까. (…중략…) 필자도 가담한 70년대 리얼리즘 논의는 실상 민족문학론과 80년대 민중문학론에 일관하여 근본이 되는 원리론이다. 현실의식의 문학계열에서는 이 뿌리와 등걸이 소멸되어야 한다고 말할 수 없는 것이다."(233)

소시민계급 문제는 쉽게 정리하기 어려운 바가 있다. 특히 분단 상황에 놓인 한국의 경우는 더욱 그러하다. 어째서 그러한가. 먼저 체제의 관점에서 살펴볼 수 있다. 마르쿠제 등 비판이론가들에 따르면, 자본주의의 성장과 더불어 발달한 과학기술은 구성원들에게 물질적인 만족을 제공하면서 동시에 체제에 대한 정신적인 예속 상태를 초래한다. 계급의식의 자각이 취약한 소시민계급은 이러한 상황에 쉽게 노출되는 양상을 보이게 마련이다. 소시민계급이 물질적인 토대가 허약하기 때문에 프롤레타리아 계급으로 전락하고 말 가능성이 농후한 것 또한 부인하기 힘들다. 일찍이 마르크스가 예견했던 것처럼 이는 자본주의 체제의 기본적인 경향이기 때문이다. 현실사회주의 체제의 몰락 이후 고삐 풀린 망아지처럼 내닫는 신자유주의 체제 하의 현실은 자본주의 체제의 민낯을 증명하기에 조금도 모자람이 없다. 김명인이 주장했던 내용은 이러한 사실에 가 닿고 있으며, 다만 변혁의 열정에 들떠서 '80년대적 소멸론'이라고 일찌감치 끌어당겨 선언했을 따름이다. 그러니 자본주의 체제를 향한 민중문학론자들의 비판 사항은, 현실사회주의 체제의 몰락과 무관하게, 리얼리즘론이 끌어안아야만 할 내용이라 할 수 있다.

한편 현실 모순이 '민주 대 반민주 구도'로 표출되는 국면에서는 소시민계급의 존립 근거가 열리게 된다. 시민의식이란 봉건제도를 타파하고 시민사회를 형성하면서 확보된 이념이다. 그러니 자본주의 체제가 작동하는 원리의 정당성과 무관하게, 정치적으로 민주주의가 심하게 훼손될 경우 이에 대한 (소)시민계급의 항거는 거세게 분출할 수 있다. 1960년의 4월혁명, 1987년의 6월혁명이 이에 해당한다. 절차적(형식적) 민주주의가 진행됨에 따라 '민주 대 반민주 구도'는 경제 문제에 입각한 '진보 대 보수 구도' 아래 가라앉을 터이나, 남한과 북한의 대치 상황이 절차적(형식적) 민주주의 이행을 위협하는 요인으로 잠복해 있는 까닭에 이는 잠정적일 수밖에 없다. 한국 사회에서 소시민계급의 역할을 속단할 수 없는 이유가 여기에 있다. 분단 상황에 놓인 한국의 경우 소시민계급 문제가 그리 간단치 않다는 판단은 바로 이를 가리킨다.

'소시민 지식인문인 집단'에 대한 전망은 이를 바탕으로 가능하지 않았을까. 즉 긴 호흡으로 보자면, 한국 사회는 '민주 대 반민주 구도'에서 '진보 대 보수 구도'로 재편되어갈 터이나, 분단 상황 속에서 이는 당분간 중첩되어 펼쳐질 수밖에 없다. 전환의 시대를 맞아 90년대 리얼리즘론이 객관적 현실에 입각하여 담아내야 할 것은 바로 그러한 역사의 전개였다. 따라서 구중서가 자신의 리얼리즘론이 "민족문학론과 80년대 민중문학론에 일관하여 근본이 되는 원리론"이라고 주장하는 것은 일리가 있다고 하겠다. 그렇지만 그 관계를 명확하게 해명해 내었는가는 다소 의문이 남는다. 가령 소장파에서 제기하였던 소시민계급 소멸론을 "80년 5월의 역사적 아픔으로 인해 격앙된 상황이 낳은 부산물"로 치부하는 대목에서는 민중문학론의 의의를 폄하하고 있다는 인상이 짙게 다가온다. 그보다는 차라리 기왕의 민족문학론 위에서 민중문학론이 성취하고 있는 바를 진지하게 끌어안으며, 공고화되어가는 자본주의 체제 속에서 '양심적 인텔리겐치아'가 담당해야 할 역할을 강조하는 것이 설득력을 확보하는 데 보다 효과적이었으리라 판단하게 된다.

전환의 시대에 정비해야 할 두 번째 사항과 세 번째 사항은 다음과 같다. 먼저 "② 80년대 운동주의 민중문학은 대중을 획득했는가. (…중략…) 시집 『노동의 새벽』 한 가지를 제외하고는 독자 대중의 반응이 대체로 저조하였다. 운동주의 민중문학의 조직은 이 냉담한 조직에게 연결고리를 거는 데에 성공한 실적이 있다고 보기 어렵지 않은가."(233~4) 여기에 대해서는 구중서의 진단에 동의할 수 있다. 생경한 이념을 앞세워 그에 맞춰 현실을 재단해 버린 나머지 대중을 획득하기는커녕 오히려 그로부터 멀어져 버린 것은 운동주의 민중문학이 맞닥뜨렸던 현실이기 때문이다. 다음으로 "③ 노동자계급 당파성의 문학은 진로가 어떠한가. (…중략…) 구소련은 1991년 7월에 '계급투쟁'이라는 말을 당 강령의 개정 과정에서 삭제하였다. 그해 8월에 가서는 다시 국가최고회의가 283 대 29라는 큰 표 차로 당 자체를 해산하였다. 프롤레타리아 계급의 당은 원래 국제주의 노선의 원리를 지닌다. 그러므로 비록 남한사회에 당은 없더라도 정신적 원리 차원에서 추진해온 당파성의 문학은 아무래도 외로운 처지를 느끼게 될 것이다."(234) 이에 대해서도 부정하기는 힘들다. 세계사의 전개가 그러했으며, 그로써 야기된 상황 또한 정확하기 때문이다. 그렇지만 문제의 프레임을 보다 넓게 잡았더라면 하는 아쉬움이 없는 것은 아니다.

현실 사회주의의 몰락이 민중문학론을 비판하는 단서가 될 수는 있지만, 민족문학론이라고 하여 사회주의의 몰락으로부터 영향을 받지 않는다고 볼 수는 없다. 이를테면 민중문학론과 민족문학론은 순망치한의 관계이기 때문이다. 그렇게 판단할 수 있는 근거는 대략 다음과 같다. 첫째, 현실 사회주의의 몰락은 이성 일반에 대한 회의를 동반하였다. 리얼리즘은 이성에 대한 신뢰를 바탕으로 하는바, 이성에 대한 회의는 민중문학론에만 위협이 되는 것은 아니다. 둘째, 목적론적 세계관의 해체는 객관적 진리의 부재를 증명하였고, 이는 상대주의 세계관이 창궐하는 배경이 되었으며, 상대주의에 입각한 재현의 불가능성이 철학의 주조로 떠올랐다. 민족문학이든 민중문학이든, 재현 가능성에 근거하는 리얼리즘으로서는 곤란한 상황에 직면한 것이다. 셋째, 구중서도 지적하고 있듯이, '발자크 리얼리즘'은 산업사회의 발달에 따른 대중층의 대두에 뿌리를 두고 있다. 사회주의의 공세를 견디어냈을 뿐만 아니라 체제 대결에서 오히려 승리를 거둔 자본주의의 발달 단계는 대중층이 대두하기 시작했던 산업사회 초창기와는 다를 수밖에 없다. 이러한 몇 가지 사항들을 염두에 둔다면, 전환의 시대를 맞아 민족문학론 역시 재구성에 착수했어야 할 터인데 이는 생략해 버리고, 급진적인 소장파의 한계를 지적하는 데 머물렀다는 데에서 「광의의 리얼리즘 문학론」에 아쉬움을 가지게 되는 것이다.

5. 구중서가 주창했던 리얼리즘론의 의미

「광의의 리얼리즘 문학론」의 마지막 부분에서 구중서는 「한국 리얼리즘 문학의 형성」에서 펼쳤던 내용을 환기시키고 있다. 첫째, 리얼리즘이 이론 체계로 형성된 것은 19세기에 이르러 발자크에 의해서이지만, 리얼리즘 경향의 문화예술은 그리스·로마 시대와 중세기, 르네상스 시대에도 뚜렷이 나타나 있었다. 그러니 "'시대와 사회의 객관적 현실을 진실하게 재현하고, 전형성을 추출하며 이상적 전망을 갖는 것'을 고대로부터 현대에 일관하는 '광의의 리얼리즘'으로 인정해야 할 것이다."(241) 둘째, 애초부터 사회주의 리얼리즘의 한계를 비판해왔으므로 "필자로서는 지금 현실사회주의권의 상황 변화에 임해 새로이 자신을 조절해야 할 필요를 느끼지 않고 있다."(242) 셋째, "필자는 '리얼리즘 주류론'을 폈다. 리얼리즘이 획일적으로 지배하려는 의도는 아니라는 뜻이다."(242) 구중서는 당면한 전환기의 혼란을 헤쳐 나가는 데 나름의 방향타가 될 수 있으리라 판단하고 「한국 리얼리즘 문학의 형성」으로써 「광의의 리얼리즘 문학론」을 마무리 지었을 것이다. 그렇게 따진다면, 구중서는 자신의 리얼리즘론을 시세의 변화에도 아무런 흔들림 없이 처음 출발했던 그 자리에서 굳건하게 유지했다는 평가가 가능해진다. 구중서의 뚝심이 확인되는 순간이다.

구중서의 뚝심을 통하여 4·19 이후 제출되었던 참여문학의 방향은 리얼리즘이라는 방법론을 획득하게 되었고, 이는 70년대 초반 걸출한 시인·작가들의 성취와 결합하면서 하나의 미학 기준으로 확고하게 자리를 잡아 나갔다. 한국사회 속에서 파악하건대, 이러한 흐름이 민주화를 추동하는 데 일정 부분 기여했다는 사실은 의문의 여지가 없기도 하다. 반공주의와 맞서고, 역사에 대한 비관적인 전망을 가로지르며 그 터를 닦았다는 데서 구중서 리얼리즘론의 의미는 각별할 수밖에 없다.

구중서의 제3세계문학론을 형성하는 문제의식

고명철*

1. 머리말

최근 한국사회에서 주목할 만한 독서계의 현상 중 하나는 비서구 문학에 대한 대중적 관심이 일어나면서 이것을 충족시키고자 하는 출판의 움직임이 활발해지고 있다. 세계문학전집의 출간 붐이 일고 있는 것이다. 기존 영미문학과 유럽문학 중심으로 이뤄진 세계문학 목록에다가 비서구 문학의 목록을 추가하여 보완함으로써 다소 양적으로 풍요해지고 다양해진 세계문학전집의 외양을 갖추고 있다. 하지만 쉽게 간과해서 안 되는 것은 세계문학전집의 골격과 주류는 예전과 다를 바 없이 영미문학과 유럽문학 중심의 견고한 성채로 이뤄지고 있다는 현실이다. 이것은 그만큼 '세계문학'의 개념과 이와 관련한 인식을 견고히 뒷받침하고 있는 유럽중심주의가 여전히 그 위력을 유지하고 있다는 것을 방

---

* 광운대학교 국어국문학과, mcritic@daum.net

증해준다. 그래서 최근 출판계에서 붐을 일으키고 있는 세계문학전집의
출간은 비서구 문학의 존재를 무시하지 않되 유럽중심주의에 균열을 내
지 않을 정도에서만, 그리고 유럽중심주의가 변주 및 내면화된 비서구
문학의 가치를 높이 평가함으로써 사실상 유럽중심주의의 식민성을 지
닌 비서구 문학을 인정하는 한계에서만 의의를 지닌다. 물론, 이러한 출
판계의 움직임 자체를 부정적인 것으로 치부할 필요는 없다. 비록 근원
적으로 기존 세계문학의 프레임을 크게 바꿀 수 없지만 비서구 문학의
존재와 가치가 유럽중심주의로 포괄할 수 없는 독특한 특질을 지닐 뿐
만 아니라 그 특질이 기존 세계문학이 추구하는 서구적 보편성과 다른
특수성으로 수렴시킬 수 없는, 서구적 보편성과 '또 다른' 차원의 보편
성을 함의하고 있다는 진실이 속속 발견되고 있다는 것은 주목할 필요
가 있다. 그래서 비서구 문학을 통해 우리는 그동안 자연스레 팽배해진
구미중심의 가치를 래디컬하게 성찰하는 계기를 만날 수 있고, 그 성찰
의 도정에서 비서구 문학에 대한 착종·왜곡·굴절된 가치를 온전히 회
복시킬 수 있는 힘을 기르게 되었고, 나아가 전 세계인들의 평화의 가치
를 토대로 한 공존과 상생의 원대한 과제를 해결할 수 있는 지혜를 모색
하게 되었다.[1]

1　최근 한국사회의 안팎에서 한국문학의 진보적 운동이 갖는 일국주의를 넘어 이른바 트리콘티
　넨탈로 불리우는 아프리카-아시아-라틴아메리카 문학과의 지속적 교류를 통해 유럽중심주의
　를 극복하고자 하는 움직임을 간과해서 곤란하다. 가령, 반년간『지구적 세계문학』(편집인 김
　재용, 2013년 봄호 창간)과 '지구적 세계문학 연구소'의 트리콘티넨탈 문학에 대한 선진적이
　면서 깊은 문제의식에 대한 탐구, 그리고 트리콘티넨탈 문학의 현장에 대해 관심을 갖는 무크
　지 성격의『바리마』(2013년 2월 창간)와 트리콘티넨탈 문학을 횡단적으로 공부하는 '트리콘'
　(아프리카 담당 : 이석호, 고인환, 아시아 담당 : 신양섭, 이형대, 고명철, 곽형덕, 라틴아메리카
　담당 : 조혜진 등의 연구자들 주축으로 2015년 3월에 결성) 모임에 의해 실천되고 있는 한국사

　그런데 이러한 비서구 문학에 대한 관심이 최근 갑자기 일어난 것은 결코 아니다. 한국현대비평사에서 1970년대 중후반 무렵 제3세계문학에 대한 논의가 촉발되면서 한국문학은 비서구 문학의 존재와 가치를 본격적으로 주목하였다.[2] 그것은 국가가 주도한 '관주도의 민족주의(official nationalism)'에 기반한 어용 민족문학과 구분되는 "민족의 주체적 생존과 그 대다수 구성원의 복지가 심각한 위협에 직면해 있다는 위기의식의 소산이며 이러한 민족적 위기에 임하는 올바른 자세"[3]로서 요구되는 민족문학의 문제의식을 심화·확산하는 차원에서 궁리되었다. 어용 민족문학이 편협한 애국심과 맹목적 민족주의에 기반한 것이라면, 진보적 민족문학은 바로 이러한 점을 경계하면서 1970년대 유신체제가 강제한 3반(反), 곧 반(反)민주주의·반(反)민중·반(反)민족의 억압에 대한 저항의 몫을 담당하였다. 그리하여 1970년대 초반 민족문학 논의

회의 대중적 심화와 확산의 움직임이 그것이다.

2　여기서 간과해서 안 되는 것은, 제3세계에 대한 한국문학의 관심은 1950년대 비평사에서 주요한 문제의식을 제출한 최일수(1924~1995)로부터 제기되었다는 사실이다. 한수영은 최일수 비평이 지닌 비평사적 의의를 민족문학론의 '제3세계적 시각'의 원형이 제기되고 있는 것으로 평가한다. 그런데 우리가 분명히 해두어야 할 것은 최일수의 제3세계적 시각과 1970년대 민족문학론의 그것과는 본질적 차이를 보인다는 사실이다. 최일수의 제3세계적 시각은 제1세계와 제2세계와 다른 즉 신생독립국을 주축으로 한 제3세계적 전망을 보이는데, 여기에는 무엇보다 이처럼 세계를 3분할하면서 지금까지 제1세계와 제2세계로부터 배제되었던 제3세계의 역사적 가치에 주목함으로써 자칫 제3세계주의에 매몰될 여지를 배태하고 있다. 즉 제3세계의 특수성을 특권화하는 비평 논리가 개입될 수 있다. 이것은 1970년대 민족문학론의 제3세계적 시각이 전세계를 분할하지 않으면서 민중적 관점에 의해 전세계의 문제를 극복하여 바람직한 세계문학을 추구하는 것과 본질적으로 성격을 달리한다. 다시 말해 최일수의 비평은 민중적 관점이 결여된 제3세계적 시각이다. 최일수의 제3세계적 시각에 대해서는 한수영의 「1950년대 한국 문예비평론 연구」, 연세대 박사논문, 1995, 68~70면.

3　백낙청, 「민족문학 개념의 정립을 위해」, 『민족문학과 세계문학 I』, 창작과비평사, 1979, 125면. 이 글은 「민족문학 이념의 신전개」(『월간중앙』, 1974.7)를 제목만 수정하여 그의 첫 평론집에 수록한 것이다.

의 상당수가 이른바 '어용론'으로 분류되던 것과 달리, 1970년대 중반 이후 민족문학 논의는 그와 정반대로 반체제론의 성격과 연관되는 것을 의미한다.[4] 그럴 수밖에 없는 것이 유신체제에 맞서 저항하는 민족문학인 경우 민족구성원의 생존과 존엄을 위협하는 문제적 현실을 타개하고자 하는, '변혁적 전망'을 내포하고 있기 때문이다. 이것은 민족문학론의 "문학적 노력이 단지 사회현실을 이해하는 데 그치지 않고 그것을 변화시키는 데 이바지해야 한다"[5]는 점을 강조한다.

그러면서 이러한 문제의식은 한국사회 내부로만 국한되는 게 아니라 한국사회와 비슷한 처지에 놓인 제3세계의 현실에 주목한 바, 진보적 민족문학론자들은 예의 민족문학을 한층 진전된 차원의 논의, 즉 제3세계문학론의 다양한 쟁점[6]으로 개진한다. 이 글에서는 이들 쟁점을 구성하는 데 주요한 논의 대상인 구중서의 제3세계문학론을 살펴보기로 한다.

---

4 김영민, 『한국현대문학비평사』, 소명출판, 2000, 391면.
5 김종철, 「민족문학의 이념과 민족현실」, 『문예중앙』 1979년 겨울호, 263면.
6 1970년대의 한국현대비평사에서 제3세계문학론의 전개 양상과 쟁점에 대해서는 필자의 『1970년대의 유신체제를 넘는 민족문학론』, 보고사, 2002, 171~219면. 한편, 영문학자 김영무는 국내에서 논의된 1970년대의 제3세계문학론의 핵심을 살펴보면서 제3세계문학의 기본적 특질을, ① 인간의 연대성과 역사성에 대한 투철한 자각, ② 언어의 역사성과 사회성에 대한 인식, ③ 일체의 이중구조 배격, ④ 궁극적 낙관주의 등 네 가지로 정리한다. 이에 대해서는 김영무의 「문학의 '제3세계성'에 대하여」(『외국문학』, 1984년 가을호), 『시의 언어와 삶의 언어』, 창작과비평사, 1990, 262~273면.

2. 민족문학론으로서 제3세계문학에 대한 문제의식[7]

제3세계문학에 대한 본격적 논의의 장을 펼치는 데 구중서의 다음과 같은 문제의식은 주목할 필요가 있다.

백낙청의 일련의 민족문학론은 한국 근대문학사의 정통적 흐름 안에 자리를 잡았으며, 세계적 시야와 리얼리즘의 방법을 갖추었다. 여기에서 더 보완되어야 할 것이 있다면 민족문학의 전통적 유산에 대한 보다 체계적인 가치 평가의 작업과 제3세계 문학론에 있어서의 보다 균형 있는 검토라고 말할 수 있을 것이다.[8] (강조는 인용자)

그것은 처음에 한국의 특수한 역사적 현실이 참여적 문학정신을 촉발한 데서 비롯해, 현실 인식의 기본 태도로서의 리얼리즘, 리얼리즘이 디디고 설 객관적 전체 상황과 역사 담당 계층으로서의 민중적 토대, 민중적 생존의 저력 위에 형성되어온 민족문학, 여기에서 더 나아가 제3세계문학에의 전망, 제3세계문학을 통한 세계문학의 건강 회복을 희구하는 이상에까지 이르는 원대한 문학정신의 이정표가 우선 세워졌다고 볼 수 있다.[9] (강조는 인용자)

구중서는 백낙청의 「민족문학이념의 신전개」(『월간중앙』, 1974년 7월)

---

7 이 부분은 필자의 『1970년대의 유신체제를 넘는 민족문학론』의 제5장의 1절에서 해당 부분을 발췌하고 보완하여 재구성한 것이다.

8 구중서, 「70년대 비평문학의 현황」(『창작과비평』 1976년 가을호), 『분단시대의 문학』, 전예원, 1981, 145면.

9 구중서, 「비평과 창작의 새 방향」, 『민족문학의 길』, 새밭, 1979, 61면.

이후 민족문학론을 정립시키기 위한 그의 비평적 탐구를 긍정적으로 평가하면서, 백낙청의 민족문학론에서 간과하기 쉬운 점을 언급하고 있다. 그것은 위 인용문에서도 읽을 수 있듯이 두 가지다. 하나는 민족문학의 전통적 유산에 대한 체계적인 가치평가의 작업이 요구된다는 것이며, 다른 하나는 제3세계문학에 비평적 관심을 기울여야 한다는 점이다. 그런데 이렇게 두 가지로 구분할 수 있으나, 이들 문제의식의 공통분모는 백낙청의 민족문학론이 제3세계문학적 시각을 갖고 있어야 한다는 것으로 파악할 수 있다. 여기에는 백낙청의 「새로운 장착과비평의 자세」(『창작과비평』 창간호, 1966) 및 「시민문학론」(『창작과비평』 여름호, 1969)에서 보이는 백낙청 비평의 내재적 한계에 대한 비판적 성찰이 자리하고 있다. 이 두 비평이 백낙청 개인은 물론, 한국현대비평사에서도 문제적인 것은 새삼스러운 게 아니다. 무엇보다 1960년대 내내 문단의 뜨거운 쟁점이었던 순수참여 논쟁에 일대 전기를 마련해주었다는 점에서 이들 비평이 갖는 비평사적 의의는 중요하다. 문제는 참여론의 지평을 성숙시키는 과정에서 백낙청의 초기비평은 서구의 시민의식에 기반한 참여론을 주장하는데, 그의 이러한 비평적 입장이 자칫 외국문학도가 무의식적으로 지닐 수 있는 서구추수주의, 즉 유럽중심주의 세계관으로써 그가 비판하고 있는 모국의 순수문학뿐만 아니라 모국의 문학 전반을 향한 평가절하로 해석될 여지를 남긴다는 사실이다. 물론 이러한 문제점은 「시민문학론」에서 보이는 자기반성을 통해 1970년대의 민족문학론을 정립시키는 과정에서 극복되고 있다.

하지만 백낙청은 외국문학도로서 태생적 한계를 본질적으로 벗어나지 못한다. 비록 시민문학론에서 민족문학론으로 급선회한 그의 비평적 입장이 나날이 악화되는 민족의 현실 속에서 민족문학운동의 이념적 기반을 제공해주는 이론을 체계적으로 정립시키는 데 큰 공헌을 했을지라도 그의 이론을 뒷받침해주는 민족문학적 '전통'에 대한 비평 작업은 뒤따르지 못하고 있기 때문이다. 1970년대에 활동하고 있는 작가와 시인에 대한 실제 비평은 존재하되, 그의 이념과 이론을 검증해낼 수 있는 과거의 민족문학적 '전통'에 대한 비평은 상대적으로 소홀한 것이다.[10] 구중서는 백낙청이 담론화하는 민족문학론의 이러한 태생적 문제점을 지적하고 있다. 이것은 근대전환기와 일제 식민지를 경험한 민족사에 축적된 반제국주의·반봉건주의를 내면화한 민족문학을 주체적 시각으로 우리의 구체적 역사현실에 밀착하여 체계화시킬 것을 요구하는 셈이다.

그리하여 이러한 구중서의 민족문학론은 1970년대 후반에 들어서면서 제3세계문학에 지속적 관심을 기울임으로써 제3세계문학에 대한 민족문학의 각성에 초점을 맞춘다. 그가 제3세계문학에 관심을 기울이게 된 데에는 다음과 같은 문제의식이 동반되기 때문이다.

------

10 백낙청의 민족문학론에서 발견되는 이러한 문제점은 구중서, 임헌영 등에게서 해소되고 있다. 특히 구중서와 임헌영은 1970년대의 진보적 문학의 기치를 내세운 잡지 『상황』(1969년 동인지로 출발하였고, 1974년 유신체제의 긴급조치 1호가 발령되면서 강제 폐간당함) 동인으로서, 4·19세대의 비평가들 대부분이 외국문학도인데 그들은 국문학도(國文學徒)로서 고전문학적 전통에서 민족문학의 생산적 계기를 발견하든지, 식민지 시대의 문학사를 검토하면서 광복 이후 뿌리 깊게 내면화된 식민지 시대의 문학관을 벗어나는 데 역점을 둔다. 이와 관련하여 흥미로운 사실은 구중서의 경우 일본에서 한글로 간행되었던 월간지 『한양』(1962년 3월 창간)에 고전소설 「금오신화」를 소개하는 것(1964년 9월호)을 계기로 「홍길동전」, 「허생전」, 「춘향전」, 「심청전」, 「귀의성」, 「자유종」 등 총 7회 해설하는 글을 연재한 것은 물론, 고전문학의 전통(속요 및 판소리)에 대한 비평적 관심을 통해 민족문학적 시각에서 고전문학에 대한 창조적 비평의 중요성을 성찰하도록 한다. 『상황』과 『한양』에서의 구중서 비평은 강진호 편, 『증언으로서의 문학사』, 깊은샘, 2003, 353~372면 참조.

이제 제3세계 나라들은 식민지 운명으로부터 거의 해방이 되었지만, 지난
날의 식민주의 세계체제는 이른바 경제원조와 자유통상원칙이라는 미명을
내세워 변신한 〈신식민주의〉의 농간 때문에 진정한 의미의 해방을 얻지 못
하고 있다. 이 때문에 제3세계에 남아 있는 어려운 문제들은 경제적·정치
적 부조리 속에 길고 지루한 시련의 길을 아직도 걷고 있다.[11]

이리하여 현대세계 안에서 제3세계는 경제·정치면으로 국제적 사회정의
를 요구하게 되었으며 국가수와 인구면에서 지배적 다수의 존재가 되었다.
이에 이르러 제3세계 나라들은 지난날 자신들을 괴롭혔던 식민주의와 오늘
에도 작용하는 신식민주의로부터 정의롭게 권리를 되찾아야 하지만, 한편 권
리회복의 방법 자체를 포함하여 문제의식의 차원을 달리하는 데서 긍지를 구
하게 되었다. 즉 복수심에 따른 폭력의 끝없는 악순환에서 벗어나, 정신적·
문화적 차원을 함께 지니려 한 것이다. 이 차원을 이루는 요소들을 예로 들자
면 국제적 사회정의·인권·비폭력·공동선 등이 제시될 수 있을 것이다.[12]

이제 민족문제는 더 이상 한 국가의 내부 문제로만 해결될 수 없는 객
관현실에 직면해 있음을 인식하게 된다.[13] 사실, 제3세계문학에 대한 인

11 구중서, 「제3세계의 문학론」, 『씨올의 소리』, 1979.9, 31면.
12 구중서, 「라틴아메리카의 지적 풍토」, 『창작과비평』 1979년 가을호, 81~82면.
13 1970년대가 저물어갈 무렵 간행된 제3세계 관련 저서의 머리말에는 제3세계의 출현과 그 영
    향력이 확대되어가는 현실에 주목하고 있다 : "제3세계諸國들은 역사적으로 선진자본주의국들
    의 식민지라는 쓰라린 과정을 예외없이 겪는다. 이 식민지의 질곡 속에서 그들은 「민족적 자
    각」, 「위대한 각성」을 통해 저항적 민족주의 즉 민족해방운동을 전개하여 제각기 독립과 해방
    을 쟁취하고 20세기 인류사에 새롭고 또한 가장 중요한 주체로서 대두되었다. 이들은 60년대
    의 비동맹회의와 최근의 남북문제에서 볼 수 있듯이 종래의 피동적, 종속적, 식민지적 관계를
    벗어나 적극적으로 새로운 세계질서의 개편을 위해 노력하고 있다. (…중략…) 최근 우리나라

식이 형성되기 전까지 1970년대의 민족문학론은 '일국적 시야(a national perspective)'를 벗어나지 못했다. 1970년대의 암울한 역사적 질곡을 야기시킨 유신체제에 대한 온갖 저항의 맥락은 어디까지나 한국사회 자체의 모순된 민족현실을 해결하는 데 궁극적 목적을 두었던 것이다. 그리하여 개발독재 산업화시대의 문제적 현실로 점철된 민중의 고통스런 삶을 해방시키는 일환으로 민족문학론의 실천적 과제를 모색하였다.

그런데 여기에는 민족문학론이 그토록 경계하고 부정하는 자민족중심주의 또는 맹목적 세계보편주의란 문제점을 소홀히 할 수 없는데, 특히 서구의 근대적 민족의식에 근거한 서구의 민족문학이 추구했던 바를 추수하게 될 수 있다. 말하자면, 자국의 민족모순을 해결하려는 노력이 서구의 앞선 민족문학 전통에 종속될 수 있다. 따라서 구중서의 제3세계에 대한 문제의식은 민족문학론의 이러한 일국적 논의의 한계를 극복함으로써 참다운 민족문학의 전통을 수립하기 위한 것이다. 민족 내부의 문제는 더 이상 일국적 시야만으로는 해결할 수 없기 때문이다.

3. 아프리카 및 라틴 아메리카 문학에 대한 비평적 관심

민족문학론의 심화·확대로서 제기된 구중서의 제3세계문학에 대한 비평적 관심은 한국사회에 그것의 핵심적 실체를 소개하는 데 집중한다.

에서도 좀 늦은 감이 없지 않으나 제3세계에 대한 관심이 날로 높아가고 있다. 이것은 단지 제3세계의 중요성 때문만이 아니라 우리나라도 명백히 제3세계에 속하고 있다는 역사적 인식 때문일 것이다." 변형윤 외저, 「책머리에」, 『제3세계의 이해』, 형성사, 1979.

비록 구중서가 국문학도(國文學徒)로서 제3세계문학에 대한 체계적이면서 심도 있는 공부에는 분명한 한계가 있지만, "서구문학의 수준만을 가지고서는 아시아·라틴 아메리카·아프리카 등 제3세계 사람들이 자기대로의 절실한 목소리, 절실한 말, 절실한 이야기를 하기 어렵다는 각성"[14]에 기반하여, 제3세계문학의 중요한 문제의식을 한국사회에 집중적으로 소개하고 있는 것은 한국현대비평사의 소중한 자산이 아닐 수 없다.

이 작품(케냐의 소설가 조모 케냐타의 소설 「마술사 기비로의 예언」─인용자)에서 보이는 아프리카 문화의 전통은 평화와 도덕심 위에 자리잡고 있다. 그런데 그 문화가 서구인들에게 침략당했고 정치와 경제, 생존권마저 강탈당했다. 그리고 그 침략자들에 의해 〈아프리카는 미개지이고, 민족도 문화도 가릴 것 없이 야만적인 깜둥이들의 밀림(密林)〉이라고 선전된다.

이로부터 오랜 세월이 흐른 뒤, 대체로는 제2차 세계대전이 끝나면서부터 검은 대륙에서는 해방과 독립의 불길이 오른다. 이때 아프리카 사람들이 우선 되찾아야 할 것은 민족과 민족문화였다. 색깔·형체·뿌리·조국이 없는 민족 상실자로서는 아무 힘도 쓸 수 없었다. 그들은 무분별한 〈깜둥이 새끼〉에 지나지 않는 것이 아니고, 비록 원시적 분위기라 하더라도 그들의 〈삶의

<hr>

14　구중서, 「제3세계 민족문학에의 전망」, 『실천문학』 창간호, 1980, 275면. 여기서, 구중서의 이 글이 1970년대 진보적 문학운동의 구심체인 '자유실천문인협의회의'의 기관지로서 창간된 무크지 『실천문학』 창간호에 실렸다는 것은 의미심장하다. 『실천문학』의 창간은 1970년대의 민족문학운동을 사회변혁운동으로 진전시키는 역사적 역할을 담당하기 위해서인바, 창간호의 특집에 '팔레스타인 민족시집'이 구성돼 있는 점은 이후 제3세계문학의 문제의식을 심화시킨 민족문학운동의 전개를 예지한다. 이에 대해서는 고명철의 「진보적 문학운동의 역경과 갱신」, 『기억과 전망』, 2010년 겨울호, 26~30면.

개성적 뿌리〉에서부터 다시 성장하지 않을 수 없었다. 이것이 제3세계가 〈민족주의〉를 새삼스레 제기하게 되는 사정이다.

그러나 제3세계의 민족주의 내지 민족문화는 지난 날의 회상(回想)에 머무를 수 있는 것이 아니었다. 산 민중이 이미 떠나버린 과거에서 〈추상적 민중의지ㆍ민속(民俗)ㆍ민속이 가라앉은 찌꺼기를 주무르는 일〉이 아니고, 〈민중이 막 벌여 놓은 해방 운동의 소용돌이에 뛰어드는 일〉이었다.

이리하여 아프리카에서의 민족운동은 과거를 지니면서 현실로, 현실에서 현장으로 민중의 옹호자이기보다 민중의 일원으로 되는 삶을 요구하게 되었으며, 이 결과에서 빚어진 문학을 〈민족문학〉이라 부르게 되었다.[15] (강조는 인용자)

구중서가 아프리카 문학에서 주목하고 있는 것은 서구의 식민지 지배를 받았던 아프리카가 온갖 인종적ㆍ문명적 차별 속에서 상실당한 민족과 민족문화를 회복하는 과정에서 아프리카 민중의 삶과 현실에 뿌리를 둔 문학, 즉 아프리카의 민족문학을 추구하고 있는 점이다. 구중서에게 아프리카는 한국처럼 식민주의의 역사적 고통과 시련을 겪었고, 그 과정에서 민족문화가 심하게 훼손당하면서 민족구성원의 삶이 파탄이 나고 불행의 나락으로 떨어진 삶의 경험을 갖고 있는 만큼 민족문화의 건강성을 회복함으로써 이러한 일체의 억압에서 해방되는 민족문학에 매진하고 있는, 그리하여 제3세계의 민족주의를 견인해내고 있는 모습으로 비친다. 그렇기 때문에 이러한 모습을 지닌 아프리카의 문학은 아프리카의 민족문학[16]이며, 이것은 한국의 진보적 민족문학과 국제적 연대

15　구중서, 「제3세계 민족문학에의 전망」, 278~279면.
16　아프리카 문학 연구자인 이석호는 서구의 민족주의에 기반한 서구식 민족문학과 다른 함의를

를 추구할 수 있는 민족문학으로서 제3세계문학인 셈이다.

물론, 이러한 구중서의 아프리카 문학 소개가 얼마나 깊이 있게 아프리카의 문학을 다루고 있는 것인가에 대한 비판적 문제를 제기해볼 수는 있다. 가령, 구중서도 분명히 인식하고 있듯이 아프리카 문학이 서구의 오랜 식민지 지배 아래 아프리카의 모어(母語)가 영어와 불어에 의해 잠식당하면서 대부분의 작품이 식민주의 제국의 언어로 창작되고 있다는 것은 부인할 수 없는 아프리카 문학의 현실이다. 문제는 아프리카가 서구의 식민주의로부터 해방을 맞이한 이후 여전히 또 다른 서구의 지배 형식에 의해 신식민지로 이행되면서 제국의 언어에 포섭된 이상 제3세계문학으로서 민족문학이 추구하는 민족구성원의 참다운 해방은 요원하다는 점이다. 이와 관련하여, 케냐의 작가 응구기와 씨옹오는 제국의 언어로 창작해온 자신에 대한 뼈저린 자기반성과 함께 아프리카의 작가들을 향해 아프리카의 모어(母語), 즉 아프리카의 민중의 구술전통에 기반한 아프리카 문학의 건강성을 회복할 것을 힘주어 강조한다. 왜냐하면 "민중의 삶을 고백하는 아프리카 언어가 신식민국의 공적이 되어가고 있는 것"[17]으로 그는 명확히 인식하기 때문이다. 사실, 아프리카 문학의 창작 언어를 둘러싼 이 문제에 대한 검토는 그리 간단한 사안이 아니다. 구중서가 아프리카 문학을 소개한 이후 이 사안에 대해 별다른 논의를 펼친 적이 없듯,[18] 그에게 시급하면서도 당면한 과제는 한국사

....

지닌 비서구의 민족문학을 파농의 민족문학론의 시각을 중심으로 논의한바, 그의 논의를 통해 제3세계의 민족문학 또는 아프리카의 민족문학에 대한 성찰의 계기를 가질 수 있다. 이석호, 「파농의 민족문학론과 근대성—비서구의 시각을 중심으로」, 『바리마』 3호, 2014, 80~100면.

17 응구기와 씨옹오, 이석호 역, 『정신의 탈식민화』, 아프리카, 2013, 63면.

18 이후 아프리카 문학에 대한 구중서의 심도 있는 논의는 전개되고 있지 않다. 다만, 아프리카 작

회에 잘못 알려졌거나 전혀 알려지지 않는 아프리카 문학의 민족문학의 면모와 이것을 제3세계문학의 시계(視界)에서 연대의 고리를 발견하는 데 있다. 그래서 구중서는 서구 제국의 언어로 창작되더라도 아프리카의 정체성을 탐구하고 미래의 전망을 모색하고 있는 아프리카의 빼어난 작품에서 "아프리카적 삶의 전통과 저력은 앞으로 세계 문화권에 값진 정신 자산을 보태어 주리라고 기대할 수 있다"[19]고, 민족문학으로서 아프리카 문학의 존재와 가치를 높이 평가하는 것이다.

그런데 구중서의 제3세계문학에 대한 관심에서 흥미로운 대목은 아프리카 문학보다 상대적으로 라틴 아메리카 문학에 대해 집중하고 있다는 사실이다. 라틴 아메리카 문학만 소개하는 비평이 있는가 하면,[20] 제3세계문학을 소개할 때마다 어김없이 라틴 아메리카 문학에 관한 비평이 씌어지고 있다.[21]

라틴아메리카에서는 그리스도교 신앙이 어떤 기존 이데올로기에 대해 공포심을 갖지 않으면서, 비판할 요소는 비판하고 부정할 요소는 부정하며, 다시 포용할 면은 포용하여 크리스찬 주체의 사상을 추진해 나아가는 점이 주목할 만하다고 하겠다.[22] (강조는 인용자)

가로서 최초로 노벨문학상을 수상한 월레 소잉카에 대해 간략히 살펴보면서 노벨문학상 수상이 아프리카 문학과 제3세계문학을 위해 의미가 있음을 강조한다. 구중서, 「제3세계문학이 지향하는 것」, 『역사와 인간』, 작가, 2001, 327~329면.

19 구중서, 「제3세계 문화운동의 길」, 『문학을 위하여』, 평민사, 1986 중판, 153면.
20 구중서, 「라틴아메리카의 지적 풍토」, 『창작과비평』 1979년 가을호; 「제3세계와 라틴아메리카 문학」, 백낙청 외, 『제3세계문학론』, 한벗, 1982.
21 구중서, 「제3세계의 문학론」, 『씨올의 소리』, 1979.9; 「제3세계 민족문학에의 전망」, 위의 책; 「제3세계 문화운동의 길」, 위의 책; 「제3세계문학이 지향하는 것」, 『신동아』, 1986.12.
22 「제3세계와 라틴아메리카 문학」, 위의 책, 114면.

라틴아메리카에는 죄의식이 있다. 라틴아메리카는 스페인 및 포르투갈의 식민지로 원주민을 소멸시켜가는 역사를 출발시켰고, 아프리카에서 흑인들을 사들여 노예로 고용하였다. 이 대륙의 대개의 나라가 독립을 성취한 지는 백여년이 되지만 부패한 군사독재 밑에 민주주의는 꽃피어 보지 못하였다.[23] (강조는 인용자)

이 대륙에서 지배적인 이념은 〈자유와 사회정의〉의 추구이다. 이 이념은 라틴아메리카 대륙 내외로 작용하여 북미로 대표되는 제1세계권의 경제적 속박으로부터의 자유 추구를 촉진한다. 대내적으로 고질적인 독재정치로부터의 해방을 촉진한다.[24] (강조는 인용자)

위 인용문의 강조 부분을 통해 우리는 구중서가 제3세계문학을 소개하는 데 라틴 아메리카 문학을 상대적으로 비중있게 다루는 이유를 헤아려볼 수 있다. 라틴 아메리카에서 '크리스찬 주체의 사상을 추진'한다는 것은 그의 같은 글에서도 주목하듯이 '해방신학'의 면모에 초점을 맞추는바, 서구 제국의 부르조아계급의 물적 토대에 기반을 둔 채 그들의 정치경제적 이해관계에 투철한 종교원리를 제공해주는, 그래서 제3세계로부터 경제 자원을 침탈하고 제3세계를 식민주의화함으로써 서구 제국의 문명에 종속되는 그들을 위한 '자유와 사회정의'의 이념을 갖고 제3세계를 영구적으로 지배하는 것이 아니다. 말하자면 유럽중심주의를 견고히 뒷받침하고 있는 기독교적 세계관과 근본적으로 거리를 둔다. 여기서 유

---

23 위의 글, 123면.
24 위의 글, 126면.

의해야 할 것은 라틴 아메리카 주민의 대부분은 크리스찬인데, 구중서가 각별히 주목하는 것은 라틴 아메리카의 크리스찬은 라틴 아메리카 민중의 인간다운 삶을 향한 해방을 추구한다. 이 과정에서 그들은 라틴 아메리카의 역사 속에서 서구 제국의 식민지를 경험하고 제1세계의 정치경제학적 억압 속에서 세계체제의 주변부로 밀려난 채 종속당하고 있는 라틴 아메리카의 현실에 대해 각성하고 투쟁하는 실천적 삶을 보인다. 그래서 구중서는 라틴 아메리카의 이러한 반(反)식민주의와 해방신학의 정열과 실천을 담아내고 있는 라틴 아메리카 문학이야말로 "오늘의 제3세계 문학 안에서도 또한 선진성을 띠게 하는 것으로 보인다."[25]

이처럼 구중서는 아프리카와 라틴 아메리카가 지닌 제3세계성을 주목하고, 그곳에서 겪은 식민주의 억압적 현실에 천착할 뿐만 아니라 인간의 삶을 구속하는 것으로부터 해방을 꿈꾸는 제3세계문학의 선진성을 적극적으로 발견한다.

4. 한국문학과 제3세계문학의 상호침투

그렇다면, 구중서는 한국문학 비평가로서 제3세계문학에 대한 문제의식을 한국문학과 어떻게 상호침투시키고 있는가. 구중서가 제3세계문학에 비평적 관심을 쏟는 데에는 어디까지나 폐쇄적 민족주의와 자민족중심주의를 벗어날 뿐만 아니라 서구의 민족주의가 우승열패(優勝劣

------

25 위의 글, 134면.

敗)의 제국주의와 결합하면서 민족구성원의 인간다운 삶을 억압하고 유
린하는 것에 대한 저항과 해방의 차원에서 비슷한 처지에 놓인 제3세계
의 민족문학과 국제적 연대를 통해 이 원대한 과제를 해결하기 위한 데
있다. 따라서 그에게 한국문학과 제3세계문학과의 상호침투는 매우 긴
요한 비평적 과제가 아닐 수 없다.

제3세계 문학으로서의 오늘의 한국문학을 단순히 〈오늘의 한국적 상황에
서 인간다운 삶을 추구하는 문학〉이라고만 한다면, 우리와 같거나 비슷한 상
황이 다른 지역에도 있을 수 있어 한국 민족문학으로서의 개성과 독창성이
분별되기 어려울 것이다. 그러므로 제3세계 민족문학은 오늘의 민중속에 발딛
고 서있으면서 생각과 감수성은 전통문화의 뿌리로부터 〈자기다움〉의 진액을 빨
아마셔야 한다.[26] (강조는 인용자)

'한국문학으로서 제3세계문학'에 대한 구중서의 문제의식은 매우 명
료하다. 그가 아프리카와 라틴 아메리카의 민족문학을 소개하면서 거듭
강조한바, 한국문학에서도 그는 한국문학의 유구한 역사 속에서 축적된
'전통문화의 뿌리로부터 〈자기다움〉의 진액'을 섭취할 것을 중요한 문
제의식으로 설정한다. 그리하여 그는 동시대의 민족문학론자들보다 한
국 고전문학의 민족문학 전통의 자산에 비평적 열정을 쏟는다. 그의 「제
3세계문학으로서의 한국문학」에서는 고조선의 단군신화로부터 신라의
향가, 고려의 속요, 경기체가를 비롯하여 이규보의 시비평, 조선시대 김

---

26 구중서, 「제3세계문학으로서의 한국문학」, 『제3세계문학론』, 270면.

시습의 「금오신화」와 연암의 「허생전」, 허균의 「홍길동전」, 김만중의 「구운몽」과 「사씨남정기」, 판소리계 소설, 시조, 정약용의 애민시(愛民詩) 등 고전문학에서 민족문학의 주요한 성취를 검토한다. 이러한 구중서의 노력은 동시대의 민족문학론자들 대부분이 애국계몽기 이후 근대문학에 대한 비평에 집중한 것을 고려해보면, 그의 이러한 비평이 한국문학의 고질적 병폐인 고전문학과 현대문학의 단절을 극복할 뿐만 아니라 민족문학론의 거시적 시계(視界) 안에서 한국문학의 제3세계성을 주체적으로 육화하기 위한 것으로 해석할 수 있다. 이것은 같은 글에서 민족문학론의 시선으로써 일제 식민지의 근대문학과 해방 이후부터 그의 동시대에 이르는 시기의 문학을 두루 통시적으로 살펴보는 데서 확연히 입증된다. 다시 말해 구중서가 역점을 두는 '한국문학으로서 제3세계문학'은 한국문학에 대한 단절적 시각을 극복함으로써 고전과 현대를 민족문학의 시계(視界)로 회통(會通)하는 것이나 다를 바 없다. 이와 관련하여, 여기서 우리가 분명히 해두어야 할 것은 고전문학과 현대문학을 구성하는 문학의 인식소와 그것의 안팎을 에워싸고 있는 역사의 비균질을 무시함으로써 문학과 인간의 진보를 부정하거나 회의하는 게 결코 아니다. 그리고 고전문학 전통에 대한 맹목이 자칫 자민족중심주의와 국수주의에 함몰될 수 있는데, 구중서의 이러한 비평적 노력은 이것과 착종되지 않는다. 구중서가 '한국문학으로서 제3세계문학'에 대한 이러한 논의를 펼치기 전 이 글의 3장에서 살펴보았듯이, 그는 편협한 국수주의와 자민족중심주의를 경계하면서 한국과 비슷한 처지에 놓인 제3세계와 연대하는 일환으로 아프리카 및 라틴 아메리카의 문학을 제3세계문학의 맥락으로 한국사회에 소개했던 것이다. 따라서 구중서의 한국문학과 제3세계문학과의 상호침투를 "제3세계 문학의 반식민주의적 태도 측면에서는 긍정적일 수 있지만, 자기민족중심주의 함정에서 자유롭지 못하다는 측면에서 부정적일 수도 있다"[27]는 비판은 좀처럼 수긍하기 힘들다.[28] 왜냐하면 구중서가 '한국문학으로서 제3세계문학'에 각별히 초점을 맞추는 것은 고전문학의 자산을 통시적으로 살펴보는 데서 단적으로 알 수 있듯이 제3세계 민족문화의 전통의 중요성을 쉽게 몰각해서 안 되기 때문이다. 여기에는 유럽중심주의를 떠받치고 있는 근대성이 반(反)봉건성과 반(反)미개, 그리고 계몽의 미명 아래 제3세계의 전통을 봉건적 유산과 야만(혹은 미개)의 허울로 뒤집어 씌운 채 그것을 모두 폐기처분하고, 심지어 소중한 인간의 생명을 압살하였음을 상기해볼 때 유럽중심주의로 도저히 포괄할 수 없고 이해할 수 없는 제3세계 민족문화의 전통을 민족문학의 시계(視界)로써 적극적 의미를 부여해야 한다는 구중서의 비평 욕망을 주시할 필요가 있다. 이것은 달리 말해 "제3세계문학론이 서구의 편협한 과학주의와 합리성을 거부하며 그것과 결부된 리얼리즘을 제3세계의 시각에서 새롭게 해석하고자 하는 것"[29]이다.

그래서 구중서가 각별히 주목하고 있는 '한국문학으로서 제3세계문

<hr>

27 오창은, 「'제3세계 문학론'과 '식민주의 비평'의 극복」, 『우리문학연구』 24집, 2008, 268면.
28 가령, "민족문학론에서 제3세계문학론의 수용은 분명 외연을 넓히는 것 이상의 의미를 지니고 있었지만, 제3세계문학론은 결국 다시 민족문학론으로 형상화되고 만 것이 아닌가 하는 의구심을 떨치기 어렵다"(이상록, 「1970년대 민족문학론」, 『실천문학』 2012년 겨울호, 126면)는 비판도 수긍하기 힘들다. 왜냐하면, 구중서를 비롯하여 이 시기 제3세계문학론을 주창한 진보적 비평가들에게 당면 과제는 어용 민족주의와 구별되면서 식민주의를 경험한 민중들과 국제적 연대를 통해 자민족중심주의와 국수주의에 빠지는 것을 경계하면서 유럽중심주의를 비판적으로 성찰하는 해방의 근대성을 추구하려고 하였다는 점을 과소평가해서는 곤란하기 때문이다.
29 이상갑, 「제3세계문학론과 탈식민화의 과제」, 『근대민족문학비평사론』, 소명출판, 2003, 75면.

학'의 빼어난 성취는 김지하의 담시(譚詩)다. 김지하에 대해 구중서는

> 그가 〈제3세계 문학을 현대 세계문학의 필연적 주류〉로 인식하고 있으며 제3세계 문학권에서도 이미 그를 깊이 받아들였기 때문이다. 둘째로는 그의 시 방법이 민족예술의 전통에 근거하려 하는 것으로서 이 점도 제3세계 다른 민족문학들도 채택코자 하는 방법이라는 점에 유의하게 된다. 세째로는 그는 민중의 보편적 자기각성을 바란다. 네째로 그는 진리의 불기둥을 경외하며 인간의 내적·영신적 쇄신과 영원에 대한 희망을 지닌다는 점이다. 위에 든 요소들은 제3세계 문학권에 두루 통할 수 있고 필요조건이 될 수 있는 것들이다. 이러한 요소들이 한국 현대시에서, 그리고 시인의 인간적 실천을 동반하면서 제기되었다는 것 자체가 한국 민족문학과 제3세계 문학 사이의 상당한 유대를 이미 인정케 하는 것이다.[30]

고 하여, 김지하의 담시는 한국사회 내부에서 유신체제에 대한 한국 민족문학의 저항뿐만 아니라 제3세계에 두루 공명(共鳴)되는, 그리하여 한국의 민족문학이면서 제3세계문학의 가치를 지닌 것으로 손색이 없음을 강조한다. 따라서 구중서가 보이는 고전문학과 현대문학의 단절을 극복한 회통적 시각은 자민족중심주의와 무관한, 제3세계 민족문화의 전통을 창조적으로 섭취함으로써 유럽중심주의에 기반한 세계문학으로서는 포괄할 수 없는 제3세계 민족문학의 창조력을 보여준다.

여기서, 그의 이러한 비평에 결락된 게 있다면, 최원식이 예각적으로

제기한 동아시아의 민족문학으로서 한국문학을 발본적으로 인식하는 문제의식이다. 최원식은 「민족문학론의 반성과 전망」에서 1970년대의 민족문학론이 제3세계문학과의 올바른 연대를 인식한 것은 매우 소중한 문제의식이지만 아프리카, 라틴 아메리카, 아랍 등에 치우친 제3세계에 대한 관심이 자칫 한국문학이 놓여 있는 동아시아의 맥락과 실감을 등한시할 수 있다는 점을 경계한다. 그러면서 그는 단순히 국제적 연대의 문제만 염두에 둘 게 아니라 한·중·일을 포괄하는 동아시아를 제3세계의 민중의 관점에서 비판적으로 재해석함으로써 동아시아적 양식을 창조할 때 한국의 민족문학론이 지닌 제3세계문학의 현실성과 선진성을 획득할 수 있음을 강조한다.[31] 분명, 구중서의 '한국문학으로서 제3세계문학'에 대한 문제의식에는 최원식이 언급하고 있는 동아시아의 맥락이 결여돼 있다. 이 결락은 이후 한국현대비평이 제3세계문학론에 대한 새로운 공부의 과제를 부여받은 셈이다. 하지만 비록 구중서가 동아시아적 양식의 차원에서 자신의 제3세계문학에 대한 문제의식을 심화시키지는 못했으나, 김지하의 담시를 통해 민중성과 민중의 미학에 기반을 둔 판소리의 민족문학 전통이 현대문학과 상호침투한 것의 가치를 적극화한 것은 그 자체로 구중서의 '한국문학으로서 제3세계문학'을 한국현대비평사에서 기억해두어야 할 대목이다.

....

31 최원식, 「민족문학론에의 반성과 전망」, 『민족문학의 논리』, 창작과비평사, 1982, 359면.

5. 맺음말

이 글에서는 구중서의 제3세계문학에 대한 논의를 중심으로 민족문학론이 어떻게 심화·확산되고 있는지를 살펴보았다. 그동안 한국현대비평사의 연구 흐름 속에서 1970년대 이후 전개된 민족문학론에 초점을 맞추면서, 계간 『장착과비평』(1966년 창간) 중심으로 연구가 진행되고 있다. 그러다보니 『장착과비평』의 담론을 표상한다고 해도 과언이 아닌 백낙청의 비평을 중심으로 이에 대한 연구가 진행된 것은 엄연한 사실이다. 제3세계문학론에 대한 연구의 동향 역시 대동소이하다. 이것은 그만큼 한국사회에서 4·19 이후 『장착과비평』이 진보적 지식사회의 풍향계로서 그 몫을 충실히 다하고 있다는 것을 방증해준다. 한국사회의 주요 국면과 단계마다 『장착과비평』을 중심으로 한 백낙청의 비평이 던지는 사회적 및 문단적 파장은 적지 않았다. 그가 보인 제3세계문학에 대한 선진적 문제의식 역시 부정할 수 없다.

하지만, 지금까지 살펴보았듯이, 구중서의 제3세계문학론 역시 국문학도로서 한국의 고전문학 전통에 대한 집중적 관심을 기반으로 한 민족문학 전통에 대한 발견과 현대문학 사이의 상호침투적 노력을 통해 한국문학의 제3세계성에 주목한 것을 결코 과소평가할 수 없다. 또한 1970년대 중후반 한국문학의 민족문학으로서 일국적 시야를 극복하기 위해 아프리카, 라틴 아메리카의 문학을 소개하는 데 각별한 관심을 쏟은 것은 민족문학이 자칫 자민족중심주의에 함몰될 것을 경계함으로써 반식민주의의 국제적 연대의 길을 모색하는 비평의 노력으로 한국현대비평사에서 의미 있는 역할이다. 다만, 구중서의 제3세계문학론이 1980년대 이후 제3세계에서 제출되고 있는 풍요로우면서 선진적인 문학적 성취들과 지속적 대화를 통해 애초 그가 주목했듯이 제3세계를 전방위적으로 억압하고 구속하는 모든 것에서 해방의 환희를 쟁취하는 것에 대한 보다 깊이 있는 해석이 뒤따르지 않고 있는 것은 한국현대비평사에서 안타까운 일이다. 아마도 여기에는 구중서가 주목한 김지하의 담시와 같은 민족문학적 전통을 창조적으로 섭취하여 현대문학과의 상호침투에 성공한 한국문학의 성취가 좀처럼 생산되지 않은 것도 전혀 무관하지 않을 것이다. 뿐만 아니라 제3세계문학론은 1980년대에 들어서자 일련의 사회구성체논쟁을 거치면서 제3세계론적 시각을 뒷받침해주는 주변부자본주의론 혹은 종속이론이 신식민지국가독점자본주의론의 공세에 밀려 더 이상 이론으로서 현실적 유효성을 상실하게 된 것과도 무관하지 않다.[32] 말하자면, 한국사회는 1980년대 이후 전 지구적 자본주의 세계체제의 반(半)주변부에 놓이고, 급기야 1990년대 이후 2000년대에 이르면서 한국사회는 더 이상 제3세계성을 한국사회의 구체적 실감으로 논의할 수 없을 정도로 물적 토대가 급변한 것이다.

하지만, 그렇다고 구중서가 제기한 제3세계문학론에 내장된 문제의식이 휘발된 것은 결코 아니다. 비록 한국사회가 제3세계라는 정치경제학적 범주로 인식될 수는 없지만, 제3세계문학론이 품고 있는 유럽중심주의의 전횡화된 서구식 근대의 폭력을 반성적으로 성찰하고, 트리콘티넨탈로 불리는 아프리카, 아시아, 라틴 아메리카의 풍요로운 문화적 자산과 유럽중심주의의 근대로 포괄할 수 없는 '또 다른 근대'의 가치를

---

32 하정일, 「도전과 기회 사이에서—최근 민족문학론의 쟁점과 과제」, 『창작과비평』 2001년 겨울호, 41~43면.

적극 발견하고 재해석함으로써 기존 근대세계를 창조적으로 넘어서는 인류의 평화를 향한 문학의 응전은 쉼없이 지속되어야 하는 것이다. 구중서의 민족문학론으로서 제3세계문학이 오늘의 한국문학과 새로운 세계문학을 구성하는 데 유효한 참조점으로 작용하는 것은 바로 이러한 이유 때문이다.

발생론적 기원이자 궁극적 지향으로서의 정형 미학

구중서 선생의 시조

유성호[*]

1. 구중서 문학의 발생론적 기원으로서의 '시'

광산 구중서 선생은 세상이 다 아는 중진 문학평론가요, 광범위한 연구 성과를 세상에 내놓은 우리 학계의 대가급 근대문학 연구자이다. 50년 넘게 펼쳐진 그의 비평과 연구는, 잘 알려져 있듯이, '리얼리즘'과 '민족문학'의 방법과 이념을 옹호하면서 한국 근대문학의 현실 인식을 분석하고 평가하는 데 그 무게중심을 두고 진행되었다. 이러한 그의 비평적 기율은 오랜 시간 동안 매우 균질적인 일관성을 유지해온 터라, 그의 비평적 외관은 항상성과 동일성을 견고하게 유지하고 있는 '너른 뫼'의 형상을 하고 있었다고 할 수 있다.

잘 알려져 있는 사실은 아니지만, 구중서 선생의 문학적 출발점은 여러 모로 '시(詩)'와 깊이 관련되어 있다. 그는 4·19혁명이 나던 1960

* 한양대 국문과 교수. 문학평론가.

년, 나이 스물다섯에 『사상계(思想界)』 신인문학상에 응모한 일이 있다. 이때 그의 작품들은 당선이 유보되었는데, 『사상계』 1960년 7월호에는 그러한 내용을 담은 조지훈(趙芝薰)과 송욱(宋稶)의 「선후평(選後評)」이 적혀 있다.

> 入選의 水準에는 못 미쳐도 詩壇에서의 平常 水準에는 오르내리는 정도의 작품을 묶어 보낸 두 사람 具仲書, 朴賢 兩君의 詩는 아주 버리기 아까운 바도 있어 이 賞과는 별도로 그 발표를 編輯者에게 勸했다. 具仲書 군의 「山사람」, 「步兵」, 「異邦密語」는 싱싱하고 소박하고 激한 짜임이라든가 言語가 좋은 바탕의 늘품을 보여준다. 아직 좀 거칠기는 하지만 잘만 닦으면 그것이 분명히 自己다운 무엇을 지니고 있다는 것은 확실히 보았다.
>
> ─趙芝薰, 「詩의 墮落」, 『思想界』, 1960.7

> 「山사람」과 「異邦密語」를 읽어보면, 그 내용이 절실한 점에서 우선 印象이 깊다. 마땅히 現代詩의 主題는 이런 經驗을 포함해야 한다, 이렇게 나는 느꼈다. 작자는 主題의 방향을 잘 잡은 것이다. 그러나 作者에게 詩의 내용을 이루는 經驗과 知識을 정리하고, 融合할 수 있는 能力과 言語의 驅使力을 얼마나 인정해야 할까? (…중략…) 적어도 受賞者가 되기에는 좀 빠르다고 우리는 결정하였다. 作者의 精進을 간절히 바란다.
>
> ─宋稶, 「文化의 표정」, 『思想界』, 1960.7

당대 대가들이 보인 이러한 호의적이면서도 유보적인 시평(詩評)은, 당시 구중서 시편의 가능성과 한계를 동시에 암시적으로 보여준다. 특히

"싱싱하고 소박하고 激한 짜임이라든가 言語가 좋은 바탕의 늘품"이나 "내용이 절실한 점" 같은 평가는, 시에 대한 상찬이기도 하지만, 이후 펼쳐질 구중서 비평의 속성에 대한 예견이라고 해도 지나치지 않다. 만일 이때 그가 『사상계』로 등단하였다면, 우리는 '구중서'라는 이름을 '비평' 쪽보다는 '시작(詩作)' 쪽에서 계속 경험하게 되었을지도 모를 일이다. 아무튼 구중서 문학의 출발점에 이러한 시적 자의식과 욕망이 버티고 있었고, 또 그에 대한 유보 과정이 선명하게 새겨져 있음은 매우 시사적이다. 그만큼 구중서 선생이 시를 쓴다고 할 때, 그것은 평지돌출의 사건이 아니라 뚜렷한 발생론적 기원(origin)을 가지고 있는 것이며, 어쩌면 원환 회귀적인 형상을 가진 것이라고 할 수 있으니까 말이다. 아닌 게 아니라, 구중서 선생은 최근 매우 자각적이고 지속적인 '시조(時調)' 창작에 열정을 기울이고 있다. 오현 스님의 권고로 시조를 쓰기 시작한 선생은, 그 안에 비평적 논리가 아닌 시적 직관을 깊이 담으면서 자신만의 경륜과 지혜와 예술적 역량을 표현해가고 있다. 그래서 우리는 이 대가급 비평가를 나중에 시조시인의 한 사람으로 중요하게 기억할 수 있을 듯하다. 이 글은 구중서 선생의 몇몇 시조 작품을 읽어보면서 그의 시조가 어떤 품격을 지니고 펼쳐졌는지에 대한 충실한 개관을 해보고자 한다.

2. 정격의 언어와 시법에 담긴 평상(平常)의 시심

구중서 선생의 시조 작품들은, 일차적으로 정형의 율격을 충실하게 묵수하는 특징을 일관되게 보인다. 말하자면 그는 '파격(破格)'이 가져오는 활달함보다는 '정격(正格)'이 가져오는 진중함을 취하고 있다. 그래서 그의 시편들 안에는 그가 일생 동안 겪어온 경험과 예지가 정격의 형식에 의해 갈무리되어 있다. 이러한 정격의 언어와 시법, 그리고 가장 안정된 평상(平常)의 시심이 그 안에서 펼쳐지는 것이다.

나이 젊은 제자가 아깝게 병이 깊어
병석을 찾은 스승 제자의 절을 받네
스승님 앞서는 죄를 용서해 주십시오

끌어안고 등 두드려 스승이 말을 한다
냇물과 강물과 바닷물이 이어지듯
한 시대 어울린 인연 영원히 함께 가지

칼로써 토막 낸 시간을 보았는가
앞뒤가 잘려나간 순간도 없는 것을
아끼며 벅차는 때가 영생의 자리이다

—「영원」 전문

'영원'이란 시간성의 흐름 자체를 절대적으로 지워버리는 시간 부정적(negative) 개념이다. 따라서 그 안에는 변화나 굴절보다는 절대성으로서의 무한 순환이 내재하게 마련이다. 시인은 그러한 '영원'의 역설적 속성을 시 안쪽으로 끌어들이는데, 그 안에는 스승과 제자의 관계가 있다. 아직 젊은 제자가 병이 깊어 자리에 누웠는데, 스승이 병문안을 한다. 아픈 몸을 일으켜 제자가 스승을 앞서는 죄를 용서해 달라고 말한다. 제자는 자신이 스승보다 앞서 병들었다는 사실 때문에 스승께 죄를 지었다고 말하니, 그의 마음에는 자신이 병을 '먼저' 얻었다는 선후 관념이 내재해 있는 것이다.

하지만 스승은 그와 달리 제자의 등을 두드리면서 선후 관념을 부정한다. 그는 "냇물과 강물과 바닷물이 이어지듯 / 한 시대 어울린 인연 영원히 함께 가지"라고 말하는 것이다. 분명 '냇물'과 '강물'과 '바닷물'은 그 자체로 선후 관계에 놓여 있지만, 스승은 그보다 그들끼리 "한 시대 어울린 인연"을 더 중히 여긴다. 그럼으로써 그들 사이에 놓여 있는 선후 관계를 지우고 있는 것이다. 그에게는 "칼로써 토막 낸 시간"이 존재하지 않기 때문이다. 또한 그것은 다만 관념이 만들어낸 가상적 허구일 뿐이고, 실재로서의 시간은 "앞뒤가 잘려나간 순간도 없는 것"이기 때문이다. 그때 비로소 "아끼며 벅차는 때가 영생의 자리"가 될 수 있는 것이다. 이처럼 이 시편은 스승과 제자, 영원과 순간을 대비적으로 결속하면서, 꽉 들어찬 지혜의 편린을 전해주고 있다.

> 쭉정이 아닌 씨를 흙 속에 묻어 놓고
> 그 위에 무슨 표시 해 둘 필요 없어라
> 새 봄에 비 나린 후면 푸른 싹이 솟아난다
>
> 우리가 하는 일이 모두가 그러하다
> 대답 대신 무위자연 내세우는 내 속셈은
> 다가올 사필귀정에 믿음을 두는 거다

그 누가 잘못한 일 뚜렷이 없다면서

나라 안이 소란하고 역사가 뒤로 간다

스스로 불안한 이들 많다는 증거로다

이 시편은 시인의 생각을 직접 옮겨놓은 일종의 관념 시편이다. 가령 시인은 '사필귀정(事必歸正)'에 대한 믿음을 설파하고 있는데, 그것은 씨를 흙 속에 묻어 놓으면 무슨 표시를 안 해두어도 "새 봄에 비 나린 후면 푸른 싹이 솟아난다"는 믿음과 같은 것이다. 사실 우리가 하는 일이 모두 그러하지 않은가. 그가 강조하는 "무위자연" 역시 예의 "사필귀정"과 의미론적 등가를 이룬다. 그런데 이 같은 긍정의 믿음이 마지막 수에 와서는 사회 현실로 진입하면서 전혀 다른 목소리로 바뀐다. 그 목소리는, 어느 누가 뚜렷하게 잘못한 일도 없다는데 정작 나라 안은 소란하고 역사는 뒷걸음친다는 진단을 내린다. 그러한 진단을 내린 후 누군가 "스스로 불안해하는 이들"이 많기 때문이 아닌가 하는 생각을 얹기도 한다.

그렇다면 이 작품은 어떤 '믿음'을 말하고 있는가. 그것은 자연의 순리에 대한 혹은 무위자연 같은 선명하고도 분명한 어떤 질서에 대한 믿음일 것이다. 그런데 그와 달리 '불안'이 떠돌고 있으니, 그곳이 바로 소란한 나라의 퇴행하는 역사이다. 물론 이 작품에서는 직접적으로 그 '소란'과 '퇴행'이 어떤 것인지를 적시(摘示)하지 않는다. 그래서 이 시편은 정치적 알레고리로서의 속성이 급격히 약화된다. 다만 '자연(순리)'에 대한 믿음과 '인사(人事)'에 대한 불안을 첨예하게 병치함으로써, '믿음'이 가지는 빛과 그늘을 동시에 발화했다고 보는 편이 옳을 듯하다. 이는 그

만큼 구중서 선생의 무게중심이 '사회'보다는 '자연'으로 그리고 '현상'
보다는 '본성'으로 현저하게 옮겨가고 있는 증거이기도 할 것이다.

> 마음의 벗으로서 미더운 이심전심
> 그래도 한 마디 표현을 원하는가
> 왜 굳이 언약을 하랴 미소로써 되는 것을
>
> 그 어느 수도회의 표어가 되어 있다
> 모든 이에 모든 것이 되어주자 하였다
> 이 뜻을 새기며 살면 사랑이 넉넉하리

—「이심전심」 전문

이 작품에서는 '이심전심'의 이법이 표현되고 있다. 그것은 "마음의
벗"끼리 미덥게 소통하는 원리이다. 그래서 말 한 마디 표현을 원할 때
도 언어로 된 '언약'보다는 '미소'로써 소통이 가능해진다고 한다. 그런
가 하면 어느 수도회의 표어처럼 "모든 이에 모든 것이 되어주자"는 뜻
을 살려 넉넉한 사랑으로 살아가는 것도 '이심전심'이 현실로 나타나는
선명한 모습이 된다고 말한다. 따라서 이 시편의 주제는, 말할 것도 없
이 명료하게, 언어 이전의 혹은 언어를 넘어선 소통 원리인 '이심전심'
에 대한 믿음과 희구로 모아진다. 이처럼 구중서 시편의 주된 음역은 이
처럼 인간이 깨달아간 궁극적 지혜로 나아간다. 그래서 그는 시를 통해
'영원'과 '순간', '믿음'과 '불안' 그리고 '이심전심'과 '언어적 소통'의
긴장과 모순을 노래한다. 시편의 제목들도 한결같이 주제를 직접 지칭

하게 놓아둠으로써, 그는 '영원'과 '믿음'과 '이심전심'이라는 생의 가장 근원적인 원리들을 직관하고 있는 것이다.

다음으로 구중서 시편에서 우리가 발견할 수 있는 것은, 풍경과 관념의 상호침투를 통한 시화 과정이다. 시인은 공간과 시간 이동을 통해 존재의 근원을 투시하고 노래한다. 여기서 공간 이동이 일종의 '여행'과 연관된다면 시간 이동은 '역사적 상상력' 혹은 '고고학적 상상력'과 깊이 관련된다. 가령 다음 시편은 일종의 기행 시편이 되겠다.

> 보길도 뱃길에서 바다에 술 뿌리고
> 이 바다 퍼 마시면 끝없이 취하겠네
> 갑판 위 소주 쟁반에 더할 것이 없어라
>
> 다도해 바다 물은 산 속의 호수로다
> 중국의 동정호가 이보다 더 넓으랴
> 우리가 사는 곳이면 하늘 아래 복판이리
>
> 동쪽에 뜨는 해가 서쪽으로 넘어간다
> 그 사이 살고 있는 우리 땅이 중심이라
> 옛 다산 남기신 말씀 그 속뜻을 알겠네

—「다도해」 전문

남해안 다도해를 편력하면서 보길도 뱃길을 가고 있는 시인이 바다에 술을 뿌린다. 그러면서 "이 바다 퍼 마시면 끝없이 취하겠네"라고 호기

있게 노래한다. (평소 술과 관련된 친화적 장면을 많이 보여주신 광산 선생의 모습이 사실적으로 오버랩된다!!) 그 순간 다도해 바닷물은 "산 속의 호수"가 되어 오히려 "중국의 동정호"를 왜소하게 만들 지경이다. '동정호(洞庭湖)'는 후난성 동북부의 장강(長江) 하류에 있는 중국 제2의 담수호인데, 우리의 기억 속에 그것은 "동정호에 대해 듣다가 / 오늘에야 악양루에 올랐네……"(두보)라든가 "동정을 서쪽으로 보면 초강이 분명하지만 / 물다한 남쪽 하늘엔 구름이 뵈지 않네……"(이백)에서처럼 중국의 시성(詩聖)들을 감동케 했던 호수로 남아 있다. 그런데 시인의 생각에 그 호수보다 더 큰 이 "산 속의 호수"가 결국은 세상의 중심이 되고 있는 것이다. 그러니 "우리가 사는 곳이면 하늘 아래 복판"이 되는 것이 아니겠는가. 동쪽에 뜨는 해가 서쪽으로 넘어가는 바로 그 사이 "우리 땅이 중심"임을 거듭 상기하면서 시인은 다산 정약용의 전언을 되새긴다. 여기서 시인은 다도해와 동정호, 그리고 다산과 중국 시인들을 대조적으로 제시하면서 우리 것이 세상의 '중심'임을 설파하고 있는 것이다. 이러한 '중심' 관념이 풍경과의 상호 침투를 통해 나타난 것이다.

옥상의 방수액이 날아가 버렸는가
천정에서 느닷없이 물방울이 떨어지네
나 어이 계면쩍게도 옛 백결이 되는 건가

양은 냄비 놓은 데엔 현악기의 딩 동 소리
신문지를 깔은 데엔 타악기의 퍽 퍽 소리
마음을 비우지 못한 나더러 들으란다

시인은 오랜 시간의 역류(逆流)를 통해 신라시대로 간다. 일종의 고고학적 상상력이 물방울이 떨어지는 풍경과 어울리면서 작동되고 있다. 우리가 잘 알듯이, '백결 선생'은 신라 거문고의 명장으로서 경주 낭산(狼山) 아래에 살았다. 집이 가난하여 해어진 옷을 여러 군데 잡아매 마치 메추리를 달아맨 것과 같으므로 '백결' 선생이라 불렀다고 전해진다. 또한 그의 일화로는, 한 해가 저무는데 이웃에서 방아를 찧고 있으니 아내가 "남들은 방아를 찧는데 우리는 곡식이 없으니 어떻게 해를 보낼까" 하니 "죽고 사는 것이 운명에 달려 있고 부귀는 하늘의 뜻이니 왜 서러워하시오? 내가 그대를 위해 노래를 지어 위로하겠소"라고 하여 거문고로 방아 찧는 소리를 냈다는 이야기가 유명하다.

시의 상황은, 옥상의 방수액이 날아갔는지 천정의 누수가 심한 장면으로 설정되어 있다. 이때 시인은 "나 어이 계면쩍게도 옛 백결이 되는 건가"라고 탄식한다. 왜냐하면 그때 물방울 소리가 "양은 냄비 놓은 데엔 현악기의 딩 동 소리"를 내고 "신문지를 깔은 데엔 타악기의 퍽 퍽 소리"를 내기 때문이다. 마치 가난을 음식 삼아 살던 백결 선생 집 울타리 안에 긴 한숨 소리가 나듯 물이 떨어지고, 백결의 방아소리가 울려 퍼지듯 물방울 소리가 나고 있는 것이다. 하지만 아직도 나는 "마음을 비우지" 못하였으니, 그 물방울 소리들은 바로 시인더러 백결의 '비움'의 지혜를 배우라는 소리가 아닌가 하고 시인은 생각한다.

지금까지 읽어온 것처럼 구중서 시인은 다도해에서 '중심'에 대한 지혜를 노래하고, 물방울이 새는 집에서 '비움'의 지혜를 발견한다. 이러한

전언은, 그가 문학의 직능을 "이성과 보편성 안에서 항구히 인간다운 본
성을 말하고 이야기하고 노래하며 역사의 내일을 향해 걸어나가는 것"
(「문학과 현대사상」, 『문학적 현실의 전개』, 창비, 2006, 129쪽)이라고 말했을 때
와 조금도 달라지지 않는다. 그가 '이성'과 '보편성'을 강조하고 '인간다
운 본성'과 '역사의 내일'을 강조할 때와 마찬가지로, 그의 시조 작품들
은 이러한 지향을 '중심'과 '비움'으로 표상하고 있기 때문이다. 담론적
실재와 형상적 실재가 적실하게 공존하는 풍경이 아닐 수 없을 것이다.

3. 중용의 지혜와 청안(淸安)의 미학

구중서 선생은 이러한 그간의 시작 성과를 망라하여 첫 시집 『불면의
좋은 시간』(책만드는집, 2009)을 펴냈다. 비평 쪽에서 이미 일가를 이룬
이의 뒤늦은 시조 창작에 대해 의아하다는 반응을 보였던 이들도, 이 단
아하고 완결성 있는 시집을 통해 비로소 '시인 구중서'의 구체적 면모를
일별할 수 있게 되었다. 여기 실린 시편들을 읽어보면, 우리는 앞에서
말한 그 정격의 언어와 시법을 고스란히 경험할 수 있게 된다. 그처럼
구중서 시조는, 정형 율격을 충실하게 지키면서 경험과 예지를 차분하
게 갈무리하고 있으며, 자연이나 일상을 대상으로 하여 보편적 이법을
깨달아가는 과정을 투명한 언어로 보여주지 않는가. 말하자면 그의 화
자들은 대상을 향한 몰입이나 대상에서 느끼는 미적 균열을 동시에 경
계하면서, 정형 양식 안에 중용의 지혜를 깊이 어울리게 함으로써 일종
의 청안(淸安)의 미학을 구축해간다. 그래서 우리는 비교적 평정의 마음

으로 구중서 시학의 진경에 접어들 수 있게 된다.

그리고 우리는, 그동안의 구중서 비평에서 유추할 수 있듯이, 그의 시조가 사람살이의 구체성에 깊이 착목한다는 점을 발견하게 된다. 이러한 속성은 그간 우리 시조에서 주류화되어 왔던 권역과는 매우 다른 것이고, 그만큼 우리는 그가 시조 소재의 외연 확장을 수행하고 있다고 말할 수 있을 것이다. 시인 스스로도 "일상의 살아 있는 구체성과 사회적 현실의 문제도 시조가 다룰 수 있다"(「작가의 말」)고 말한 바 있고, 신경림 선생도 표사에서 "오늘의 삶에 깊이 뿌리를 박고 있어서 더욱 큰 울림을 준다"는 해석을 내린 바 있지 않은가. 이 모든 것이 구중서 시조의 현실 밀착 의지를 구체적으로 입증하는 것이다. 이처럼 그의 시조는 서정성과 현실성의 복합적 균형 속에서 태어나고 있으며, 그만큼 우리 역사나 구체적 일상에 대해 깊은 관심을 표명하고 있다. 발문을 쓴 박시교 선생도 "한국 리얼리즘 문학론의 대부 구중서 선생은 시조에서도 그 특유의 세계관을 유감없이 드러내 보여준다"(「시조, 그 건강한 아름다움을 위하여」)고 말하였는데, 그 특유의 세계관이 바로 사람살이의 구체적 결에 대한 애정과 관심임은 말할 것도 없을 것이다.

> 반세기 분단국에 기적이 일어나나
> 경의선 동해선에 기차가 가고 온다
> 휴전의 분계선에서 내 눈으로 바라본다
>
> 고속도로 네 배 몫에 철로가 맞먹으니
> 반도의 동서쪽에 고속도로 여덟 개라

뒷날의 그 큰 왕래를 가슴속에 그려본다

—「철로가 이어진 날」 전문

    화자의 시선은 반세기 동안 남북한을 갈라놓았던 군사분계선을 넘어 달린 경의선 기차와 동해선 열차를 향한다. 그 "기적" 같은 일을 자신의 눈으로 직접 바라보면서 화자는 깊은 감격에 젖어 있다. 남북한이 열차를 놓았을 때 그것은 '고속도로'보다 훨씬 효율이 크고, 그런 만큼 이번 일은 아마도 "뒷날의 그 큰 왕래"를 예비하는 것이라고 화자는 가슴속에 그려본다. 그만큼 구중서 시학의 촉수는 구체적인 민족 현실을 향하고 있다. 하지만 시인의 현실 감각이 이처럼 거시적인 역사로만 향하는 것은 아니다. "오늘은 투기꾼들이 나라를 틀어쥐나"(「빈손」) 같은 비판적이고 풍자적인 어법이 없는 것은 아니나, 오히려 구중서 선생은 일상의 소소한 관계론과 인생론적 덕목에 대해 더욱 세심한 마음을 쓴다. 일상의 구체적 경험과 세목이야말로 구중서 시학의 가장 중요한 현실적인 축이 되는 것이다.

한 통의 전화 걸어 마음 빚을 갚고 나니
할 일 없이 낮잠 자도 큰일을 한 듯하다
오래된 인연의 정이 서먹해선 안 되리

서로가 챙겨가며 아끼지 않는다면
나 한 몸 이 세상에 사는 뜻 없어라
모처럼 게으름 벗고 안부 전해 좋은 날

—「안부」 전문

화자는 오랜 인연의 정에 인색해서는 안 된다는, 어찌 보면 소소하기 그지없는 삶의 예지를 부드럽고 구체적으로 보여준다. 아마도 오랜만에 지우(知友)에게 전화를 걸어 마음 빚을 갚은 것으로 보이는 화자는, 그냥 "할 일 없이 낮잠 자도" 마치 큰일을 한 것 같은 충족감을 누리고 있다. 마음의 자유가 몸의 자유임을 이처럼 완만하게 알린다. 그렇게 오랜 인연의 정을 정성스레 매순간 이어가는 것이 어쩌면 삶이 아니겠는가. 만약 그렇지 않다면 "나 한 몸 이 세상에 사는 뜻" 없다고 화자는 노래한다. 물론 이러한 깨달음을 준 것은 오랜만에 "모처럼 게으름 벗고 안부"를 전했기 때문이고 그 결과 그 날은 모처럼 "좋은 날"이 된 것이다. 이렇게 "물길이 서로 합치듯"(「비 오는 날」) 이어가야 하는 사람살이의 지혜를 노래한 시인은, 다음 시편에서 더욱 안온하고 중용에 가까운 마음씨를 들려준다.

잠 아니 오는 밤을 반기면 어떠하리
마음과 말을 엮어 시를 쓰면 되리라
모처럼 고요한 때를 알뜰히 거두겠네

새벽에 일찍 깨면 머릿속이 맑아라
생광스레 생각난 말 다듬고 가려내어
머리맡 엷은 불 켜고 엎드려 적으리라

—「불면의 좋은 시간」 전문

대개 '불면'은 물리적 고통으로 인식된다. 그런데 화자는 다소 엉뚱하게 거기다 "좋은 시간"이라는 표현을 가져다 붙여놓았다. 그러니 "잠 아니 오는 밤"을 반기고 있는 것이 아닌가. 오히려 시간적 여유 속에서 "마음과 말을 엮어 시를" 쓰고 "모처럼 고요한 때를 알뜰히" 거두겠다고 하지 않는가. 이렇게 잠이 적어져 새벽에 깨면 화자는 맑은 머릿속으로 "생광스레 생각난 말"을 다듬고 가려내고, "머리맡 엷은 불 켜고 엎드려" 시를 쓸 것이라고 노래한다. 그야말로 깨어 있는 시간의 축복을 "불면의 좋은 시간"으로 함축한 질박한 시편이 아닐 수 없다. 시집 표제작이 된 이 시편의 이 같은 질박성은, 구중서 시조만의 호환할 수 없는 요체이자 매력이 아닐까 한다. 이렇게 시인은 "승패는 다툼에만 있는 게 아니거니 / 안 싸우고 이기는 게 으뜸"(「물처럼」)이라는 인생론적 지혜와 "조그만 겨자씨 안에 우주가 들어 있다"(「야채 가게」)는 우주론적 자각을 동시에 시조를 통해 들려줌으로써, 자신이 구축하는 현실성의 외연을 크게 확장한다. 그 점에서 구중서 선생의 시적 기반은, 삶의 구체성과 우주적 스케일을 동시에 관통하는 활달하고 정제된 상상력에 있다 할 수 있을 것이다.

또한 시집 안에는 시인이 섭렵한 구체적 지명이나 인명이 매우 많이 등장한다. 또 다른 구체성의 목록이 아닐 수 없다. 예컨대 백결, 혜능, 이시카와 다쿠보쿠, 김오성, 사명, 백범, 김수환, 김종길, 퇴계, 류성룡, 남명, 송순, 문익환, 다산, 칸트, 우암 같은 쟁쟁한 인물들이 호명되고 재현되고 있다. 이러한 목록들이 단순한 호사벽으로 침몰하지 않고, 시인의 정신적 위의를 대상(代償)하는 존재들임은 어렵지 않게 알 수 있다. 그리고 시집 곳곳에는 광산 선생의 웅숭깊은 그림이 삽입되어 있다. 시서화(詩書畵)의 통합적 구도로 자신의 예술을 완성하려는 구중서 선생의 의

지가 선명하게 보이는 대목이다. 다음 시편은 광산 시서화의 대표적 예에 속하겠는데, 그림을 여기 옮길 수 없어 유감이다. 커다란 자연의 스케일과 부드럽고 낮은 화법이 결속하면서, 시인은 말과 글씨와 그림이 어울리게 하였는데, 이 시집을 읽는(보는) 또 하나의 즐거움이 아닐 수 없다.

> 태산은 어이하여 눈앞에 막아서며
> 장강은 왜 굳이 거세게 흐르는가
> 사람의 집이라고는 찾아보기 어렵네
>
> 마을은 말고라도 오가는 길 있어야지
> 장강에서 섬서까지 칠백 리 바위 벽에
> 돌 깨고 나무판 얹어 선반 길 걸어놨다
>
> 하늘을 바라보면 구름만 험상궂다
> 아래는 어지러운 수십 길 낭떠러지
> 배 타고 강물에 떠서 갈 곳을 모르겠네
>
> ——「장강 삼협」 전문

화자가 바라보는 '장강 삼협(長江三峽)'의 풍광은, '태산'과 '장강'의 스케일 때문에 인가(人家) 하나 보이지 않는 광대무변의 그것이다. 길도 끊기고 아득한 바위벽만 이어지는 곳에서 화자는 '하늘'과 '구름'과 '수십 길 낭떠러지' 사이에서 갈 곳 몰라 하는 황홀경을 경험하고 있다. 이

러한 스케일과 황홀경은, 순간적으로 구중서 선생의 실제적 외관과 오
버랩되면서, 그야말로 그만의 독자적인 화폭으로 다가온다. 시인은 "시
서화 함께 하는 일 으레껏 다 하던 일"(「붓」)이라고 겸손하게 말하고 있
지만, 우리 시대로서는 매우 희귀한 예술적 격조를 그는 보여주고 있다.
이처럼 구중서 시조는 우리 현대시조가 개척해 가야 할 어떤 지표, 예컨
대 정형 양식 속에 담긴 중용의 지혜와 청안의 미학을 표상하는 유력한
사례가 되지 않을까 생각해본다.

4. 고전적 생의 이법과 현실 감각의 탐색

구중서 선생의 두 번째 시조집 『세족례』(고요아침, 2012)는, 『불면의
좋은 시간』 이후 3년 만에 나왔다. 이 시조집에서도 "원래의 정형성은
복고적 구속이 아니고 민족 언어의 정서에 어울리는 리듬"(「작자의 말」)
이라고 시인 스스로 말하고 있는 것처럼, 구중서 시학에서 '정형'은 어
색한 강제적 굴레가 아니라 매우 맞춤하고도 미학적인 옷이라고 할 수
있을 것이다. 그만큼 그는 정격의 발화와 단정한 시상을 견고하게 결속
함으로써, 정형 양식이 자신의 시적 내용과 형식을 통합한 결실임을 충
실하게 입증해간다.

앞에서도 강조하였듯이, 구중서 시학은 일차적으로 고전적 생의 이법
(理法)에 대한 탐색 의지에서 발원한다. 시인은 일상적으로 마주치는 상
황이나 사물에 대한 참신한 감각을 통해 새삼 발견하는 인생론적 진실을
노래한다. 시를 통해 현실에서는 불가능한 존재 전환을 꿈꾸면서 일상적

현실을 벗어나 전혀 다른 차원으로의 상상적 상승을 꾀해간다. 이때 이루어지는 시적 경험들은, 탄력 있는 상상력을 통해 숱한 사물로 그 언어의 권역을 넓혔다가 다시 자신으로 귀환하는 과정을 한결같이 밟는다. 시인은 이러한 자기 회귀 과정을 통해 세계와의 교섭과 궁극적 자기 발견을 두루 욕망한다. 『세족례』 시편들은 이러한 속성을 유감없이 보여준다.

들떠서 대문 밖 나서는 하루가
돌아오는 밤이면 뉘우치기 일쑤다
덧없이 서성인 날이 스스로 허전하다

밖으로 나가는 하나의 길이 있다
그것은 안으로 들어가는 것이다
저절로 세상을 향해 문이 열릴 때까지

—「안으로 들어가기」 전문

　시인의 정신적 반경은 '문'을 사이에 둔 안과 밖으로 구분되어 있다. 대문 '밖'의 들뜬 하루를 마치고 '안'으로 귀가할 때 시인을 감싸는 것은 뉘우침뿐이다. 그저 "덧없이 서성인 날"로서 하루를 보낸 것이 허전함으로 밀려온 것이다. 이때 시인은 "밖으로 나가는 하나의 길"은 대문으로의 외출이 아니라 자신의 "안으로 들어가는 것"이라는 자각에 도달한다. 이러한 존재론적 자각이 시인으로 하여금 "저절로 세상을 향해 문이 열릴 때까지" 자신의 '안'을 탐색하게끔 한다. 그 외로된 탐색과 기다림이야말로 자신의 상상적인 존재론적 전환을 가능케 하는 시인으로서의 둘

도 없는 자세일 것이다. 이러한 깨달음을 바탕으로 시인은 시간의 "흐름
에 한갓되이 몸을 맡겨 / 한 가지 일만을 하듯 쉬엄쉬엄 걸을"(「순서대
로」) 생각을 한다. 그 쉬엄쉬엄 걷는 길 위에, 안과 밖을 동시적으로 사유
하는 품이 놓여 있다.

> 출타하며 서재의 음악을 끄지 않네
> 산유화 은은한 가곡이 흘러나와
> 스스로 빈 공간에서 주인이 되게 하자
>
> —「음악을 켜둔 채로」 전문

출타(出他)란 안에서 밖으로 나가는 행위인데, 그럴 경우 '안'에는 사
람이 없게 되고 따라서 '밖'에서 보면 '안'은 부재중이 된다. 하지만 시
인은 '밖'으로 나가면서도 자신의 흔적이 축적되어 있는 서재 '안'에 그
대로 음악이 흘러나오게끔 한다. 그것은 "산유화 은은한 가곡"으로 하여
금, 사람의 부재에도 불구하고 끝없이 흘러나와 빈 공간에서 스스로 '주
인'이 되게 하자는 것이다. 이때 음악은 인간을 위한 감상(鑑賞)의 대상
에서, 스스로의 선율을 타고 서재 '안'을 감싸는 자재한 존재로 몸을 바
꾼다. 이렇게 서재의 안과 밖을 구획하면서 효율성 위주로 사유하는 것
이 아니라, 음악 그 자체의 존재적 아우라를 보듬어 안는 시인의 태도는
단연 빛을 뿌린다. 그야말로 안팎의 견고한 결속이 아닐 수 없다.

> 서재에서 책을 찾다 정작으로 반가운 일
> 오래 동안 못 찾던 책 우연히 보이는 것

이런 일 종종 있어라 사는 보람 새롭게

—「우연」 전문

세상의 만물에 같은 것은 전혀 없어

어느 것도 평범하다 말할 수 없어라

그 자체 있는 그대로 경이의 모습이다

—「경이」 전문

이 단수 두 편은, 우리 삶의 날카로운 단면을 응시하고 반영한다. 앞 시편에서는 서재에서 책을 찾으려다 우연히 오랫동안 찾지 못했던 책을 발견했을 때의 반가움을 통해, 이러한 반가운 우연한 일이 삶에서 종종 있었으면 하는 소망을 노래하고 있다. 그래야만 "사는 보람 새롭게" 느낄 수 있으니까 말이다. 뒤 시편에서는 그 어느 하나도 동일하지 않은 세상 사물들을 통해 그것들 모두가 평범하지 않고 "그 자체 있는 그대로 경이의 모습"을 띠고 있음을 발견해간다. 사물에 인위적 시각을 덧입히지 않고 사물을 사물 자체로 보려는 시인의 시선이 반영된 결과일 것이다. 이처럼 이 단수 시편들은 삶의 우연한 발견과 경이로운 자각을 통해 우리가 누릴 수 있는 최대한의 삶의 보람을 노래하고 있다. 그때 우연과 경이는 서로의 몸을 빌려 우연한 경이나 경이로운 우연으로 우리 삶을 비추어준다. 이렇듯 구중서 시조 미학의 근간은, 존재의 안과 밖을 동시적으로 사유하는 품과 함께, 삶의 소소한 계기들에서 우연과 경이의 순간을 발견하고 통찰하는 긍정의 마음으로 농울치고 있다. 고전적인 생의 이법에 대한 탐색 의지가 아닐 수 없다.

냇물이 맑으면 갓끈을 씻어라
그 물이 흐리면 발이나 씻어라
그 누가 물을 가리켜 가려서 말했던가

최후의 만찬에서 대야에 물을 떠서
예수는 제자들의 발을 씻어 주었네
스승이 제자의 발을 씻어주고 있다니

북한산 계곡에는 맑은 물이 흐른다
물가에 앉은 내게 그 무슨 뜻으로
흐르는 물살이 굳이 내 발을 씻어주네

—「세족례」 전문

'세족례'는 세족식이라고도 하며 가톨릭교회에서 성(聖)목요일 저녁 미사 때 행하는 의식(儀式)이다. 12제자의 발을 씻긴 그리스도를 본받아 거행하는 예절로서 열두 명의 어른이나 어린이를 뽑아 그들의 발을 씻긴 뒤 닦아주는 형식이다. 가톨릭 신자인 구중서 시인은 이러한 의식의 상징을 따라 그동안 고단하게 걸어온 자신의 '발'을 성찰한다. 먼저 그는 맑은 물에 갓끈을 씻고 흐린 물에 발을 씻으라던 전언이 물의 청탁(淸濁)을 가리는 것 같아 이치에 합당하지 않다고 생각한다. 그것은 물을 가리지 않고 최후의 만찬 때 제자들의 발을 씻어준 예수의 일화를 상기했기 때문이다. 시인은 스승이 제자의 발을 씻어준 상징적 장면을 떠올리면서, 섬김의 도(道)를 보여준 그리스도의 행동을 따라 자신도 세족례를

행하고자 한다. 물론 스스로 수행하는 의식인 만큼, 시인은 "그 무슨 뜻으로" 흐르는 물살로 발을 씻는 장면에서 그 '뜻'을 암시적으로 헤아리는 품을 보여준다. 그 맑은 물살은, 세차게 흐르는 세상의 격류가 아니라 조찰히 흐르는 내면의 물임에 틀림없을 것이다. 그 잔잔한 냇물에서 시인은 다음 시편도 쓴다.

> 임옥상 화백의 그림이 보여준다
> 냇물이 일어서면 나무의 모습이고
> 나무가 누우면 바로 냇물의 줄기구나
>
> 이 가운데 누웠다 일어섰다 하는 사람
> 냇물과 나무와 다른 몸이 아니구나
> 천지에 자유로운 이 무언들 못되겠나

—「냇가에서」 전문

임옥상은 불모지나 다름없던 한국 민중 미술에 천착하여 그곳에 독자적 뿌리를 내린 유명 화백이다. 그의 그림이 시인에게 준 암시가 특별하다. 그 그림은 '냇물'과 '나무'로 구성되었는데, 거기에는 '냇물'과 '나무'가 일어섬과 누움을 교차하고 반복하는 한 몸이라는 전언이 담겨 있다는 것이다. 그런데 그러한 전언에 시인은 사람도 한 몸임을 얹는다. "누웠다 일어섰다 하는 사람"도 냇물이나 나무와 다른 몸이 아니기 때문이다. 그러니 자연스럽게 "천지에 자유로운 이"는 무엇인들 다 되고도 남는 것이다. 이렇게 냇가에서 터득하는 만유 소통의 상상력이 천지에 자유로운 몸으로서의 시인의 호활하고도 넉넉한 품을 선연하게 알려준다.

　　내 마음이 진리를 사랑한다 하는가

　　그 진리 빛을 향해 나아가지 않으면

　　거기엔 생명이 없어 아무것도 아니네

　　세상엔 태초부터 어둠이 이어와

　　종말의 날까지 빛을 시샘하거니

　　참으며 걸어야 할 길 빛을 향해 가는 길

—「빛」 전문

　구중서 시인의 이러한 호활한 품은, 종교적 진리의 표상을 따라간다. 진리는 성서적 형상으로 보면 '빛'의 모습을 하고 있다. 그래서 진리를 사랑한다고 하면서 빛을 향해 나아가지 않으면, 거기엔 생명이 없게 되고, 결국 아무것도 아닌 텅 빈 존재가 되고 만다. 비록 태초부터 있었던 어둠이 종말의 날까지 빛을 시샘하기는 하지만, 우리가 참으며 걸어야 할 길이 바로 "빛을 향해 가는 길"이라는 것이 시인의 종교적 상상력이 빚어낸 궁극적 전언이다. 결국 구중서 시인은 정결한 세족례를 통해, 그리고 빛의 추구를 통해 종교적 상상력의 정점을 진중하게 들려준 것이다. 이 점 우리 시조의 역사에서 매우 독자적인 음역(音域)이라 할 것이다.

　그리고 우리는 그 다음으로 구중서 시학이 겨냥하는 목표를 '시간의 깊이'에서 찾을 수 있다. 그의 시학은 우리가 일상의 눈으로 지나칠 수 있는 어떤 잃어버린 '근원'에 대한 끝없는 추구를 보여준다. 그 점에서 그의 시편들은 우주론적 실재를 선명하게 보여주면서도, 우리가 근원에서부터 잃어버리고 있는 가치의 속성을 들여다보게끔 하는 힘을 지니고 있다. 사실 오랜 시간의 깊이에 대한 기억은 서정시의 제일의적 수원(水源)이라 할 터인데, 구중서 시인이 경험적 구체성을 통해 그러한 시간의 깊이에 대한 강렬한 기억을 노래하는 모습은 서정시의 가장 원초적인 존재론을 보여주는 것이다.

> 파도가 절벽처럼 선 채로 다가와
>
> 해변에 누우며 뒹구는 물소리
>
> 하늘로 날아오르는 집채만한 고래들
>
> 동해의 장생포는 고래들의 고향이다
>
> 그 바다 흘러드는 태화강 바위벽에
>
> 고래와 더불어 뛰는 알타이 사람 숨결

—「반구대 암각화」 전문

'반구대 암각화'는 울주 대곡천 중류 암벽에 위치해 있다. 신석기 시대까지 우리의 감각을 거슬러 오르게 하는 이 신화적 현장에는, 옛 사람들이 육지와 바다의 여러 동물들을 사냥하는 모습이 아로새겨져 있다. 거기에는 사람들과 함께 다양한 종류의 고래나 거북, 바다사자 등이 새겨져 있는데, 그 오랜 풍경을 두고 시인은 언어로써 또 한 번의 사생(寫生)을 시도한다. 파도가 절벽처럼 서서 다가와 해변에 눕고, 물소리와 함께 솟구쳐 오르는 고래들이 있다. 그때 시인의 상상력은 고래들의 고향

인 동해 장생포로 달려간다. 장생포 바다와 만나는 강 바위벽에서 "고래
와 더불어 뛰는 알타이 사람 숨결"을 읽고 있는 시인은 반구대 암각화가
퇴적해온 오랜 시간의 깊이를 상상하고 긍정하고 있는 것이다. 시간의
깊이를 내장한 예술적 표상 앞에서 자신의 예술가로서의 존재를 상상하
고 있는 것이다. 다음 시편도 그러한 시간의 깊이와 예술가적 자의식에
서 우러나온 결실이다.

> 나 비록 탐라섬의 귀양살이 몸이다만
> 한때는 대륙 만리 청나라에 가고 오고
> 벗들이 펼치던 실학 사람답게 살자는 것
>
> 살기와 죽기를 운명에 맡길 수야
> 사람이 세운 뜻은 스러질 수 없는 것을
> 소나무 잣나무 가지 겨울에도 푸르듯이

—「세한도—추사 생각」 전문

　추사 김정희의 세한도라면, 많은 시인 묵객들이 흠모하고 대상해온 예
술적 걸작으로 우리의 기억 속에 있다. 이 시편은 그러한 추사에 대한 흠
모를 바탕으로 하여, 그가 비록 귀양을 와 있지만 대륙 만리를 오가고 실
학사상을 펼쳐왔음을 증언한다. 그리고 삶과 죽음의 행로를 운명에 맡기
지 말고, 사람이 세운 뜻을 소나무 잣나무 가지가 겨울에도 푸르듯 스러
지지 않게 살자는 자기 권면을 수행한다. 사실 추사의 세한도는 그의 기
나긴 유배 생활 때 그려진 것으로서, 역관 이상적이 귀한 책들을 구해주

면서 세상 소식을 전해준 데 대해 추사가 고마운 마음을 담아 그린 그림
이다. 젊고 힘찬 소나무가 집과 노송을 받쳐주고 있고, 집 왼편 떨어진 곳
에 두 그루의 곧은 잣나무가 배치된 이 그림의 유래와 화법(畵法)과 견결
한 아우라가 구중서 시인이 수행하는 사유의 준거가 된 것이다. 이렇게
시인은 오랜 시간의 깊이를 통해 예술가적 자의식을 추구하고 있다.

> 만권의 책을 읽고 만리의 길을 가라
> 시 쓰는 비결을 두보가 말했다
> 오늘은 버스를 타고 동해안을 가며 본다
>
> 끝없는 검은 바다 땅 위에 떠 있네
> 저 물이 어이해 덮쳐오지 않고 있나
> 새로운 천지가 과연 길 위에 있구나
>
> —「만리 길」 전문

　　중국 시성 두보가 말해준 시 쓰는 비결은 "만 권의 책을 읽고 만 리의
길을 가라"는 것이었다. 그러나 시인은 동해안을 달리면서 끝없는 바다
가 땅 위에 떠 있고 그 물이 덮쳐오지 않으니 과연 "새로운 천지"가 길
위에 있음을 발견한다. 그가 걸어야 할 '시인의 길'이 만 권의 책보다는
저 바다와 땅이 보여주는 큰 스케일에 있다는 것을 말하는 것이다. 순간
시인은 오랫동안 거기 그렇게 있었던 사물들의 질서를 통해 시간의 깊
이를 헤아리면서 동시에 시 쓰는 이로서의 예술적 태도를 구성해간다.
이렇게 구중서 시인은 오랜 '시간의 깊이' 속에서 시인으로서의 예술가

적 자의식을 발견해가고 있다. 반구대 암각화와 세한도와 만 리 길이 그 시간과 자의식의 은유적 등가물이 된 것이다.

그 다음으로 우리가 살필 구중서 시편의 중요한 영역은 구체적 삶을 향한 남다른 열도(熱度)에 있다. 그것은 일종의 '현실 감각'이라고 부를 수 있는 것으로서, 서정의 동일성에서 발화하면서도 동시에 복잡한 현실에 관심을 가지는 태도를 말한다. 그만큼 그의 시조 미학은 서정성뿐만 아니라 깊이 있는 현실 감각과 저항 의지를 두루 보여줌으로써, 현대 시조의 권역을 넓혀가고 있다. 이러한 면모가 시인으로 하여금 속악한 현실을 넘어서는 정신적 기율을 견지하게 하고 있는 것이다.

저항이란 한 마디 말 불온하기 그지없어
버겁고 불안해 듣기도 싫어라
하지만 끝끝내 이 말이 지니는 순정이여

그대는 평생에 한번쯤 무엇에
저항해 본 적이 그 언제 있었는지
없으면 이 점이 문득 부끄러울 때도 있다

손으로 돌멩이 던지지 않았어도
좀처럼 앞장을 서지는 않았어도
죄인이 될 수는 없다 입장을 밝힌 저항

—「저항」 전문

원래 '저항'의 참뜻은 자신의 존재 가치를 훼손하는 억압과 폭력을 거절하는 일체의 자기 존중 행위라고 할 수 있다. 시인은 그 '저항'이 비록 불온하고 버겁고 불안해 보일지라도, 끝끝내 그 말이 지니는 순정의 속성을 승인하고 있다. 그리고 인생에서 단 한 번이라도 무엇에 저항해본 적이 있는지 자괴감을 일깨운다. 비록 돌멩이를 던지지 않고 앞장서지 않아도, "죄인이 될 수는 없다"고 입장을 밝히는 저항도 있다는 것이 시인의 감각이다. 이러한 저항 의지가 그로 하여금 우리 현실을 바라보게 하는 정신적 기율이 되고 있고, 시인은 이러한 발견을 통해 "다시금 새 사람들을 챙기라는 뜻"(「분실」)을 알아가는 것이다.

> 좋은 신문 아닌 신문 두 가지 다 보아야지
> 안 좋은 신문은 거짓을 꾸며내네
> 그래도 그 어떤 잘못 그것대로 보아야지
>
> 좋은 신문 미처 못 봐 늦게라도 볼 때면
> 지나칠 기사가 거의 없다 싶구나
> 거짓이 없다는 것은 끝없이 넓은 세상

—「넓은 세상」 전문

구중서 시인은 신문이라는 근대 미디어를 '좋은 신문'과 '아닌 신문'으로 나누어, 그것들을 두루 개관해야 거짓은 거짓대로 잘못은 잘못대로 볼 수 있음을 말한다. 그래서 좋은 신문을 늦게라도 볼 때면 거기서 끝없이 넓은 세상을 본다고 고백한다. 그러니 신문 기사들을 통해 시인은 지나칠 수 없게 끝없이 넓은 세상을 느끼고 있는 것이다. 일찍이 멕시코 시인 파스(O. Paz)는 "시는 역사를 발가벗기는 것"이라고 말한 바 있다. 다시 말해 시는 역사의 추상성과 폭력성을 폭로하고 그야말로 맨얼굴로 만나게 해준다는 뜻이다. 구중서 시학의 한 기율이 시를 통해 발가벗겨진 역사의 맨얼굴을 만나는 데 있다는 점은 매우 중요하다. 이 점 시인의 필력이 더해가면서 더욱 구체적인 육체를 가져갈 것이다.

5. 시조시단의 뚜렷한 표지

강원도 인제의 만해마을 입구에는 백수(白水) 정완영(鄭椀永) 선생의 동시조(童時調)인 「분이네 살구나무」를 구중서 선생이 글씨로 새긴 시비(詩碑)가 있다. 우리 시조시단의 거목인 백수 선생을 기리고자 하는 뜻이 담긴 소중한 시비인데, 거기 새겨진 작품이 하필이면 '동시조'여서 작품을 읽는 이들의 눈을 즐겁게 하고 있다. 그 선정의 뜻에 부응이라도 하는 듯이, 구중서 선생의 글씨는 백수 선생의 작품과 절묘하게 상응한다. 동심 어린 듯이 활달하게, 하지만 품과 격을 잃지 않고 씌어진 구중서 선생의 글씨는, 이제 백수 시비를 만해마을의 명품으로 기억하게끔 하고 있다. 그래서 이제 '백수 시조, 광산 글씨'는 이곳을 찾는 이들에게 중요한 볼거리가 될 것이라 생각된다. 「분이네 살구나무」 전문은 다음과 같다.

동네서 젤 작은 집
분이네 오막살이

동네서 젤 큰 나무

분이네 살구나무

밤사이 활짝 펴올라

대궐보다 덩그렇다

—정완영 「분이네 살구나무」(『노래는 아직 남아─정완영 시조전집』, 토방 2006)

단수로 씌어진 이 시편은, 철저하게 속기(俗氣)와 번다함을 배제한 순연한 세계를 담고 있다. 이러한 세계가 구중서 선생의 개성적 글씨를 통해 가장 적절한 육체를 얻고 있는 것이다. 이때 구중서 선생은 '동시조'와 어느새 시심을 공유하고 있다. 이러한 선생의 면모를 일러, 임형택 교수는 다음과 같이 말한 바 있다.

나는 구중서 선생을 대하면 태산을 연상한다. 비바람 몰아쳐도 끄떡 않고 눈서리 사나워도 변함없는 그런 태산이다. 글도 그렇다. 지난 세기의 무서운 억압과 혼란스런 변동에도 그는 리얼리즘과 민족문학의 입장과 논리를 바르고 굳게 지켰다. 비평선집 『역사와 인간』이 증명하고 있다. 이 책에서 태산의 무거움은 물론, 인간 사랑의 보드라운 숨결과 함께 자연을 돌보는 싱그러운 마음 씀까지 느끼게 될 것이다.

—구중서, 『역사와 인간』, 작가, 2001, 뒷표지 글

그에게는 태산 같은 굳건함과 "인간 사랑의 보드라운 숨결"이 전혀 배치되지 않는다. 태산 같은 논리의 날카로움이 그의 비평적 성과에 줄곧 나타나 있듯이, 그의 "인간 사랑의 보드라운 숨결과 함께 자연을 돌보는

싱그러운 마음씀"은 그의 시조 작품 속에 깊이 새겨져 있다. 그것들은 시조 양식이 인간의 보편적 경험과 깨달음을 들려주는 고전적 양식임을, 그리고 현실 감각과 문학적 위의(威儀)를 동시에 지켜갈 수 있는 현재적 양식임을 선명하게 보여주었다고 할 수 있다. 그것을 그는 한결같이 정격의 양식으로 담아가는데, 그의 시조에서 사설시조군(群)이 눈에 띄지 않는 까닭도 바로 여기에 있을 것이다. 그는, 참으로 일관되게, 정격의 형식에 호활한 품을 넣어 그만의 시적 상상력을 보여준다.

우리가 잘 알듯이, 근대를 이끌어온 기율은 '코기토(cogito)'의 주체에 대한 의심 없는 전제였다. 사물은 불확실한 실재여서 주체의 인식과 판단을 기다렸지만, 그 인식과 판단을 행하는 주체만은 너무도 확실하여 전혀 회의되지 않았다. 하지만 최근 우리는, 근대가 주도해왔던 패러다임의 여러 적폐에 대한 반성적 사유를 광범위하게 경험하고 있다. 이 가운데 '시조'가 근대의 외관을 고분고분 개괄해주는 언어가 아니라, 근대의 저편을 반성적으로 사유하는 언어라는 인식도 한 몫 하는 것임을 우리는 잘 알고 있다. 일종의 '다른 목소리(the other voice)'를 통해 미학적 지평을 확대하고, 가장 구체적인 경험과 지혜를 통해 들려주는 시조에서 그러한 가능성을 찾는 것은 매우 자연스러운 일이다. 그래서 우리는, 팔순을 맞는 구중서 선생의 후기 문학이 스스로의 발생론적 기원이자 궁극적 지향이 되어버린 '시조'를 통해 성취되어갈 것이라고 생각해본다. 나아가 그 미학적 결실들이 우리 시조시단에 뚜렷한 표지(標識)로 남게 되기를, 마음 깊이 고대해본다.

시, 글씨, 그림에 대하여

신경림 시인

구중서 교수의 그림을 보고 있으면 그림을 보는 재미가 바로 이것이 로구나 하는 생각이 든다. 아무런 설명도 없이 곧바로 사물의 본질을 보여주기 때문이다. 그림을 보면서 그림에 온갖 덧그림을 그려 붙이는 것도 그의 그림을 보는 재미 중의 하나다. 가령 독도를 보자. 화폭에 담겨 있는 것은 두 개의 작은 섬과 막 독도에 얼굴을 내밀고 있는 해뿐이지만 보는 사람들은 저도 모르는 사이 이 그림에 최근 한일 양국 사이에 벌어진 복잡한 갈등과 파도 너머 멀리 보이는 어선이며 경비정들과 위안부 문제를 둘러싼 데모를 그려넣으며 보게 된다. 그림과 함께 걸린 시조도 보여주기만 하고 설명하지 않음으로써 보는 사람들로 하여금 스스로 본질에 곧바로 가게 하는 것은 마찬가지다.

동아시아 역사의 시곗바늘 꼭지점
동해에 독도가 영원히 솟아 있어
이 나라 동트는 해가 업히어 오른다

—「독도」 시전문

시는 글로 쓰는 그림이요 그림은 물감으로 그리는 시(詩中有畵 畵中有詩)라는 뜻의 말을 한 것은 성당시대의 시인 왕유(王維)지만, 바로 이 말이 구중서 교수의 시와 그림 모두에 해당한다는 생각도 든다. 그의 시는 곧 그의 그림이고 그의 그림은 곧 그의 시다. 꾸밈이 없으면서 있는 그대로의 모습을 날 것으로 보여주는 것도 같다. 흥분하지 않고 주장하지 않고 강요하지 않으면서, 한 편 한 편이 모두 모자라지도 않고 넘치지도 않는 점은 글은 곧 그 사람이라는 오랜 격언과도 일치한다. 그래서 그의 시와 그림은 보는 사람을 편안하게 만들어주기도 한다. 실제로 내 주위에는 그의 시조집을 머리맡에 놓고 시간 날 때마다 뒤적여 읽는다는 친구들이 여럿이다. 초조하고 불안하고 우울할 때 그의 시는 위로가 되고 진정제가 되기도 하기 때문이다.

그의 시서화(詩書畵) 중 그의 글씨를 더 좋아하는 사람도 많을 것이다. 나도 그의 글씨를 몇 점 가지고 있지만, 어느 한 구석 튀어나오지도 않고 어느 한 구석 처지지도 않은, 꼭 그 사람됨을 보는 것 같은 그의 글씨를 보고 있으면 늘 마음이 편하다. 예술적 재능을 타고 난 사람이라는 생각을 제일 먼저 갖게 하는 것이 바로 그의 글씨로, 시서화 중 그가 먼저 재능을 보여주기 시작한 것도 이 부문일 것이다. 과문한 탓인지 모르겠으나 우리 문단에서 최초로 시서화를 통달한 사람이 바로 구중서 교수가 아닐까.

다 알다시피 구중서 교수는 이미 문학평론가로서 많은 일을 했다. 민족주의를 주창하고 리얼리즘을 옹호하면서 한국문학에서 그가 담당한 몫은 큰 것이었다. 특히 문학의 적극적인 현실참여를 주장, 스스로 기여한 바도 높이 평가받아 마땅할 것이다. 한편 그는 학문적인 연구에도 게

을리하지 않아 이 방면에도 상당한 업적을 남긴 것으로 알고 있다. 하지만 정년퇴직 후 그는 제2의 문학인생을 살고 있다. 어쩌면 이 제2의 문학기야말로 그가 자신의 참모습을 드러내는 진짜 문학전성기인지도 모르겠다.

그의 시 글씨 그림, 정말 다 좋다. 수없이 좋다는 말을 되풀이할 밖에 더 이상 할 말이 없다.

출처 :『새로운 천지』(너른뫼 구중서 시서화전), 도서출판 시인, 2012

시서화(時書畵) 삼절(三絶)의 현대적 부활
너른뫼 구중서 선생의 서화전에 부쳐

유홍준 미술사가 / 전 문화재청 청장

1.

조선시대에는 문인화(文人畵)가 회화의 한 몫을 당당히 차지하고 있어서 옛 문인이 시서화 모두에 능하다는 것은 하나도 이상할 것 없이 오히려 삼절(三絶)이라 칭송되었다. 조선 후기의 능호관 이인상, 표암 강세황, 자하 신위 등이 그 대표적인 예이며 나아가서는 다산 정약용, 추사 김정희도 삼절이라면 삼절이었다.

그러나 근대로 들어오면 시서화가 점점 분리되면서 시와 서, 서와 화를 잘하는 '이절(二絶)'은 있어도 삼절은 아무 드물게 된다. 그리고 현대로 들어오면 전통적인 시서화 삼절이란 아예 옛말로 되어버렸다. 다만 예술의 동질성은 어쩔 수 없는 것이어서 비록 옛날 같은 주목을 받지는 못했지만 화가 중에 시를 발표하는 이도 있고, 문인 중에 그림과 글씨에 취미 이상의 재능을 보이는 이가 끊임없이 이어져오고 있다.

막연한 인상이지만 내 기억에 시인은 대개 그림을 잘 그렸고, 소설가는 글씨를 잘 썼다는 생각이 있다. 조병화, 김영태, 황지우 시인은 대단히 아취있는 그림을 잘 그렸고, 김지하 시인의 난초는 내남이 알듯 이미 정평을 받고 있다. 고은 시인은 연전에 개인전을 가질 정도로 화가의 재능과 기질을 한껏 보여준 바 있다.

서예의 경우 붓글씨의 전통을 조금이라도 이어받은 나이 드신 분들은 대개 글씨를 잘 썼는데 특히 소설가 중 김정한, 이문구, 천승세 등은 아주 개성적인 서체를 갖고 있는 달필이었다. 그러나 이분들은 서예작품을 많이 남기질 않았다. 글씨를 작품으로 완성하는 것을 아주 꺼려했다.

1980년대 중반, 인사동 백악미술관인가 관훈미술관인가에서 장준하 선생과 관련 있는 무슨 재야단체의 기금마련전이었다. 나는 이 전시장에서 처음 이문구 선생의 서예작품을 보았다. 전지 1/4절 크기의 한글 행서였는데 글자 크기와 자간에 강약이 들어간 리듬감조차 있었다. 하도 감동스러워 훗날 이문구 선생을 만날 때면 글씨를 더 남기시라고 말하곤 했는데 그때마다 대화를 외면해버리셨다. 그래서 "형님, 그러면 나를 위해 한 점 써주십시오"라고 부탁을 했더니 남부끄러운 얘기하지 말라는 것이었다.

천승세 선생의 글씨로는 어느 출판사의 벽상에 죽필로 일필휘지 갈겨 쓴 것을 본 적이 있는데 서법(書法)에 구애받지 않은 호방함이 역력했다. 나는 일찍이(1969년) 대학생 때 천승세 선생의 「만선」을 문리대 연극회에서 공연하려고 작가에게 짐짓 작품료 없이 허락을 받기 위해 수유리로 찾아갔다가 끔찍이도 가난하게 사시던 모습에 놀랐던 인연이 있어 천 선생님은 나를 귀엽게 봐주곤 하셨다. 그래서 한번은 우연히 만난 자리에서 이 이야기를 꺼냈더니 빙긋이 웃으면서 어쩌다 한 번 할 일이지 일삼아 할 것은 못 된다는 식으로 답하고는 말꼬리를 딴 데로 돌리셔다.

나는 문인들이 서화 취미를 아주 부끄러운 일, 아니면 남의 영역을 침범하는 일로 생각하면서 적극 발현하지 않음을 안타깝게 생각해 왔다. 왜 그 좋은 취미와 재능을 감추었던 것일까?

이제와 생각해 보니 그때 내가 시서화를 너무 천진스럽게 생각했던 것 같다. 80년대는 민주화운동이 치열하게 전개되어 데모, 구속, 수감 등이 한창이었는데 이런 투쟁의 시절에 한가롭게 글씨를 쓸 수 없는 일이었다. 더욱이 당시 젊은 후배들은 투쟁성, 선명한 노선 등을 내세우면서 선배들을 우습게 알고 조금이라도 여유부리는 선배들은 가차없이 매도하는 각박한 분위기가 있었기 때문에 문인들은 시서화를 여기(餘技)로 즐길 수 없었던 것이 아니었나 생각된다.

구중서 선생도 마찬가지여서 선생의 글씨와 그림이 우리들 앞에 보여지게 된 것은 민주화가 어느 정도 구현된 90년대에 들어와서의 일이었다.

2.

내가 구중서 선생을 처음 만난 것은 글을 통해서였다. 1970년대 자유실천문인협의회 시절, 그리고 80년대 민족문학작가회의의 대표적인 평론가로 활동한 것은 선생의 이력에 자세한 그대로이며 문학평론가로서 구중서 선생의 비평적 입장은 한마디로 리얼리즘과 민족문학의 구현이었다.

80년대 미술계에서도 리얼리즘과 민족미술운동이 일어났을 때 나는 미술평론가로서 이 운동에 동참하면서 문학계의 경험과 이론을 많이 차용하였다. 이 때 나는 문학평론들을 상당히 꼼꼼히 읽었는데 구중서 선생의 평론은 다른 이 계열의 평론가, 이를테면 백낙청, 염무웅 선생과 달리 전통적 가치를 아주 강조하는 편이었다. 당시 나는 그것을 논리적으로만 이해하였다.

그러나 90년대 들어와 민주화가 어느 정도 구현되고 민족문학 운동이 숨고르기를 하게 되면서 구중서 선생이 보여준 일련의 시, 서, 화 작업을 보면서 그것은 거의 감성적 내지는 체질적 주장이었음을 알게 되었다.

내가 구중서 선생의 글씨를 처음 본 것은 1990년 무렵 무슨 기금마련전 때였다. 다산 정약용의 글에서 한 구절을 따온 "不憂國 非詩也(불우국 비시야; 나라를 걱정하지 않는 것은 시가 아니다)"라는 작품이었는데 대단히 무게감 있는 진중한 글씨였다. 글씨체를 보면 필획에서 뼈골을 강조한 안진경체를 따르고 있는 것이 분명했고 글자의 모습은 선생의 몸체처럼 묵직하고 필법(筆法)은 선생의 말투처럼 아주 느릿하여 역시 글씨는 인품을 속이지 못한다는 생각이 들었다.

나는 이 작품을 구입하였다. 기금마련전이기 때문에 한 점 사준다는 생각도 없지 않았지만 혹시 이문구, 천승세 선생들처럼 나중에 가서는 안 쓴다고 할까봐 본 김에 사둔 것으로 지금도 내 연구실 한쪽에 있다. 볼수록 듬직한 작품이다.

구중서 선생이 언제부터 그림을 즐겼는지 확실히 알지는 못하지만 이 역시 문민정부 들어선 이후의 일 같다. 구중서 선생은 전시회 구경을 즐기는 편으로 특히 옛 그림과 글씨전은 거의 빠짐없이 감상하셨고, 또 내가 주관한 고미술전과 탁본전에서는 전시장에서 만나 이런 저런 감상을 나누기도 했다. 그러던 어느날 거진 10년 전쯤에 내가 구중서 선생께 요즘 글씨도 좀 쓰시냐고 여쭈었더니 뜻밖에도 요사이는 그림을 그려보고 있다고 하셨다. 그리고는 얼마 뒤 내가 『나의 문화유산답사기』 첫 번째 책에서 소개한 담양에 있는 송순(宋純)의 〈면앙정(俛仰亭)〉을 그린 수묵화를 내게 선물하셨다.

면앙정 정자를 중심으로 한쪽에는 노송 한 그루, 한쪽에는 대나무 세 그루를 소략하게 그려놓고 화면 위쪽에 큼직한 글씨로 "면유지 앙유천 정기중(俛有地 仰有天 亭其中)……", "굽어보면 땅이 있고, 우러러보면 하늘이 있고, 정자는 그 가운데 있도다……"로 시작하는 송순의 시를 특유의 필체로 써넣은 작품이었다.

이처럼 정자가 있는 풍경화로는 김상유의 유화, 이철수의 판화에서 간혹 볼 수가 있었는데 구중서 선생의 그림은 직업화가들의 그것과는 달리 필치의 세련미가 아니라 문기(文氣) 넘치는 참으로 소담한 문인화라고 할 만했다.

나는 정말로 반가웠다. 옛 문인들이 즐기던 시서화가 이렇게 우리 시대에도 이어진다는 것이 고맙게 생각되기도 했다. 구중서 선생은 이후 그림을 적극적으로 그리시기 시작했다. 한 4년 전이었던 것 같다. 본래 구중서 선생은 여행을 좋아하셔서 창비의 답사 때에는 항시 동참하시곤 했는데 답사길에 버스 안에서 근작이라며 보여주신 〈박연폭포〉 그림은 참으로 명작이라 할 만했다. 겸재의 그림을 이끌어 온 것도 같고 조선시대 민화(民畵)에서 볼 수 있는 자유로운 시각구성법이 엿보이기도 했다.

거기에다 소략한 필치로 문인화만이 가질 수 있는 분위기를 지니고 있어 보는 이에게 부담감이 전혀 가지 않았다. 거기에 채색도 아주 간명하여 밝고 맑은 분위기가 살아 있었다. 그래서 구중서 선생의 그림은 편안하면서도 지적이었다.

이번에 구중서 선생이 그간 『시인수첩』에 그린 시서화를 비롯하여 근작들을 모아 전시를 준비했다는 소식을 듣고 미리 살펴보나 선생의 그림구도는 점점 더 자유자재로운 방향으로 나아가고, 대상의 묘사는 더욱 소략해졌고, 채색은 아주 대담해졌음을 단박에 느낄 수 있다. 그만큼 그림에 자신감이 붙었고, 거리낄 것이 없었다는 얘기다. 화가들끼리 하는 얘기로 붓이 풀렸고, 물이 한껏 올랐다.

이리하여 우리는 구중서 선생의 근작들을 통하여 오랫동안 잊혀졌던 시서화 삼절이 현대에도 계승되고 있음을 확인하게 되었다. 내가 지금 외람스럽게도 너른뫼 구중서 선생의 시서화전에 작은 찬문을 바치는 것은 이런 반가움에서 나온 것이다.

구중서 선생의 시서화는 돌아가신 삼불 김원용 선생의 문인화, 그리고 신영복 선생의 글씨와 그림과 함께 우리시대 또 하나의 문예창작으로 기억될 것이라고 믿어 의심치 않는다.

출처 :『새로운 천지』(너른뫼 구중서 시서화전), 도서출판 시인, 2012

박연폭포

송도는 어이해 물길을 안 열어
예성강 가는 물이 박연폭포 되게 하나
어차피 바다엔 간다 그 말을 하는 건가

고려조 사직의 곡절을 지녔어도
곧바로 내리뛰는 긴 물살 후련하다
물소리 자욱한 계곡 지난 일은 안 보이네

박연폭포 380×480mm

반구대 암각화

파도가 절벽처럼 선 채로 다가와
해변에 누우며 뒹구는 물소리
하늘로 날아오르는 집채만한 고래들

동해의 장생포는 고래들의 고향이다.
그 바다 흘러드는 태화강 바위벽에
고래와 더불어 뛰는 알타이 사람 숨결

반구대 암각화 340×450mm

금강산

화감암이 국토의 골격인 이 나라
조물주는 이 땅을 조각의 재료삼아
외금강 내금강 이어 만물상이 되게 했네

일만 이천 봉우리가 눈비로 씻은 몸
힘줄 솟은 허벅지 손 흔드는 묏부리
천하에 이보다 더한 춤판이 있으랴

금강산 485×380mm

세한도
– 추사생각

나 비록 탐라섬의 귀양살이 몸이다만
한 때는 대륙 만리 청나라에 가고 오고
국내에 펼치던 실학 사람답게 살자는 것

살기와 죽기를 운명에 맡길 수야
사람이 세운 뜻은 스러질 수 없는 것을
소나무 잣나무 가지 겨울에도 푸르듯이

사람이 세운 뜻은
스러질 수 없는 것을
소나무 잣나무 가지
겨울에도 푸르듯이
세한도 추사생각
너른뫼

세한도 690×390mm

백두산

백두산 북쪽 허리 직선의 긴 능선
천문봉 정상 넘어 천지를 굽어보니
모처럼 개인 수면에 흰구름도 빛나네

이어서 남쪽으로 백두대간 늘어섰다
알타이산맥이 갈 곳을 다 왔구나
이윽고 동녘 땅 끝에 짐을 풀 게 있어라

백두산 420×720mm

만리길

만권의 책을 읽고 만리의 길을 가라
시 쓰는 비결을 두보가 말했다
오늘 나는 버스 타고 동해안을 가며 본다

끝없는 검은 바다 땅 위에 떠있네
저 물이 어이해 덮쳐오지 않고 있나
새로운 천지가 과연 길 위에 있구나

만리길 370×490mm

태평양

바람이 바다를 키질하는 소리가
태평양 크루즈의 테라스에 울린다
싱가폴 전망대 올라 먼 육지 바라본다

바다에도 밤이면 달이 뜨고 별이 뜨고
낮이면 안개 속에 무지개도 걸린다
낮은 곳 큰 물에 떠서 불타는 세상 보다

낮은 곳
큰물에 떠서
불타는
세상 보다
태평양
너른뫼

태평양 370×450mm

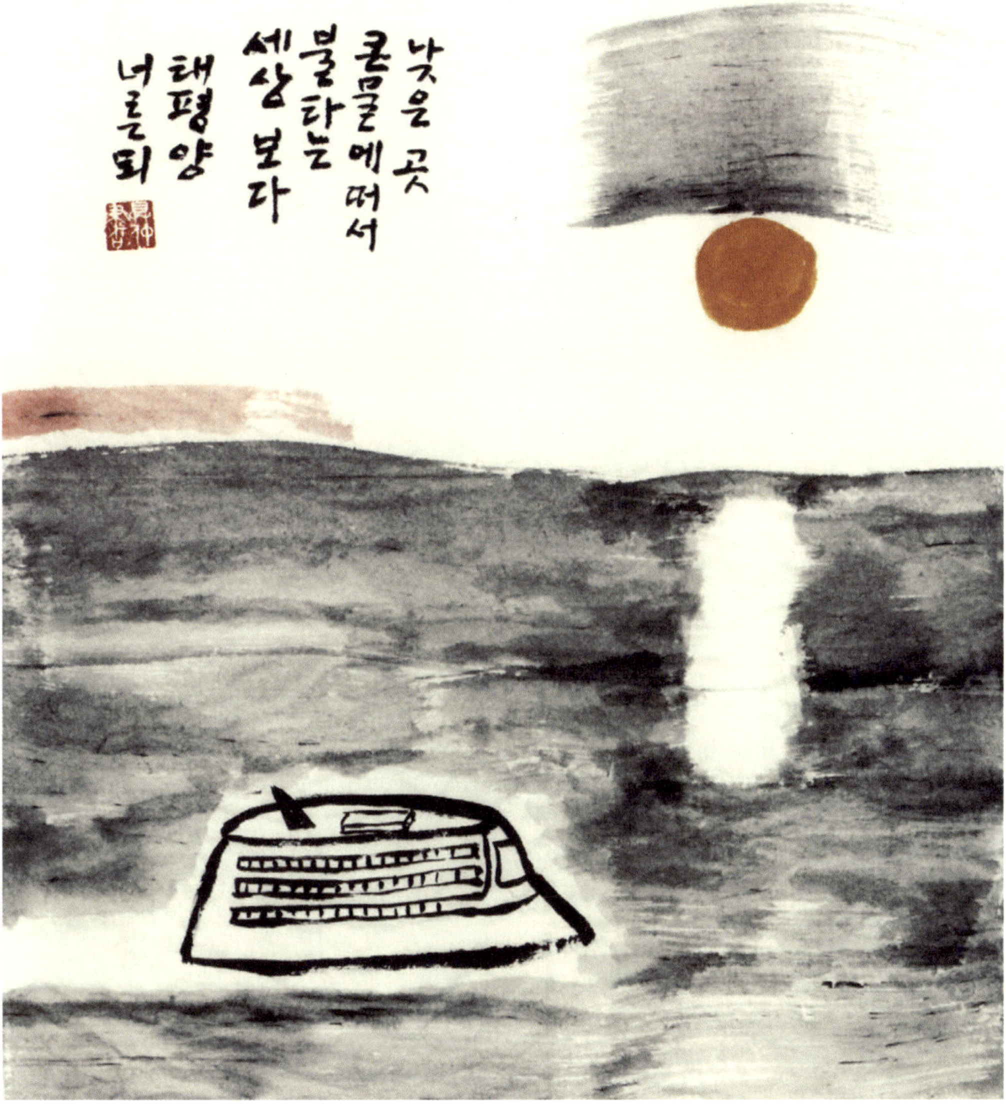

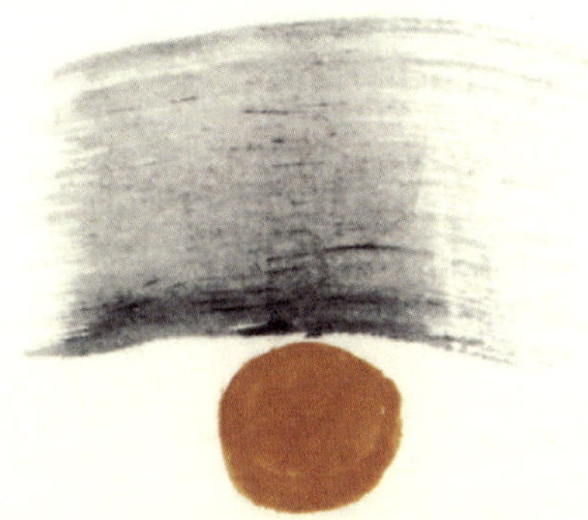

죽서루 오십천

삼척의 죽서루 오십천 모은 물이
태백산 그림자를 동해로 담아 간다
물에 뜬 백두대간이 동해에 길이 사네

죽서루 오십천 340×440mm

독도

동아시아 역사의 시곗바늘 꼭지점
동해에 독도가 영원히 솟아 있어
이 날 동트는 해가 업히어 오른다

독도 480×380mm

백록담에서

백두산 한라산이 국토를 챙기느라
봉우리 멀리 보며 봉화를 올리더니
뒷날에 무슨 뜻으로 분화구에 물을 담나

물처럼 되는 데에 내일이 있어라
굳은 것 녹이고 뿌리를 키우며
스스로 낮은 데 흘러 강이 되고 바다 된다

백록산
한라산이
국토를
챙기느라
봉우리
멀리 보며
봉화를
올리더니
뒷날에
무슨 뜻으로
분화구에
물을 담나

백록담에서
너른 되

백록담에서 375×480mm

인수봉

흰 살갗 몸통이 끌밋한 인수봉
오늘도 삼각산의 빛나는 앞모습
누구의 큰 솜씨인가 넋 놓고 바라본다

인수봉 380×480mm

마음 빚

누구에게 마음의 빚을 진 게 없는지
있으면 애써서 갚아야 하겠다만
마음 빚 없는 날이면 천국이 따로 없다

누구에게 서운해 마음이 아프기로
그거야 나로서 잊으면 그만이지
도리어 누구의 아픔이 내탓일까 저어해

마음 빛 330×440mm

하늘 밖은 무엇인가

바다 밖은 하늘이니 하늘 밖은 무엇인가
정송강 던진 물음 그 누가 대답하랴
동해가 한눈에 뵈는 망양정에 올라본다

망양정 340×440mm

소쇄원

우람한 대숲 밭이 서걱서걱 말을 걸고
정원의 복판을 소리 내며 흐르는 물
흩어져 여기저기에 누각이 앉아 있네

뒷담의 안벽에 우암의 필적 있어
이 정원 주인이 아무개라 썼으되
산천이 어울린 속에 모두가 주인이네

소쇄원 340×440mm

백령도

한 소식이 대륙의 동쪽으로 오더니
끝자락 강산의 풍광에 눈이 부셔
서해에 돌병풍 되어 백령도로 서 있네

백령도 440×340mm

면앙정

무등산 줄기 끝에 먼 들판 트인 언덕
정자의 추녀가 날아갈 듯하구나
마루의 안쪽으로는 온돌방도 있거니

어느 해 뚜껑 없는 가마에 앉은 스승
면앙정 송순의 제자들이 가마 멨네
출중한 제자들이랑 땅끝까지 가겠네

면앙정 440×340mm

노점

산더덕 껍질을 쉬지 않고 벗기는 손
못 파는 마무리는 생각도 않는다
하루의 노동이 있어 대견한 보금자리

태백산 자락의 버섯이며 더덕을
도시의 대로변 보자기에 펼쳐 놓고
길손의 눈길에 맡겨 느긋한 하루 해

노점 380×480mm

고인돌

하늘에 제사 지낸 북방식 고인돌
무덤을 덮고 있는 남방식 고인돌
전라도 고창 들녘에 큰 돌들 모여 있다

얼마나 북받친 마음의 무게인가
몸으로 힘만 쓰는 선사시대 사람들
바위로 받치고 얹은 말없는 고인돌

고인돌 440×360mm

산은 산

처음에 보기로 산은 산 물은 물
공부를 하다 보니 산 아니고 물 아니다
뒷날에 다시 보인다 산은 산 물은 물

산은 산 300×400mm

동강

높은 산 골짜기에 강물의 여울 소리
메아리로 엮는 사연 아라리 가락 같다
물길이 향하는 데는 흰 빛 물살 보고 안다

주무른 듯 뭉친 듯 꿈틀대는 산세에다
산허리엔 쉬지 않고 안개구름 날고 있다
동강은 갇히지 않고 오지를 벗어난다

동강 490×380mm

주왕산

높은 데 뛰어내린 폭포가 흘러가며
바닥을 굳세게 밀고 밀며 가는가
절벽과 절벽 사이에 수평으로 흐른다

물길이 따라가는 사람 길도 평지구나
계곡의 여울 소리 은은한 가락이다
안으로 깊어진 길이 호젓이 편하구나

주왕산 300×410mm

무엇으로 남으랴

산인가 하늘인가 들인가 바위인가
사람의 마음은 무엇으로 남으랴
하나로 무너져 내려 출렁이는 바다이리

무엇으로 남으랴 490×380mm

저것은
넘을수없는
벽이라고
고개를떨구고
있을때
담쟁이잎
하나는
담쟁이잎
수천개를
이끌고결국
그벽을넘는다

도종환 시
담쟁이
너를 뫼

담쟁이 350×460mm

도산십이곡 480×370mm

김수환 추기경 380×305mm

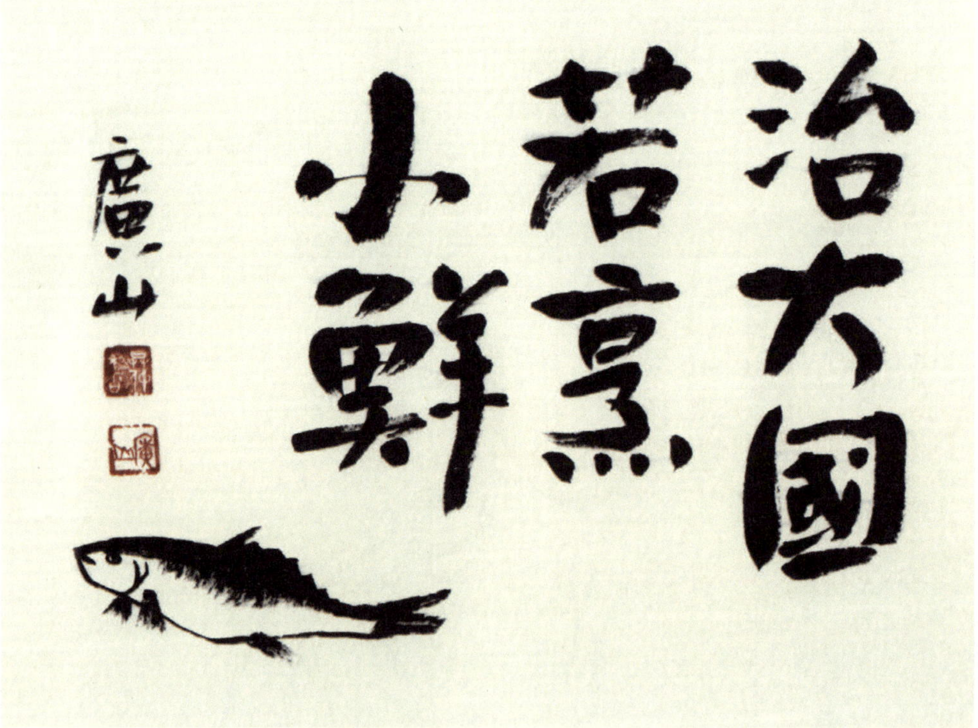

不憂國非詩也 760×240mm

治大國 370×300mm

水急不流月 380×300mm

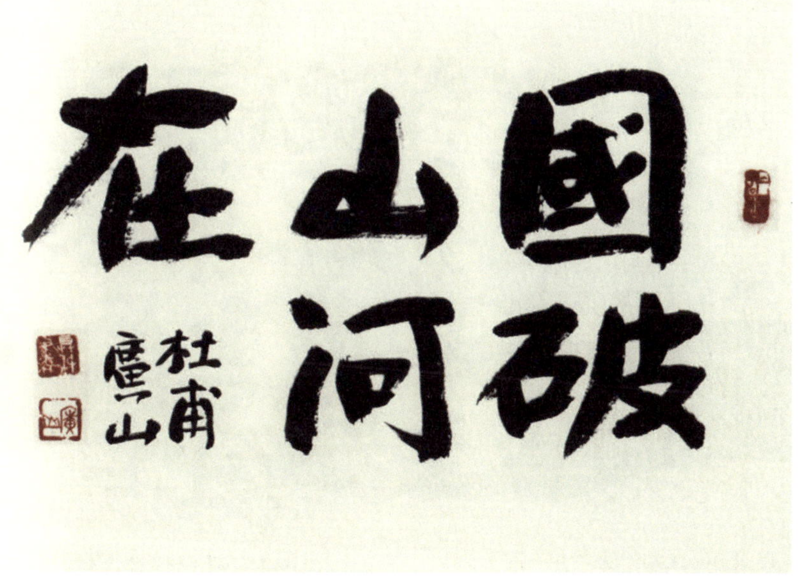

國破山河在 370×310mm

詩思無邪
哀而不傷
樂而不淫
溫柔敦厚
孔丘 詩論 廣山

孔丘詩論 420×340mm

山陰蘭亭
氣清惠風
流觴曲水
群賢畢至
仰觀宇宙
俯察品類
王羲戴之 蘭亭叙 廣山

蘭亭敍 700×490mm

연보

출생

1936.12.10. 음력 9월 7일, 京畿道 廣州郡 實村面 悅美里 476번지에서 父
       具然卓과 母 李曾琓(본관 延安)의 장남으로 태어남. 본관은 綾城.

학력

1985.8.31. 중앙대학교 대학원 국어국문학과, 문학박사

경력

1963.2.1.   문학평론을 발표하기 시작함

1971.6.1.   천주교 서울대교구 가톨릭출판사 주간

1971.9.1.   덕성여대 강사, 이후 명지대, 세종대, 아주대, 중앙대 강사

1983.3.1.   수원대학교 국어국문학과 교수

1989.3.1.   수원대학교 인문대학장

1995.3.1.   명지대학교, 동국대학교 대학원 출강

1996.1.19. 사단법인 한국민족예술인총연합(민예총) 이사장

1988.11.20. 요산(김정한)문학상 수상

1997.6.3.   한국일보사 팔봉비평문학상 수상

2010.3.1.   한국작가회의 이사장

논문·평론·주요 단평

「역사를 사는 작가의 책임」(개제), 『신사조』 2월호, 신사조사, 1963.

「고전감상 『허생전』」, 『한양』(일본 동경), 한양사, 1964.9.

「고전감상 『춘향전』」, 『한양』(일본 동경), 한양사, 1964.10.

「고전감상 『홍길동전』」, 『한양』(일본 동경), 한양사, 1964.11.

「고전감상 『심청전』」, 『한양』(일본 동경), 한양사, 1964.12.

「고전감상 『귀의 성』」, 『한양』(일본 동경), 한양사, 1965.4.

「서정주와 현실도피」, 『청맥』, 청맥사, 1965.6.

「고전감상 『금오신화』」, 『한양』(일본 동경), 한양사, 1965.7.

「고전감상 『자유종』」, 『한양』(일본 동경), 한양사, 1965.8.

「작가와 역사의식」, 『한양』(일본 동경), 한양사, 1966.7.

「소설가 이어령의 도로」, 『청맥』, 청맥사, 1966.7.

「중요한 무엇」, 『현대문학』 10월호(12권 10호, 통권 142호), 1966.10.1.

「시와 노동」, 『현대문학』 11월호(12권 11호, 통권 143호), 1966.11.1.

「하반년의 한국문단」, 『한양』(일본 동경), 한양사, 1966.12.

「문단의 새 정기」, 『현대문학』 12월호(12권 12호, 통권 144호), 1966.12.1.

「문단정기 후론」, 『현대문학』 1월호(13권 1호, 통권 145호), 1967.1.1.

「문제의식의 시정」, 『청맥』, 1967.4.

「한국 현대소설을 진단한다」, 『현대문학』 통권 157호, 현대문학사, 1968.1.

「중흥과 타락의 문학」, 『현대문학』 통권 166호, 현대문학사, 1968.10.

「저항의 전통과 한국문학」, 『월간 사월』 11호, 사월사, 1968.11.

「내용 없는 시의 범람」, 『시인』 1권 6호, 한국시단사, 1969.8.

「한국 현대시의 전개」, 『상황』 창간호, 범우사, 1969.8.15.

「문학인의 시대적 입장」, 『사상계』 9월호, 1969.

「신동엽 형을 흙에 묻고」, 『월간문학』, 1969.6

「역사의식과 소시민의식─60년대의 문예비평」, 『사상계』 12월호, 1969.

「60년대 시의 주류」, 『시인』(월간 시전문지) 1권 10호, 시인사, 1969.12.

「한국 리얼리즘 문학의 형성」, 『창작과비평』 여름호(통권 17호), 창작과비평사, 1970.

「전쟁과 문학(상)─6·25 스무돌 반성과 전망」, 『경향신문』, 1970.6.23.

「전쟁과 문학(중)」, 『경향신문』, 1970.6.25.

「전쟁과 문학(하)」, 『경향신문』, 1970.6.26.

「한국문학의 어제와 오늘」, 『경향신문』, 1970.7.15.

「노예의식의 문학」, 한국자유작가회의 주최 제1회 심포지엄 '단절시대의 문학'(미국공보원강당), 1970.7.16.

「9월의 문단(상)─좁은 공간의 사담에 그쳐」, 『경향신문』, 1970.9.15.

「9월의 문단(하)─역사적 상황 결부시킨 수작, 신상웅의 「추적」, 박봉우의 「황지의 풀잎」, 『경향신문』, 1970.9.16.

「존재에서 당위로─오유권의 「여인숙」」, 『경향신문』, 1970.10.23.

「부활의 미학─유현종의 「섬진강」」, 『경향신문』, 1970.11.23.

「예술과 역사학─문학을 통해 본」, 『예술계』 2권 4호, 1970.12.

「구심있는 해체─센티 넘어선 진실감 넘쳐」, 『경향신문』, 1970.12.18.

「리얼리즘의 심화작업─한국자유작가 합평회에서(대표 집필 구중서)」, 『경향신문』, 1971.1.26.

「소외당한 사람들─이달의 소설 합평(조연현, 구중서, 임헌영, 신상웅)」, 『경향신문』, 1971.3.29.

「생명감 있는 형상적 인식─이달의 시합평(조연현, 구중서, 임헌영, 신상웅)」, 『경향신문』, 1971.3.30.

「부정을 위한 웃음 ─4월의 소설 합평(정을병, 권일송, 구중서, 임헌영)」, 『경향신문』, 1971.4.26.

「시의 긴장과 순환 ─4월의 시합평(구중서, 권일송, 임헌영, 정을병)」, 『경향신문』, 1971.4.27.

「본질 이후의 시 ─7월시 합평(김병걸, 구중서, 백승철)」, 『경향신문』, 1971.7.30.

「작가와 미네르바의 부엉이」(8월의 소설평 ─김병걸, 구중서, 임헌영), 『경향신문』, 1971.8.23.

「상황의 형상적 인식 ─채만식 문학 소고」, 『상황』 봄호(통권 2호), 상황사, 1972.

「이달의 시단 ─현실의 정서적 밀도」, 『경향신문』, 1972.2.29.

「농촌 소설 50년」, 『우리들』 76, 한국정경연구소, 1972.4.

「한국 현대문학의 지향」, 『상황』 여름호(통권 3호), 상황사, 1972.

「각종 문학상 수상작품을 통해 본 올해의 문단」, 『경향신문』, 1972.11.13.

「민족문학의 전환기 ─73년 상반기 창작평」, 『경향신문』, 1973.6.14.

「이야기와 사상 ─소설의 조건」, 『창작과비평』 가을호(8권 3호, 통권 29호), 창작과비평사, 1973.

「한국 가톨릭 문학론」, 『사목』 제32호, 한국천주교중앙협의회, 1974.

「한국사회에서의 가톨릭문학인」, 『사목』 제34호, 한국천주교중앙협의회, 1974.

「박두진 시집 『고산식물』」, 『창작과비평』 가을호(통권 33호), 창작과비평사, 1974.

「가슴에 교류하는 간접화법 ─문학 속에 나타난 대화의 양상」, 『성심』 2, 가톨릭대학교, 1974.5.

「7월의 소설 ─이동하의 「새」, 김원일의 「잠시 높는 풀」, 이청준의 「줄빰」, 윤정규의 「나는 놈 위에 기는 놈」」, 『경향신문』, 1974.7.17.

「8월의 소설」, 『경향신문』, 1974.8.14.

「9월의 소설－신예 활동 질·량 불균형」, 『경향신문』, 1974.9.19.

「10월의 문학(소설)－병적인 속물상 탈피」, 『경향신문』, 1974.10.24.

「죽음과 은총－베르다노스의 한 작품을 중심으로」, 『경향잡지』 1280호, 한국천주교중앙협의회, 1974.11.

「11월의 문학(소설)－신상웅의 「장의사지」, 박태순의 「최씨가의 우울」」, 『경향신문』, 1974.11.13.

「74년의 문학(소설)－주체의식 강렬하게, 부조리에 정신적 저항 뚜렷」, 『경향신문』, 1974.12.12.

「정치적 부조리로부터 인간회복－비인간화로부터의 인간회복」, 『경향잡지』 1284호, 1975.3.

「이달의 작품 작가－소설 「어린 상록수」 오영수」, 『경향신문』, 1975.8.29.

「이달의 작품 작가－이정환 「호각소리」」, 『경향신문』, 1975.9.26.

「이달의 작품 작가－삶에 대한 긍정적 의지 추구, 이재연씨 「숲의노래」」, 『경향신문』, 1975.11.27.

「한국문학사 저변 연구－고려속요와 전통의 계승」, 『창작과비평』 봄호(제11권 1호, 통권 39호), 창작과비평사, 1976.

「70년대 비평문학의 현황」, 『창작과비평』 가을호(제11권 3호, 통권 41호), 창작과비평사, 1976.

「민족문학의 나아갈 길」, 『명지대학교논문집』 제9호, 1976.

「농촌소설을 통해 본 농민의식－한국농민의 의식구조」, 『대화 68』, 한국크리스찬아카데미, 1976.7.

「서평 : 『이단자』－이호철 저」, 『한국문학』, 1976.10.

「사회정의에 관한 가톨릭 문헌집－『사회정의』 서평」, 『대화 76』, 1976.11.

「4·19와 한국문학」, 『한국문학』 4월호, 한국문학사, 1977.

「문화인 기벽」, 『경향신문』, 1977.2.8.

「특집―문학과 사회」, 『월간 대화』, 1977.3.11.

「한국 현대문학 속의 종교성」, 『사목』 제57호, 한국천주교중앙협의회, 1978.

「이달의 작품―김용운 씨의 중편소설 「외인들」」, 『경향신문』, 1978.1.30.

「김용성 씨 단편 「강건너 북촌」」, 『경향신문』, 1978.2.27.

「이달의 작품 작가―한문영 씨의 단편 「비둘기 우는 소리」」, 『경향신문』,
    1978.3.31.

「위험한 사상의 올가미」, 『조선일보』, 조선일보사, 1978.10.3.(김동리 씨와의
    논쟁)

「소월의 의식세계, 시정신에 대한 확인」, 『미발표 소월시집』(중앙신서 21), 중앙
    일보사, 1978.

「한국문학사 전통 연결 서설」, 『국어국문학』 제77권, 1978.

「이데올로기와 문학」, 『북한』 9월호(통권 81호), 1978.

「한국인 이렇게 변하고 있다, 오늘의 한국인의식구조론, 한국인론」, 『중앙문화』
    13호, 1978.

「신동엽론」, 『창작과비평』 봄호(제14권 1호, 통권 51호), 창작과비평사, 1979.

「산업화 시대와 문학」, 『문예중앙』 여름호, 중앙일보사, 1979.

「라틴 아메리카의 지적 풍토」, 『창작과비평』 가을호(제14권 3호, 통권 53호), 창
    작과비평사, 1979.

「제3세계 문학론」, 『씨울의 소리』 통권 87호, 씨울의소리사, 1979.9.

「문학과 이데올로기」, 『월간중앙』, 중앙일보사, 1979.12.

「채만식의 작품세계」, 『한국문학대전집 5』, 태극출판사, 1979.

「튼튼한 뿌리의 문학―최서해의 작품세계」, 『한국문학대전집 15』, 태극출판

사, 1979.

「토속의 삶·선의의 인간상－방영웅의 작품세계」, 『한국문학대전집 28』, 태극
　　출판사, 1979.

「주인이 바뀌는 시대의 비극 추적－조정래의 작품세계」, 『한국문학대전집 31』,
　　태극출판사, 1979.

「소재와 상상력」, 『창작과비평』 봄호(제15권 1호, 통권 55호), 창작과비평사,
　　1980.

「문화풍토의 전환시대」, 『경향신문』, 1980.1.30.

「제3세계 문학에의 전망」, 『실천문학』 창간호, 전예원, 1980.3.

「알맹이의 시정신」, 『경향신문』, 1980.4.5.

「이달의 작품 작가－박완서 「옥상의 민들레꽃」 동심통해 생명의 고귀 증명」,
　　『경향신문』, 1980.4.24.

「이달의 작품 작가－송기숙 작 「살구꽃이 필때까지」 일제치하 수난속 인간형
　　묘사」, 『경향신문』, 1980.5.29.

「이달의 작품 작가－이문구의 「우리 동네 장씨」 전통풍속 소화」, 『경향신문』,
　　1980.7.3.

「통일 지향 문학의 여건」, 『실천문학』 제2호, 전예원, 1981.

「삶의 자리 복판의 소설」, 『세계의문학』 봄호, 민음사, 1981.

「한국문학의 통일 지향 문제」, 『고대문화』 20, 고려대학교, 1981.2.

「문학은 '구원'의 언어 돼야－천주교조선교단 백50주년 강연 「문학과 세계관
　　강연」」, 『동아일보』, 1981.4.18.

「폭력은 금세기의 가장 큰 재앙」, 『경향신문』, 1981.5.14.

「고전문학의 문학사적 고찰」, 『경향신문』, 1981.6.2.

「고전시화의 문학사적 고찰」, 『경향신문』, 1981.6.22.

「'제3세계'서 역사의 소명을 찾자」, 『경향신문』, 1981.8.18.

「창조를 가장 실감하는 곳-위기의 문학 표성흠의 단편 「흑지리」」, 『경향신문』,
    1981.8.27.

「일제하 농노지대 증언-임영춘 장편소설『갯들』」, 『경향신문』, 1981.8.28.

「제3세계 문학의 현재와 가능성」, 『대학신문』, 서울대신문사, 1981.11.2.

「고전『시화』의 문학사적 수용고-한국 비평문학사의 고전문학기 소급」, 『국어
    국문학』 제86집, 국어국문학회, 1981.12.

「문단시대와 한국문학-분단상황과 이데올로기」, 『연세춘추』, 연세춘추사,
    1982.3.22.

「문학과 세계관의 문제」, 『한국문학의 현단계』 1, 창작과비평사, 1982.

「외래문화의 수용과 전통문화의 제문제」, 『세종』 13집, 세종대학교, 1982.

「민족문학의 전통-시문학사를 통한 고찰」, 『아세아문화』 5집, 고려대 민족문
    화추진위원회, 1982.

「한국 현대문학의 현황」, 『명지대학교논문집』 제13호, 1982.

「작은 사람의 행복을 모른다」, 『마당』, 1983.1.

「한국리얼리즘 문학의 현단계」, 『대학문화』 제6호, 서울시립대학교, 1983.2.

「제3세계 문화운동의 길」, 『자하』, 상명대학교, 1983.

「문학과 세계관과 구원의 문제」, 『아주문화』 제6집, 1983.

「개방시대일수록 자신감 가져야」, 『경향신문』, 1983.7.11.

「민족시의 현장」, 『대학신문』, 서울대신문사, 1983.8.29.

「새로운 계몽주의 시각을」, 『출판문화』 216, 대한출판문화협회, 1983.9.

「평화사상에의 목마름」, 『경향신문』, 1983.11.7.

「리얼리즘을 다시 비판하는 사람들에게」, 『서울신문』, 서울신문사, 1983.11.19.

「80년대 비평문학의 전개」, 『한국문학의 현단계』 2, 창작과비평사, 1983.

「성탄절과 한국 그리스도교」, 『경향신문』, 1983.12.23.

「가톨릭과 한국문학」, 『문학사상』 5월호(139호), 1984.

「비관과 낙관의 역사」, 『경향신문』, 1984.1.26.

「쟁점으로 본 한국문학―하나의 지양, 민족문학론」, 『대학신문』, 서울대신문
　　　사, 1984.10.15.

「분단현실과 문학의 창조성」, 『서강학보』, 서강대학보사, 1985.9.13.

「한국소설의 전통 연구」, 중앙대학교 대학원 박사학위논문, 1985.

「소설과 총체성의 관문」, 『한국문학의 현단계 4』, 창작과비평사, 1985.

"The Development of Critical Literature in the 80s", *KOREA JOUR-
　　　NAL*, UNESCO, July 1986.

「한국 현대소설의 전통성 고찰―리얼리즘과의 관련을 중심으로」, 『수원대문
　　　화』 제2집, 1986.

「제3세계 문학이 지향하는 것」, 『신동아』, 동아일보사, 1986.12.

「아름답고 힘찬 초인(超人)의 시」, 『이육사의 시와 산문』, 범우사, 1986.

「이야기책의 소설사적 위치고」, 『기전어문학』 제1집, 수원대학교 국어국문학
　　　과, 1986.

「분단―그 극복의 장으로서의 문화」, 『연세춘추』, 연세춘추사, 1987.5.18.

「기전문화는 한민족 중심권」, 『경향신문』, 1987.9.25.

「역사적 사건과 시적 수용」, 『누가 그대 큰 이름 지우랴』(5월 광주항쟁 시선집),
　　　『월간조선』, 조선일보사, 1987.10.

「민족 주체의식의 고양 및 민족문화 활성화의 촉진」, 고려대 평화문제연구소
　　　연구논문, 1987.

「분단시대 민족문학의 방향성 정립―한국 현대문학의 사적 전개론」, 『인하』
　　　제24호, 인하대학교, 1988.

「한국문학사 기술 편고」, 『기전어문학』 제3호, 수원대학교 국어국문학과, 1988.

「문학과 초월적 가치」, 『월간조선』, 조선일보사, 1988.1.

「신춘문예와 다산 마을」, 『월간조선』, 조선일보사, 1988.2.

"A Valuable Development in the Literature of 1980s", *THE INHA TIMES*, 인하대학교 영자신문사, February 20, 1988.

「문학에 나타난 한미 관계」, 『월간조선』, 조선일보사, 1988.3.

「분단 현실과 문학」, 『월간조선』, 조선일보사, 1988.5.

「이달의 소설-80년대 삶에 대한 세대간 성찰, 김향숙의 「동시대인」」, 『동아일보』, 1988.7.30.

「이달의 소설-인간본성 밀도있게 그려 생동감, 김관숙의 「수레」 1」, 『동아일보』, 1988.9.28.

「확대서평-조동일 지음 『한국문학통사』 전5권」, 『출판저널』 제21호, 대한출판문화협회, 1988.

「조건상의 『중공에서 온 손님』」, 『경향신문』, 1988.11.1.

「이달의 소설-송기숙의 「제7공화국」, 광주항쟁 뒷얘기 전설처럼 풀어내」, 『경향신문』, 1988.12.14.

「불행과 패기의 역사-『수레바퀴 속에서』(김향숙), 『분실시대』(정수남), 『친구는 멀리 갔어도』(정도상)」, 『창작과비평』 봄호(17권 1호, 통권 63호), 창작과비평사, 1989.

「오장환론」, 『시문학』 통권 215호, 시문학사, 1989.6.

「한국문학사 분단 극복의 과제」, 『기전어문학』 제4호, 수원대학교 국어국문학과, 1989.

「民族文學史復元の課題-北韓文學に對する南韓文壇の受容と批判」, 『季刊

民濤』(재일문학지), 東京 : 民濤社, 1989.9.

「40년대 문단과 친일문학」,『새국어교육』제46권, 한국국어교육학회, 1990.

「한국 문예비평의 오늘」,『월간중앙』, 중앙일보사, 1990.10.

「진실과 전형의 문제—『또 하나의 도시』(송영),『열아홉의 절망 끝에 부르는
　　하나의 사랑노래』(정도상)」,『창작과비평』제18권 4호, 1990.

「개화기 문화의 자주적 위상—개화기 문학사의 저변 연구」,『고운 이종욱 박사
　　고희기념학술논문집』, 간행위원회, 1990.

「진리와 약한 인간의 만남」, 한무숙,『만남』, 을유문화사, 1990.

「친일문학」,『한국 근현대문학 연구 입문』, 한길사, 1990.

「동서사상에 나타난 양심에 대한 고찰—가톨릭의 행위의 주관적인 규범의 관점
　　에서」, 유봉준신부화갑기념논문집간행위원회 편찬,『동서윤리와 그 사
　　상의 만남』(유봉준신부화갑기념논문집), 서울 가톨릭대학교, 1991.

「한국문학과 평화사상」,『기전어문학』제6호, 수원대학교 국어국문학과, 1991.

「광의의 리얼리즘 문학론」,『창작과비평』가을호(통권 77호), 창작과비평사,
　　1992.

「문단에 '생명문학' 열기」,『경향신문』, 1992.6.20.

「구도와 수줍음—김형영 시집『기다림이 끝나는 날에도』」,『현대문학』7월호,
　　1992.

「자연과 리얼리즘」,『녹색평론』, 녹색평론사, 1992.9 · 10.

「표현의 자유엔 책임이 따른다」,『중앙일보』, 중앙일보사, 1992.10.31.

「(문학제도, 변혁을 위한 제언) 문학 · 제도 · 역사」,『실천문학』가을호(통권 31
　　호), 1993.

「문학과 생명운동」,『녹색평론』, 녹색평론사, 1993.1 · 2.

「지상토론 : 국문학 연구의 이념과 방향—국문학 연구의 재인식과 방향」,『민족

문학사연구』 제3호, 민족문학사연구소, 1993.

「90년대 시의 성찰」,『시와사회』 겨울호, 시와사회사, 1993.

「남북 문학교류의 방안」,『북한문화연구』 1, 한국문화예술진흥원, 1993.12.

「잃어버린 자아의 재확립－구상의 시세계」,『문학사상』 2월호(256호), 1994.

「우주와 감자싹의 시」,『문예중앙』 겨울호, 중앙일보사, 1994.

"Der Friedensgedanke in der Koreanishen traditionellen Dichtung",
　　독일 레겐스부르크 '세계 문학의 날' 주제발표, 1994.11.4.

「구상 시의 현대 시사적 위상」,『기전어문학』 8・9호, 수원대학교 국어국문학
　　과, 1994.11.

「현실의 바닥에서 일어나는 노래」, 구중서・백낙청・염무웅 공편,『신경림 문
　　학의 세계』, 창작과비평사, 1995.

「시대를 책임지는 문학」,『실천문학』 가을호(통권 39호), 실천문학사, 1995.

「세계 현실의 변동과 한국문학」,『내일을 여는 작가』 가을호, 민족문학작가회
　　의, 1995.

「민주화 헌신 민족작가 홀대 웬말」,『동아일보』, 1995.12.17.

「이호철「남녘 사람 북녘 사람」의 관점 문제」,『민족예술』 8월호(18호), 1996.

「오늘의 한국 소설과 노신(魯迅)」,『민족예술』 21호, 한국민족예술인총연합,
　　1996.11.

「말의 완벽주의와 현실－정희성의 신작시 5편에 부쳐」,『민족예술』 19호, 한국
　　민족예술인총연합, 1996.9.

「문학과 현대사상」,『녹색평론』, 녹색평론사, 1996.11.12.

「김정한론」,『한국예술총집』, 예술원, 1997.

「문학사와 근대성・근대기점」,『한국 근대문학 연구』, 태학사, 1997.

「90년대 후반 우리 문화예술의 나아갈 길」,『민족예술』 24호, 한국민족예술인

총연합, 1997.2.

「비무장지대와 민족문학―비무장지대 문학운동 그 네 번째」, 『시문학』 312호,
　　시문학사, 1997.7.

「한국 가톨릭문학론」, 『기전어문학』 12 · 13호, 수원대학교 국어국문학과,
　　2000.3.

「사회 변동과 소설적 반응―60 · 70년대 소설사」, 『한국 현대문학사』, 시문학
　　사, 2000.

「오늘 문예비평은 무엇인가」, 『내일을 여는 작가』 가을호, 민족문학작가회의,
　　2000.

「이호철 이데올로기에 대한 인간적 대응」, 천이두 외, 『이호철 소설의 일반론
　　및 작품론』, 새미, 2001.

「다시 관념화를 벗어나야(집필실에서 띄우는 편지)」, 『실천문학』 64호, 실천문학
　　사, 2001.

「순정과 지조의 문학정신」, 『창작과비평』 통권 111호, 2001.

「현실을 초극하는 집요한 풍자정신」, 『남정현문학전집』, 국학자료원, 2002.

「현지답사 : 북한에서 보는 전통문화―상」, 『평화신문』, 평화신문사, 2002.10.20.
　　(하, 2002.10.27)

「노골부들 이야기」, 이윤기 외, 『해인사를 거닐다―소박한 가슴으로 만나는 스물네
　　편의 아름다운 지적 산문』, 옹기장이, 2003.

「불의 문학, 물의 문학」, 『실천문학』 겨울호(통권 72호), 실천문학사, 2003.

「천상병 시의 재평가―그의 자유정신과 역사의식」, 『내일을 여는 작가』 겨울호
　　(통권 33호), 2003.

「보편과 영원을 향하여―구상 시의 세계」, 『문학사상』 6월호, 문학사상사,
　　2004.

「문화기행 : 담양의 정자문화」,『유심』봄호, 만해사상실천선양회, 2005.(연재
	5회)

「광주(廣州)학파와 실학」, 광주실학연구학술심포지엄, 광주문화원, 2005.

「존재의 문을 여는 언어」,『시문학』12월호(통권 413호), 2005.

「사회적 상상력의 회복을 위하여－최근 시를 중심으로」,『시작』겨울호(제15
	호), 천년의시작, 2005.

「현실 속의 천사」,『시와 기적』, 인천 가톨릭대 미술학부, 2006.

「작가파일－「귀천」의 시인 천상병」,『출판저널』378호, 대한출판문화협회,
	2007.

「시조 소시집 : 영원 외 4편」,『유심』봄호, 만해사상실천선양회, 2007.

「대륙을 가로질러－중국 장강 기행」,『쿨트라』여름호, 작가, 2007.

「평화의 실천을 위하여」,『불교문예』여름호, 불교문예출판부, 2007.

「가던 길」 외 4편(시조),『열린 시학』가을호, 열린시학사, 2007.

「문학사 성찰의 광범한 터전－백철의 비평과 생애」,『민족문학사연구』제36호,
	민족문학사연구소, 2008.

「온몸으로 쓰는 시－박구경」,『현대시학』6월호, 현대시학사, 2008.

「공상」 외 10편(시조 소시집),『시조세계』겨울호, 시조세계사, 2008.

「손님」 외 1편(시조),『시로 여는 세상』겨울호, 시로여는세상, 2008.

「면앙정」 외 4편(시조),『시와 문화』겨울호, 시와문화사, 2008.

「하나의 진리로 가는 다른 길들」,『불교평론』제10권 제4호, 불교평론사, 2008.

「비평의 엉킴과 흐름에 대하여」,『유심』11 · 12월호, 만해사상실천선양회,
	2009.

「박연폭포」 외 1편 · 그림 2편,『시인수첩』여름호, 문학수첩, 2011.(2014년
	겨울호까지 시조 2편 · 그림 2편 연재)

「정의의 시대를 구현하는 길」,『경향잡지』7월호, 천주교중앙협의회, 2012.

「뿌리」외 2편(시조),『시조세계』봄호, 시조세계사, 2013.

「한국소설 무엇이 문제인가」,『동리목월』봄호, 동리목월기념사업회, 2013.

「존재와 의미의 문학」,『한국가톨릭문학』, 한국가톨릭문인회, 2013.

「요산선생의 정신을 이어」,『작가와 사회』봄호, 부산작가회의, 2013.

「문학의 예술성과 대중성 사이」,『유심』7월호, 만해사상실천선양회, 2013.

「개성공단 언덕에」외 1편(시조),『현대시학』4월호, 현대시학사, 2014.

「자유인」외 1편(시조),『푸른사상』여름호, 푸른사상사, 2014.

「다 끝났다」(시조),『우리 모두가 세월호였다』, 실천문학사, 2014.

「보통 도사」외 1편(시조),『문학청춘』겨울호, 문학청춘, 2014.

「나는 누구인가」,『한국가톨릭문인회』회보, 한국가톨릭문인회, 2015.10.20.

저서 및 공저(단행본)

『구도의 언어』, 가톨릭출판사, 1975.

『한국문학사론』, 대학도서, 1978.

『문학을 위하여』, 평민사, 1978.

『민족문학의 길』, 새밭, 1979.

『의로운 사마리아 사람』(에세이집), 성바오로출판사, 1979.

『대화집-김수환 추기경』(편저), 지식산업사, 1981.

『분단시대의 문학』, 전예원, 1981.

『제3세계 문학론』(공저), 한벗, 1982.

『신동엽-그의 삶과 문학』(편저), 온누리, 1983.

『한국문학과 역사의식』, 창작과비평사, 1985.

『자연과 리얼리즘』, 태학사, 1993.

『문학과 현대사상』, 문학동네, 1996.

『한국 근대문학 연구』(공저), 태학사, 1997.

『민족시인 신동엽』(공저), 소명출판, 1999.

『면앙정에 올라서서』, 책만드는집, 2006.

『안재홍―고원의 밤』(편저), 범우사, 2007.

『문학의 분출』, 케포이북스, 2008.

『불면의 좋은 시간』(시조집), 책만드는집, 2009.

『사랑하고 또 사랑하고 용서하세요』(김수환 추기경 평전), 책만드는집, 2009.

『세족례』(시조집), 고요아침, 2012.

『한국 천주교문학사』, 소명출판, 2014.

『좋은 언어로 세상을 채워야』, 꼬무니오, 2014.